激震

西村健

講談社

激震

装幀——岡　孝治
写真——Haruyoshi Yamaguchi、ロイター、AP/アフロ、O.D.O.

二〇二〇年九月

変わらないものは変わらない。

呼称や体裁を多少、違《たが》えようと本質は同じまましぶとく生き続ける。そういうものだ、と古毛冴《こもさえ》樹《き》はいつもしみじみ思う。人間の本能が変わらない限りニーズは常にあり、提供する側もまたなくなることはあり得ない。

「お金が、やっぱり違いますからね」目の前に座る、女子高生は言った。大人しい感じの、見るからにいいところのお嬢さん、という印象だった。「一日に十万とか、二十万とか。そんな稼ぎ、他のバイトだったら絶対ないじゃないですか」

所謂《いわゆる》〝ＪＫビジネス〟の取材に来ていた。古毛がちょくちょく仕事を請け負う週刊誌『大衆実話』はヤクザ特集と共に、風俗記事が大きな売りの雑誌であり実態をリアルタイムに押さえておくことは、何かにつけて〝武器〟になる。そう。この仕事をする上で情報は常に武器に他ならないのだ。

この店は〝コミュニケーション・サークル〟を名乗っていた。ちょっと前で言う〝ＪＫコミュ〟

である。ＪＫ、即ち女子高生。要は客の要望に合わせて若い女性を派遣し、一定時間お話につき合ってあげる、というサービス提供を謳っていた。

「今は当局がうるさいですからね」既にこの店には何回か取材で訪れていた。店長ともすっかり顔馴染みになっていた。その、彼が言った。「本物の女子高生なんか使えない。だから〝ＪＫ風〟、って奴ですよ。本当は十八歳以上なんだけど、見た目に幼い娘《こ》を使う。客だって百も承知で、それでもそういう風に見えれば満足してお金を払う。お互い、納得の上で成り立ってる商売なわけですよ」

〝ＪＫビジネス〟の走りは二〇〇六年頃、秋葉原に登場した〝ＪＫリフレ〟だと言われていた。リフレとはリフレクソロジーの略で、「反射療法」と訳される。主に足の裏など一定の場所を指圧すれば、身体の別の特定部位に効能がある、という考え方に基づく。「足裏マッサージ」である。

〝ＪＫリフレ〟では客が女子高生と個室に入り、簡単なマッサージを施してもらう。施術など下手《へた》で構わないのだ。むしろ、ぎこちない方が喜ばれる。女子高生と会話しながら個室で過ごせるというサービスが受け、あっという間に似たような店が急増した。

ところがそんな環境で、マッサージだけで済むわけがない。追加料金を払って性行為に及ぶケースが頻発し、形を変えた風俗店と何ら変わりはなくなった。警察としても見逃すわけにはいかず、一斉摘発を行なって〝ＪＫリフレ〟ブームは終焉を迎えた。

ところがその後も〝ＪＫお散歩〟〝ＪＫ作業所〟〝ＪＫギャラリー〟など様々な業態が続出し、当局の取り締まりとのイタチごっこと化した。

そこで東京都では二〇一七年七月「特定異性接客営業等の規制に関する条例」所謂〝ＪＫビジネス規制条例〟が施行された。これまでに誕生した様々な業態に対し、十八歳未満の青少年による接客を一律で禁止したのだ。これにより都内では、〝ＪＫビジネス〟を営業することは事実上、不可能になった。

　店長は、このことを言っているのである。十八歳未満を働かせることはできなくなった。だから本物ではなくとも見た目は若い娘《こ》を雇い、制服を着せるなどしてそれっぽく装わせる。客も百も承知で、今も続々やって来るというわけである。

「だから、服には気を遣いますよ」以前の取材の時、店長は言っていた。「安物を着せれば、嘘がモロバレですからね。客もシラケてしまう。だから服だけは本物を使わなきゃ。これで経費だって、バカになんないっスよ」

　近くに制服を売る店があるというので、同行させてもらった。店内にはブレザーからスカート、リボンにネクタイ、ワイシャツとソックス……ありとあらゆるパーツが揃っていた。それも、関東圏の有名校のものはあらかた網羅されているようだった。殆どは中古品である。女子高生は卒業した後など、ちょっとした小遣い稼ぎのために自分のお古をこうした店に売りに来る。ふと見ると誰もが知るエリート女子校の制服が、一着五十万で売られていた。

　見ていて古毛は吹き出しそうになった。これじゃ一昔前の、〝ブルセラショップ〟と何も変わらないじゃないか。制服だけではない。下着に水着、メイドやナースやお嬢様といったコスチューム・プレイ用の服も、無数に並べられていた。〝ブルセラ〟の時代より進化したとすれば、一つだけ。あの頃は今ほど一般的でなかったコスプレという遊戯にも、店側が的確に対応するようになったということくらいか。変わらないものは変わらない。この時、改めてしみじみ感じたものだった。

　今日になって再び、この〝コミュニケーション・サークル〟を訪れた。実はちょっとした情報を手に入れていたのである。これまでの取材で店長とは、信頼関係はそれなりに築けている自負はある。そろそろ、相手の痛いところに少々切り込んでもいい頃合いだろう。

「たださぁ、店長」当局がうるさいから女子高生なんて使えない。十八歳以上なんだができるだけそれっぽく見せるため、こちらも出費が避けられない。相変わらずの能書きを繰り返す店長を、そろそろいいだろう、と遮った。「ちょっとした噂を聞いたんだけどな。ここって何度も通って客としての信用が出来ると、実は本物の女子高生を紹介してもらえる、って噂」

ぎょっ、とした表情を浮かべたのは一拍の間、だけだった。諦めたような苦笑いに転じた。いつかはこう来るだろう、と相手もとっくに悟っていたということだ。「勘弁して下さいよ〜、古毛さん」

「俺も客として、じゃぁないけど何度かここには寄せてもらった。そろそろそれなりの信用をしてもらってもいいんじゃないか、と思うんだけども、どうかな」

「分かった、分かりましたよ」

両手を挙げた。迷ったのもさしたる時間ではなかった。

この店長だけではない。ここのスタッフは風俗店の従業員と言われて想像するような、強面《こわもて》のマッチョマンなど一人もいない。服装もきっちりしており、誰が見ても好青年と感じるであろう男性ばかりだ。当たりも皆、柔らかい。

ただ、今の瞬間だけは店長の顔に、狡猾そうな表情が覗いた。この雑誌記者に危険な内実まで打ち明けて、本当に大丈夫か。こちらにメリットはあるのか。胸の中で冷静に算盤《そろばん》を弾いているのが、見え見えだった。

「その代わり、お願いしますよ。ネタの扱いにはくれぐれも、ご注意を。当局にうちの話だってバレることだけは絶対にないように、ね」

「分かってますよ」言わずもがな、とばかりに手を振った。「そんなドジなんか踏まないくらいには、この世界でそこそこ飯を喰って来てますよ」

今時、本当の女子高生に相手してもらえると知れば大枚を惜しまない客は一定の数、いる。要はリスクの問題なのだ。しっかり口を噤《つぐ》んでいられる客ならば、来て欲しい。ただし外でベラベラ喋り、情報が当局に筒抜けになってしまうような奴はお断り。言うまでもなく、警察の手の者が客を装って情報収集に来るような事態は金輪際、願い下げである。

その点、風俗取材経験の長いこの記者ならリスクより、メリットの方が大きかろうと判断したようだった。ここが潰れて取材先を失うのは、相手にとっても痛手となる。あいつが漏らしたという噂が業界内に蔓延《はびこ》れば以降、取材を受けてくれるところがどこにもなくなる、デメリットも避けられない。

公的規範に反しているし、道徳上の問題も云々あろうが古毛としては、この店はまだいい方だと認めていた。客とトラブルになったことは一度もなく、女の娘《こ》への支払いもちゃんとしている。業界内にあっては良心的な方、と評してよかった。ここが潰れたとしてもどうせ、誰かが必ず似たような店を立ち上げるのだ。ならばまだ、最低の信頼でも寄せられるところがやっている方が、安心もできる。最悪なのは業態が地下に潜り、実情が摑めなくなってしまうことなのである。

「ちょうど今日、出勤してる娘《こ》がいるんですよ」店長は言った。「うちで一番の人気者。とてもいい娘《こ》なんでね。彼女なら、何を訊いたって大丈夫。古毛さんを不快にさせることなんてありません」

そうして連れて来られたのが、目の前に座る女子高生という次第だった。ここでは「いづみ」と名乗っているそうだった。質問すると、某有名女子校に通っていると打ち明けてくれた。聞いて全く違和感を覚えないくらい、彼女は品よく映った。本当に可愛らしかった。これならこんな店では、いくらでも客がつくことだろう。大枚を叩《はた》く客はいくらでもいるだろう。

「ここで働いて、どれくらいになるの」

「えぇと、もう半年になりますか、ね。うーん、あぁ、そうそう。最初に来たのがあの時だから、もう直ぐ八ヶ月、か。あ、でもほら、その間に、あれが」

「あぁ」

　新型コロナ・ウィルスの感染拡大による、一連の騒動のことだった。国による緊急事態宣言が発令され、一般市民には外出自粛。こうした接待を伴う店には休業要請がなされたのだ。ただ確か、ここはあの最中にあっても規模を縮小して密かにやっていたのではなかったか。客だってお忍びでやって来るのだから、「あそこは要請を無視して営業してる」なんて告発する輩なんていない。

　あの騒ぎの間もソープランドなどの風俗店には、知らん顔して営業しているところも多かった。パチンコ店などは槍玉に上がったが、こうした店は当局も見て見ぬ振りをしていた。店舗を閉めてもデリバリーなどで営業を続けられれば、実態は何も変わらないのだ。闇に潜られるより顔が見えていた方がまだいい、という判断だったのかも知れない。誰しも考えることは、似たようなものだ。

「でもここ、あの時も開いてたんだよね」

「そうなんですけど」小さく頷いた。「中にはあの間も、出勤してた子もいたけど。でもやっぱり、怖いじゃないですか。どのお客さんがウィルス、持ってるか分からないんですから。それにあの時に外出してたらさすがに、両親にも見つかってしまってたでしょうし。だからお店にお願いして、収まるまではお休みにさせてもらっていたんです」

「でもいったん抑えられていた感染者数も、またぶり返したりしたじゃない。都が飲食店に時短営業を要請したり。あの間は休まずに済んだの」

「二度目の時は、大丈夫でしたね。一回目は学校もお休みになったりして、家を出るだけで『どこへ行くの』って感じでしたけど。二回目はかなり緩やかになったので、外出もし易かったというか」

「成程ね」

言葉が一つ一つ、胸にすっと届く。やはり賢い娘《こ》だ、と即座に分かる反応だった。もっともそうでなければ、そもそもあの学校に入れるわけもないが。それに判断も一々、的確だった。何も周りが大騒ぎしている時、感染リスクを冒してまで働く必要なんてない。親に知られるリスクを避ける、という行動も適切だった。

質問を続けた。「前にも、似たようなお店で働いてたの」

「いいえ。ここが初めてです」

「どうやってここを知ったの」

「えぇと。友達から紹介してもらったんです。彼女もここで働いてて」

そうしてそもそも、どうしてこのような店で働く気になったのか、と質問して冒頭の答えになったのだった。要は金なのだ、と。上手くいけば一日で十万にも二十万にもなる。他にはありえない稼ぎだから、やっているだけだ、と。

「それくらい、稼ぐとなると」確認、以上の意味は最早なかった。「〝裏オプ〟、ってことだよね」

〝裏オプション〟。こうした店では基本的なサービスの上に、「水着を着て相手してもらう」「耳に息を吹き掛けてもらう」等など細かい追加オプションがあり、それぞれに料金が設定されている。

だがそんな、表に出せるオプションではない。つまりはご法度、売春である。

「いづみ」ちゃんは再びこくん、と小さく頷いた。少々、気不味《きまず》い雰囲気は生じたものの罪悪感はさして窺えなかった。

「そう。そんなことをしてまでお金を稼ぐ。つまり」

「あ、ゴメンなさい」スマホに着信があったようだった。素早い動きで画面に指を滑らせ、何かの操作を済ませていた。

スマートフォン。若い娘《こ》の必需品。目の前の相手と話すことよりも、最優先なのだろう。仕事をしている間くらい控えろ、とこういう店でも指導することはないのだろうか。それともこの方がよりリアル、と客も喜ぶのだろうか。

「あ、ゴメンなさい」用件は終わったらしい。スマホを下に置いて、こちらを向いた。「それで、さっきの質問なんですけど。多分、違うと思いますよ。働く理由、って。きっと思ってらっしゃるようなものとは、その」

「あぁ、そう」あっさり引き下がった。「まぁそりゃお金は、あればあっただけいいからね。あって困る、なんてことはないからね」

「えぇ、まぁ、はい」

少女がこんな店で、身体を売ってまで金を稼ぐ。騙されているのか。あるいは家が生活に困窮しており、子供までが非合法な収入を求めなければならないのか。誰もが悲惨な理由を想定したがる。

だが、違うのだ。そもそも彼女の高校に、生活に困る家庭の娘《こ》が通えるわけもない。

要は文字通り、単なるビジネスなのだった。彼女達は自らの価値をドライに把握している。女子高生である今が一番、効率的に稼げる時と知っている。そのチャンスを最大限に活かしている、というだけのことだった。特段、金に困っているわけではない。ただ、今がいい稼ぎ時だから稼いでいる。それだけの動機づけに過ぎない。

怪《け》しからん。道徳的価値観から説教するのは、容易い。ただしやったところで、意味はない。こんこんと説いてみせても彼女に通じることはまずないし、もし上手く説得できたとしてもどうせまた別な少女が、ここに来るだけのことだ。買う者がいる限り提供する側もまた、なくなることはない。

「そう、分かった」立ち上がった。「話を聞かせてくれて、有難う。お節介ついでに言っとくけど、身体にだけは気をつけてね」

「はい、大丈夫です。有難うございます」

店長にも挨拶して、店を後にした。

外に出ると街中に響き渡る音楽が、耳に突き刺さった。お土地柄、ＡＫＢ辺りの歌なんだろうか。聞いた覚えはあるが何という曲なのかは、知らない。こんな歌のどこがいいのかも見当もつかない、五十男には。

コロナ〝第一波〟の頃は大人しくなっていたが、騒ぎのピークが通り過ぎればこの体たらくだ。元のままとまでは言えないが、賑やかさはかなり街に戻っていた。今は八月頭ころまでの第二波と、第三波との間の時期と見なされている。今冬にはインフルエンザの流行と第三波とが重なり、大変なことになると言われているが、当面はこの賑わいが続くのだろう。

懐から煙草を取り出した。一応、健康にも気をつけてニコチン控え目な『メビウス』を最近は専《もっぱ》ら吸っている。それでも室内という閉鎖空間で、少女を前にして一服つけるような無作法はさすがに持ち合わせてはいない。

口に銜《くわ》えて火をつけようとして、はっと思い至った。ここは千代田《ちよだ》区内。すると路上喫煙は、全面的に禁止ではないか。見つかれば罰金である。

苦笑が浮いた。売春をしている店の前にいて、煙草を吸うことは許されない、ってか。

まぁここからちょっと歩けば上野《うえの》に至る。台東《たいとう》区に入れば、喫煙に関してもこちら程にはうるさくはない。

〝裏オプ〟、か。ぶらぶらと歩を運びながら、古毛は思った。つまりはかつての、〝エンコー〟の〝ウリ〟じゃぁないか。

変わらないものは変わらない。まぁ今の女子高生の方が、言葉遣いは丁寧になったか。それから、ルーズソックス。あんな、見ているだけでこちらの足首までムズムズしそうな代物はさすがに、あの頃ほどには蔓延っていない。四半世紀を経て変わったのは、それくらい、ってか。あぁそれと、スマホとポケベルとの違い、か。

そう。二十五年前のあの日も俺は、〝エンコー・コギャル〟を相手に取材していた。早く神戸《こうべ》に飛びたい。大震災に見舞われた被災地の取材に、できるだけ早く取り掛かりたい。胸の中では焦るだけ焦りながら。

翌日、神戸に飛んだ。

そうして出会ったのだ。鋭い中に凜《りん》とした輝きを放つ、あの眼に。

1

「捌《さば》けねーんだよ、パー券が」目の前に座る、女子高生は言った。歳に不釣り合いに化粧が濃く、太い足首にルーズソックスがたわんではいるが見た目に可愛い娘《こ》なのは間違いなかった。「先輩からノルマ食らってんのに、さぁ。このまんまじゃ売れ残り。マジ超ぐんじょー（最大級の落ち込み。顔色が青を通り越して「群青」から）」

高校の先輩がパーティーを開くに際して、その券を売り捌かなければならない。なのにノルマに反して売れ行きが芳しくない、とボヤいているのだった。こうしたコギャルとの取材も重ねて来た古毛にとって、この程度までなら何とか聞き取れる範囲内だった。

「売れ残ったら、どうするの。先輩に詫びを入れて返す、とか」

「ンなわけねーじゃん。チョーだせー。だから自腹シバいてでも、捌かなきゃ。あーもー。ちょべりばー（最悪。超ベリーバッドの略）」

渋谷の喫茶店に来ていた。この少女とはエンコーの取材で知り合って以降、時折こうして会っている。「エンコー」即ち援助交際。名前を換えただけの売春である。

「あ、あたしこれ好きぃ。ｔｒｆ」

店内に流れ始めたＢＧＭに即座に反応した。昨年、発売され若者を中心にヒットした曲だ。この喫茶店は若い客が多く、選曲もその好みに合わせていた。

「Boy Meets Girl
少年はいつの日か　少女の夢必ず見つめる
出会いこそ　人生の宝探しだね
Boy Meets Girl……」

小声で口ずさみながらリズムに合わせて小さく身体を揺すっていた。こうして見ている限り歳相応の、あどけない少女に過ぎない。彼女が大人を相手に春を鬻《ひさ》いでいるなんて。俄《にわ》かには信じられない思いに捉われる。

だが、紛れもない事実なのだ。たった今、パーティー券のノルマが果たせず自腹を切ってでも何とかしなきゃ、と言っていた。ではその費用はどうやって捻出するのか。もう、確認するまでもない。

「あっ、ちょっと待って」ポケベルが鳴り出したので少女は席を立った。公衆電話の並ぶ一角に歩み寄って行った。この店内には公衆電話が何台も用意してあり、ポケベルに素早く反応できる。そういう点も若者客に受けている要素の一つだった。

膨らむだけ膨らんだバブル景気が弾けて、既に数年。反動で落ち込んだ日本経済に大人はすっかり意気消沈しているのを尻目に、若い娘《こ》は元気だ。独自の文化を築き上げ連日、若さの特権を謳歌している。この渋谷は彼女達の、文化の中心地に他ならない。外に出れば彼女らが、我が世の春とばかりに闊歩する。街も彼女達のニーズに合わせ、きめ細かなサービスを提供している。今やこの街の主役は、完全に女子高生なのだ。すっかり意気地を失った大人達には、彼女らの暴走を制する力はどこにもない。

『セブンスター』を懐から取り出し、一本を口に銜えて火をつけた。最近は『マイルドセブン』のみならず、そのまた「ライト」だの「スペシャルライト」だのやたらとマイルド志向ばかりで、嫌になる。そこまでニコチンやタールが気になるのなら、最初から吸わなければよいではないか。古毛としてはそんな風潮につき合う気は毛頭ないが、かと言って『ハイライト』なんかではオジン臭すぎるので、専らこの銘柄を愛用している。

紫煙を味わいながら待っていると、少女が通話を終えて席に戻って来た。吸い殻を灰皿に押しつけて、訊いた。「どうだった。友達から?」

そう、と頷いた。「マルキュー（渋谷１０９）インして（買い物して）、それからオケろう（カラオケ歌おう）って」

今度は首を振った。「て、ゆーかー。マルキュー四時なんだよね。だからもうちょっと、時間ある」

「そうか。それじゃぁここは、そろそろお開きの時間かな」

「あぁそうか。じゃぁここでそれまで時間、潰すか。何か追加で、頼むかぃ」

「チョコパフェ〜。ここの、ちょー美味《う》めーんだ。おねしゃーす（お願いします）、古毛さん」

頷いた。「あぁ、いいよ。それと俺の分も、注文しといてよ。コーヒーもう一杯」

あざーす（有難うございます）。カウンターの方へ歩いて行く少女の後ろ姿を見送りながら、実は胸の中で舌打ちしていた。本心ではそろそろ、切り上げたかったのだ。

俺は何をやっている。今こんなところで、こんなことをしている場合か⁉

今朝は電話で叩き起こされた。「おい、大変なことになってるぞ。テレビつけてみろ」記者仲間だった。

まだ夜が白々、明け始めるかという頃合いだった。この商売をしている者は圧倒的に夜型が多い。反動として、朝は弱い。特に昨晩は遅くまで呑んだから、尚更だ。夜酒は情報収集の一環で、つまりは仕事の内という開き直りもあった。

ただ、今のあいつの声には切迫感が込められていた。冗談や酔狂ではない。本当に何か、大変なことが起こったのだ。声だけで悟っていた。お陰で眠気も、吹き飛んでいた。

言われた通りにテレビのスイッチを入れた。同時に眠気どころか、酔いも一片すら残さず吹っ飛んでいた。

何だ。何だ、これは⁉

ビルが潰れている。倒れているのではない。潰れているのだ。

横倒しに倒れているのは、高速道路の高架だった。車が引っ繰り返っている。半落した高架橋から落ちそうになって、バスがやじろべえのように引っ掛かっている。見たこともない衝撃映像が次々、目に飛び込んで来た。

阪神地方で、未曾有の大地震が発生していたのだった。

阪神地区で、震災。信じられなかった。古毛は福岡県北九州市の出身である。高校を卒業して直ぐ上京し、予《かね》てから憧れていたこの業界に転がり込んだ。

東京に出て来てまず驚いたのは、地震の多さだった。何かと言うと、足元がぐらりと揺れる。慣れていない古毛は驚いて、そのたび部屋から飛び出す。

ところが狼狽《うろた》えているのは自分だけ、なのだった。周りは平然と構えている。このくらいの揺れ、ここでは日常茶飯事なのだ。驚くに値しない。そうなのだ、と納得するまで少々の時間を要した。それでもつい反応してしまいそうになる身体を、自然に抑えられるようになるには更に時間が必要だった。

そうして実感した。やはり同じ日本と言ったって、東と西では随分と違う。地震の頻度にすら差があるのだ。西日本出身の自分は、ここに来たら〝異邦人〟のようなもの。まずは異文化に慣れるところから、始めなければならない。

勿論、九州と関西だって文化的にあれこれ差がある。言葉だって違う。それでも同じ西日本、という感覚があった。つまり俺達と同じく、あそこでも震災はそう多くはない。

勝手な思い込みがあった。だからその中心部で巨大地震、という報が俄かには信じられなかったのだ。

だが目の前、テレビ画面に映し出された映像は紛れもない事実だった。大都市が大地震に見舞われた。近代都市のインフラが、激震に叩き壊された。激しい目眩《めまい》を覚えた。

居ても立ってもいられなかった。取材に行かなければならない。現地に飛ばなければならない。雑誌記者として、本能的な反応だった。

が一方、彼《か》の地の状況がよく分からない。あれだけの大地震である。広範な地域が被害を受けているだろう。何も知らずに現地に飛び込んだとて、何ができるかも分からない。動き回れるのかどうかすら摑めないのだ。それに通信網も恐らく、あちこち寸断されていよう。現地に入って情報を手にしたとしても、それをこちらに送れるのかどうかすら心許ない。まずは事前の情報把握を最低限、やっておかねばならなかった。

古毛が現在、主に仕事をしているのは総合出版社、巷談社《こうだんしゃ》の月刊ヴィジュアル情報誌『Sight』だった。だがさすがにこんな時刻、編集部に電話を入れてみても出る者は誰もいなかった。副編集長、笠部《かさべ》正樹《まさき》のポケベルも呼び出してみたが暫く待っても反応はなかった。彼も既にこの地震発生については知っていよう。今はタクシーを飛ばして、編集部に向かっている途中ということも充分、考えられた。

よし、と腹を決めた。俺も編集部に行ってみよう。だがその前に、やることがある。押入れから大型のリュックサックを取り出し、必要と思われるものを詰め込み始めた。もしかしたら編集部から直で、現地へ行けという話になるかも知れない。そんな場合に備えて、準備を整えようとしたのだ。

そうしている内、電話が鳴った。「よう、古毛」笠部だった。「俺のポケベル、鳴らしたよな」やはりタクシーで移動中で、反応できなかったらしかった。今し方、編集部に着いたので掛けて来たのだった。

「今日にでも」震災のことはご存知ですよね。最低限の確認も必要ない。彼がこんな時刻に編集部に飛んで行った。即ち知っている、ということだ。「神戸に飛ぼうと思っているんですが」

更に意気込もうとするのを、「まぁ待て」と制された。「まだ現地の状況がよく分からん。こっちの動きもな。週時や『All Day』も現地に向かうのは間違いない。どうせなら最初は、行動を共にした方が何かと便利な筈だ。だから擦り合わせた上で、出発した方がいい」

週時は『週刊時代』の略で、写真誌『All Day』と同じく巷談社第一編集局の発行する男性向け週刊誌である。月刊『Sight』も同社一局に属しており、社員である編集者がそれらの編集部を人事異動で回るなど交流は盛んだった。フリーの立場である古毛ら記者や、カメラマンが互いの仕事を掛け持ちすることも多かった。

「分かりました」古毛は答えた。「とにかくこれから、編集部に向かいます。直ぐに現地に飛ぶこともできるよう、準備を整えて行きます」


結果的にはリュックを抱えての編集部行きは、勇み足になった。『All Day』の編集者とカメラマンが明日、朝一で現地に向かうというので、それに同行することになったのだ。

編集部に集まった者はそのまま、テレビの前に釘付けになった。最新の映像が次々、映し出される。衝撃的なものばかりだった。固唾《かたず》を飲んで、見守った。何か言葉を口にする者もあまりいなかった。

そうしている内、思い出した。今日、取材のアポがあったんだった。エンコー・コギャルの取材で知り合った女子高生で、久しぶりに会おうかという話になっていた。

こんな時にコギャルと会うもクソもあるか!? 本音はあった。急用が出来た、と言って断るのもできないではない。彼女のポケベルを鳴らし、ここの電話番号を打ち込めば済む話だ。無茶な申し出では決してないし、さして波風が立つような事態も招くまい。

だが出発は明日、と既に決まっている。今はやれることといえばこうして、テレビに齧《かじ》りついているだけだ。どうせ時間を潰すしかないのなら、取材先に会っている方がまだいい過ごし方ではなかろうか。雑誌記者は人脈こそ命。どれだけ多種多様な人と知り合い、話を繋げられるかが仕事の糧となる。

思い直して断るのを止《や》め、約束通り渋谷で会った。最近どうしてるの。最初から聞きたいことがあったわけではない。単なる話題として、近況を尋ねた。パー券が捌けなくて云々、の話もその中で飛び出したのだった。

特段、用件があったわけではない。テレビを見るしかできないのなら、他のことをやって気を紛らわそうと渋谷まで出て来ただけだ。だがやはり、落ち着かない。焦りばかりが募る。だからそろそろ、お開きにしたいとの本音があった。

ところが彼女は友達と会うまでまだ時間がある、という。パフェのおねだりをされれば嫌とは言えない。エンコーのネタはいつでも使える〝鉄板〟だし、そのためには彼女とのパイプは保っておいた方がいい。この程度のことでギクシャクするわけにはいかないのだ。

「あー、美味しかったぁ」少女がチョコパフェを食べ終えた。唇に残っていたクリームを、舌をぺろりと出して舐め取った。「古毛さん、あざーす」

「美味しかったのなら、よかった」古毛も二杯目のコーヒーを飲み終えていた。そろそろ、彼女が友達と待ち合わせているという四時に近い。今度こそ本当に、お開きだ。じゃぁね、と切り出そうとしてふと、考え直した。話題を振ってみた。「ねぇ、聞いてるかな。今朝、阪神地方でデカい地震があった、って話」

「えー、何それー。あ、でも誰か言ってたかな。どっかで地震があった、って」

「そう、阪神地方。かなりの被害が出ているらしいんだ」

「阪神、って何。野球？」

「大阪とか、あっちの方のことだよ、一番、被害が大きかったのは神戸らしいんだけど」

「えぇー、神戸ー？　おしゃれな街だってーじゃん。いつか行こうぜ、ってマブダチと言ってたのになぁ。地震じゃ、もー行けねーじゃん。げろげろ」

苦笑するしかなかった。不謹慎だと窘《たしな》める気にもなれなかった。自分と縁遠い地で被害があったところで、現実感を覚えることはないのだろう。それよりは彼女にとって、パーティー券を捌けないことの方がずっと重大な関心事なのだ。

これがその、マブダチー。手帳を取り出して、見せて来た。『写ルンです』で互いに撮り合ったという写真が貼ってあり、余白には赤ペンによるいくつもの書き込みがあった。ハートマークに溢れていた。

見ると、隣に写っている少女にも、まだ顔にあどけなさが色濃く残っていた。なのにこの娘《こ》もまた〝ウリ〟をやっている。彼女らはエンコー・グループを作っているのだ。仲のいい友達ということはつまり、そういうことなのに違いない。

店を出たところで、別れた。足取りも軽く、少女は渋谷１０９の方へ歩み去って行った。彼女にはこれから、友達とショッピングした後カラオケを楽しむという日常が待っている。

一九九五年一月十七日。被災した人達が多数、存在する一方でこれもまたこの国の紛れもない現実なのだ。

2

新幹線の始発の時刻に合わせて、東京駅で待ち合わせた。相手は写真週刊誌『All Day』の編集者と、カメラマンだった。

カメラマンは大谷《おおたに》伊予《いよ》也《なり》といい、これまで何度も一緒に仕事をした仲だった。巷談社のカメラマンは多くが古毛ら記者と同じく、フリーの立場である。特段の契約書を編集部と交わしているわけではないが、「まぁ他に用事がない限りうちの仕事を優先してよ」といった程度の緩い縛りが掛けられている。巷談社一局の男性誌は互いに交流が深く、時間が空いている時には他誌の助太刀に動くことも多い。だから大谷も、『Sight』の仕事も頻繁に請け負っていた。逆に古毛も、『All Day』の仕事を手伝うことはしょっちゅうだった。

編集者の方は初めて会う顔で、見るからにまだ若かった。嵯峨尾《さがお》辰良《たつりょう》と名乗り、昨年に入社したばかりだと自己紹介した。

「去年」少なからず、驚いた。「てことはまだ、一年目か。それがいきなりこんな取材だなんて、大変だな」

「急なことで、即座に動けるのが僕しかいなかったんです」嵯峨尾は言った。「後から続々、先輩が合流すると思いますけど。まぁ何ができるか分かりませんけど、いい勉強と思って頑張ってみます」

『All Day』は写真誌だから言うまでもなく、写真がメインである。ある意味、いい絵さえ撮れていれば後は何とかなる。だからベテランカメラマンの大谷がいれば、大きなポカさえしない限りその場は凌《しの》げると編集部も判断したのだろう。それよりも撮った写真はその都度、編集部に届けるしかない。現地の状況が分からず郵送なんて冒険はできないのだから、フィルムを運ぶのは当人しかいない。つまり今、嵯峨尾も言った通りこれからも編集者や、カメラマンが現地に続々投入される。入れ替わり立ち替わり、人海戦術で誌面を作って行く作戦だった。

対して『Sight』は月刊だから、『All Day』のような速報性は望めない。読者もそんなもの求めてはいない。大切なのは、事象に深く突っ込んだ内容だった。

「急ぐことはねぇからな」副編集長の笠部が昨日、言っていた。「それよりお前、独自の切り口を見つけてこの震災を描いて見せろ。これはと思えるオリジナリティが見出せない限り、帰って来んな」同じ雑誌ではあっても彼らとは全く逆のアプローチと言えた。

三人で東海道新幹線に乗り込んだ。席に腰を沈め、まずはホッと息をついた。

車内販売が回って来たため、紙コップのコーヒーを頼んだ。二日連続の慣れない早起きで、身体が適応し切れているとはお世辞にも言えない。少しでも解消するための、眠気覚ましだった。熱いコーヒーを口に含んで煙を味わうと、やっと生きた心地が戻って来る。さぁやるぞ、という気持ちも新たになる。

「奥尻島《おくしりとう》の取材に行った時のことを思い出すなぁ、古毛」同じくコーヒーと煙草を楽しみながら、大谷が言った。「あの時も大変だった」

えぇそうですね、と頷いた。煙を長く、ふーっと吐き出した。

二年前、北海道南西沖の日本海海底でマグニチュード7・8の地震が発生した。最大推定震度は、六。最も大きな被害が出たのが沖合に浮かぶ奥尻島で、大規模な津波に襲われた。正式名称「北海道南西沖地震」と共に、「奥尻島地震」とも呼ばれている所以《ゆえん》である。ちなみに最大震度が未だに「推定」のままなのは当時、島に地震計が設置されていなかったためだった。

地震発生が夜で、しかも震源が島の直ぐ近くであったため、ほんの数分で津波が襲来した。お陰でより被害が甚大になったのである。島の南部に位置し三方を海に囲まれた青苗《あおなえ》地区で、特に大きな被害を出した。おまけに津波が去った後に火災が発生し、強い風に煽《あお》られて瞬く間に燃え広がった。

古毛らが取材のために到着した時には、既に火災は消し止められていた。津波と火事とで集落は消え失せ、生き残った被災者は呆然とその場に立ち尽くしていた。

島の主な産業は、漁業である。なのにその漁船を壊され、家も流された。生活の糧も住むところも瞬時に失い、ただ立《た》ち竦《すく》むしかなかった、というのは当たり前のことだったろう。こちらも彼らに何と声を掛ければいいかも分からず、じっと佇《たたず》むしかできなかった。担架に乗せて運び出される遺体の脚がシーツからはみ出ており、慌てて写真に撮った。被災の無惨さを端的に表す絵として撮れたのはそれくらいで、後は何をしたものやら記憶は茫《ぼう》と霞んでいる。あまり思い出したくないという深層心理が、一層そうさせているという面もあるのかも知れない。

「島は死んじまった」

ぼそりと漏らした島民の言葉が耳を離れない。今も時折、頭の中でこだまする。

被災地の取材は常に、こちらの心にも深い傷を残す。今回もそうだろうな、と覚悟するしかなかった。ついつい重い沈黙が垂れ込めた。

「しかし、よぉ」雰囲気を払拭しようとしたのだろう。大谷が軽い口調に転じて、言った。吸い殻を灰皿に押しつけて、嵯峨尾を指差した。「これだから若い野郎はしょうがねぇ、ってんだよな。こんな取材に、そんな格好で出て来てどうする」

彼の服装を言っているのだった。何ときっちりネクタイまで締めた、スーツ姿なのだ。

「地震で壊れた街を歩き回ろう、ってんだぜ。そんなんじゃぁ動き難《にく》くってしゃぁねぇだろ。被災者に話を聞く時だって、そうだ。そんなしゃっちょこ張った格好じゃ、向こうだって違和感があるだろう。相手は着の身着のままで逃げ出してる筈なんだからな、どうだ」

「いやぁホント、その通りですよね」嵯峨尾が苦笑して、頭を掻いた。「取材では相手に失礼にならないように極力スーツ、って教わってたもので。あまり深く考えず、いつものようにこんな格好で出て来てしまいました。でも言われてみれば、そうですよね。こんな服じゃ、歩き回るのにも難儀しますよね」

「まぁ、しょうがないよ」古毛は言った。二本目のセブンスターに火をつけ、紫煙を胸一杯に吸い込んだ。「まだ経験が浅いんだ。現地の状況にまで想像が及ばなかったとしても、しょうがない。これから追々、経験を積んで行って感覚を体得するしかない」

「はぁ、畏れ入ります」

「それに今回、苦労すれば嫌でも身につく筈さ。取材の状況に応じて服装まで考える習慣、って奴が」

「古毛さんって、海外の戦場の取材もこなされてるんですってね。その経験があれば被災地の取材も、お手の物ですよね」

「そんなことはないさ」手を振った。「逆に俺は慣れてる、なんて思うのがご法度だ。油断に繋がっちまう。同じ取材なんて二度とない。常にこれが初めて、の心掛けで挑め、ってことさ」

「はぁ、分かりました」

　確かに戦場の取材も経験していることで、現地に何を持って行けばいいか咄嗟に判断できるのは事実だった。動き易い、というのが第一。多少、汚れても構わない服を最優先に選ぶ。今は冬だから防寒にも充分、配慮しておかねばならない。じっくり腰を据えて取材に掛からねばならないのだ。何日も泊まり込むことになる。今回はキャンプ用品も最低限、持参していた。現地で宿も取れない状況は大いにあり得る。野宿も覚悟の上、だった。

　まぁその点は、大谷や嵯峨尾とは置かれた立場が違った。スピードが命の彼らは、数日もしたら東京に帰る。一方こちらは、いつまで留《とど》まることになるか見当もつかない。先が見えない以上、長期戦に備えた準備をして来るのは当然だった。俺の立場でスーツなんか着て来たら、それこそ「馬鹿」の一言で呆れられてしまうだろう。

「さぁ、そろそろだな」
車内放送で、間もなく名古屋だと告げていた。ここで乗り換える。近畿日本鉄道で、大阪に向かうのだ。近鉄は震災に見舞われた大阪市内でも動いている、と確認してあった。大阪まで行ってしまえば、神戸までは大した距離ではない。

ただし距離的にはそうでも、実際の移動は困難が予想された。さすがに阪神間では、鉄道は全てストップしている。高架橋があちこち崩れているのだ。レールが歪んだ、どころの騒ぎではない。鉄路そのものが消え失せている。

道路も大渋滞しているに違いない。高速道路は高架が落ちているし、下の道も路面が波打っている。走れる道路はごく限られているだろう。そこに車がどっと押し寄せる。消防、救急といった緊急車両や、救助のために派遣された自衛隊の特殊車両も走る。渋滞しない方がおかしい。

近鉄で大阪に着くと、ハイヤーを雇った。数日間、貸し切りでお願いした。多少、料金は嵩《かさ》むが迷いはない。現地では動き回る足が何より入り用なのだ。動けなかったら、取材にならない。

おまけにハイヤーには、車載電話がついている。通信手段が確保できるというのはこういう場合、何より有難かった。被災地ではアンテナも被害を受けている筈だから、どれだけ繋がるのかは心許ない。それでもないよりはずっと頼もしいのは間違いない。電話線は各地で寸断されているだろうし、通じる公衆電話には長蛇の列が出来ているだろうと覚悟するしかなかった。

だからこうして、取材費が潤沢に使える『All Day』と一緒なのは助かった。一人でハイヤーを何日も雇うなど、『Sight』単独ではまず認めてはもらえない。焦りを押し殺して一日、現地入りを我慢し彼らと行動を共にしたのも、このためだった。昨日、エンコー・コギャルと時間を過ごしたのも全くの無意味ではなかったわけだ。少なくともそんな風に、思っていればいい。

「どう、向こうの様子は」ハイヤーに乗り込み、運転手に訊いた。カメラマンは持参する道具が多く、嵩張る。後部のトランクに詰め終わった大谷は、遣り取りの間に助手席に着いた。「こっちも結構、揺れたんじゃないの」

「えぇ、えらい揺れでしたよ」運転手は頷いて、答えた。「こっちじゃ地震なんて普段、あらへんさかぃなぁ。正直ド肝、抜かれましたで。でも神戸の方はずっと、ごっついらしいですなぁ。あっこに比べりゃまだ、こっちはマシで」

「道は渋滞してるよね。行けるかな」

「私はまだ向こうには行ってないんでっけど。仲間の話では国道二号は、いっこも動かんらしいですわ」

国道二号線は大阪から神戸方面に向かう際の、幹線道路である。高速が閉ざされている以上、下の道を走るしかないが渋滞で動けないのでは、どうしようもない。

「脇道を走るしかないかな。しかしそっちも、車が流れ込んでるだろうしな。おまけに走れる道と来たら、限られてるだろうし」

「そなぃな話ですねん。ほんでな。ちょっと一つ、ご提案なんですが」

六甲山《ろっこうさん》のど真ん中を南北に貫く『新神戸トンネル』が、地震で崩れることなく通行可能とのことだった。大阪からいったん北に向かい、六甲山の裏側にぐるりと回り込む。そこからトンネルを抜け、神戸へと南下する。大きな遠回りにはなるが、海沿いを走るよりはまだそちらの方が早い、と運転手仲間では噂になっているというのだった。

「えらぃ迂回にはなりますけどな。どなぃでっしゃろ」

「海沿いを走って身動きが取れなくなるより、まだそっちの方がいいかもな」大谷が頷いた。「よし、運転手さんの情報に任す。そのルートで行ってくれ」

「はぃな。分かりました」

座席に腰を沈め、煙草を吹かした。三人ともあまり、口を利く気にはなれなかった。新幹線の中ならまだ、軽口を叩くくらいの余裕はあった。仲間内だけ、という気安さもあったろう。

だが今は運転手という第三者がいる。おまけに甚大な被害を受けた被災現場に、歩《ほ》一歩《いっぽ》と近づきつつある実感が募る。口が重くなるのも当然だった。普段はお喋りらしく見受けられる運転手も、ルートについて必要なことをいくつか確認して来ただけで後は黙っていた。彼もまた張り詰めているのだ。考えてみればこの運転手も、今回の取材に関する限りこちらと一蓮托生《いちれんたくしょう》。仲間のようなものではないか。

宝塚《たからづか》から有馬《ありま》温泉の方に回り込み、六甲山の裏側に達した。いよいよ新神戸トンネルの入り口が近づいて来ると、車の進みも遅れがちになった。こちらもまた渋滞していたのだ。

「海沿いよりこっちの方が早い、という情報が既に出回っているんだろう。だから皆、トンネルに押し寄せた」

「済んません。せっかく遠回りして来た、ゆぅのんにこれじゃあまり意味、おまへんでしたかぃな」

「いやいや、そんなことはなかろう。こっちまでこの混み様、ということは海沿いを行ったらもっと詰まってたさ。ここまで来たらもう一息。多少の渋滞は仕方がない。このまま突っ込もう」

「へぇ、大きに」

ノロノロした動きながら、隧道《ずいどう》に突入した。このトンネルは北行きと南行き、上下二本が別々に掘られている。いずれも八キロメートル前後の長大な地下部分を有す。そこをノロノロで走るものだから、なかなか出口に辿り着かない。視界には延々、隧道の壁が続く。

それでも完全に止まってしまうような渋滞ではなく、助かった。少しずつでも動いてくれていれば、気分はかなり違う。焦りも少なくて済む。やはりこちらを走って正解だったのだろう。運転手の提案に同意したのは正しかったのだ、と古毛は思った。

やがてトンネルの先に、出口の明かりが見えて来た。さぁ、いよいよだ。

3

新神戸トンネルはずっと地下を走れば海の手前、国道二号線のところまで行ける。だが山陽新幹線、新神戸駅前に出るランプで地上に上がった。国道二号まで行くルートは更に渋滞しているように見受けられたためだ。大阪と神戸とを結ぶ大動脈には、車が大量に押し寄せていよう。そこに合流しようとすれば、鮨詰めになってしまうのも道理、だった。

新神戸駅前から坂を下れば神戸最大の繁華街、三宮《さんのみや》に向かう。市街地の中心部へ近づけば近づく程、被害は大きくなって行った。あちこちでビルが傾き、倒れ、道路を塞いでいた。

強い目眩を覚えた。ショックのせい、ばかりではない。走りながら車が上下に揺れるのだ。道路が、あるところは隆起しまた別なところは陥没し、大きく波打っているのだった。稲光のような地割れが生じているところもそこら中にあった。

更に路面には、種々の瓦礫《がれき》が転がっている。コンクリートやブロックの塊。都市インフラが壊された、残骸だった。運転手も障害物を避けようとしてハンドルを切るが、できずに乗り上げてしまうことも多い。そのたび車も揺れる。あまりにも光景が衝撃的な上に、視界も車と共に揺れ動く。

目眩がするのも、当然だった。

「お、おぃ見ろ。あれ」大谷がフロントガラスの先を指差した。「阪急《はんきゅう》三宮駅だぞ」

駅舎の一部がぺしゃんこに潰れていた。テレビの映像で見てはいたが、実際に目にするとショックは比べ物にならなかった。よく知っている建物だから、尚更だ。

後は全員、言葉にならなかった。砕かれた街並みを見るたび、「ああ」とか「おぉ」といった声を発するのが精々だった。言葉を口にする気にすらなれないのだ。

まずは地元の新聞、神戸新聞の本社を訪ねる積もりでいた。以前にも何度か会ったことのある、知り合いの記者がいる。彼から話を聞くことができれば、どことどこを重点的に回ればよいかアドヴァイスももらえるのではないかと期待した。

ただ途中、何度か車載電話から掛けてみたが、繋がらない。それはそうだ、この大混乱の最中。だからとにかく、編集部に行ってみようという話になった。外を回って取材している可能性が高いが、編集部に行ってみれば何らかの情報は得られるだろう。電話ができない以上、それしかない。

ところが神戸新聞の本社が入るビル、通称「新聞会館」はＪＲ三ノ宮駅の南側に位置する。交通ターミナルの中心、という一等地だが駅の周辺は混雑しており、線路の向こう側へはなかなか回り込めそうにない。倒れたビルに塞がれたり路面が崩壊したりで、車の通れる道が限られているのだ。混むのも当たり前だった。

「仕方がない」ハイヤーを降りることにした。「俺達は歩いて行ってみる。運転手さん、この辺りに車を停めてちょっと待ってて」

「は、はぃな」運転手もかなりのショックを受けているようだった。車を停めるとハンドルに両手を載せ、俯いて深く息をついていた。

歩き出した。一歩、踏み出すごとに足元がジャリッ、と鳴った。ガラスの破片が地面を覆っているのだ。そこら中のビルの窓ガラスが割れ落ちたせいだった。

大谷が時折、足を止めては写真を撮る。そもそもが歩き辛い上に、そんな調子だからなかなか先を急げない。酷い壊れ方をしたビルを見つけると古毛や嵯峨尾も、「大谷さん。こっちも、あれ」などと知らせながら歩いた。時には古毛、自身も自分のカメラを向けた。

道が行き止まりになっていた。ビルが完全に横倒しになり、行く手を阻んでいるのだった。

酷いな、これは。思わず立ち竦み、慄然《りつぜん》としていると脇から声を掛けられた。「これな、昨日は倒れてへんかってん」

振り向いた。煤けた紺色のジャンパーに身を包んだ、初老の男だった。首にはタオルが巻かれていた。防寒の意味もあるのだろう。

「今日になって、倒れたというのですか」

「せやねん。昨日はまだ、傾いとるだけやってんけどな。今日になってとうとう、倒れてもた。えらぃ音やったで」

「他のビルでも同じことが起こり得る、ということですね。傾いた建物に近づいたら危ない、と」

「そうゆぅこっちゃ」

被災者だろうと見当がついた。確認すると、その通りやと頷いた。

「お陰様で家族に大きな怪我はなかってんけどな。家は完全に潰れてしもた。そやさかぃ、あっちの小学校に避難しとんねん」

ところが大勢が逃げ込んで来ているから窮屈で仕方がない。押し合いへし合いしていると気分も悪くなるから、昼間はこうしてあちこち出歩くことにしたというのだった。外で他の人に会って、情報交換もできる。よくも悪くも、様々な情報が入って来る。

「夜はえぇねん」彼は言った。「寒いしな。大勢おった方が、安心する。せやけど昼は、なぁ。密集しとるとイライラするやろ。つまらんことで喧嘩になったりする。それに、あれや。一番、困るんがトイレやねん」

避難して来た人数に対してトイレの数が、圧倒的に少ない。常に並んでいる状態だという。だから動ける者は外に出て行って、用足しした方が周りのためにもなるのだ、と。

「トイレにずっと並んどるとこれまた、イライラするやろ。臭いしな。精神衛生上、えぇことあれへん。せやから動ける者《モン》は、うろついとった方がえぇんや」

兄ちゃんらはマスコミか、と訊かれたのでそうだと頷いた。「ほんならこの様子、世間によぅ伝えたってや。どんだけ酷いことになっとるか。わしらがえらぃ目に遭《お》ぅとるか、周りに報せたって。頼んだで」

できる限りのことはします、と請け合った。ほんならな、兄ちゃん。気ぃつけてな。手を振って、男は歩み去って行った。

倒れたビルは迂回し、再び駅の南側を目指した。何とか回り込むことが叶い、新聞会館の正面に出た。そのまま凍りついた。

会館もまた、破壊されていた。壁が崩れ窓ガラスは割れ、破れたカーテンが外にたなびいていた。まるで地獄から手招きしているかのように映った。水道管が破裂したのだろう、どこからか水が溢れ出していた。かつてはこの中には映画館も入り、飲食店やチケットショップまであったりして、ちょっとした娯楽ビルでもあったのだ。それが今や、廃墟と化していた。少なくとも一瞬、そう映った。

ところがよく見ると、全くの機能停止というわけでもなさそうだった。出入りしている人の姿があった。神戸新聞の社員だろう。中はどうなってますか、と話し掛けた。

「見ての通りですわ」彼は言った。ビルを振り仰いだ。「こんなんじゃとても、新聞社の機能は果たせん。せやから拠点は他所に移すことにして、今は使えるものを運び出しよるとこですねん」

「正藤《まさふじ》さんは」知り合いの新聞記者は、名を正藤明城《あきしろ》といった。「彼は今、どこにいるのか分かりませんか。取材に出ているんでしょうか」

「正藤。あぁ社会部の、な。幸い怪我もなかったし、家族も無事ゆぅことで熱心に取材に飛び回ってますわ。ただ、今現在どこにおるんか、はちょっと」

それはそうだろう。礼を言って別れようとすると、「何とかやってまっせ」と彼は言った。「昨日かてこの最中、何とか夕刊出すまでに漕ぎ着けましたんや」

昨日と言えば震災発生の当日ではないか。なのに大混乱の最中、それでも何とか夕刊を発行したというのだった。

「四ページだけの紙面でしたけどな。それでも何としてでも夕刊出すんや、ゆぅ上の方からの指示があって。そら私らも言われるまでもなく、その積もりやった。そんなん無茶でっせ、て反対するモンは誰もおりませんでした」

ただし新聞会館は見ての通り、使い物にならない。今の新聞はコンピュータで紙面を作る。ＣＴＳ（コンピュータライズド・タイプセッティング・システム）といい、ワープロで書かれた原稿、見出し、写真といった各要素をコンピュータにデータ入力する。組み上がった紙面は電子信号で印刷局に回り、フィルム化され、アルミ版に焼きつけて輪転機に掛けられる。これらの制御も全て、コンピュータ仕掛けである。

ところが地震でＣＴＳが使えない。輪転機そのものはここから離れた、市内西区の製作センターにあり被害は受けたものの何とか動かせるのだが、ＣＴＳが壊れていては版下をフィルムにできない。

「ほんでな。京都新聞さんに協力してもらいましたんや」

神戸新聞と京都新聞とは同じ関西の地方紙として以前から親しくつき合っており、互いに何かあった時は紙面作りを協力し合う「緊急事態発生時の新聞発行援助協定」を結んでいた。実はこれ、昨年に正式に締結したばかりだったが早速これを利用させてもらったのだという。

「書き上がった原稿を電話で読み上げて、京都さんに送稿したんです。見出しからレイアウトから全部、口頭ですわ。それでフィルムまで作って、こちらにバイクで送ってもろた。道は渋滞してますやろ。バイクで走っても製作センターに到着したんは、ギリギリの時間やった。それでも何とか間に合ぅた。夕刊をちゃんと、市民の皆さんの手許にお届けすることができたんです」

説明しながらどこか、彼は誇らしそうだった。新聞屋の矜持《きょうじ》だろう。彼らだって被災者なのに。家を失ったり、家族や自らも怪我をした者がいくらでもいるだろうに。「そこまで」

「私らが挫けとったら、市民の皆さんも落ち込みますやろ。逆に新聞がちゃんと発行されとったら、町はまだ大丈夫やと安心でける。新聞は毎日、途切れることなく発行するんが新聞屋の務めや。それだけは止めるわけにはいきまへん」

改めて礼を述べて、新聞会館を後にした。

「ここで彼の帰りを待っていても、埒が明かない。こっちはこっちで動き回ろう。そうする中でどこかで、会うことだってあるかも知れない」

同じ報道の仕事である。取材する先はどうしても、重なる。だからこの大混乱の最中でも、出会うということはあり得るだろうと期待できた。

来たルートを逆に辿って、駅の北側に戻った。ハイヤーに辿り着くと、運転手が疲れ切った苦笑で迎えてくれた。

「いやぁ、思ってた以上ですなぁ」彼は言った。「酷いモンや。わやくちゃや。こないなところに一人でおると、何や不安になってまう。戻って来てもろて、助かったような気分ですわ」

「焦げ臭いな」大谷が言った。「外に出てからずっと、何かが燃えたような臭いが纏《まと》わりつく。火事のせいだ。あちこちで火の手が上がった、とニュースでも言っていたものな」

「さっき、歩いてた人と話してて聞いたんでっけど。まだ燃えよるとこがあちこちあるそうでっせ。消防車が間に合わず、消すこともできんままでおるんや、て」

「それでも一帯が燃え尽くせば、火は消えるんじゃないんですか」嵯峨尾が疑問を口にした。「なのにまだ、燃えているなんて」

確かに火が出るとしたら、揺れの直後と考えるのが自然だろう。そしていかに木造家屋の密集地だとしても、間に広い道や大きなビルがあれば火はそこで食い止められる。地震がこの町を襲って既に丸一日、以上が経っているのだ。なのにまだ燃えているのはどういうことか、と嵯峨尾は訝っているのだった。

「都市の震災では、揺れから時間が経ってから火が出ることも多いんだよ」古毛が説明して、言った。「あちこちガス管が割れて、ガスが溜まっていたりするからね。そこに何か火の気があれば、出火する。停電で暗いんで、明かりを求めて火を使うことは多いだろう。寒いから暖を取るために、という理由もあり得る。火の気はどこにでもあるんだ。傾いた電柱から垂れ下がった電線が、火花を飛ばしたりもするだろうし。普段は便利な都市インフラだが、いったん壊れると危険の元凶に早変わり、ってわけさ。便利さは常に、危険との隣り合わせでもあるんだ」

五階部分の潰れた映像がテレビでも流れた神戸市立西市民病院で、患者の搬送が続いているとの情報を得た。その模様を取材してから、長田《ながた》区の方へ回ってみようという段取りになった。木造家屋の密集していた長田区は、火事の被害が特に大きいと聞きつけたためだ。

普段ならここから西市民病院までは、県道二一号をひたすら西へ向かえばいい。大した距離ではない。だが路面が波打っているため、なかなかスピードは出せなかった。大開《だいかい》通りの辺りは特に被害が大きいようだった。道の真下には神戸高速鉄道が走っているが、大開駅も潰れてぺしゃんこになっているという。

漸《ようや》く、病院に辿り着いた。五階部分が押し潰されたようになっている本館の建物は、テレビの報道で見てはいたがやはり実際に目の当たりにすると、信じられない思いが募った。なのにそんな病院に、ひっきりなしに人が出入りしている。このままでは大きな余震でも来れば、いつ建物が崩れ落ちてしまうか分かったものではない。そこで入院患者のうち動かせる者から、他所の病院に移送しているのだった。

ただ、病気の症状によっては受け入れられない病院もあるだろう。ここ以外だって無事ではないのだ。どこも地震の被害を被っている。震災前なら対処できたのだが機械が壊れて、今はどうしようもないというところもあろう。そんなわけで受け入れが可能かどうか、打ち合わせした上で搬送している。手間が掛かるのは当然だった。動かせる車の数だって、限られている。

駐車場で、杖をついて歩いている老人がいたので話し掛けた。聞くと中ではまだ、治療も続けられているという。

「そら元々、入院しとった患者さんは移さんならんやろけどな。地震で怪我した者も多いねん。そんなん、遠くまで診てもらいに行くこともできへんやろ。壊れ掛けとろうが何やろうが、ここで診てもらわんと」

　倒れて来た家具の下敷きになって、足を怪我したのだと彼は言った。

「骨は折れてへんみたいやけど、なぁ。放っといてこのまま、足が曲がったまんまにでもなったら敵わん。どんだけ並んでも、診てもらわな、な」

「中は、混んでるんですか」

「あぁ」と頷いた。「あれだけの揺れやったさかぃ、なぁ。そら皆、怪我くらいするで。治療してもらお、とどっと押し寄せて、中はえらぃ混んどぅわ」

　忙しく立ち働いている職員に、話し掛ける気にはなれない。それどころではないことくらい、分かり切っている。治療や作業の邪魔にだけは、なるわけにはいかない。

　駐車場に停めた救急車の脇で、立っている運転手がいたため話し掛けた。「これからどこかの病院に、患者さんの搬送ですか」

「あぁ。もう何度もここと他所とを、往復ですわ。ただ、途中の道も混んどって何時にここに戻れるかも分かれへんやろ。病院の方も予定が立てられず、大変ですわ。今は次の患者が運ばれて来るんを、待っとるとこですねん」

　話している内にストレッチャーに乗せられた患者が外に運び出されて来た。慌ただしく救急車に移され、出発して行く様子をカメラに収めて次へ移動することにした。

「焦げ臭いですねぇ」ハイヤーに乗り込みながら、嵯峨尾が顔を顰《しか》めた。「あっちの方から、物凄い臭いが流れて来る」

「神戸市の長田区ってのは、ケミカル・シューズの製造が地場産業なんだよ」古毛が説明して、言った。前に取材で来たことがあったため、よく知っているのだ。「靴のゴム底なんかを作ってる。中小のメーカーがびっしりだったよ」

一つのビルにいくつものメーカーが詰め込まれているような、劣悪な環境のところも多かった。下手をすると一つのフロアに、複数の零細企業が入り込んだりもしていた。

ゴム底の製造には、ボイラーとプレスを使う。ボイラーからの高温の蒸気をゴムに吹きつけて柔らかくし、プレス機で型通りに打ち抜いてゴム底にする。今でこそボイラーや、圧力容器の性能も随分とよくなったが昔はよく爆発事故を起こしていたそうだ。圧力容器が吹っ飛び、労働者が死亡する悲惨な事故がしょっちゅうだった。

また、プレス機も危険である。材料のゴムの上に金型をセットし、プレスしようとしてちょっとズレていることに気づく。慌てて直そうと、つい手を突っ込んでしまう。危ないと頭では分かっていても人間というもの、反射的にそうしてしまうのだ。かくして指を落とすという事故に繋がる。そんなことにならないよう機械にも、例えばスイッチは両手で押す（つまりはズレに気がついてももう手を突っ込む時間はない）などの安全措置も施されたがそれでも事故は絶えなかった。かくしてここは、労働災害多発地帯だったのである。

ゴムの工場だけではない。町の至るところに木造の古い家屋が密集していた。勝手に建て増ししたのであろう違法建築も多く、それらの間を細い路地が曲がりくねって延びていた。町全体が迷路のようだった。火が出れば、どうしようもなかったろう。あっという間に辺り一面は、火の海になったことだろう。

「ゴムはいったん火がつくと、なかなか消えない」古毛は言った。「おまけに材料として、シンナーも使う。燃え易いものばかりが揃っていたんだ。火事になったら、一溜《ひとた》まりもなかったろう」

「家だけじゃない。ゴムやシンナーも燃えたんですね」嵯峨尾が噛み締めるように、言った。「それじゃ酷い臭いが漂うのも、当然ですね」

ただしそんな冷静な会話ができるのも、現場に着くまでだった。実際に目の当たりにしてまたも、言葉を失った。

辺り一面、焼け野原が広がっていた。町全体が文字通り、焦土と化していた。まるで戦争の爆撃被害を受けた跡のようだった。

「酷い。これは想像、以上だな。うぅむ」

車を出た大谷は唸りながらも、あちこちにカメラを向けていた。焼け残ったビルの非常階段に上がり、一帯を見下ろすような角度から俯瞰して撮ったりもしていた。階段も壊れ掛けていて危ないが、そんなことは言ってはいられない。いい絵が撮れそうだと踏めば迷うことなく突進する。それがカメラマンの本能なのだ。

「無茶苦茶や、こら。もう、無茶苦茶」運転手は涙ぐみ、ハンドルに額を突いて長い息を吐いていた。

古毛と嵯峨尾も車を出、周囲に視線を飛ばした。一つの町が焼失した。現実が、目の前にあった。噎《む》せ返るような焦げ臭さと共に、身体をがんと殴られたような衝撃を覚えた。気を緩めると膝が折れて、その場に座り込んでしまいそうだった。

ただ、焼き尽くされた町だが全く静まり返っているわけではなかった。動き回っている人々の姿があった。ここに住んでいた人達だろう。燃えてしまった我が家の場所に戻り、立ち竦んでいるのだ。

まだ熱い。余熱が強く残っている。煙も濃く立ち込めている。焼けた廃材も燃え尽きてしまったわけではないのだ。熾火《おきび》が内部で燻《くすぶ》っているものも多かろうと想像できた。下手をすればまた、出火してしまうこともありそうに思われた。風が吹いており、煽られるということもあり得るだろう。

　と、焼け跡の真ん中に屈み込み、瓦礫を指で掘っている中年男がいた。焦げたようなジャンパー姿で、頭には真っ黒なタオルが巻かれていた。手には軍手。それだけで、まだ熱い筈の廃材を掘っているのだ。

「危ないですよ」思わず、声を掛けた。「まだ内部に火が残っているかも知れない。そんな格好で掘っていたら、服とかに燃え移るかも知れませんよ」

「あぁ。しやけどな」男は手を休めることもなく、答えた。顔をこちらに向けさえもしなかった。

「ここにまだ、母ちゃんがおんねん」

　えっ、と声を発することしかできなかった。呆けたように、彼の姿を見詰めた。

「家が壊れてなぁ。俺は何とか逃げ出せてんけど、母ちゃんは下敷きになってしもた。何とか助け出そうとしたんやけどな。柱やら何やらが重なって、どなぃもならん。びくとも動かん。周りに助けを呼んでんけど、そっちだって身内が生き埋めになっとる。他人、助けとる暇なんてあれへんがな。そなぃしとる内、あっという間に火が回った。消防隊も来てくれへん。木材、拾ぅて来て倒れた柱の間に突っ込んで、何とか持ち上げよぅとしたんやけどなぁ。まだ、生きてたんやで。それどころか声も聞こえてた。俺も必死で声、掛けた。『今、助けたるからな。頑張れや』て。でもホンマは、どなぃもでけんやった。とうとう、うちにも火ぃついてしもた。『あんた、もう逃げて』母ちゃんが言ぅた。『もう無理や。あんただけでも逃げて』確かに声が聞こえたんや。何とか助けてやりたかったんやけど、なぁ。助けてやりたかったんやけど、何とか」

言葉の合間に、じゅっと小さな音が響いた。男の眼から零《こぼ》れた涙が、燃え差しの熾火に垂れて音を立てていたのだった。

何もできなかった。ただ呆然と立ち尽くすだけだった。

「熱かったろう、なぁ。苦しかったろうなぁ。なのに。堪忍やで。堪忍な、堪忍……」

何もできなかった。ただ呆然と立ち尽くし、黙々と廃材を掘り続ける男の背中を見詰めるだけだった。焦げ臭さも余熱の熱さも、何も感じはしなかった。

またも小さく、じゅっという音が上がった。

4

夜は殆ど眠れなかった。身体も心も疲れ切っている。本来ならぐっすりと休みたい。なのになかなか寝付かれなかった。背負い込んだものが、あまりにも重過ぎた。

宿は、有馬に取った。神戸の中心部に泊まれるところなんてない。住民だって焼け出され、避難所に入れない者は公園などで野宿しているのだ。

だから来た時と逆に新神戸トンネルを北上し、有馬温泉まで戻って一泊した。他の記者達も概《おおむ》ね同じのようで、宿はマスコミ関係者で溢れ返っていた。

「お疲れ様」

宿に着いて、大谷や嵯峨尾とビールを呑んだ。だが普段なら仕事の終わりに、心地よく頂くアルコールもなかなか喉を流れ落ちてはくれなかった。三人の間に会話もあまり交わされなかった。口にできる言葉なんて、ない。言うだけ、辛くなる。

「済んません。明日は別の仲間に来てもらいますわ」一日、行動を共にしたハイヤー運転手が別れ際に言っていた言葉が、耳にこびりついていた。彼は古毛らを宿に落とした後、大阪の我が家に帰る。「今日、一日だけで一杯一杯ですわ。明日もまたあの光景を見らんならんなんて、もう耐えられへん」

本当なら明日も彼が務めてくれた方が、有難いのは間違いない。今日、走り回った経験が活きてくれると期待できるからだ。あっちの道は避けた方がいい。こっちを回った方が早い。咄嗟の判断が利く。移動も効率的になってくれるだろう。

だが勿論、無理強いはできなかった。彼の気持ちも痛い程よく分かる。そうですか、と頷くしかなかった。今日、本当に一日お疲れ様でした。

「皆さん、明日もあそこ行かはるんやろ。いやぁ大変なお仕事やわ。私はもう無理や。マスコミてえらぃ仕事なんやなぁ、て初めて分かりましたわ」

しかし一番、大変なのは被災者だ。言うまでもないことだ。俺達はまだ、仕事が終わったらあの場所を離れられる。こんな宿で夜を過ごせる。風呂で身体を癒し、仲間と呑み交わすビールもある。そして最終的に取材が終わったら、東京に帰ることができる。

一方、彼らは帰れるところなどどこにもない。住むところを失い、家族を失い、底知れぬ悲しみに包まれたままあの地に留まるしかない。眠れない程に俺達が背負ったものの、更に何十倍、何百倍の重さを彼らは抱えているのだ。しかもそれがどれだけ続くのか。誰にも分からない。少なくともいずれ住居は再興できたとしても、背負い込んだものが軽減されることはあるまい。

寝不足のまま朝を迎えた。顔を見ると大谷も嵯峨尾も、同じだったようだ。

迎えに来たハイヤーに乗り込み、神戸の中心部に戻った。言っていた通り、運転手は別な男に代わっていた。

今日はまずどことどこを回るか。予め打ち合わせしてあったため、運転手にも伝えた。最初に告げておいた方が、効率的に動けよう。

「あそことあそこの被害が酷いみたいだぞ」宿に戻って東京の編集部に電話を入れると、嵯峨尾は指示されたらしい。結局、遠隔地でテレビを見ている方が情報が早い。状況も俯瞰的に把握し易い。逆に現場のど真ん中にいると、どこへ行けばよいかなどなかなか分からない。「そこだといい写真が撮れそうだ。明日、行ってみろ」

いい絵が撮れるか、どうか。写真誌『All Day』は常にそこに左右される。インパクトのある写真をどれだけ載せられるか、が売り上げにそのまま繋がる。

古毛としては写真にそこまで拘《こだわ》る必要はないものの、全体像を把握するにはもう少し彼らと一緒に動き回っていた方がいいのは間違いなかった。おまけに写真誌ほどではないというだけで、こっちだってヴィジュアルの重要度は高い。思わず目を引くような写真があれば、誌面も映える。

それでも行動を共にするのは、午前中までにした。週刊誌の彼らは程なく、東京に戻る。一方、古毛は独自の切り口を探さなければならない。いつまでも有馬から通っていられるような、贅沢はしていられないのだ。ここに留まる。拠点が要る。中心部から少々、外れるのは仕方がないがどこか安アパートでも探さなければならなかった。

その前に市役所に行ってみると、神戸新聞の知り合い、正藤記者にばったり会った。庁舎は旧館の六階部分が座屈しており、新館との連絡通路も崩れ落ちている。中に入るのは危険な状態だがそれでも、大勢の避難者が庁舎に押し掛けていた。その模様をお互い、取材に来ていたのだった。よぅ、と再会の挨拶を交わした。

「大変だったな」古毛の方から話題を振った。「家はどうだった。大丈夫だったか」

「うちはまだ、北区の方やさかぃな」正藤は答えて言った。「中心部ほどは、被害は大きなかった。揺れで家具が散らばりはしたけど、家が傾いて住めんゆぅわけでもない。家族もお陰様で無事や」

「そうか。それは何より」

住むところを探さなければならない、事情を打ち明けた。

「成程、なぁ」正藤は腕を組んで中空を見上げた。「できればうちに泊めてやりたいねんけど。実はそうもいかんねん」

正藤には子供が三人いる。まだ幼い上に、近所の住人が助けを求めてうちに身を寄せたりもしている。家が傾いてしまい、また揺れが来たら怖いから泊めてくれと頼まれたというのだ。昼間は片づけに自宅に帰るが、夜になると不安だから、と。

「近所のよしみや。こないな時こそ助け合わんならん。ただなぁ。そんなこんなで母ちゃんも精神的に参っとるんや。そこへ来てもう一人、となると」

分かっている、と首を振った。別にそこまで甘えようとしているわけではないよ、と。「ただ、どこかで賃貸物件を探そうと思ってるんだ。安アパートでも借りられればいいんだが、こんな状況じゃなかなか見つかりっこないよなぁ」

「せやなぁ。なかなか大変やろとは思うけど、なぁ」

須磨《すま》区板宿《いたやど》町の方に営業している不動産屋があると聞いた。そこに行ってみていっぺん、感触を探ってみたらどうかとアドヴァイスをもらった。

「有難う。早速、行ってみるよ」

「どうかは分からんで。入れる物件があるんか、どうか。とにかく暫くこっち、留まるんやったらまた会おうや。仕事柄、生田《いくた》署の方に詰めとることが多いさかいに。そこに来てもろたら、会える確率も高なるんとちゃうか」

彼は本来、警察の担当「サツ回り」である。生田警察署は三宮を擁する、兵庫県警第二の規模を誇る署であり県警本部の庁舎も近いことから、情報も集まり易い。今はこんな状況で事件取材どころではないが、死亡者数など最新の被害状況を知る用もあって頻繁に通っているというのだった。

「そうか。じゃぁ生田署で会おうという時のために、何かのメッセージを決めておこうか」

一応、ポケベルの番号は互いに知っているが電話はなかなか繋がらず、その前に使える電話そのものが限られている。ポケベルのメッセージを事前に取り決めておけば、それを表示させるだけで意思が伝わる。

結局、生田の「いく」で「一九」に決めた。自分のポケベル番号の後に「一九」を入れておけば、「今、俺は生田署にいるぞ」というメッセージになる。勿論、そうは言われてもこちらにも用があって、行くのは無理だということも多々あろう。そういう時は「四二〇」と送り返すルールを決めた。「失礼」「し、つー、れい」というわけである。忙しくてメッセージを送る暇もない、ということもあり得る。そんな時は片方が、待ちぼうけを食わされるだけのことだ。

「それじゃ、そういうことで」手を振り合って、別れた。

市役所の庁舎内を覗いてみると、中の公衆電話には長蛇の列が出来ていた。並んでいてもいつ、自分に順番が回って来るか分かったものではない。加えて彼ら被災者は、こっちよりずっと切実な用件で電話を必要としているのだ。邪魔をするのは極力、避けたい。

大谷と嵯峨尾が市役所での取材を終え、戻って来た。

「板宿に行ってみようと思うんだ」古毛は言った。「不動産屋が開いているらしい。電話してみようと思ったけど、行列が出来てとても無理だ。直接、行った方が早いと思う」

「それじゃぁハイヤーで送ろう」大谷が言ってくれた。「そこから先は別行動になってしまうけど再度、合流する時はどうしようか。待ち合わせ場所を決めておかなきゃ、な」

　ハイヤーには車載電話があるから、古毛のポケベルを鳴らすことはできる。だがこっちから電話を返そうにも、どこに掛けられる電話機があるかが分からない。おまけに車載電話だって、普段のように上手く繋がるかも心許ない。

　本当に通信手段がなくなると、待ち合わせ一つにも苦労させられる。ついこないだまではポケベルもなく、それでも何とかしていたというのに。一度、便利なものを手に入れると人間、なかなか元には戻れないらしい。

　結局、待ち合わせ場所は別れたその場、板宿の地ということに決めた。動き回ってもそこが電話が掛けられる環境にあるのかは、定かではない。それよりも営業している不動産屋はあるというのだから、通信手段の確保された場所にしておいた方がよかろうとの判断だった。

　ハイヤーから降ろしてもらい、手を振って見送った。ここ板宿町は長田区と須磨区の境目に位置し、古い商店街が延びているが火事の被害にはさして見舞われなかったようだった。ただしあちこち、傾いている建物は多く見受けられた。瓦礫も散乱していた。

　商店街の周辺を歩いていて、営業している不動産屋を見つけた。正藤の情報は正確だった。さすがだな。感心しつつ、ドアを開けた。

「あぁ、いらっしゃい」小太りの店主が椅子から立ち上がって、愛想笑いを浮かべた。「茶を出したいが断水していてそれができない、と苦笑いに転じて詫びた。「ほんで。何か、ご用で」

「暫くこちらで住める物件を探しているのです」古毛は言った。「こういう状況だし厳しいだろうとは思いますが。どんな感じでしょうか」

「いやぁ、そら。紹介したいのは山々やねんけどそないな物件なんて、まぁおまへんわ。そもそも情報がまだ、なかなか入って来ぃへん」

入居募集がされていた物件はあってもこの地震でどうなってしまっているか、ここにいるままでは分からない。現地に行ってみて確かめるしかないのだが、その余裕がないのだという。

「少々離れていても構わないんです。例えば、明石《あかし》市内とか。あちらの方はこちらよりは、被害が少なかったんではないですか。住める物件も、あるのでは」

「いやぁ、それが。やらんならんことがぎょうさんあって。通常の紹介の仕事までなかなか、手が回らんのですわ」

今、やっているのは物件の紹介より、大家と店子との情報収集なのだと店主は語った。かつてこちらが仲介した物件も、燃えたり壊れたりしている。何とか住めると住民が主張しても、危険だから立ち退くべきと思える建物だってあるだろう。そういう場合、大家と連絡を取り合って調整しなければならないが、電話がなかなか繋がらないケースも多い。

「繋がれへんのも単に電線が切れとるせいか、それとも大家さん自身が避難しとるんかもここにおるままじゃぁ分かれへんでしょ。せやから実際に行ってみる。そしたら大家さんちのあった一帯が、火事でのぅなったりしとるわけです。行方を探すだけで一苦労や。そんなこんなで通常の営業まで、なかなか手ぇ回れへんのですわ」

「そうですか」強く押したって仕方がない。彼だって困っているのだ。あっさり引き下がるしかなかった。「それじゃもし、そちらの用が一段落していい物件が見つかった、なんてことがあったらこの番号を鳴らしてもらえますか」

名刺にポケベルの番号を書き添え、渡した。

「ははぁ、雑誌の記者さんでっか」店主は名刺を興味深そうに眺めていた。「巷談社さん、ゆぅたら有名なとこやないですか。私だって知っとる。それが物件をお探し、て。これも取材ゆぅ奴ですか」

そうです、と頷いた。「暫くここに留まって、震災被害の取材を続けようと思っています」

「ははぁいやそら、大変な仕事ですなぁ。私らは元々ここにおったんやから、こないなことがあっても留まるんはしゃぁない。なのに仕事とは言え、わざわざ他所から来てここに住まんならん、なんてなぁ」

大変な仕事だ、などと感心してもらえたのは昨日のハイヤー運転手に続いて、二人目だ。苦笑が浮いた。確かに一般人から見れば、奇特なことをしているように映っても仕方がないのかも知れない。

「まぁ、こんなことをしなければならない時もある、ということですよ」応えて、微笑《ほほえ》んだ。「とにかくそういうことなんで、もし物件があったら、お願いします」

「ははぁ、分かりました。まぁあんまり期待せんと、待っといて下さい」

同じように開いている不動産屋は近くにあるか。尋ねるとあっちも一軒、営業しているみたいだと教えてくれた。礼を言って店を出、そちらに行ってみた。

「ははぁ。いやそら、紹介できる物件なんておまへんで」

二軒目でも、同じ答えが返って来た。事情を説明し、ポケベルの番号を書き入れた名刺を渡すと更に似たような答えが返って来た。はぁまぁ、あんまり期待せんと待っといて下さい……

こうやってダメ元でやって行くしかないよな。自分に言い聞かせた。どれだけ可能性が低かろうと、やるだけはやってみる。取材だって同じではないか。タネは蒔《ま》かなければ、芽を出すことは決してないのだ。

この近くに他に開いている不動産屋は。尋ねると、もうなかろうと答えられた。あそこもあそこも、今は営業していない筈だ。

ならば、用件はこれで終わりだ。ハイヤーを呼び出して、拾いに来てもらうしかない。

電話を借りて、ハイヤーに掛けた。

「いやぁもうちょっと、時間が掛かりそうなんだ」幸い、大谷は直ぐに出た。ただし返事の内容は、幸いとは程遠かった。「済まんが暫く、そっちで時間を潰しといてくれ」

仕方がないので周辺をぶらつくことにした。

板宿の商店街を離れ、ちょっと南の方へ行ってみるとまたも広い焼け跡にぶつかった。火事に遭うか、遭わないかはほんの紙一重の差。あっちは燃えてしまったのに、こっちは幸い延焼を免れた。ちょっとの違いで運命は、比べ物にならない差がつく。

人の運命なんて分からない。今回の震源地は淡路島《あわじしま》沖の明石海峡だったという。すると陸側で最も近いのは、市の垂水《たるみ》区や明石市ということになる。震源に近いのだからそこが最も揺れが酷く、被害も大きかったのでは、というのが素人の考えだ。

しかし実際には、揺れは断層を通じて北東方向に伝わった。震源地の目の前より、離れた東灘《ひがしなだ》区や西宮《にしのみや》市などの方がずっと大きな被害を出した。大阪国際空港のある伊丹《いたみ》市までが酷くやられた。人の運命とは本当に、分からないものである。

思いながら、歩いていた。既に陽が傾いており、夕陽が横から顔に照りつけた。建物がなくなってしまっているため、日差しを遮るものがないのだ。

焼け跡を縁取るように歩いていた、いつの間にか。崩れ落ちた残骸が赤く照らし出されており、まだ燃えているような錯覚に囚われた。そしてまだ焦げ臭さが根強く残る一帯には、人の動き回る姿がいくつも見られた。焼け出された住民だろう。昨日と同じだ。

歩きながら煙草を取り出して、火をつけた。煙を肺一杯に吸い込み、ふーっと長く吐き出した。紫煙を味わっていると胸に詰まっていたものが、少しは薄まってくれるような気がした。

吸い終わったので足を止めた。携帯用灰皿を取り出し、吸い殻を放り込んだ。周りは火事の被災地である。広大な焼け跡である。そこに吸い差し一つ捨てたって、別に構うまい。どうせ全て燃えた跡なのだから。

だがその気にはどうしてもなれなかった。

この地で運命を変えられた人々がいる。亡くなった人だっているだろう。今も埋まったまま、という被災者もいるかも知れない。昨日の男を思い出した。

そんなところに吸い差しを捨てるなんて罰当たり、できるわけがなかった。燃えてしまった瓦礫と、自ら火をつけたゴミとは違うのだ。

吸い殻を処理して、再び歩き出そうとした。

が、顔を前方に向けて、動きが止まった。

ちょっと離れた先に、じっと佇む人の姿があったのだ。

再び昨日の男を思い出した。奥さんが生き埋めになり、焼け死んだということで焼けた廃材を軍手で掘っていた。昨夜はあまり寝られなかった。背負い込んだものは、あの男から受けた部分がかなり大きいと自分でも感じる。

今日、じっと立っていたのは女性だった。

まだ、若そうに見えた。だが性別も歳も関係ない。身内を失った悲しみに、性差も何もあるわけがない。

彼女もまたここで、家族を亡くしたのだろうか。焼け跡に佇み、悲しみに打《う》ち拉《ひし》がれているのだろうか。

しかしそうは見えなかった。昨日の男や、周辺で動き回っている人達からは心の痛みが伝わって来る。家を焼かれ、大切な人を失った。これ以上ない傷心が全身から放たれている。

なのにこの女は平穏だった。動揺が一切、伝わっては来なかった。ただ静かに、凛と立ち尽くしていた。だからこそ古毛も、注意を引かれたのだろう。

ふ、と女がこちらを向いた。横顔に夕陽が差し、赤く照り映えた。視線と視線がぶつかり合った、真正面から。

はっ、とした。胸を射抜かれたような衝撃を覚えた。思わず全身が硬直していた。

眼、だった。あまりにも深遠な光を放つ眼が、そこにはあったのだ。光は強く、かつ深かった。吸い寄せられるような錯覚に陥った。そのまま瞳の中に、飲み込まれてしまいそうな。

あの眼だ。思い出した。俺はあれと同じ光の眼に、出会ったことがある。一度だけ。

アフガニスタン内戦の戦場を取材した時だった。政府軍への総攻撃を準備する、反体制派の武装勢力を紹介された。まだ若い兵士ばかりで編成された中隊だった。政府軍の攻撃で崩れ掛けた寺院が、部隊の拠点として使われていた。

中でも最も若い兵士と、古毛は話した。まだ十三歳で、戦闘に参加するのは今回が初めてだと語った。

「銃撃戦は初めて、だって」古毛は驚いた。それにしては緊張感が全くない。本来なら怖気づいて、当然ではないか。にも拘わらず彼から感じられるのは、どちらかと言えば高揚感に近いものだった。「それなのに、怖くないの」

「怖くなんか、ないさ」彼ははっきりと答えた。強がりでも何でもないことは、表情からも明らかだった。「僕はこれから、なすべきことをやるんだ。あいつらは砲撃で村を焼き払った。お父さんやお母さん、妹もそれで殺された。絶対に許せない。だから僕が仇を討つんだ。これから、なすべきことをやる。怖いことなんてあるものか。むしろその機会を手にできて、嬉しいくらいだよ」

その、少年兵の眼だった。焼け跡に佇む女からも、あれと同じ光が放たれていたのだ。

悲愴感はそこにはなかった。ただ、なすべきことをやる。強い想いに満ち満ちた眼が、こちらを見返していた。

つ、と女は顔を逸らした。そのまま身体の向きを変え、静かに歩み去って行った。悲しみに打ち震える周囲とは対照的に、最後まで静謐《せいひつ》なままだった。

あっ、と思った時にはその姿は、この場から消え失せていた。後に残ったのはただ、赤い夕陽と照らし出された焼け跡だけだった。

古毛はただ、黙って立ち尽くした。

昨日もそうだった。焼け跡を黙々と掘る男を、じっと見詰めることしかできなかった。焦げ臭さも熱気も、感覚から消え失せていた。

しかし今日は違う。身体の中にあるものが、昨日とは全くの別物だ。

それでもやっていることは同じだった。ただ何もできず、呆けたように立ち尽くしていた。

5

神戸に来て数日が経っていた。大谷と嵯峨尾は東京に戻ってしまった。有馬から通う、なんて贅沢はもうできない。あの後、開いている不動産屋をもういくつか探してタネを蒔いて回ったが、入れる部屋が空きましたよ、の連絡はまだ来ない。野宿をするしかなかった。

市内を歩き回って手頃な公園を探した。こんなこともあろうかと、最初から簡易テントまで用意して来ていたのだ。準備が役に立ったわけじゃないか。苦笑が湧いた。

いくつもブルーシートが張られ、何世帯もが野宿している公園に行き当たった。住民の数はそこそこに上りそうだが、入り口の脇にちょっとしたスペースが残されていた。人の出入りがあって煩わしいから、誰もそこを住処にはしていないのだろう。

「済みません」隣のテントに声を掛けた。「僕もここにテントを張りたいと思うのですが。構いませんか」

「あぁ。そら、えぇんとちゃぃますか」初老の夫婦だった。旦那さんの方が答えて、言った。「そこは空いとるさかぃ。文句、言うモンなんぞおらんと思いまっせ。困っとるんは皆、同《おんな》じでっさかぃな」

礼を言って簡易テントを張り、公園を出た。近くで営業中の自転車屋を見つけていたのだ。『All Day』の仲間が帰ってもうハイヤーは使えない。こんな状況下、効率的に動き回るには自転車に勝るものはなかった。

中古品を購入して、戻って来た。そろそろ夕刻が迫っている。公園のあちこちでは、夕食の準備が始まっていた。カセットコンロで湯を沸かし、食べ物を温める。ここの公園ではトイレの手洗い場が断水しておらず、水が使えるのが有難かった。大勢が住んでいるのには、ちゃんと理由があるのだ。

「兄ちゃん、よかったら一緒にどなぃだ」

　自転車にチェーン・キーを掛け、自分も夕餉の準備に取り掛かろうとしていると隣の夫婦が声を掛けてくれた。食事を一緒にしないか、と誘ってくれているのだ。有難くお言葉に甘えることにした。こういう時はどうしても、人恋しくなる。

「これ、よかったらどうぞ」自転車を買った後、開いていた（と、言うより傾いた店舗の前でゴザを敷いて商品を並べていた）スーパーで食材と共にビールを買い込んで来た。二缶を、旦那さんと奥さんに渡した。

「いやぁこら、えらぃ済んませんなぁ」頭を掻いた。「何かこれ目当てで、誘ったみたいで」

「気にしないで下さい」手を振った。「僕も一人飯は寂しい。一緒に食べてくれる人がいた方が、有難いです」

　缶のプルトップを開けて、乾杯した。

「兄ちゃんはこの辺の人やあれへんな」一呑み、ぐびっとやってから旦那さんの方が口を開いた。

「他所から、来はったん」

　えぇ、と頷いて名乗った。「実は東京で、雑誌記者をしてます。長期取材のため腰を据えて来てはみたのですが。アパートがなかなか見つからず、当面はこうするしかないんです」

「へえぇ、マスコミの方」奥さんの方が反応は大きかった。夫婦は三原《みはら》、と名乗った。「それが私らと一緒に野宿、なんてねぇ。大変なお仕事なんやねんねぇ」

仕事が大変だなんて感心されたのはこれで都合、三度目だ。苦笑を禁じ得なかった。

「マスコミと言えば、あれや」旦那さんがふんと鼻を鳴らした。「偉そな物腰でワシらに声掛けよって。勝手にこっち、撮影しよって。ホンマに腹立つ奴らやなぁ、て思ぅてた。でも、違うねんなぁ。あんな奴らだけやなく、兄ちゃんみたいな人もおるんやなぁ」

　確かに在京テレビ局を中心とした大マスコミと言われる連中の、横暴と評せる言動を古毛もこれまで目にしていた。自宅が焼失して呆然としている被災者に何の断りもなくカメラを向け、着飾ったレポーターに芸能取材よろしく突撃レポートをさせる。ワイドショーのネタになれば何をやってもいいと思っているのか⁉　傍若無人の極みを見せつける連中は多かった。

　人の痛みが分からない人間というものはどこの世界にも一定の数、いる。ただ偏見かも知れないが、大マスコミと言われる奴らにはその比率が他より高いように感じられた。これは直接、目撃したわけではないがやっと現地に届けられた救援物資を、平気で懐に入れたテレビクルーもいるという。

「この公園にもあいつら、押し掛けて来たことがあったんです」奥さんが言った。一見、大人しそうに思える彼女がこれだけ怒りを露わにしているからには、余程の酷さだったのだろう。「皆、着の身着のままで逃げて来てる、ゆぅんに。何や、珍しモンでも見るみたいな。まるで動物園にでも来とるみたいに、勝手にカメラで写しよったんです」

「それだけやないで」旦那さんも言った。腹立たしさが全身から溢れていた。「何や、テレビでも見たことのある女が厚化粧して、ワシらにマイク向けて来よったんや。『家を失くされてどんな気持ちですか』やと。アホか、ゆぅねん。焼け出されて『どないな気持ち』もクソもあるかいな」

「『泊めてもらえる親戚か何かないんですか』やて。こっちにはこっちの事情があるんやないですか。野宿するからには、あって当たり前やないですか。なのに……。それを何で今、会ぅたばかりのあんたなんかに教えなならんのん、て」

「ほんであいつら、撮影が終わったらさっさと引き上げて一流ホテルでぬくぬくしよるわけやろ。そなぃな奴らに何でワシらが協力せんならんのや。あぁホンマ。今、思い出しても腹が立つ」

　俺も昨日までは有馬温泉で、ぬくぬくしていた身だ。あまり人のことは言えないな、と心の中で肩を竦めた。

　それにこの三原夫妻、お子さんとかはどうしたんだろうと古毛も気になっていたのは確かだ。ただ初対面というのに、いきなりそこまで立ち入る無遠慮はさすがに持ち合わせてはいなかった。人が内心を打ち明けるには、時間が要る。この仕事をやっているとよく分かる。こちらを信頼してくれて初めて、人は重い口を開くのだ。

　ただ現場に出ていない編集部から、「早くコメント取って来い」などと事情も鑑みず、理不尽な指示が飛んで来ることもままある。そんな時、唯々諾々と従うか。いや、今はまだちょっとマズいんですよと制するか。こっちはフリーの立場である。頭ごなしに反論して、編集部の怒りを買えば仕事が来なくなってしまう恐れも否定できない。

　それでも基本、できないことはできないとはっきり断るべきだと古毛は思っていた。取材先と、こっち。人間関係は一度、切れたらもう元には戻らない。そして結局、俺達は人と人との繋がりで飯を喰っているのだ。時間を掛けて築いた信頼関係を、壊すことだけはできる限り避けたい。

　ビールが尽きたのでワンカップを取り出した。

「いやぁ、もう。私はもうお酒は無理や」三原夫人は手を振ったが、旦那さんの方はもっと行きたそうだった。

ワシもそないに甘えるわけには。遠慮する仕種を示したが、「いいじゃないですか」と押した。

「せっかくこうしてお知り合いになれた、記念です。僕ももうちょっと酔いたい。つき合って頂けたら、有難いです」

「そうですか。ほんならお言葉に甘えて、もうちょっと呼ばれよかな」

「お父ちゃん、あんまり過ぎたらあかんで。古毛さんかて明日があるんやろし」

「分かっとる。分かっとるがな。もう一杯だけや」

ワンカップで二度目の乾杯をした。煙草も差し出して、互いに吹かし合った。あぁ、美味いなぁ。旦那さんがしみじみ、漏らした。こんな風に他人と寛ぐのも、ここ数日なかったことなんだろう。

辺りはすっかり暗くなっていた。公園の電灯は消えたままで、焚き火の明かりが殆ど唯一の照明だ。パチパチ、と廃材の爆《は》ぜる音に、どこかで煮炊きをしている音が重なった。いい匂いも漂っていた。

こうして野宿、最初の夜は更けて行った。


翌日は雨が降った。焼け出されて野宿を余儀なくされたり、家は残っていても屋根が壊れたりしている被災者にとっては非情の雨だった。寒さがまた一段と、募る。

古毛としてもどうしようもなかった。雨に濡れて震えている被災者の姿を写真に収める、仕事もないわけではない。だが悲惨さに追い討ちを掛けるような報道に、あまり手を染めたくない本音がある。

加えてこんな時に動き回ると、自分自身も濡れてしまう。簡易テントの中は狭苦しく、服が濡れると乾かすのが一苦労だ。体力が奪われれば、風邪を引くなど思わぬ病いに見舞われないとも限らない。無理はしないのが一番だった。こんなところで病気になり、周りに感染《うつ》してしまえば大きな迷惑を掛けてしまう。非常事態にあって、まず第一に大切にすべきは自らの健康なのだ。

公園の電灯の柱と、金網などを支えに上手く使ってブルーシートで大きなテントを張っている男がいた。雨を避けられるタープの下で盛大に焚き火を燃やし、公園の〝住民〟が集まっていた。ちょっとした憩いの空間だった。ラジオを持っている者がいたので、皆で耳を傾け最新の情報を漁った。

「腹立つなぁ、この雨」

「まぁ、しゃぁないがな。命が助かっただけ儲けモン、と思わな」

「まぁ、せやな。寒い、ゆぅて怒れるんも生きとればこそ、やさかぃな」

「そやそや。そういうこっちゃ」

強いな、皆。思わずにはいられなかった。どれだけ絶望してもし足りない状況にありながら、こうして励まし合いながら命を繋いでいる。どこか戯《おど》けたような物腰も一役、買っていた。関西弁っていいな、とも感じた。方言だと深刻なことを言っていても、どこか緩く受け止められる空気がある。現実を笑い飛ばし、何とかなるわぃと立ち上がる気力も湧く。

「野茂《のも》はどないやろな」誰かが話題を振ると、

「野茂やったら大丈夫やで」と隣が応じて会話が始まった。

近鉄バファローズの野茂英雄《ひでお》が年明け早々、球団を退団し大リーグに挑戦すると表明していた。そのことを話題にしているのだった。同じ関西、ということもあって興味は尽きないのだろう。こんな、目の前のこととは関係ない話題が一番いいのだ。辛い現実を一時《いっとき》でも、頭から消し去れる。

「野茂なら行けるで。あのトルネード投法で、メジャーのバッターもバッタバッタと三振の山や」

「せやせや。アメちゃんのド肝、抜いてくれたら嬉しいなぁ」

「そなぃなる、って。絶対」

一頻《ひとしき》り、野茂の話で盛り上がったあと一人がこちらを向いた。「古毛さん、そなぃ言えばあんたの名前、野茂と一字違いやがなぁ」

「ホンマや」周りが直ぐに同調した。「ほんならそのよしみで古毛さんにも、頑張ってもらわな、なぁ」

「せやせや。俺らがこなぃして苦労しとるとこ、東京に戻ってしっかり伝えたってや」

三原夫妻の紹介で、公園の他の〝住民〟とも顔見知りになっていた。他所から来ただけでなくマスコミ、ということで殊更に注目を浴びた。

「俺らの気持ち、ちゃんと分かってくれるんは古毛さんくらいのモンや。テレビ局の連中やあかん。あいつらこれ見ても、何も感じてへん。こなぃして一緒に暮らしてくれる古毛さんだけが、しっかり伝えることもできるんや。頼んだで」

「分かりました」強く頷いた。「どれだけやれるかは分かりませんが、できる限りのことはしたいと思います」

戦場の取材でもそうだったな、と思い出す。銃弾が飛び交い爆弾が炸裂する。危険な状況の中、共に過ごしたからこそ先方もこちらを信頼してくれる。胸の内を明かしてくれるのは、そうしてからなのだ。

よかったらこれ、どうぞ。セブンスターを全員に回した。いやぁ、こら。えらぃ済んませんなぁ。ちょっと恐縮しながらも皆、有難そうに一本を手に取った。あぁ、美味い。一服をしみじみ味わっていた。

こんなこともあろうかと東京を出る際、煙草だけは大量に買い込んで来たのだ。非常事態であればあるだけ、こいつは重宝する。これまでの経験でよく分かっていた。崖っ縁にいればいる程、ちょっとした憩いが何より大切になる。それを共有した分だけ、互いに打ち解け合うことができる。たった一本の煙草で心を開いてくれるなら、安いものではないか。古毛も一本、口に銜えて火をつけた。煙を胸、一杯に吸い込んだ。あぁ、美味い。そいつは確かに、実感だった。

「愛を信じて別れる駅に
汽笛がひびく
ちょっと待って
振り向かないで……」

ラジオからは五木ひろしの『汽笛』が流れ始めた。皆、しんみりと耳を傾けていた。

昨年の大晦日、『紅白歌合戦』の白組のトリだった曲だ。あの時はまだ震災も何もなく、平和な時間が流れていた。まさかそれから一ヶ月もせず、家にも住めなくなるなんて。夢にも思ってはいなかった。

家族で炬燵《こたつ》に入って年越し蕎麦でも食べながら、紅白を見ていた幸せな日々。それぞれが思い出に浸っているのだろう。何か言う者は誰もいなかった。静かに煙草を吹かしながら、じっと聞き入っていた。


雨が止んだので行動を開始した。自転車で被災地を走り回った。

ボランティアで救援物資を配っている人達の姿を、多く見掛けた。避難所ではあちこちで、炊き出しが行われていた。出張サービスで被災者の髪を切っている床屋もいた。自衛隊が特殊車両を出し、風呂に入れるサービスを提供しているところもあった。

　非常事態だからこそ人は、日常を求める。普段は当たり前にしていたことが、こんな時になると何より心を安らげる。久しぶりに風呂に入ったり、髪を切ったりした被災者は一様に目を細めていた。「あぁ、えぇ気持っちゃぁ。お陰で生き返ったわ。大きに」

　いいな、と感じた。これまで生きた心地もしなかった被災者が、漸く束の間の安らぎを手にした。心からホッとしていた。その表情が全てを物語っていた。見ていて、こちらも救われたような思いになった。

「あぁ、兄ちゃん。マスコミの人か」気づいて、声を掛けられることもしょっちゅうだった。カメラをぶら下げて動き回っているので、どうしても目立つのだ。「ワシらこうやって、何とか生きてますわ。出張の床屋さんが来てくれたりして、何とかやってますわ。そないなとこ、ちゃんと報道してや。こないなえらぃ目に遭ぅたけど。家も潰れてもぅたけど、絶対に建て直す。見たってや。ワシらまだまだ、負けてへんでぇ」

　こうした姿を描こうか、と思った。被災地の悲惨さは既に、全てのマスコミが報じていよう。大変だ大変だの大合唱で、いずれは食傷気味に受け取られるようになり兼ねない。それよりどん底に突き落とされてもそこからまた立ち上がろうとしている、被災者の逞しさを全国に伝えよう。その方がずっと有意義な記事に仕上がるのではないか。

　ある公園に行ってみると、物凄い行列が出来ていた。先頭にあったのは、大規模な屋台だった。もう、こんなものまで設えられるようになったのか。本当に逞しいな。感心して見ていた。

　ただちょっと、気づいた。屋台を切り盛りしている人達の雰囲気が違う。どう見ても本職ではないか。あれは、もしや……

「あぁ、美味しなぁ」受け取った豚汁を啜っていた男が、しみじみと漏らした。「身体の芯まで温《あ》ったまるわぁ」

「あの、済みません」話し掛けた。機嫌がよさそうだったので、応じてくれるだろうと踏んだのだ。「あの屋台、凄く本格的ですね」

「あぁ、せやねん」ほんわりと微笑んで、男は答えた。「ホンマモンのテキ屋さんやねん。有難いこっちゃでぇ、全く」

日本最大のヤクザ組織、五代目明石組《あかしぐみ》だった。本拠地はここ、神戸。何と震災当日から、逸早くボランティア活動に取り組んでいるという。

明石組の本部は神戸市灘区、六甲山の中腹の高級住宅街にある。総本部の駐車場には井戸があり、この震災でも被害はなかった。涸れることはなくこんこんと水が湧き出し続けた。それを近所に振る舞うことから、彼らのボランティアは始まった。

やがて直系組長達が次々、本部に集合して来る。見舞いの品が持参される。それらも惜し気もなく、被災者に配られた。ヘリコプターで飛んで来た組長は途中、どことどこの道が渋滞しておらず救援物資を運ぶのに都合がいいか、ちゃんと視察して来たという。

かくして続々、救援物資が効率的に運び込まれる。傘下組織だけでなく他の極道団体も、敵味方に関係なく協力したらしい。日本全土からトラック、ヘリコプター、クルーザーなどあらゆる手段で物資が本部に届けられた。こういうところ、ヤクザは公的機関なんかより対処がずっと早い。指揮系統がしっかりしており、やり方も的確である。

「本部前では今じゃ一日二回、行列が出来るんやて」男は言った。「配られるんは食いモンだけやないで。赤ちゃんの離乳食に正露丸なんかの薬。使い捨てカイロに年寄り用のオムツに女の子の生理用品まであるんやと。さすがは明石組や。行政にゃ絶対、真似できへんがな」

ところが本部の近くにいる被災者はいいが、遠くの避難所にいてはなかなか通えない。六甲山の坂を途中まで上がったところにあるため、足腰の弱い者だとそれだけで参ってしまう。荷物を抱えて坂道を下るのも、辛い。

「そしたらこないして、他の避難所まで届けに来てくれるようになった、ゆぅわけや。考えてもみぃな。傘下にはテキ屋さんもおるんやさかぃな。野外の炊き出しはお手の物。あぁ、有難いこっちゃで、ホンマに。行政は『暴力団』とか言ぅて蔑《さげす》みよるがこなぃな時、どっちがワシらのために動いてくれる、ゆぅねん、なぁ」

これだ。

即座に悟った。手応えがあった。面白い切り口を、遂に見つけた。

ヤクザが被災者のボランティアに精出しているなど、一般のメディアはさして取り上げやすまい。公的機関の記者クラブに属す彼らは常に、当局の顔色を窺いながら動かねばならないからだ。ヤクザ礼讃など以《もっ》ての外《ほか》。だから精々、触れるとしても報道の中でさらりと流す程度だろう。警察の言い分を垂れ流して恥じないところは、「暴力団の売名行為」などと決めつけてしまうかも知れない。

だがたとえ、「売名」の面も多少はあったにしても大部分は、善意でやっていることなのは間違いあるまい。何よりこれだけの救援物資、集めるだけで相当の出費が嵩んでいる筈だからだ。単に「売名」の動機のみでできることではない。

しかも実際、これだけ人の役に立っているではないか。これだけ純粋に感謝している被災者がいる。その点のみにおいても報道には充分、値しよう。

　よし、これだ。腹に決めた。幸い、神戸のヤクザには何度も取材しており顔馴染みになった大物親分もいる。まずはあの人に会って、話を聞かせてもらおう。

6

「いやぁ、あん時はホンマ、えらぃこっちゃったで」中年男が言った。いつになくよく晴れた日で暖かく、ジャンパーの前を大きくはだけていた。薄汚れた白シャツが陽に映えた。「俺な、生まれつきえらぃ猫舌やねん。仕事で朝早いさかぃあの日も、早ぅに起きてコーヒー淹《い》れよったんや。ほんでいざ、飲もうと思たらバーン来たやろ。熱いコーヒー、口ん中バーッ入ってもう堪らんがな。熱ちゃ熱ちゃー、ゆぅて転げ回っとった。ほんでやっと熱さ収まって、立ち上がったら周り真っ暗や。何やこれ？　てわけ分からんやった」

「それじゃコーヒーが一気に口に入った熱さで、転げ回ってて」古毛が笑いながら確認した。「地震が起こったことにも気づいてなかった、ってわけですか」

「せやねん。熱ぅてそれどころやないがな。ほんで気がついたら、停電や。うちだけやのぅて町中、真っ暗や。何が起こったんや、て狐に摘まれたみたいやったで」

「俺はあん時、丁度トイレに入っとったんや」隣の男が言った。こちらも上着の胸の部分を大きくはだけていた。有難い太陽の光をできる限り浴びたいのだ。この場の誰もが、そうだろう。「うちのトイレ、二階にあってんけどな。座っとったらバーッ揺れたさかぃに便器の縁、咄嗟に両手で持ってしがみついとったんや。もう必死や。死に物狂いや。ほんでやっと揺れが収まったんで、トイレから出た。肝潰したでぇ、ホンマに。ドア開けたらそこ、家の外やったんや」

「家が壊れて、二階から一階にトイレごと落ちてた、ってわけですか」

「トイレの部屋ごと滑るように、落ちたんやろなぁ。とにかくビックリしたでぇ。トイレから出たら屋外やってんからな。あぁちゃんと尻拭いて、パンツ穿《は》いてから出てよかったで。ご近所さんに取って置きのもの、見られてまぅとこやったがな」

　小学校に設置された避難所に来ていた。この辺りは火事の被害は大したことなかったが、揺れは酷く殆どの家屋が居住不能に陥った。我が家に住めなくなったものだからこうして、避難して来ているのだった。身内に死者の出た人などが近くにいたら、こうした戯言《ざれごと》はそうそう口にできない。その点ここは、ふざけ易い環境にはあった。

　まぁそれを言うなら家が壊れた段階で、普通なら笑い飛ばす気にはなれまい。なのに彼らは、非常事態すら笑いのネタにする。逞しいな。改めて、感じた。コーヒーの熱さのあまり、地震にも気がつかなかった、とか。揺れでトイレの部屋ごと外に滑り落ちたとか。俄かには信じ難い話が次々、披露される。だが本当ですか、などと質す気にはなれない。いいではないか嘘だって、誇張だって。不幸をも笑い上げて活力に繋げる。それが神戸っ子のバイタリティなのだから。

「あぁ、えらいわぁ」山と積み上げられた救援物資を見上げて、中年の女性が溜息をついていた。

「これ、整理するだけで大事《おおごと》や」

　彼女も近所在住だが家は大丈夫だったそうで、避難する必要はないらしい。ただし三宮の中心部でやっていた呑み屋は、こんな状況でとても開くことができない。そもそもガスが復旧しておらず調理ができない。仕込みもできずどうせ暇だから、とボランティアに来ているのだった。

「物資、送ってくれるんは有難いねんけど、なぁ」古毛を振り返って、苦笑した。「使えんものも、多いねん」

製造からかなり時間の経っている食べ物や、袋の開いたものなどが送られて来ることもしばしばらしかった。とにかく何かあった方がいいだろう、と送る側は善意なのだろうが、こっちとしては迷惑、以外の何物でもない、と。

「考えてもみてぇな。こんだけ大勢、共同生活してんねやで。もし腐ったモン食べて、誰かが腹でも壊したらどなぃする。集団食中毒でも出したりしたら、取り返しがつかへん」

言われてみればその通りだ。トイレの数だって限られており、衛生状態はお世辞にもいいとは言えない。そんなところで食中毒でも発生すれば、あっという間に被害が広がる恐れは成程あり得ることだった。

「特に困るんが、水や。黴菌《ばいきん》の混じった水でも飲んだら、イチコロやがな。せやさかぃ蓋の開いたペットボトルは、絶対に口にせんよに徹底しとかな」

彼女が溜息をついて指差すのは、段ボール箱の山だった。中は全て、瓶詰めの水のようだった。説明書きを見ると「○○の泉で採取された聖なる水」と書かれていた。悪いが、吹き出しそうになった。送り主から見れば確かに、有難い水なのだろう。何かの宗教の元になっているのかも知れない。純粋なる善意からの贈り物に他なるまい。

だがこちらからすれば、そんな得体の知れない水を口にするわけにはいかない。湧き水なんて何が含まれているか知れたものではないのだ。相手にとってはどれだけ「聖なる水」でも、リスクはできる限り避けなければならない。

「でも」古毛は言った。「ここでは水は確かに、貴重ではないですか。飲み水、以外に利用しては」

「せやな。ほんならトイレの流し水に使おか。おーぃ、そこのオッチャンら」さっき、コーヒーを浴びただのトイレごと落ちただの与太話で盛り上がっていた面々に、声を飛ばした。「そなぃなとこでアホなこと言ぅとる暇あったら、こっち来て手伝ぅてや。これ、トイレの側に運んどぃて。あ、せや。その前に『飲み水ではありません』て注意書き、付けとかな、な。あんたら、まずその紙に書いて。書いたら箱に貼り出しといて」

「聖なる水」がトイレの流し用になってしまったわけだ。送り主がこれを見たら何と言うだろうか。想像すると、笑いを抑えることができなかった。古毛はオッチャンらと一緒に、「飲み水ではありません」と太ペンで紙に書き箱に貼って、トイレへ運ぶ手伝いに精出した。

午後は、佐渡間《さどま》組の事務所に顔を出した。ここの親分は以前、何度か取材させてもらって既に顔見知りだった。ヤクザが被災者に救援物資を配っている。実情を細かに伝えるため、まずは旧知の親分に話を聞かせてもらおうと思ったのだった。

明石組が四代目の跡目争いで分裂し、未曾有の抗争に突入したのはもう十年も前になる。佐渡間英忠《ひでただ》親分はその際、分裂した方の菱真《ひしま》会についた。武闘派として名を馳せていた通り、切り込み隊長を任じ明石組に果敢な攻撃を仕掛けて、大打撃を与えた。

敵を震え上がらせたがその過激さ故、当局の目を引き逮捕された。勾留中に抗争は明石組側の勝利で終結し、親分は獄中で引退を表明した。

時を同じゅうして菱真会も解散し、幹部以外の主だった組員は詫びを入れて明石組に復帰した。こうして五代目体制を確立した明石組は、日本最大のヤクザ組織として盤石の地位を築き現在に至る。

このため佐渡間親分は、今はカタギの一員に過ぎない。表向きは。

なのに今も、元の組事務所には大勢の若衆が詰めている。看板は下ろしても慕って来る者がいくらでもいるのだ。潔く引退した引き際を認められ、明石組本体とも良好な関係を維持していると聞く。組員を何人も手に掛けているにも拘わらず。この辺り、ヤクザの世界は我々の常識とはちょっと違う。

「おぉ、古毛ちゃんやないか。久しぶりやなぁ。よぅ来たよぅ来た」訪ねてみると佐渡間親分は、古毛の顔を見て相好《そうごう》を崩した。向かいのソファに座るよう、手招きされた。「ご覧の通り、今はてんやわんやや。ろくな持て成しもできへんが、堪忍な」

「いえいえ」首を振った。「こんな時に押し掛けて、こちらの方こそ申し訳ありません」

若衆が飛んで来て、茶を出した。礼を言って一口、啜った。

「知っとるか知らんが、ワシら救援物資の調達しよってな。その手配で、ごった返しとんねや」

「そのことについて、お話を伺いたいと思って来たんですよ。親分は引退された身ですが、今もこのような活動をされている。やはり仁侠精神は元のまま、ということですか」

「そら看板は下ろしても、根性まで捨てたわけやないからな。こなぃな地震が起こって皆、えらぃ目に遭ぅとる。困っとるモンがおったら助けるんは、そら人間として当然のことやないか。極道かどうか、以前の話やとワシは思ぅで」

「ただ」切り込んだ。表向きの言葉の遣り取りは、冒頭だけでいい。先方だって忙しいのだ。「皆さんがこうして慈善事業をされると直ぐ、『売名行為だ』などと言う声が上がる。既に新聞やテレビなんかでも、そういう言い分が報道の形で垂れ流されているようですが」実際にはこういう毎日なので、新聞もテレビも見てはいない。ただラジオでもそうした言い分が流されていたので、テレビだって同じだろうと踏んだまでだ。

ふん、と鼻を鳴らした。「言わせとるんはサツやろ、どうせ」

「まぁ」苦笑で応じた。「そうでしょうね、十中八九」

「あいつら、ワシらを貶めることしかせぇへん。まぁ褒めてもらおとも思わへんけどな。そもそも『売名』もクソも、こなぃなことする前から世間はワシらのことよぅ知っとる筈やなぃか。それを何で今更、名ぁ売らんならんねん。なぁ」それに、とつけ加えた。「それにこんだけの災害が起こると、行政は後手後手に回るばかりや。ヘタばかり打って、被災者にまで手が届かん。そこをワシらが上手いにやって、困っとる皆に喜んでもろぉとるんやなぃか。それ見たらあいつらからすりゃ、腹立つんちゃう。『売名』とか何とか言ぅて人をクサすことしか、できることないんちゃう。腹いせに、な」

ははっ、と笑った。余裕の貫禄だった。当局があぁだこうだと侮蔑しようと、へでもない。こちらは被災者から感謝されている、自負がある。鼻で笑うことができるのも、然りだった。

「私も先程まで、小学校の避難所でボランティアの手伝いをしていたのですが」古毛は言った。「衛生的に不安のある物資が届けられたりして、現場は混乱してました。こういう時は慣れている人に仕切ってもらった方がいい、と実感しましたよ」

「せやろ」得たり、というように頬を緩めた。「こなぃな場は、プロに任せた方がえぇねん。ワシらが先頭に立って取り仕切れば、現場はずっと楽に回るよ。せやのに……。当局に言う機会があったら、伝えてくれ。負け犬の遠吠え、やっとるんは構わんがせめて、ワシらの邪魔だけはせんといてくれ、てな。被災者の皆さんも同じこと言ぅと思うで、なぁ」

大マスコミはこの実態はなかなか報道したがらない。だから自分がやりたいんだ、と古毛は伝えた。できるだけ正確に描きたいので、現場での取材に便宜を図ってもらえないか、と。

「おぉ。やってくれやってくれ。そなぃな話やったら全面的に協力するで。正確に伝えてもろたら、やっとる若い衆の励みにもなるし、な。えぇとな。現場をよぅ分かっとるモンに任せた方がえぇからな。誰にしよか。ちょっと待ってな」

そこに電話が掛かって来た。やはりあれこれ、忙しそうだ。ここはあまり長居はしない方がよさそうだ、と判断した。

「あのな、明日また来てくれるか」通話を終え、親分は言った。「そしたら人選しとくさかぃ。こいつについて動けばえぇ取材になるで、て奴を選んどくさかぃに、な」

「有難うございます。どうぞよろしくお願いします」

立ち上がって深々と頭を下げた。何とか取材を進め、記事をモノにすることができそうだ。感触があった。そなぃ堅苦しぃすなや。何度も来てもらうことになって、こっちの方が申し訳のぉ思とんのに。親分の方が、苦笑いしたくらいだった。

もう一度、礼を述べて佐渡間組事務所を後にした。

外に出るとポケベルが鳴った。この辺りは電波の通じがいいのかな。画面を見ると、表示されていたのは不動産屋の電話番号だった。それも板宿に行って、最初に訪れた店だ。

だが近くに公衆電話はない。佐渡間組事務所に戻って電話を借りることもできないではないが、辞したばかりで何となく気不味い。直接、行った方が早そうだ。

自転車を飛ばした。

「あぁ、来てくれたんでっか」不動産屋に着くと、店主が立ち上がって迎えてくれた。「電話、もらえればよかったんに」

「いやそれが、使える電話がなかったんですよ。通じてる公衆電話があっても、ズラリと列が出来てたりして」

「あぁそうか。そらそやな」頭を掻いた。「こなぃな時は直接、来た方が早い、か。まぁそれに、えぇ話でよかった。わざわざ来てもろた挙句に悪い話やったら、こっちとしても申し訳ないさかぃに、なぁ」

何と、部屋が見つかったというのだった。神戸大学の学生が住んでいたアパートなのだが、揺れの恐怖でもう住む気になれない。大学は現在、閉鎖中ということもあり京都の実家に避難しているのだが、授業が再開したとしても市内に戻るのはもう懲り懲りだ。ちょっと距離はあるが実家から通うことにした、と連絡があったのだという。

住民が逃げてしまった部屋でも、本人から契約解除の正式な申し出がない限りこっちだけで勝手なことはできない。この学生は比較的、意を決するのが早かったようでお陰でこちらとしては大助かりだった。教科書など必要なものは持ち去っているので、残されている荷物は勝手に処分してくれていい、とのことらしい。

ちょっと行ってみますか、というので共に店を出た。歩いても程なく行けるくらいの距離だった。この辺りは火事の被害はなかったそうで、建物個々は傾いたり崩れ落ちたりはしているが街の形は一応、残っている。

木造二階建てのアパートだった。見たところ、建物に大きな被害はなさそうだ。少なくとも真っ直ぐに立っているし、壁にヒビも見当たらない。まだ建てられて新しいのだろう。古い建物だったらこうはいかなかったろう。

ただし階段を上がる時、ギシギシと足元が軋むのは不気味だった。目に見えないというだけで、内部にどんな被害があるのかは分からない。怖くて住む気になれない、という学生の気持ちももっともだとは思えた。

「あぁ、ここや」一つのドアの前で、立ち止まった。鍵束を取り出し、一つを選んで解錠した。

「うわぁ。こら、えらいこっちゃぁ」ドアを開けた途端、悲鳴に近い声を漏らした。

　窓ガラスが全て、割れていた。破片が部屋の中に散乱していた。

「靴のまま上がって下さい。怪我せぇへんように、気をつけて」

　言われた通り、靴のまま上がった。一歩、足を進めるごとにガラスの破片がじゃりっ、と音を立てた。

　床の真ん中が濡れていた。位置的に、窓から降り込んだ雨ではなさそうだ。そうであれば窓の近くの方が、ずっと濡れている筈である。見上げてみた。天井に大きな黒い染みが出来ていた。

「雨漏りですなぁ」店主がハーッと息をついた。「まぁ、あれだけの揺れや。天井が多少、イカレるんもしゃぁないわなぁ」

　流しがあったので歩み寄った。水道の蛇口を捻ってみたが、何も起こらなかった。

「この辺りはまだ、断水が続いてます。通じるんがいつになるかは、私としても」

　左手のドアを開けると中はユニットバスだった。だが水が通じていないのでは、トイレも風呂も使えない。

「水は近くの小学校まで汲みに行くしかない、思います。まぁこの辺りも時々、給水車は回って来よるらしいんですが」

　昼間は一日、基本的に外を動き回っている。余程いいタイミングに恵まれない限り、給水車の恩恵に与《あずか》ることはないだろうと諦めるしかなかった。

溜息が出た。だがまぁ、背に腹は換えられない。

「まぁ、しょうがないですよ」同じ思いが口からも出た。「雨漏りはしていても、天井があるだけマシだ。明日からこちらに移り住むことにします」

「そないですか」パッと破顔した。「そら部屋は空いたまんまより、誰かに住んでもろた方がナンボも有難い。住むモンがおらんと、あっという間に荒れてまいますんで、な」

明日までに床のガラスは片づけて、掃除機も掛けておくと請け合ってくれた。板ガラスが手に入らないので窓を修復はできないが、ベニヤ板を打ちつけるなり雨風を凌ぐ最低限の応急措置もしておく、と。

電灯のスイッチを入れてみたが、電気も通じてはいないようだった。窓を板で塞がれると室内は真っ暗になるだろうが、まぁこちとら野宿していた身だ。キャンプ用のランプだってある。

ベッドは窓の近くに置いてあり、床と同様ガラスの洗礼を受けていた。布団も掃除機を使えば何とかなるかも知れないが、どこに微小な破片が残っているかと訝りながら寝るのも落ち着かない。

「この布団は、処分して頂いて結構です」店主に言った。どうせ使わないのなら、掃除機を掛ける手間も省ける。「これまで野宿で使っていた寝袋がある。とにかく屋根の下で寝られるだけでも、随分と楽になりますから」

布団を取り去ればベッドのマットがある。同じ寝袋でも地面の上より、マットの弾力の上で寝た方が心地もいいだろう。こんな物件でも外よりはずっとマシだ。自分で口にした通りである。

今夜まで公園で寝て、テントなどを撤収して来る。明日の朝、不動産屋を再訪することで話がついた。それまでに最低限、ガラスを掃いたり窓を覆ったりしておきます、と店主は言った。

アパートの前で店主と別れ、自転車に跨《またが》った。公園に戻るには時間的に早い。大通りを東に向かって、生田警察署を目指した。神戸新聞の正藤にあれ以来、会っていない。できれば最新の情報交換がしたかった。行ったからとて会える保証はないが、通信手段が不自由な今、話がしたければ最も確率の高い場所に行ってみるしかないのだ。

公園で隣り合って寝泊まりしている、三原夫妻の顔が浮かんだ。彼らとはこれで、お別れだ。まだ暫くは神戸に留まるのだから、取材で動き回る中で会うことはあるだろう。ただこれまでのように、薄暗い中で食事を共に摂る仲ではなくなる。

ちょっと寂しいような気がした。済まないような思いも胸に湧いた。アパートが見つかったと聞いて、彼らは喜んでくれるだろう。お前だけいい思いをしやがって、なんて悪感情を抱かれることはない、彼らなら。それでも二人を置いて、自分だけ室内で生活できることに罪悪感に近いものを覚えた。

それを言うなら取材を終え、神戸を離れる時は、どうなのか。後ろめたさたるや、比べ物にならないに違いない。あぁ、その時はどう伝えればいいかな。何と言って切り出せばいいかなどと首を捻っている内に、生田署に着いた。

正藤が見当たらなければポケベルを鳴らし、暫く周辺を歩き回ってみようと思っていた。今、生田署に来ているぞという意味の「一九」メッセージを受け取り決めてはいる。だが向こうがそのメッセージを受け取れたとしても、こちらに来られる環境にあるかどうかは分からない。むしろ、来られない確率の方が高かろう。

が、全て杞憂だった。署の建物を覗くと、中に正藤がいた。目線が合うと、「よぅ」と片手を挙げて歩み寄って来た。

「あれから会う機会なかったな。元気にしとったか」

「あぁ。何とかやってるよ」

近況報告を交わし合った。公園で野宿していたが何とかアパートを借りられそうだと伝えると、そらよかったな、と喜んでくれた。うちに泊めてやれんで済まんやったなぁ、と詫びるので、気にすることはない、と手を振った。

「あぁ、そうそう」正藤が手を打った。「何か独自の切り口、見つけてレポートする積もりや言ぃよったやん」

「あぁ」その件だがお陰様で、いい切り口を見つけた。救援物資を配るヤクザの姿を描こうと思っている。伝えようとした。

ところが切り出す前に、正藤が言った。「今、な。おもろい情報、仕入れたんや。これやったら使い方によっちゃぁ、えぇネタになるんちゃうかと思ぅて」

焼け跡から発見された死体の胸に、刃物で一突きにされた傷跡が見つかったというのだった。警察は殺人事件と見て、捜査を開始したのだという。こんな震災被害の最中に、殺人。確かに、滅多にない話には違いない。

「それは、どこで」

「あぁ」

現場の住所を教えられた。直ぐにピンと来た。

女が一人、焼け跡に佇んでいた。こちらに向けて来た眼は、アフガニスタンの戦場で会った少年兵のものと全く同じだった。

胸を一突きにされた死体の見つかったのは、あの場所だった。

7

あの女が立ち尽くしていた焼け跡は、殺人事件の現場だった。正藤から聞かされた話は、かなりの衝撃だった。

ならばあの女は、何者か。まさか、犯人だったのか。しかしではあの眼は、いったい……？　少なくとも罪を犯した人間のものとは到底、思えなかった。

直ぐにでも動きたかった。だがもう時刻的に、遅い。聞き込みに回るには都合が悪い。そろそろ夕餉の支度を始めようかという頃合いなのだ。慌ただしいところに雑誌記者なんかが押し掛けて、あれこれ訊ねては気分を害するだけだろう。単純な質問にも答えてくれなくなってしまう。

逸《はや》る気持ちを抑えて、公園に帰った。三原夫妻と、野宿での最後の夕食を摂った。アパートを借りられたと伝えると、我が事のように喜んでくれた。既にそういう関係を、この夫妻とは築けている。

「そうか。よかったなぁ」旦那さんが言ってくれた。「しやけどほんなら、明日から寂しなってまぅなぁ」ぐぃっ、とワンカップを空けた。

「まだ神戸には留まりますので」古毛は言った。「これからもちょくちょく、ここには顔を出しますよ」

「あぁでもそなぃ、気ぃ遣こてもらわんでえぇですよ。ここに来るのにわざわざ遠回りするくらいやったら、仕事の方を優先して」

「はぁ。まぁさすがに、仕事は優先させますが。近くを通り掛かった時には、寄るようにします」

「そないしてもろたら、嬉しなぁ」

パチパチ、と焚き火の薪が爆ぜた。夫婦はじっと、炎を眺め続けていた。

「春よ
遠き春よ……」

近くの誰かのテントから、ラジオで流れる松任谷由実《まつとうやゆみ》の『春よ、来い』が聞こえて来た。


翌日は早朝に飛び起きた。手早くテントを撤収した。

引き上げる準備を進めていると、三原夫妻も起きて来た。ほんならなぁ。身体に気ぃつけて。手を振ってくれる二人に何度も頭を下げて、いくつもの夜を過ごした公園を後にした。

不動産屋に行って契約書にサインをし、アパートの鍵を受け取った。借りた部屋に荷物を置けば、準備ＯＫ。後は存分、取材に動き回ることができる。不動産屋は約束通り、床に飛び散ったガラスは綺麗に掃除してくれていた。窓にも板が打ちつけられ、雨風が入り込むのを防いでいた。これで最低限の生活はできる。

アパートを出るとまず、事件現場に最も近い避難所に行ってみた。焼け出された近所の住民が、そこに避難していると考えられるからだ。殺された被害者の名前すら分からない。情報はご近所さんから聞き出すしかなかった。

「事件があった、て教えてくれたんは旧知の刑事《デカ》さんやってんけどな」昨日、正藤は言っていた。

「詳しいことは何も教えてくれへんねん。今はマスコミに動き回ってもろたら困る、の一点張りで、な。被害者の名前も教えてくれへん」

不審な死体が見つかりこれは殺人らしいと当局が認めれば、所轄の警察署に特別捜査本部が設けられる。専任の刑事が集まって特捜班が組まれ、人海戦術で聞き込みその他の捜査が進められる、本来なら。

　だが今は、これだけの大混乱の最中だ。地震で亡くなった被災者の把握その他、警察のやることは無限にある。事件の捜査に回せる人数は、最低限しか確保できない。

「しやから、な。俺の知っとる警部が一応の特捜班長なって、限られたメンバーで捜査に当たっとるみたぃなんや。とても通常のような、人数に頼っての聞き込みはでけへん。現場をマスコミに荒らされとぅない、ゆぅんは分からんでもないわな。まぁ俺らがしゃしゃり出るんを、当局が嫌がるんは普段から、じゃぁあるけどな」

「なのに、いいのか。俺なんかが、取材に動いても。情報を漏らしたあんたの、立場が悪くなったりはしないか」

「まぁ、大丈夫やろ。俺に教えた、ゆぅことは他にも聞いた記者が大勢おる、思ぅて間違いないやろし。漏洩源の容疑者は俺一人、てことはないやろ。いや、そんな雑誌記者さんなんて知りまへんで、てトボケたら何とかなるんちゃう」その代わり、というのだった。「その代わり、や。取材で分かったことは、俺にも伝えたってや。こっちも取材が解禁になった時、ゼロからのスタートか事前情報を仕入れとるかで初動が全然ちゃうからな。頼んだで」

「分かってる」

　記者クラブに属する新聞記者は、警察の意向に反して動くのは難しい。当局の怒りを買えば、その後の情報開示に差をつけられてしまうからだ。ヘタをすると神戸新聞だけ、捜査情報の蚊帳《かや》の外に置かれてしまい兼ねない。そうなったら仕事にならない。

　だから記者クラブなど関係ない、雑誌屋の存在が彼らにとっても都合がいいのだった。仕入れたはいいが立場上、使えないネタをこちらに漏らす。動けない自分らに代わって取材してもらい、得られた情報を共有する。持ちつ持たれつ。公的機関の記者クラブという独特の組織のある我が国では、そこに出入りできる大マスコミと、締め出されたフリーの雑誌記者、という棲み分けが成り立っている。

そんなわけで事件の発生までは知ることができたが、手に入った情報は、それだけ。事件現場の住所と、殺されていたのは中年の男性、というところまでしか分からない。ネタ元の正藤だってそこまでしか教えられていないのだから、仕方がない。まずは被害者の名前を突き止めるところから、始めなければならなかった。

現場に最も近い避難所は、中学校だった。敷地に足を踏み入れると、途端に重苦しい雰囲気に包まれた。

あれだけの火事で焼き尽くされた被災地である。ここにいる中には、身内を失った者も多かろう。打ち拉がれているのも当然だった。コーヒーを浴びただの、トイレごと外に落ちただのと軽口を叩ける環境にはないのだ。被害の違いによって、避難所にもまた差が生じてしまう。

身内を亡くした被災者に声を掛けるのは、さすがに躊躇《ためら》われた。家族を失っているところに更に、殺人事件などという忌まわしい話題を持ち出されたのでは堪《たま》るまい。ただでさえ重い口が、ますます開かなくなってしまう。だからまず、最初に声を掛ける相手は厳選する必要があった。だが一方、見慣れない者が避難所でキョロキョロしていては、目立ってしまう。言動には慎重さも必要だった。

それとなく観察していて、校庭の外で立ち話している男性の一団を見つけた。敷地内の雰囲気が重いため、少し離れた場所を選んで会話を交わしているのではと察せられた。そうだとすれば彼らは、少なくとも最悪の悲劇までは被《こうむ》っていない。

「あの、済みません」名刺を差し出して、話し掛けた。一団の中の年長者を、ターゲットと見定めた。「巷談社の雑誌で記者をしております、古毛と申します。唐突で大変、申し訳ありませんが最近、こちらに警察が聞き込みには来ませんでしたか」

警察はこちらと違い当然、被害者の名前だって押さえている。初動の段階で最低限の情報も仕入れている。焼け跡から掘り出された遺体は随時、身許の確認が進んでいるのだ。遺族の確認も要る。この一画に住んでいたにも拘わらず、身許が確認できない住人がいたらそれが被害者である蓋然性は高い。どれだけ死体が焼け焦げ、損壊していようと、見つかった家がどれかも摑めないほど町ごと焼失していようと、住民票の情報その他と突き合わせれば被害者が誰かはほぼ推定できる。

「あぁ」年長の男は頷いた。「確かに刑事はんが来はったな。余《あまり》さんのことをあれこれ、訊いて行かはった」

被害者の苗字は「余」というのだ。一歩、前進だった。こうして少しずつ、進んで行くしかない。字を確認し、下の名前も聞き出した。「余廉将《かねまさ》」といったらしかった。一歩、前進。

「何や、思わせぶりな物腰やったな。やっぱり何かあったん。余さんに、何か」どうやら警察は、殺人事件があったことすら知らせず訊くだけ訊いて行ったらしい。「寿々絵《すずえ》ちゃんのことも根掘り葉掘り、訊いて行ったなぁ。確かにあの娘《こ》の姿もここんとこ、見掛けへんし」

あの、佇んでいた女の名前は「余寿々絵」というのだろうか。これも直ぐ様、メモした。

胸の中に迷いがあった。殺人事件があった旨、彼らに明かして良いものか、どうか。知らせれば程なく、警察にも伝わってしまうだろう。そんなことをバラしたのはどこのどいつだ、と激昂させることになる。すると今後の取材に、支障を来す事態にもなり兼ねない。正藤にも迷惑が及ぶかもしれない。

だがこちらも警察のコピーよろしく、何も教えずに質問だけ続けるのも憚られた。捜査ならともかく、彼らにはこちらに協力する義務などないのだ。少しくらいの好奇心は、満たしてあげるのが取材する側の礼儀のようなものだろう。またそうしてやれば、彼らの口を軽くさせる効果も期待できる。


腹を括った。「実は」と打ち明けた。「どうやら余家で、殺人事件があったようなんです。焼け跡から遺体で発見された人は、火事に遭う前に既に殺されていたのではないか、と。中年男性の遺体だったというので、その廉将さんかと思われるのですが。胸に、刺し傷があったそうなんです」

「えぇっ」予想通り、少なからぬ反響があった。「ホンマかぃな」

「でもなぁ。やっぱり、ゆぅ気もするで」

「せやせや。何や警察、思わせぶりやったさかぃな」

「それにしても、なぁ。事件の中身も教えんと、話だけ聞いて行くなんて。警察も殺生《せっしょう》やで」

「お上のやることは、いっつもそうや。俺ら下々を、舐めとる」

どうやら期待通りの効果を得られたようだった。内実を打ち明けたことで、彼らの好奇心に火がつく。警察が秘密にしていたことをこちらが明かすことで、協力的な態度も誘発できる。

「兄ちゃん、ちょっとあっちに動こか」年長の男が言った。「この避難所、な。家族、亡くさはった気の毒な人も多いねん。そこに来て人殺しなんて話、聞かせるんは惨《むご》過《す》ぎるわ。ちょっとあっち、動いてから話の続きしよ」

案の定だった。ここには身内を失った人も多い。この一団は逆に、そこまでの不幸には見舞われなかったからこそちょっと離れて、世間話を交わしていたのだ。こんな避難生活、軽口の一つも叩かなければやっていけない。こうした距離感の保ち方も、生き抜く知恵のようなものと言ってよい。

　避難所からちょっと歩いた広場まで移動して、改めて名乗り合った。年長の男は東郷《とうごう》といった。

「名前は七郎《しちろう》、ゆぅねんけどな。残念ながら平八郎《へいはちろう》はんとは、何の血の繋がりもあれへんねん」こんなところにも軽口を差し挟む。あの避難所ではなかなかできなかったことだろう。焼け野原となった一画の住民で、町内会長を務めていたそうだった。

「それで、余はんのことやけど。やっぱり殺されとったん、余はんなん？」

「そうだと思います。実は私も、殆ど事前情報を与えられずにここに来てみたんですが。ただ焼け跡から見つかった死体の胸に、刃物で刺したような傷跡が見つかった、というだけで。警察はそれ以上、何も漏らしてはくれなかったんです」

「そらそうや。俺らにも何も教えてくれんかったんやさかぃな」

「それで自分らの知りたいことだけ教えてくれ、て。都合のえぇこっちゃで、全く」

　またも一頻り、警察への愚痴が続いた。ここまでは狙い通りだった。警察を敵側に置き、自分は貴方達サイドにいると示すことで仲間意識を抱いてもらえる。協力的になってくれる。

「それでさっき、寿々絵さんという名前も出て来たと思うんですけども」頃合いを見て、質問を再開した。「こちらはその、余さんの娘さんですか」

　せやねん、と皆、一様に頷いた。目撃した女の風貌を伝えると、あぁそれや、と彼らは認めた。やはりあれが余家の娘、寿々絵だったのに間違いはなさそうだ。可哀想な娘《こ》でなぁ、と何人もがやるせなさそうに首を振った。

「可哀想、と仰いますと」

「まぁ、死んだ人のこと悪ぅ言ぅんは趣味やないねんけどな」一拍、措いて東郷は続けた。「余はん、はっきり言ぅて近所ではえぇ評判の人やなかったんや。仕事もせんと、真っ昼間っから酒かっ喰らって、な。家ん中で暴れる音もよぅ聞こえた。せやから近所のワシらも、あまりつき合わんよぉに距離、措いとった。そなぃな家庭やったんや」

まぁそれは以前、仕事しよった頃から変われへんねけどな。数人が同時に頷いたので、それはどういうことかと重ねて尋ねた。こちらが好奇心旺盛に質問すればする程、彼らも応じてくれる。手応えを既に、感じていた。

「余はんな。前は高利貸ししよったんや。結構、アコギなことしよったでぇ。金利もムチャクチャ高ぅて、な。家、出入りしよるんも危なそうな奴が多かった。せやさかぃ以前から、あの家は近所からちょっと避けられるよぅな存在やったんや」

違法金融をやっていた、ということだ。既に借金まみれで首も回らず、明日にも夜逃げするしかないというような者にも、金を貸す。法外な金利で。

どうせそんな奴は早晩、潰れる運命なのは避けようがない。それでも藁をも掴む思いで、差し出された金に飛びついてしまう。冷静な思考力などとうに消え失せているのだ。その日さえ凌げればいい。刹那的な感覚に脳内を満たされている。

借りた金で前の借金を払う。繰り返すたび、金利は上がる。借金額も膨れ上がる。そうして高利貸しをたらい回しにされた挙句、最終的には首を括るか、夜逃げするしかない羽目に陥る。結果は何も変わらない。破滅する日が多少、先延ばしになっただけのことだ。

一方、そんな奴に貸す方もどうせこいつは早晩、潰れると百も承知だ。それでも進んで金を貸す。もちろん直ぐに返せなくなるから、他の高利貸しから借りて返せ、と迫る。それとも何か、内臓でも売って金を作るか、と脅す。金利は法外な高さなのだ。返させさえすれば、儲けになる。

つまりはババ抜きと同じなのだった。最後にどうしようもなくなって夜逃げした時、金を貸していた奴は損をこく。タイミングの勝負だった。潰れるまでの僅かな間に、回収した者の勝ち逃げ合戦なのだ。

「そんなんだけやないでぇ」若い男が口を挟んだ。「余さん、ヤクザともつき合ぅとった。賭場の開帳資金も出しよった、ゆぅ話や」

ヤクザが賭場を開く場合、盆の上を飛び交う金は多ければ多い程、いい。それだけ賭ける者の気分が高揚し、大きな勝負に出る。テラ銭も当然、大きくなる。また手持ちの金をスッてしまって、もう賭ける金がないという客がいれば、胴元は大喜びで金を貸す。これだけ貸すからもう一勝負どうです、と水を向ける。勝負してくれればくれる程、テラ銭が落ちるのだから当然だ。貸す金がなかったばっかりに、まだ勝負したそうだった客を帰してしまったとしたら、こんなに勿体ない話はない。

だから胴元からすれば、賭場を開張する際にはできるだけ大枚の金を用意しておかねばならない。周りに借金して手当たり次第、掻き集める。余もまた、そうして博徒に融資していた金主の一人だった、ということだろう。ガラの悪い連中が出入りしていた、という先程の証言ももっともだ。

「せやから以前は、余さんの懐はウハウハやったんや。なのに、ケチでなぁ。チリ紙一枚、買うのにも値切るくらいの人やった。そら、嫌われるわなぁ。近所にも高い金利で貸し付け受けて、追い込み食ろぉて夜逃げしたモンもおるし」

近所から疎まれて当たり前だった、ということだ、以前から。そこに、転機が襲来する。バブル景気の崩壊だった。資金に詰まり、余家としても高利貸しどころではなくなった。あちこちに義理の悪い借金が残り、二進《にっち》も三進《さっち》も行かなくなった。追い込みを掛ける側から、掛けられる側へと転落したわけだ。早よぉ返さんかぃ、こらぁ！　怒号が、家の外まで響くこともよくあったという。

相変わらず余家は、町内で煙たがられる存在であり続けた。

「それで、娘さんが可哀想、というのは」

「あぁ」と東郷が頷いた。「そなぃなわけで余家には毎日、借金取りが押し掛けるやろ。余はん本人はもう、やる気は完全になし、や。何もせぇへん。昼間っから酒、かっ喰らうばっかしや。収入はどこにもない。寿々絵ちゃんが稼ぐしかないわけや」

何歳だったのか。訊くと、確か今年二十歳になったばっかしやったんやないかなぁ、との答えだった。二十歳。ちょっと意外だった。落ち着いた佇いで、もっと大人びて映ったのだ。だがそんな男を父親に持って、荒波に揉まれて育ったのなら年上に見えたのも当然だったのかも知れない。それに——

借金取りに毎日、押し掛けられるような家である。若い女性がそれに対処できるだけ稼ぐとなれば、方法はもう限られている。

「水商売」古毛は口に出した。「それも」

あぁ、と東郷はもう一度、頷いた。「福原《ふくはら》に勤めとった、ゆぅ話や。詳しいことはワシ、よぅ分かれへんねやけども」

福原。関西地方を代表するソープ街である。親の借金を返すため娘が身体を売って、稼ぐ。時代劇や落語なんかによく出てくる話だが、現代にだって実は、連綿と続いている。

エンコー・コギャル。ここに来る前日、取材した娘《こ》のことを思い出した。彼女はあっけらかんと、パーティー券を捌くために身体を売ると示唆していた。だがこちらはずっと切実だ。稼いだ金は親の借金に消えて行く。ただあの娘《こ》を思い出したことで、胸の重みが少しは解消されたようにも感じた。今の若い娘《こ》は我々の想像する程には、売春に対して思い詰めたものはないのかも知れない。

「寿々絵ちゃんの勤めとった店、お前知っとったんちゃぅ」

「何でやねん、俺が」

「お前、フラーッとソープ入ったら寿々絵ちゃんおって相手してもろた、て話しとらんかったっけ」

「言ぅか、アホ。誰の話やねん」

話題が重くなって来たせいだろう。若い二人が戯言を叩き合い始めた。軽口を差し挟まずにはいられない。関西人の習性である。

あ、と思いついて質問を続けた。「お母さんは。余さんの奥さんは、どうされたんです。これまで話に出て来なかったと思うのですが」

娘が働いて稼ぐしかなかった、というのだ。母親は早くに亡くなった、とかの答えを予想していた。が、返って来た答えは違っていた。

「出て行ったんよ。旦那に愛想、尽かして。もう何年前になるかなぁ。まぁ気持ちは分からんでもないけど。でもほんなら、娘さんも連れて行けばよかったんちゃぅ、て思うわなぁ。残されたんで寿々絵ちゃん、一人で余はんの面倒見なならんよぅになったんやさかぃ。気の毒なこっちゃで、ホンマ」

「あれ、確か宗教に行ったんちゃったかなぁ」

一人が言うと、隣の男が頷いた。「あ、せやせや。俺もそれ、聞いた覚えあるわ」

それはどこの宗教か。尋ねたが、明確な答えは返っては来なかった。「さぁなぁ。何やったかなぁ」

夫は高利貸しとしてアコギな所業を繰り返した挙げ句、バブルが弾ければ呑んだくれて暴れるばかり。運命を憂えて宗教に逃げた、という奥さんの気持ちも分からないではない。ただ、ならば残された娘さんはどうなるのか。一緒に連れて逃げればよかったではないか、との東郷の言葉にはそのまま同意できた。ただし走った先がどこかの新興宗教とすれば、同行もできなかったのかも知れない。

「それで」質問を続けた。「震災の直後、寿々絵さんはどうしてました」確かにあの娘《こ》の姿もここんとこ、見掛けへん。殺人があったとまだ知らせる前、東郷は漏らしていた。逆に言えば地震の直後は、姿を見ていたということだ。

「あぁ」東郷は手を打った。「避難所に逃げて来たら、寿々絵ちゃんもおった。余はんの姿は見えんので『お父さんどないした』て訊いたんや。そしたら俯《うつむ》いて、『ダメでした』て、小さな声で」

周りにも何人も、同じように身内を亡くした被災者はいたのだ。彼女だけ特別、と感じる理由はない。言葉のまま受け止めるのは当然だった。実はその死体には刃物による刺し傷があった、なんて知る由もないのだから。

「それから、何日かなぁ。気がついたら姿、見掛けんよになってしもたんや。ふっとおらんよになって、それっ切り」

古毛が焼け跡で余寿々絵を目撃した、夕暮れのあの日。日付について尋ねてみると、あぁという反応が返って来た。その頃やったかなぁ、確か。あの娘《こ》が、避難所からおらんよになってしもたんは。

やっぱり、だった。余寿々絵はこの地を去るに当たって、最後に自分の家の跡に佇んだ。まだ父親の死体が埋まっている、瓦礫の荒野を見下ろしていた。古毛がたまたま目撃したのは、その姿だったのだ。

余廉将を刺し殺したのは、誰か。東郷らの証言によると、あちこちに恨みを買っていておかしくない男だったようである。殺したい程、憎んでいた者もいくらもいたことだろう。その中の誰が、犯人であったとしてもおかしくはない。

ただし、状況が状況である。恨みを抱いた男が犯行に及んだら、たまたま直後に地震が発生した。かくして焼け焦げた死体となったがその胸には、刺し傷が残った。あり得ないとは言わないが、可能性としては限りなく低かろう。やはり可能性が一番高いと思えるのは、同居していた余寿々絵。

しかしでは、あの眼は何だったのか。清々しく、遠くを見詰めていたようなあの、眼は。父親を殺し現場から逃亡しようという女なら、荒《すさ》み切った視線であっておかしくはない。だがそんなもの、微塵も漂わせてはいなかった。町中が焼き尽くされた灰燼の中で彼女の立ち姿だけが凜々しかった。人殺しが、あのような神々《こうごう》しさを放つことができるものなのだろうか。

会いたい。

古毛冴樹は強く思った。もう一度、あの女に会いたい。そしてあの眼は何だったのか。本人に、問い質してみたい。

8

午後は佐渡間組へ行った。余事件の調査を続けたかったが、仕方がない。昨日、親分と交わした約束がある。被災者に救援物資を配っているヤクザの活動について、取材に便宜《べんぎ》を図ってくれるというのだ。他にやりたいことができたからと言って、無下《むげ》にするわけにはいかない。

「おぉ、古毛ちゃん。来たか来たか」事務所に顔を出すと、親分は嬉しそうに笑った。抗争の時はとことん武闘派に徹するが、普段はこうした気のいいオジサンなのだ。ましてや今はカタギなのだし、一応。「物資の差配、取り仕《し》切っとる奴を呼んどった。おぉい」

パンパン、と手を叩くと若い衆が飛んで来た。親分が呼べば即座に反応する。その辺りの躾《しつけ》はきっちりしており、カタギになっても変わることはない。

「是脇《これわき》、来とるやろ。ここに顔出すように、言え」

「はいぃっ、分っかりましたぁ」

部屋から飛び出て行った若衆と入れ替わるように、体格のいい男が入って来た。歳は三十代後半、といったところだろうか。いかにも頼り甲斐のある偉丈夫《いじょうふ》、といった印象だった。今の若衆とは明らかに格が違った。濃紺の仕立てのいいスーツをぴしり、と着こなしていた。

「こいつは是脇尚嗣《なおつぐ》、いぅてな。以前はワシの組で若頭補佐、やっとった。うちが解散してからは他所の組の預かりになっとってんけど。とにかく目端の利く奴なんで。こなぃな作業、任すんはうってつけや。そやさかぃ今はちょっとこっちに戻してもろぅて、うちの現場を仕切らせとる」

「是脇です」深く頭を下げて来た。この辺りの礼儀も、きっちりしている。「どうぞよろしゅぅ、お願いします」

古毛も名刺を渡して名乗り、深く低頭した。ヤクザに相対する時は、とにかく礼だけは失さないことだ。失礼だけはないように心しておけば、大きな問題に発展することはそうはない。少なくとも多分、大丈夫だろうと楽観は抱ける。

「それで、どないする」佐渡間親分が訊いて来た。「これから早速この是脇と現場、回ってみるか」

「はあ。是非ともお願いしたいのですがその前に」ちょっと、口籠った。「実はもう一つ、親分にお願いしたいことが出て参りまして」

「何や、また」

「実はバブル期まで、地元で高利貸しとして幅を利かせていた余という男がいたらしいんですが。賭場にも資金を出していたというのでもしかしたら、こちらにも知っているという若い衆がいるかも知れないと思いまして」

さっきまでご近所さんに話を聞いていたが、余についての情報は多方面から仕入れられればそれだけ、有難い。寿々絵の行方を探る材料に繋がってくれないとも限らない。少しでも可能性のあるところには、片っ端から取材を掛けたい心境だった。だからかつては博徒として名を馳せていた、親分の手下《てか》なら知っている者もいるかも知れないと期待したのだ。

「あぁ、あの余ですか」すると早速、是脇が反応してくれた。「あの男なら自分も、全く知らんわけでもないですよ」

「何や」親分が苦笑した。「ワシらの取材、やってくれるんと違《ちご》たんかぃな。あんたなら、ちゃんと報道してくれると期待して手筈、整えたんに、なぁ。そなぃにあちこち浮気しとったら、あんまし感心せんなぁ」

半分、冗談の気《け》もないではない。逆に言うと半分は、本気だ。ここで反応を誤れば、スネさせてしまうこともあり得る局面だった。

「あ、い、いえいえ」慌てて手を振った。焦った風を殊更、強調して見せた。こういう時は極力、下手《したて》に出た方がいい。「こちらの取材は言うまでもなく、きっちりやらせて頂きます。ただ、他にも追及しなきゃならないことが出て来てしまったものですから。二股を掛けるみたいで大変、申し訳ないのですが」

「まぁ、えぇよ」親分は手も振った。苦笑いはそのままだった。「あんたの仕事もあれこれあって、忙しねやろ。こっちの取材、ちゃんとやってくれたらワシとしては、文句はあれへん」

言われるまでもなくこちらを最優先で、やらせて頂きます。恐縮して頭を下げると、是脇が「では早速、行きまひょか」と声を掛けてくれた。「まずはうちが仕切っとる現場、回ってみましょう。余のことは私も少しは知っとるさかぃに。その話は、移動中の車の中ででもすればえぇ」

上手いこと親分の前から、連れ出してくれた格好だった。心遣いが、有難かった。

車の後部座席に並んで座った。運転手役の若い衆に「まずはあそこに行け」と指示を飛ばしてから、是脇は古毛を向いた。「余が高利貸し、しよったところはうちの縄張《シマ》りでした。そやさかぃ正直、商売を許すに当たって最低限のものは、もろぅてたわけです」

〝ショバ代〟、ということだ。非合法な金利による金貸しは言うまでもなく、違法行為である。自分の縄張《シマ》り内《うち》で何の断りもなく、勝手な真似は許すわけにはいかない。一定の〝みかじめ〟をもらうことで商売を認める代わりに、何かトラブルがあったら後ろ盾となる。余とかつての佐渡間組とはそういう関係にあった、というわけだった。

「是脇さんは、余とは」

「何度か会ぅたことはある、という程度です。金の遣り取りとか、細かいことはもっと下のモンに任せてました。あんまり評判のえぇ男やなかった、ゆぅ話も聞いてます」

余はん、はっきり言ぅて近所ではえぇ評判の人やなかったんや。町内会長を務めていたという、東郷は言っていた。カタギの間で悪い噂を囁かれるようであれば、ヤクザの世界においても似たような評価になる。人間とはそんなものだ。逆に信用できる者は、どちらの世界にあっても高い人望を得る。

「賭場にもよぅ出入りしよったらしい。そん時の借金が残ったままで、バブルが弾けた後はあちこちと揉めとった、ゆぅ噂も耳にしました」

博打の勝ち負けは、その場で遣り取りをすっかり済ませてしまうわけではない。勝った人間はそのまま金を持って帰るが、負けた者はツケにして、事後の清算を胴元に頼む。すっからかんにスッているのだから、払おうにも懐に手持ちは一銭もない。

一方で博打打ちは基本、互いの賭場に通い合ぅ。あいつはこないだうちに遊びに来てくれたから、今度はこっちが行ってやろう。半分、義理事のようなものである。また、そうして義理で顔を出した盆事《ぼんごと》で、大勝ちして帰るのは礼に反するという感覚もある。勝っていたらわざと不利な勝負に大金を賭けたりして、金をスる。どれだけ大負けしても顔色一つ変えず、今日は楽しませてもらった、と笑顔で立ち去る。それこそが本物の博打打ちだ、と尊敬される風土がこの世界にはある。

だから博打打ちは、常に方々に借金を抱えている。あいつは俺の賭場でこれだけ負けたが、俺もあいつのとこでこんだけスッたから差し引き、いくら。帳簿上の計算で、誰にはいくら貸しがあるがあっちにはいくらの借り、というようにプラスマイナスの数字が残っている。

　余は賭場に資金を貸す側にいたというが、自らも遊びに行くことは多々あったろう。その場でいくらかスッていても、じゃぁそいつは貸しておいた中から清算しといて、という風に処理したりもしていたろう。それでも清算し切れない分が、残る。その時点でバブルが弾け、金が回らなくなれば払うべきものも払えない。いい加減に返せ、と迫られることにもなろう。そなぃなわけで余家には毎日、借金取りが押し掛けるやろ。これも、東郷が語っていた通りだ。

「実は」と打ち明けた。余が殺されていた、という事実を明かした。今のところ得ている情報を、洗いざらい説明した。まずはこれを話しておかないと、次が続かない。

「ホンマですか」是脇は少なからず、驚いたようだった。「いやそら、そなぃな男やったさかぃに。誰に恨み、買ぅとってもおかしないとは思ぅてましたよ。でもまさか、なぁ。刺し殺された死体が、焼け跡から発見された、なんて」

「それで今もお話しした通り、その娘が犯人である可能性は高いように思うんです」

「ははぁ。私はその娘さんには会ぅたことはないですが。父親があなぃな風やったら、殺してやりたいと思ぅても不思議はないんかも知れませんなぁ、普段から」

　そうしているところに、大震災が発生した。周りから火が出て、今にも家に燃え移りそうになっている。これは千載一遇のチャンスかも知れない。咄嗟に思い定め、隙を見て父親を刺殺した。死体を火の中に放置した。いかにもありそうな仮説、と思えた。

　これだけ広大な範囲に、甚大な被害が出ているのだ。警察が遺体を掘り出し、胸に不審な傷跡があると気づくまでにはそれなりの時間を要することだろう。その前にさっさと、逃げてしまえばいい。大混乱に乗じて姿を消せば、それだけ逃《に》げ遂《おお》せる可能性も高くなると期待できよう。

　ただし、実際にはそうではなかった。東郷の証言によると余寿々絵は、二、三日は同じ避難所にいたという。姿を見掛けていたがその内、ふっといなくなってしまったという。

　父親殺しに成功したのなら何故、その時点で立ち去ってしまわなかったのか。何故、何日か現場の近辺に居残ったのか。それに繰り返すが俺の見た、あの、眼は……!?　疑問はいくらでも残った。

「余のことをもっと知っとる、若い衆を紹介しましょう」是脇の言葉に、はっと我に返った。「〝みかじめ〟を徴収に行っとった者や、賭場で会いよった者など。私より余に詳しい若い衆は、何人かおる。そいつらから話を聞けば、また見えて来るモンもあるんかも分からん」

「そうして頂けますか。助かります」心から感謝した。「有難うございます」

「福原の方も、どうしましょう。そっちに詳しいモンもおりますが。勤めとったんがどの店か突き止めて、話を聞かせてくれるよに責任者に頼むことも」

　ちょっと考えた。甘え過ぎるのも、控えた方がいいような気がした。「そっちは取り敢えず、自分でやってみます」せっかくのお言葉ですが、と断った。ヤクザに指示されてする証言と、取材としてやって来た記者に語る言葉とはまたどこか、違って来るかも知れない。

「遠慮されることはないですよ。別にこっちには、大したことやあれへんのやさかぃ」

「はぁ。でもやっぱり、やれるとこまでは自分でやってみます。どうにも上手くいかなくなって、お願いすることになるかも知れませんが。できるだけやってみたい、とこれはもう、自己満足のようなものなんでしょう。困った時だけ頼るようで、気が引けないでもないんですが」

「そうですか。それじゃ、まぁ。何かあったら、ご遠慮なく」

「有難うございます」

　運転手の腕がいいのだろう。半壊した町を走り慣れて、どこをどう行けば一番いいか頭の中に叩き込まれているのかも知れない。壊れたビルや瓦礫、渋滞した道を避けて遠回りしながら、なのに意外なくらい早く目的地に到着した。

「さぁ、ここです。まずは物資、配っとる現場から見てもらいまひょか」

大きな公園だった。ずらりと被災者が列を作り、ヤクザの配る物資を受け取っていた。その様子をカメラに収め、配っているヤクザともらっている被災者、双方から話を聞いた。

「いやぁ、困っとる人を助けるんは、当たり前ですよ。感謝してもらえるんでこっちとしても、やり甲斐がある」

「いやぁホンマ、助かりますわ。またここにくれば必要なモン、何でも揃っとりますんで。ホンマに有難いこっちゃ。この人達にはいくら感謝しても、し切れまへんわ」

　物資の集積場所として、使っている倉庫にも案内してもらった。元々、明石組は神戸港の港湾労働者を取り仕切ることで発展して来た経緯がある。今も港湾荷役作業には隠然たる影響力を有し、息の掛かった倉庫業者も多い。中の一つをこの際、いったんの仮置き場として使用しているそうだった。

　海から、陸から。数え切れないくらいの物資が次々、運び込まれる。これは、あっちの配布場所へ。あそこの避難所は老人が多いさかぃに、オムツは重点的に持って行ったってや。場所場所に応じた的確な指示が飛び交う。そうした様子を取材し、作業者のコメントも取れた。困っとる人を助けるんは当たり前ですわ。喜んでもらえよると分かっとるんで、やり甲斐もある……。内容としては配布場所でのコメントと、ほぼ同じだった。

「次は、あっちの公園に行ってみますか。近くの避難所に若い人が多いんで。また違ったコメントが取れるかも分からん。救援物資も粉ミルクとか、赤ん坊のおる若い夫婦が必要とするものを重点的に回しよる」

是脇の取材に対する協力は、行き届いていた。差配は的確で、こちらとしては痒いところに手が届くような有難さだった。

それでも取材させてもらいながら、どこか心ここにあらずの部分があった。全神経を集中することがなかなかできなかった。

余寿々絵を追いたい。彼女が働いていたソープを早く見つけ、関係者の話を聞きたい。思いが、胸の底に拭い難くあった。

9

翌日は朝イチで起きて福原に行ってみた。この周辺は新開地《しんかいち》といって、神戸の古い繁華街である。戦前は映画館や芝居小屋などがずらりと立ち並び、市内随一の賑わいを見せていた。

神戸の中心地が三宮に移ってからは、かつての盛況ぶりはすっかり影を潜めてしまった。それでも昔の繁華の面影はあちこちに残り、独特の雰囲気を好む趣味人も多かったのである。古い造りのままの映画館で、リバイバル上映を楽しむ向きもそれなりの数、いた。アーケードに覆われ昼間から薄暗い商店街で、一杯酒を楽しむ輩も。湊川《みなとがわ》公園へと緩やかに上る商店街の近くには、大正元年創業という焼き鳥の老舗もある。

福原もその商店街の直ぐ傍だ。「桜筋《さくらすじ》」と「柳筋《やなぎすじ》」の二本のメインストリートが並行して伸び、間に路地が横たわって何十軒もの風俗店が軒を連ねている。

行ってみると他の被災地と同様、足元が波打っていた。アスファルトが割れ、車道には大きな亀裂がのたうっていた。ただし「福原柳筋」の名を冠した門は、倒れることなく堂々とした威厳を保っていた。

新開地は古い建物が多いため、地震の被害も大きいようだった。メインの交差点に立つ、三菱銀行の建物も崩れ落ちていた。

それに比べれば福原の中は、周りよりは被害が少な目に映った。街の性格上、派手な看板が並んでいるが明かりがついていないのは当然として、倒れたり地面に落ちたりしているものは見当たらなかった。さすが、普段から手入れが行き届いていたのだろう。造りも周りよりはしっかりしていたのかも知れない。

看板に明かりはついていないが、人が頻繁に出入りしているソープランドがあった。まさか、営業中？　近づいてよく見ると、出入りしているのは被災者らしかった。客では、あり得ない。

「あぁ、ここ、風呂代わりに解放してくれとるんですわ」話し掛けると、被災者が答えて笑った。

「湯ぅ沸かす機械は壊れとらんやった、とかで。こなぃしてワシらを入れてくれよるんですわ。いやぁ有難いこっちゃで、ホンマに。家が壊れて避難生活しよる中、ゆったり風呂に入れるんやさかいなぁ。前は民家に隣接してこなぃな施設があるんは、風紀的に問題やなんて言ぅモンもおったけど、とんでもないこっちゃで。上手いこと共存しとったさかぃに、困った時はこなぃして助けてくれる。ご近所さんは大切にしとくもんや、て今になってしみじみ思うわ」

確かに風俗店だからどうだ、などと言っていられる局面ではあるまい。温かい風呂に入れるのだ。あれこれ不便な避難生活にあっては、何より有難いに違いない。ましてや震災この方ずっと、寒い日が続いているのだし。

ただ室内は、営業していた頃からの煌《きら》びやかな装飾のままだろう。性を売っていた場所で日常生活の入浴を済ませるというのは、現実の気分としてどうなのか。想像すると、ちょっと皮肉な笑みが浮かばないでもなかった。

「Hey Hey Hey Girl
どんな時もくじけずにがんばりましょう
Hey Hey Hey Boy
かっこわるい朝だってがんばりましょう」

有線放送だろうか。店内からＳＭＡＰの『がんばりましょう』が聞こえていた。頑張りましょう、か。皮肉な思いが続いていた。確かに今の状況に、これくらい似合う歌詞もないのではないか。それとも大きなお世話だ、と突っ撥ねられる、か。

支配人という中年の男がいたので、話し掛けた。困った時はお互い様、と救援物資を配っていたヤクザと似たようなコメントが返って来た。

「まぁ今は、商売どころやおまへんさかぃな。幸い、うちは断水もしよらんやったし重油タンクも壊れとらんかった。ボイラーもパイプもイカレんままで、湯ぅ沸かせた。ほんならこなぃな時くらい、近所の人の役に立てればこなぃ嬉しいことあれへんやん。また、入りに来た人が感謝してくれまっさかぃな。温《あ》ったまったわぁ大きに、なんて言ぅてもらえたら、こっちとしても気分よぅなりますがな。今はご近所にせめてもの恩返しできる、えぇ機会や思ぅとります」

ソープランドと、ヤクザ。どちらも普段の日常生活においては、表立って話題に上ることは少ない存在だろう。ところが非常事態になると、こうして被災者の役に立ってくれる。日陰の存在が非日常には、表に姿を現わす。彼らもあってこその日々の暮らしだったのだ、と改めて思い知る。これはヤクザの記事に絡めて、言及すべきいい観点を見つけたな。手応えがあった。有難く、コメントを使わせてもらうことにした。

「それで」話題を換えた。こっちこそが元々、訪れた目的だったのだ。「実は、女性を探しているのです。この街で働いていた、と聞いたのですが」

余寿々絵の顔写真すら、ない。何とか口頭による容貌の説明で、分かってもらうしかなかった。髪はこんな感じで、目鼻立ちは、こう。スタイルはこうで、二十歳だが年齢よりもずっと大人びて見える、云々。必死で描写していると幸い、あぁもしかしてあの娘《こ》かな、と通じてくれたようだった。その娘《こ》やとしたらホレ、勤めとったんはあの店ですわ。

指差された。道を挟んで斜め向かいの店だった。看板には『シルクハット』とあった。勿論、明かりはついていない。こちらのように頻繁な人の出入りもない。ただ、中は無人ではなさそうだった。

礼を述べて店を出、向かいの『シルクハット』に入った。誰かいらっしゃいませんか。奥に声を掛けると、初老の男が出て来た。店のオーナーで、園村《そのむら》と名乗った。

「うちもどうやら、設備に大きな被害はないようなんでっけどな」園村は言った。「ただ、ホンマにちゃんと動くんか。確認はせんとあかん。火ぃ入れたら実はボイラーが壊れとって、爆発でもしたらえらいこっちゃからな。しやけど機械の整備を任せとる業者が、社屋が潰れたとかでなかなかこっちに出て来れん。今はそれを待っとる状態ですわ。ちゃんと動かせると確認がでけたら、うちもお向かいさんみたいに被災者に解放する積もりです。普段から風俗営業しとってご近所さんには迷惑、掛けとるんやさかいな。こないな時くらいご恩返し、させてもらわんと」

これも貴重なコメントとして、使わせてもらうことにした。「それで」と話題を換えた。実はこんな女性がここで、働いていたと聞いたのですが。

さっきの店のように、容貌を詳しく説明する必要もなかった。余寿々絵と伝えると即、「あぁ、『みどり』ちゃんな」との反応が返って来た。源氏名は「みどり」と名乗っていたらしい。働いていた店なのだ。本名くらい、ちゃんと押さえている。

「こないだ、警察も訊きに来たな。何かあったん、みどりちゃん」

やはり。警察もさすがにこの情報を摑み、既に聞き込みに来ていたらしい。殺人事件があった、との背景すら教えていなかったのも、ご近所さんの東郷らに対してと同様だったようだ。そこで「実は」と打ち明けた。秘密を明かせば心を開いてもらえる。東郷らに相対した時のように。警察にバレれば怒りを買う、リスクもまた同様だった。

「えぇっ、そうなん」衝撃を受けていた。嘘偽りない、正直な反応と見えた。「そら警察が来たんやさかぃ、何かあったんやろなとは思ぅた。しやけど、なぁ。身内の遺体が見つかったんで、確認のために行方を探しとるんやろ、くらいに思ぅとった。まさか殺人事件、なんて、なぁ」

「彼女自身は、どうでした。震災の後、ここには音信不通のままですか」

「いやぁ。ここには顔、見せたで。地震から、何日してやったかぃなぁ。フラッとやって来たんですわ。家が壊れてもぅた。もうここでは生活できへんさかぃに、他所に移ろぅ思う。お別れに、挨拶に来てくれたんです」

「その時、お父さんのことは、何か」

「私の方から訊いたんです。『他所に移る、て。お父ちゃんも一緒になん？』て。そしたら俯いて首、振りよった。あぁ、て察した。みどりちゃんの家の辺りは特に火事の被害、大きかったて聞いとったし。他でもよぅけ聞いとる話やしやっぱり、被災して亡くなったんか、て。しやけど、なぁ。まさか、殺人やなんて」

彼女には父親しかいなかったこと。家のあったのがどの辺りかなど個人的な基本データを、園村はちゃんと押さえていたと今の言葉だけで分かった。これは突っ込んだことも聞き出せるかも知れない。期待した。

「お父さんがどんな人か、ご存知でしたか」

「そら、まぁ。みどりちゃんから直接、聞いたわけやおまへんで。けど、まぁ。噂として聞こえて来ますやん。父親がちょっとも働かんと、昼間から酒ばかり呑んどる、とか。そやさかぃその借金、返すためにこなぃして働いとるんや、とか」

「お父さんに直接、会われたことは」

「そら、おまへんわ」ふーっ、と長い溜息をついた。「そもそも会ぅよぉな立場やあれへんし。それにもし会ぅたら一言、言わずにはおれんやったかも分かれへんし、な。まぁ自分がこなぃな商売、しながら言ぅんも何でっけど。娘さん店で働かせてあんた、何しよるんや、て。そら、本音でっせ」

みどりちゃん、可哀想になぁ。言外に、思いが滲んでいた。父親を殺したのは彼女かも知れない。言葉には出さずとも考えていることは、明らかだった。それでも咎める気にはなれない。手に掛けられても仕方のないようなことを、余廉将は娘にやっていたのだ。

思いついて、質問の方向を換えた。「彼女、高校を卒業して直ぐここに働きに来たのですか。それともどこか、他の店から」

「福原の別の店から、移って来たんです。うちはここでは、ちょっとは高級の部類に入りまっさかぃな。その分、収入も悪ぅはない。自分の器量ならこんくらい稼いでえぇ、ゆぅ選択だったんでしょう。別に前の店と揉めたわけやないですよ。スムーズな移籍やった、と記憶しとります」

そこにも取材を掛けてみなければ、な。前の店の名前を聞き出して、メモした。以前の源氏名は何といったんでしょう。質問したがさすがに、さぁそこまでは、という返事だった。

「どんな感じだったんですか、彼女。ここでの、働き方なんか」

「いやそら、人気モンでしたで。ご覧になったことあるか知りませんが、そらえらぃべっぴんさんやったんで。気立てもよかった。お客さんの評判も、上々でしたわ」

「常連さんも、ついていた」

「おったと思いますよ。私はお客と泡姫の関係まではよぅ関知しませんけども。指名は多かった、聞いとります。うちの稼ぎ頭やったですよ」

　女一人、殺人を犯して身を隠そうというのだ（少なくとも、現段階での推察では）。逃げるに当たって誰かを頼った可能性は高い。それは、誰か。彼女の人脈を辿って行かねばならない。ここの常連の一人だったということもあり得る、と読んでの質問だった。

　だが指名の予約を記した帳簿を見せてもらったが、そこに並ぶのは単なる苗字ばかりだった。それはそうだ。こういう店の場合、指名は客の方から電話で入れる。希望の泡姫と時間が合えば、予約は成立。たいていは入店時間の一時間前に、改めて確認の電話を入れて欲しいと店は客に頼む。ちゃんと掛かって来れば、それでＯＫ。実際に来店してもらい、姫のいる部屋へ案内する。こちらから客に電話を掛けることはない。つまり電話番号も分からない。残されたデータは来店した時刻と客の苗字だけ、ということになってしまうわけだ。偽名を使っていたとしても、突き止める手立てはない。

「これじゃ追求のしようもないですね」

「まぁ、うちに残っとるんはこんくらいですわ。一応、受付しよったモンに話、聞いてみてもえぇけど。あんまり期待はせん方がえぇ思いまっせ。よほどの常連やない限り、顔も覚えてへんのとちゃいますか。こっちだってじろじろ見たりはせぇへんさかぃなぁ。ましてや、特定の泡姫と昵懇《じっこん》の客が誰やったか、なんて」

もしかしたら密かに連絡先の交換をして、外で会う程の仲になっていた客もいたかも知れない。だがそんなもの、店側には分かりはしない。それはそうだ。江戸時代の遊郭ならいざ知らず、現代では花魁の男性関係はご法度でも何でもない。私生活での縛りなどない。年季奉公の期限が決まっているわけでもなく、男が出来たから辞めます、と言われればまぁお幸せに、と送り出すだけである。人気者だからできれば辞めて欲しくない、本音はあったにしても。引き止める権利は、店側にはない。

こちら方面は、望み薄か。溜息をつくしかなかった。ここの店員で、彼女と親しかった人はいませんでしたか。ダメ元で尋ねてみたが、それはいなかったろうという返事だった。

「そら、トラブルの元になりますさかい。店のモンには、泡姫とはつき合うな、て強ぅ釘を刺しとります。ただそれでも、出来てまぅケースはある。絶対に止めるんは無理や、男と女なんでっさかい。それでも、なぁ。みどりちゃんはどこか、人と深ぅつき合うんを避けとるよなところがあった。どこか、世間を斜《はす》に見とるよなところが」

だから店員はおろか、私生活でも彼氏がいたかどうか分からないと園村は語った。いたのかも知れないが少なくとも、自分の抱く彼女のイメージからは想像がつかない、と。

「最後にここに、別れを告げに来た時はどうでしたか」もうあまり、追求する方向が思いつけない。失望を覚えながら、古毛は訊いた。これも最後の、ダメ元のようなものだった。「何か、気がつかれたことは。いつもとは違うな、と印象に残ったようなことは」

「いやそれが、いつも通りの淡々としたモンやったんや。ただ『こちらでは生活でけんさかぃ、他所に移る。これまでお世話になりました』て。お父さんについての質問にも静かに首、振っただけや。しやさかぃまさか、まさか殺人やなんて」

「どこへ行く、とか匂わすようなことは」

「それもなかった、思いますなぁ。『どっか行くアテあんの』てこちらから訊いたんです。そしたら『いえ』て首振って。『どこ行っても何とかなりますよ』て。そらそうやろぅなぁ、思た。あの父親の重石、のぅなったら彼女ならどこででも生きて行ける。しやからこっちもそない心配せぇへんかったんや。『そうか。ほんなら気ぃつけて。達者でなぁ』て。最後まで淡々としたモンでしたわ」

礼を述べて『シルクハット』を出た。余寿々絵が前に勤めていたという、『キャッツアイ』に行ってみた。

こちらは前の二軒と違い、店内は騒然としていた。排水のパイプが割れて水が噴き出したということで、数人が店内の掃除に大わらわだったのだ。水で台無しになった調度品を運び出している者もいた。

支配人は不在だったが、長く勤めているという職員がいたので訊いてみると、「あぁ、みどりちゃんな」と覚えていた。彼女はここでも同じ源氏名だったらしい。

「何かあったんでっか。警察が支配人に会いに来とったみたいなんでっけど」

さすが。警察は既にここにも来ていた。自分は彼らの捜査の後追いをしているだけじゃないか。苦笑が浮いた。ただまぁ、ならば少なくとも間違った方向を追っ掛けているわけではないわけだ。

胸に言い聞かせて、先に進んだ。

ここでも警察は殺人のことを明かしてはいなかったそうで、「えぇっ、そうなん」とこれまでと同じ反応に直面した。父親は殺されており、彼女が最重要容疑者と見られていると説明したが、そちらはさほど意外ではなかった風なのも、これまでと同様だった。余廉将が娘に殺されても仕方のないような男だった、というのは周りからすれば共通認識だったらしい。

「それで」質問に移った。「彼女がここに働きに来た時のことを、伺いたいのですよ。高校を卒業して直ぐ、風俗の世界に入ったのか、どうか」

「それが、なぁ。彼女は確か、高校は出てへんかったんとちゃぅかな。中退してどっかの店で働いてて、十八になったんで即うちに来たんやったと思う」ちょっと苦笑して、つけ加えた。この世界にも一応、ルールはありまっさかぃな。

売春は言うまでもなく、この国では違法である。ただ建前上、ソープランドは性は売っていないことになっている。ただ「特殊浴場」として、客を個室に案内するだけだ。その室内で、客と泡姫が何をやっているかは店側としては与り知らぬところ……

建前はどうあれ最初から非合法なのだから、ルールも何もない、表向きには。それでも暗黙のご法度はいくつかあって、中の一つが泡姫の年齢制限だった。さすがに子供を使うわけにはいかない。警察だって見て見ぬ振りはしてくれなくなる。だから歳に下限を設けていた。十八歳以上になって初めて、店でも働かせることができる。

「しやからみどりちゃん、それまではキャバクラで働きよったん違うかな。まぁあっちかてホンマなら、酒出す仕事やねんから未成年はあかんねやろけど。みどりちゃん、歳より大人びて見えたさかぃなぁ。黙ってれば分からんやったんちゃぅ。とにかく高校には、そん時からもう通ぅてへんかったんやと思いまっせ」

　バブルが弾け、余廉将が没落したのが丁度その頃だ。借金取りが連日、押し掛けるような家庭環境では学校どころではあるまい。たとえ授業料は割安の、公立校に通っていたとしても。考えてみたらその時点で、高校は退学したと見た方が自然だった。すると元同級生を訪ね歩いても、あまり得られる情報は期待できないということか。更なる絶望が湧いた。もっとも一応、やるだけはやってみなければならないが。

「確かキャバクラの客に、ここにも常連で来よった人がおったんちゃったかな。その人に『十八からや』とか色々、教えてもろぅてうちに来た。面接を受けて、働き始めた。そなぃな経緯やったと聞いた覚えある」

「では彼女をここに紹介した、その常連さんというのは」

「いやぁそら、もう分からんですよ。知っとる人間がおったとしても、もうここでは働いとりません。その前にそもそも、覚えとるか、どうか」

　前に働いていたキャバクラとは、どこか。質問してみたがそれも分からないという返事だった。彼女に繋がる人脈が次々、切れて行く。高校の元同級生も望み薄だし、勤め先についても、そうだ。最初から過剰な期待を抱いていたわけではないが、それでも目の前でプツプツ切られて行く現実に直面すると、ショックは大きかった。

　焼け跡に立ち尽くしていた、あの姿が再び脳裡に浮かんだ。鮮明に。どうしても忘れられない、あの眼も。はっきりと蘇った。

　俺は本当にもう一度、あの眼に会うことができるんだろうか。視界が暗転したような感覚を覚えた。こちらの伸ばした手を擦り抜けて、彼女が走り去ってしまったような気がした。もう二度と手が届かない、遥か彼方へ。

10

潮時、かな。感触が募りつつあった。

いつまでも先行きの見えない追求を続けていても、仕方がない。堂々巡りが繰り返されるだけだ。

勿論できる限りとことんやってみれば、また何か見えて来る可能性だってゼロとは言わない。ただ確率は低かろうと認めるしかなかった。それよりは延々、同じ答えを聞かされ続ける羽目になる可能性の方がずっと高い。

救援活動をしているヤクザの取材だって、そうだ。話を聞かせてくれた被災者は有難がる。「いやぁ、こなぃにしてもろてホンマ、助かりますわ。ヤクザ屋さん言ぅて以前、距離を措いとりましたがとんでもないこっちゃ。困った時はこなぃして、助けてくれるんやモンなぁ。これがホンマの仁侠道、ゆぅモンでっせ」

活動に従事しているヤクザも熱く語る。「困っとる人がおったら、助けるんは当たり前のことですわ。仁侠道、ゆぅ以前の人間としての問題や。またこなぃして働いたら、皆さんが喜んでくれはるモンなぁ。やり甲斐がありますよ」

表現は多少、違えど中身はほぼ同じである。これ以上、取材を続けてももう大して新しいことは出て来るまい。

余事件についても、同じだった。今の状況においては、寿々絵の行方を探すしかやることはない。彼女が一番の容疑者であり、最重要参考人であることは間違いないのだから。現場にいたのは被害者と本人だけ（恐らく）。ならば何があったのか、語れるのも彼女しかいない。

ただ行方を探すべく、彼女を知る人を手繰ろうとしてもなかなか先へ進まない。勤めていたソープランドに話は聞いたが、逃亡先を推察できるような情報には巡り会えなかった。彼女と親しくしていた常連客はいなかったか。訊いてみても、受付をしていた従業員すら「知らない」という返事だった。

御近所さんに話を聞いても、返って来るのは父親の悪口ばかりだった。「いやぁあら、酷い父親やったで。今、伺ったところでは寿々絵ちゃんが一番の容疑者らしい、ゆぅ話やけんど。それもしゃぁない思いまっせ。娘にあんだけ惨い仕打ちしたんや。死んだ人を悪ぅは言ぃたないが、まぁ殺されたって当然や、ゆぅのが正直な感想やわ」

佐渡間組の元若頭補佐、是脇から引き合わされた余廉将をよく知るというヤクザも、言っている中身は同じだった。「まぁ死んだモンの悪口、言ぅんは趣味やあらへんけどもあらぁ、殺されてもしゃぁない奴でしたで。金貸し、やりよった頃はアコギなやり口で、なぁ。ムチャクチャな金利、吹っ掛けて毟《むし》り取る。相手が泣こうが喚こうがお構いなしや。どれだけ恨み、買ぅとったとしても不思議やない。おまけにバブルが弾けて借金だらけになったら、今度は返そうともせん。懐は空っケツや、言ぅて開き直りよる。それ返すために娘さん、ソープで働かせよったんやろ。そら、殺されてもしゃぁないで。それだけのことしよったんですわ、あいつは」

動機についてはいくらでも裏付けが取れて行く。やはり父親を殺したのは余寿々絵だったのだろう。確信が深まって行く。

ただ、それだけだった。では寿々絵はいったい、どこに消えたのか。探る材料はどこからも出て来ない。

元同級生にも当たってみた。

町内会長だった東郷からの繋がりで、中学校で同級だったという何人かに会うことができたのだ。高校はやはり、中退したということであまり期待はできなかった。一人二人に会えはしたが、「あぁ彼女、途中で辞めてもぅたでしょ。学校からおらんよになってその後、何してたんか私らも知りませんわ。そもそも無口な方で、誰とも仲良ぅしよらんやったさかぃね。親しい友達ですか。さぁ。そんなん、おらんやったんちゃぃますか」といった回答だった。

だから中学の同窓生の方に希望を託したが、結果はあまり変わらなかった。

まずは男。「余寿々絵。あぁ、あの可愛い娘《こ》でっしゃろ。よぅ覚えてますよ。美人やったさかぃね。男子の間でも人気があった。大人びて、俺らよりも歳上に見えたし。しやけどちょっと、近寄り難いよなところがあって。つき合ぅてくれ、ゆぅて迫れる勇気のある奴なんて、おらんやったんちゃぅかな。彼氏、ですか。そんな風やったさかぃに。そら、おらんやったろうと思いますよ」

女の方も同様だった。「余寿々絵。可愛かったけど友達、おらんやったんちゃぃますか。何かつん、と澄ましたよなところがありましたし、ね。女の私らとも距離、措いとるよなところがありました。『何やあの女、気取ってけつかる』なんて反感、抱いとるモンも多かった思いますわ」

心を許した親友どころか、親しく口を利く間柄の同級生すらいなかった。友達がいたなんてちょっと想像もつかない。証言してくれた彼らは、異口同音に言うばかりだった。聞けば聞く程、彼女の孤独が浮き彫りになる一方だった。

震災で火事になり、卒業生名簿も燃えてしまったという者も多かったが逆に、幸い家は無事だったという同級生もいた。名簿が保管されていたため一応、コンビニで同窓生の一覧のコピーはとった。これら全てに当たって回る、ということもできないではない。警察の捜査ならば、やるべき基本であろう。

だがこちらは単なる取材である。しかもやったからと言って、新しい進展が出て来るとは殆ど期待できない。それよりもこれまでに聞かされた同じ答えが延々と繰り返されるだけ、の可能性の方がずっと高いと見るべきだった。ならばそこまで、やる意味はあるのか。

おまけに同窓生には、被災している者も多かろう。何と言っても学区は、大きな被害が出た一画なのだ。身内を亡くした者もいておかしくはない。下手をしたら本人も、命を落としているかも。そんな中を無理してまで訪ね歩いて、話を聞く意味が本当にあるのか。考えれば考える程、腰が引けてしまうのが本音だった。

繰り返すがこっちは取材である。タダでここに留まっているわけではない。必要経費はケチっているとは言え、取材費として編集部から出ているのだ。なのに先は明るくないと分かっていて、使い続けていいものか。

それはできれば、結果を出したいのは本心である。余寿々絵を見つけ出して、話を聞く。そこまで行ければ、最高である。

だが現実にはそんなこと、まず起こらない。追うだけ追ってみたが結局、分からず終いだった。その辺りが締め括りになるのが、関の山だ。またそれで、最低限の読み物にはなる。

引き上げる頃合いかな。腹を括った。ここまで掻き集めた材料で、原稿を書くことは充分できる。ここはそれで、よしとするべきではないか。

そこで不動産屋を訪れ、借りていた部屋を解約したいと申し出た。

「どうなります、あのアパート」

手続きを済ませ、尋ねると店主はいやぁと頭を掻いた。「まだ、出て行くと決めてへん住人もおりましてな。また家主も、どないするか腹を固めれんでおる。建て直すか。補修工事だけで済ますか。それにお上からどんだけの補助金が出るんか、もよぅ分かれへんやろ。その辺が見えんと、先の方針もなかなか立てられまへんわなぁ」

行政はまだまだ大混乱の最中にある。どうしていいか迷っているのは公的機関とて同じなのだ。方針が見えて来るまでにはもう暫く、時間が掛かると見なければならない。ならば当面はこのま、変わることはない。

不動産屋を出ると以前、野宿していた公園に行った。隣で何かとお世話になった、三原夫妻に東京に帰ることになったと別れを告げた。これまでもちょくちょく、近くを通った時には顔を出していたこともありこれで会えなくなると知ると、寂しそうだった。

「あぁ、そうでっか。いやぁこないに長いこと、お疲れさんでしたなぁ。仕事とは言え、えらぃこっちゃ。しやけどなぁ。古毛さんがおらんよになると、寂しなるなぁ」

「今後もちょくちょく、震災の復興状況を取材しに神戸には来てみる積もりですので」古毛は言った。「だから今生のお別れ、ってわけでは決してありません。また、お目に掛かれますよ」それで、とつけ加えた。「それでお二人、ここから動かれる時には編集部まで移住先をお知らせ下さい。どこかに住むところが見つかった、とか。私がいなくても伝言を残しておいてもらえれば、伝わりますので」

「はぁ」最初に渡してあった名刺を取り出して、見ていた。「そないさせてもらいます」

「どうでしょう。こうして私は引き上げるので、借りていたアパートの部屋が空きます。もしよかったらそこに、今から移られるというのは」

いやぁ、と小さく首を振った。「私ら実は、復興住宅に希望を申請しよ、思ぅとるんです。建ったら募集があるから、第一弾から入らせてくれ、て。そなぃな時、もう住んどる部屋があるかないかで向こうの対応も、変わりまっしゃろ」

あぁそういうことか、と思い至った。仮設住宅に入れるのは当然、切迫性の高い被災者から優先になる。既にアパートを借り、住む部屋があるというのではどうしても後回しにされてしまう。逆に避難所にも入れず、公園で寝泊りしているとなれば最優先の取り扱いになろう。夫妻はそこまで見越した上で、野宿生活を続けていたのだ。

「和歌山に、娘がおりましてな」旦那さんの方が言った。同居してくれるような身内はいないのか。疑問には思っていたが尋ねたことはなかったので、初めて耳にする話だった。「私らの状況を見て、こっちへ来い言ぅてくれよるんです。しやけど、なぁ。結婚して子供も二人おる。そこに転がり込むんは、私らとしても、なかなか」

娘さんの夫は中小企業のサラリーマンで、お世辞にも裕福な暮らしというわけではなさそうだった。狭いマンションに家族四人で住んでいるところに、爺さん婆さんまでが転がり込んだら、どうなるか。娘はいいと言ってくれているが、現実には気不味かろう。

孫はどちらも男で、上が高校、下が中学。どちらも伸び盛りで、食べ盛り。身体も大きい。おまけに遠くない時期に、受験が控えている。そんなところに老夫婦まで同居したのでは、何かと居心地の悪い思いをするのは目に見えていた。

「気楽な方がえぇんです、私ら」奥さんが言った。さらりとした口調だった。「元々が貧乏な中、何とか夫婦、力合わせてここまで来た。苦労はもう、慣れっこです。もうちょっと辛抱すれば仮設住宅に移れるかも、て希望があるんですモン。頑張れますわ」

「命が助かったんでっさかぃなぁ」旦那さんが後を追うようにして、言った。「それだけでめっけモンや。もっと気の毒な方はいくらでもおる。こなぃなことで挫けとったら、あの人らに申し訳が立ちまへん」

本当に強い人達だ。改めて、感心した。

明日、神戸を離れる前にもう一度、ここに顔を出します。約束した。帰れば自転車は要らなくなる。彼らに渡す積もりだった。ただ今日この後、もうちょっとやりたいことがある。それまでは、使わせてもらいたい。

いやぁそら、えらぃ済んませんなぁ。恐縮する夫婦に、それじゃまた明日、と手を振って公園を後にした。


生田警察署に行った。神戸新聞の正藤記者のポケベルを鳴らし、「一九」のメッセージを入れた。考えてみればこの暗号を使うのも、これが最後になるかも知れない。

幸い、そう待たされることもなかった。正藤がやって来たので明日には帰京すると告げると、「そうか」と頷いた。「長いこと、お疲れ様」

「お疲れ様は、そっちじゃないか」冗談交じりに返したが、半分は本音だった。「これからもずっと、被災地の取材を続けなければならないんだから」

「そら、まぁな」頭を掻いた。「そら、しんどい時もあるよ。酷い目に遭ぅた被災者はいくらでもおるさかぃなぁ。話、聞いてて涙が堪《こら》え切れんかったんは一度や二度じゃきかん。それでも彼らの姿を伝えな、な。地元記者の使命、みたいなモンや。被災者にどこまでも寄り添ぅて、一緒に地べた這い擦り回らな」それで、と訊かれた。「それで、そっちはどなぃや。取材は捗《はかど》ったか」

「ヤクザの方は概ね、できるところまではやったよ。ただなぁ。事件の方は、ちょっと」

そらそうや、と笑って返された。警察が捜査して難儀しとるんを、一人で追ってそうそう突き止められるモンでもないわな。

「聞けば聞く程、父親の方は殺されても仕方のないような奴だった、との証言が積み重なった。彼女を容疑者とするなら、動機はいくらでも集まった。ただなぁ。そうであればある程、彼女に会って話を聞いてみたい。それができて初めて、記事は落とし処に綺麗に落ち着く。なのに、なぁ。どこをどう追えばいいか、一向に見当がつかない」

そらそうや、と繰り返された。そないに簡単に分かるんやったら、とっくに警察が突き止めとぅわ。

「それで」質問に転じた。「警察はその後、どんな感じだ。俺が事件の取材に動き回っていることくらい、とうに筒抜けになってるだろうが」

「そら、まぁな。ピリピリしとるよ。訳の分からん記者が関係者に会ぅて回っとる。殺人事件だったとか余計なこと触れ回って、お陰で噂が一人歩きしよる、て」

「漏らしたのは誰か、犯人探しは始まってないか。あんたに疑いの目が向けられたりはしていないか」

「そこは大丈夫そうや。あれが事件やった、て伝えられたサツ担は他にも何人もおるみたいやし。俺とあんたとの関係までは、警察も知らん。そこのとこさえ黙っとけば、まぁ大丈夫なんちゃぅ」

実は、と打ち明けた。明日、捜査本部を直撃してみようと思うんだ。

「おおぅそら、特攻やな」笑われた。「恨み散々、買ぅとるさかぃな。集中砲火、浴びるんは目に見えとぅで」

「記事で警察のコメント、ゼロにはできない。勿論ろくに答えてももらえないだろうが、反応さえあればいいんだ。『警察は激怒していた』でも充分な締め括りにはなる」

「記者クラブに属す俺らと、そこは感覚が違うなぁ。俺らは出禁になるわけにはいかんので、あんまり相手を怒らされん」

「そこで、相談なんだが」一拍、措いて続けた。「あんたに事件のこと漏らした刑事。捜査本部の班長を務めてる、って言ってたよな。その名前、教えてはもらえんだろうか。署に乗り込んで、面会を申し込んでみたいんだ。勿論ケンもホロロに追い返されるだろうが、その反応が欲しい」

　懸念はその名前を持ち出して、正藤に疑いの目が向けられないか、だった。捜査班長の名前まで知っているとなると、漏らした者が誰かも絞られてしまうかも知れない。その恐れありと正藤が判断したなら、直撃は諦める積もりだった。情報源は守り抜く。この点で危険は冒さない。取材をする上での、鉄則の一つだ。

「まぁ、イケるやろ」正藤は言った。「その人、県警でも有名人やさかぃな。サツ回りの記者なら、誰でも知っとる。名前を出したくらいで俺のとこまで手繰られることは、まぁないんちゃぅか」その代わり、と笑った。「その代わり、どなぃな反応やったか、後で聞かせてや」

　受けて、笑った。「興味あるか」

「あぁ、あるで。あいつらがどんくらい怒っとるか。俺も知っときたい。まさかこっちから警察に、どなぃ言ぅて追い返しましたん、なんて訊けるわけもないからな」

「滝川《たきがわ》警部、いらっしゃいますか」翌日、捜査本部の置かれた警察署を訪ねた。正藤から教えられた名前を真っ先に出し、名刺を受付に渡した。「余事件の捜査状況について、ちょっとお伺いしたいと思いまして」

反応は素早かった。直ぐに荒々しい足音が、階段を降りて来た。「おのれかぁ、チョロチョロ嗅ぎ回っとるネズミは」身体の大きな私服刑事だった。中の筋肉に押し上げられて、服がパンパンに張っていた。あんなのと真正面からぶつかれば、弾き飛ばされるのは必定だ。

「あぁ、初めまして」違う、と百も承知で言った。「滝川警部でいらっしゃいますか」

「ちゃぅわぃ。班長はネズミの相手、するほど暇やあれへんのや」

「それなら、貴方は」

「おのれに名乗る名前なんぞあるかぃ」

「私は事件について、一言でいいから警察からのコメントを頂きたいのです。名前を名乗らない人の言葉を記事に載せるわけにはいきません」

「誰が記事にしてえぇ、言ぅた」

「そちらの許可は要らない筈です」

「おんどれぇ」更に歩み寄って来た。胸倉を摑まれ兼ねない勢いだった。やはり、デカい。目の前に立たれると、壁に面と向かっているようだった。「勝手に取材、掛けよって。こっちは震災直後で大わらわな中、最低限の人員で必死に捜査しよるんぞ。それを引っ搔き回しくさって。こっちの邪魔するんが、そんなに楽しいんかぃ」

「私は事件があったと聞いたものですから、どうだったのか取材してみただけです」こういう時はとにかく、気圧されないことだ。相手に合わせることなくこちらの言い分を貫く。そうしている内いつか、次の進展が見えて来ることもある。「それじゃ今のお言葉『震災直後で大わらわの中、警察としては最低限の人員で必死に捜査している』というコメントでよろしいですね」

「誰が記事にしてえぇ、言ぅた」

「私は一言でいいからコメントを頂きたいだけです。捜査の進捗状況について、教えて頂けるならなお有難いですが」

「誰が教えるかぃ。その前にコメントもクソもあるか。お前そもそも、誰から事件のこと聞いたんじゃぃ」

「それは、打ち明けるわけには参りません」

「どうせ地元記者やろぅが。まぁ、大方の見当はついとるが、な」

「見当がついているなら尋ねる必要はなかった筈です」

「おんどれぇ」更に詰め寄って来た。身体が触れ合う寸前だった。最早、視界の全ては〝人間壁〟で占められていた。「警察、舐めとると承知せんぞ。道場に引っ張り上げて気ぃ失うまで、絞り上げるぞ」

　本当にそれくらい、され兼ねないような勢いだった。素人なら実際、震え上がって当然だろう。だが古毛は見抜いていた。彼がこうして激昂して見せているのは、情報の漏洩源を知りたいからだ。だからこそ脅し上げたり、見当はついている振りをしたりして、揺さぶっている。つまり正藤のことはバレていない。それが分かっただけで、充分だった。

「おぃ」気がつくと階段の下に、もう一人の人影が現われていた。目の前の男とは正反対の落ち着いた物腰で、彼が滝川警部なのだろうと予想がついた。「そんくらいにしとけ」

　はい、と人間壁は引き下がった。揺さぶってみたがバラしそうにないので、これくらいにすべきという判断だろう。お陰で漸く、目の前の視界が開けた。

「あんた」滝川警部と思われる刑事が、こちらに視線を据えて言った。眼鏡の奥の眼から、鋭い光が放たれていた。「殺人と疑われる事件が起こった、て関係者に言いふらしてくれたらしいなぁ。お陰で、こっちはホンマに迷惑しとる。捜査に支障を来し兼ねんとこや。これ以上やられるとこっちとしても、何か手ぇ打つことも考えんならん」

「実は取材が行き詰まったもので」更に煽ることもできないではなかった。が、得策ではないと判断した。人間壁ならともかくこの男が相手では、挑発したところでそうそうに乗っては来まい。ここは下手《したて》に出て引き上げ時だ、と踏んだ。「どうにも切羽詰まって、ここまで来てみたのです。何かコメントでも頂けないものか、と」

「今も言ぅた通りこっちは迷惑しとる。そこに来てコメントもクソもない。さぁ、帰った帰った。早よ帰らんと公務執行妨害と見なすぞ」

頭を下げて、その場を辞した。門番の視線を痛い程に背中に浴びながら、自転車に跨った。

思った以上の反応がもらえた。おまけに正藤のこともバレていないと確認できた。成功、と自賛してもよさそうだった。後はこの自転車を三原夫妻に渡し、東京に戻るだけだ。

静かだがどっしりとした存在感を漂わす、先程の滝川警部の姿が思い出された。彼とはまた、相対することがありそうだ。あんな人間と会えただけでも、今日は収穫だった。

11

東京に戻るといったん家に寄ることもせず、『Sight』編集部に直行した。神戸での経緯について、面と向かって報告したかった。

荷物は大量だし、服も汚れている。ろくに入浴もできない日々が続いたのだ。身体は臭っていることだろう。

それでも仕事を最優先すべきと判断した。一度でも話をすればその後、家に帰っていくらでも身体を洗うことはできる。いつまで入浴もままならない日が続くのか、見当もつかない被災者から見ればこれでもずっと恵まれている。

「いよぉ、古毛。お疲れさん」編集部に着くと、副編集長の笠部が出迎えてくれた。東京駅から、今から向かうと一報を入れておいたので待っててくれていたのだ。握手を交わす時、眉間に小さく皺が寄ったのを古毛は見逃さなかった。やはり、かなり臭うのだろう。「大変だったな。狙った通りの取材はできたか」

通信もままならない被災地である。公衆電話には常に、長蛇の列が出来ている。そうそう長話をするわけにもいかず、最低限の連絡しかできてはいなかった。だから詳しい報告はこうして直接、会ってするしかなかったのだ。

「通常とは違う、困難な状況にありましたので。普段通りの取材、というわけにはいきませんでした」古毛は言った。「それでもまぁ、やれるところまではやったという自負はあります」

ソファに笠部と相対して座り、話をしているとバイトの女性、賀茂《かも》路《じ》千景《ちかげ》が茶を持って来てくれた。テーブルに茶碗を置くとそそくさと引き上げて行った。いつもなら、「古毛さんお帰りなさい」くらい声を掛けてくれた筈なのに。それでもまぁ、冬でよかったと思うべきだった。これが夏だったら、誰も近づいても来てくれなかったに違いない。

一通りの報告を聴き終えると笠部は、分かった、と頷いて立ち上がった。「写真のフィルムは置いて行け。賀茂路さんに頼んで、ラボに届けさせる」

自分で持って行きますよ、と反論し掛けたが、とにかく早く帰って着替えろと返された。やはり、相当に臭うのだ。

「疲れただろ。今日はゆっくり休め。明日には写真が仕上がって来るから、ネガを見ながら打ち合わせだ。やることはいくらでもあるぞ。だから今夜くらい、身体をゆっくり休めとけ」

有難うございます、と頭を下げた。ここはお言葉に甘えることにして、早々に編集部を引き上げた。

家に着くと汚れ物を洗濯機に放り込んだ。神戸で塒《ねぐら》に使っていたアパートは、最後まで水道が通じなかったため洗濯もろくにできなかった。時々、近所の公園に行って形ばかり洗うだけだった。だから殆ど、汚れはこびりついたままと言っていい。

洗濯機を回し始めると、湯船に湯が溜まり終えるのも待てず、湯船に飛び込んだ。あぁ、極楽。風呂に浸かる。たったそれだけのことが、被災地では限りない贅沢に当たるのだ。蛇口を捻れば水が出る。ガスのスイッチを入れれば湯が沸く。普段は意識もしていなかったことが、どれだけ便利なのかをしみじみ噛み締めた。

被災者は今も、あの不便を強いられたままなのだ。三原夫妻の顔が浮かんだ。早く復興住宅が出来上がり、彼らも屋根の下で暮らせる日が来ればいいな。心から願った。

明日からやることはいくらでもある。だから今夜はゆっくり身体を休めとくべき。笠部の言う通りだった。頭では分かっていた。

なのに洗濯物を干し終わると、電話の受話器を取り上げた。曾川《そがわ》三和次《みとじ》のポケベルを鳴らし、メッセージにここの番号を打ち込んだ。

曾川は同じく『Sight』編集部に席を持つ、先輩のベテラン記者である。政治経済や事件ものなど、硬派の記事を得意とする。今夜は休憩をとるべきだ。分かってはいるが、このまま一人で夜を過ごすなど無理だった。誰かと酒を酌み交わし、話がしたかった。他にも知り合いの記者はいくらでもいるが、こんな時に最も頼りになるのはやはり曾川だろう。

　彼も忙しく取材に飛び回っている身である。ポケベルを鳴らされても反応できない、ということは大いにあり得る。おまけに夜は取材記者にとって、掛け替えのない仕事の時間だ。ネタ元や新聞記者らと会って酒を呑み、情報交換する。その時間を疎かにすれば仕事にならない。だから連絡はついたとしても、今夜は埋まってると断られる恐れは充分あった。最初から覚悟の上だった。

「いよぉ、古毛ちゃん。帰って来たか」だが一つ目の懸念は、杞憂《きゆう》に終わってくれた。曾川から即、反応があったのだ。「大変だったな。いつ、帰って来たの」

「ついさっきです」古毛は答えた。「まずは編集部に寄って報告を済ませ、家に帰って来ました。ずっとろくに風呂にも入れなかったんで、身体が臭ったんでしょう。用件が終わると笠部さん、直ぐに帰れ、って」

　笑い声が電話線の向こうで弾けた。「そりゃそうだ」

「ただ、このまま寝ちまうのもどうにも収まりがつかなくって。曾川さん今夜、空いてませんか。もし空いてたら一杯、つき合って頂けませんか」

「おぉ、いいよ」二つ目の懸念も杞憂となってくれた。「今夜、会う積もりだったネタ元に急用が出来て、ドタキャン食らっちまったんだ。だから俺の方もつき合ってくれる相手、探してた。呑もうぜ呑もうぜ。新宿《しんじゅく》、出て来いよ」

「あぁ、いいですねぇ」

新宿三丁目の居酒屋で待ち合わせた。ここは日本酒のいいのが揃えてあり、料理の品数も豊富でどれも美味い。マスコミ関係者がよく利用する店だった。地下なのでポケベルの電波が届かない。ヤボ用で呼び出される事態を恐れることなく、ゆったり過ごせるメリットもあった。逆に急ぎの用が入る可能性の高い時は、こうした地下の店は使うわけにはいかない。

店に入ってみると、曾川は既に着いて待っていた。どうやら編集部から直接、来たらしい。巷談社の周りには飲食店が少なく、呑める店も限られている。だから最寄りの繁華街である池袋《いけぶくろ》や、タクシーを飛ばして新宿まで出て来るのが常だった。四谷《よつや》三丁目に近い元色街、荒木町《あらきちょう》も外苑《がいえん》東通りをタクシーで行けば直ぐなため、利用することは多い。

「お疲れ様」まずは生ビールで乾杯した。「大変だったな」と曾川は繰り返してくれた。

喉を鳴らしてビールを呑んだ。あぁ、美味い。五臓六腑に染み渡る、とはこのことだ。神戸でも酒は呑んではいたが、やはり取材先、という感覚はどうしても拭えなかった。非日常な被災地で、悲劇と隣り合わせだった。心から寛いで呑むことはできなかった。今、ここに来て初めてそれが叶った。

中ジョッキを一杯、あっという間に呑み干した。普段はあまり、こんな呑み方はしない。今夜は特別だった。

「やっぱりこいつは、大切だな」二杯目を注文する古毛を見ながら、曾川が言った。「背中にこびりついた奴を落とすには、やっぱりこいつは欠かせねぇ。だろ」

さすが、曾川はよく分かっている。取材経験がある程度、積まれていなければこの感覚は分かりはしない。

被災地で非日常の中にどっぷり身を置いた。悲惨な現実を無数に、目の当たりにした。そうしている内にある種の重みが、背中に積み重なって行く。取材相手の話を共有し、共同体験を辿っていく内にその重みは、少しずつ増して行く。またそうしなければ取材にはならない。

だが逆にそのままでは、原稿は書けない。取材相手と親身になって向き合うのは必要だが、取り込まれてしまっては本末転倒となる。あくまでこちらは取材する側であり、間には一定の距離が保たれなければならない。

　だからどこかの時点で、背負い込んだものを落とさなければならないのだ。酒はそういう時、最適だった。取材先から帰って来た当日の夜、というタイミングもよかった。

　またそういう意味では神戸と東京、離れているのも好都合だった。一定の距離を走破して戻って来た分、振るい落とすのも比較的やり易くなる。逆に距離的に近いと、振り払いたくとも残滓《ざんし》がいつまでもこびりつく。

「古毛は、あれじゃん」曾川もビールを呑み干し、二杯目は日本酒に切り替えた。煙草に火をつけ、長く煙を吐き出してから、続けた。ヘビースモーカーの彼は、口にはほぼ常にシガレットが銜えられている。「海外の戦場にも、取材に行ってるじゃん。悲惨な現場、って意味では戦場に勝るものはないわな。それでも、なのかな。背負い込むものは、やっぱり今回の方が重かったのかな」

「そうですね」二杯目のビールもほぼ一息に、呑み干してしまった。古毛も日本酒に切り替えて、答えた。「確かに悲惨という意味では、戦場の方が酷いかも知れません。人と人が殺し合い、傷つけ合っているわけですから。汚らしい人間のエゴが、剝き出しになる。またそうした中で一番、犠牲になるのは弱い者達です。女性や子供が命を落とす。そういうのを目の前にすると、そりゃぁ、やはり」

　爆撃を浴びて吹っ飛び、手や足の千切れた子供の姿を何度も見た。何の罪もないのに大人のエゴに巻き込まれ、傷ついた弱者。陰惨という意味ではこれ以上のものはないように思われる。
それでも、なのだった。背中に負ったものは、今回の方が重いように感じられた。曾川の指摘する通りだ。
「どれだけ凄惨な戦場でも頭のどこかに、ここは別の国だって感覚があったような気がします」古毛もセブンスターを取り出し、口に銜えて火をつけた。今回もこいつのお陰で、取材相手の心に入り込むのに随分と助けられた。感謝の思いが、胸にあった。「犠牲になった子供も、少なくとも日本人ではない、と。だからどこか、距離を措いて見ていられたような気がします。なのに今回は、モロ、国内。おまけに自然災害でしょう。人と人との争いなら敵を恨めばいいけど、自然が相手だと怒りをぶつける先がない。まぁどっちが悲惨、なんて比べる意味も元々ないけど。現実の重みが切実に迫って来たのは、やはり今回の方が強かったように感じます」
「おまけにこの、ギャップがあるわな」曾川が周りを見渡すようにして、言った。「被災地では被災者が家から焼け出されて、震えてるってのに。ちょっと離れたこっちでは、普段のままの生活が続いてる。毎晩こうして、酒を呑んでは馬鹿っ騒ぎだよ。それこそ同じ、日本人なのに、な。両方を目の当たりにすりゃぁ、ギャップにまた打ちのめされるわなぁ」
「全くです」
「あなただけ見つめてる
出会った日から今でもずっと
あなたさえそばにいれば
他に何もいらない……」
店内では有線放送だろう、大黒《おおぐろ》摩季《まき》の『あなただけ見つめてる』が流れていた。恋の歌だ。普段なら、ただ聞き流せばいい。

だが被災地ではそれどころではなかった。その日を生きるのに精一杯だった。考えてみれば避難所やそこらで、ラジオから流れていたのは演歌が多かったように思う。一時、野宿していた公園でも五木ひろしの『汽笛』を聴いて皆しんみりしていた。避難生活で明日も頑張ろうと心を奮い立たせるには、今風のミュージックより演歌の方が向いているのかも知れない。そんなところにも平和にどっぷり浸かっているこちらと、被災地との差が浮き上がるのかも知れない。

東京と神戸、だけではなかった。被災地から引き上げて大阪まで戻ると、駅ではスキー板を抱えた若者の姿が目についた。神戸と大阪。ちょっと離れただけなのにこの落差なのだ。運命の違いはほんの僅かの差から生じるに過ぎない。実感させる光景に出会うと、心の傷はまた広がった気がした。

「それだけじゃありません」古毛は言った。「被災地に乗り込んで来て、興味本位で写真を撮っている一般人が大勢いた。俺達だってある意味、興味本位で来ている面もなきにしもあらず、ですけど。それでも仕事で、自分なりの役割はあると信じてる。なのにそいつら、壊れた家の前で記念写真なんか撮ってるんですよ。あぁいうのを見ていると、もう何だか」

「まぁ。他人の痛みに鈍感、どころか丸っ切り感じない奴、ってのは必ず、一定割合いるモンだよ。明日は我が身、なんて考えもしねぇ。おまけにそういうのに限って本当に、自分に降り掛かることはないんだよなぁ。自分が車、飛ばして避けた奴が弾みで歩道に突っ込んで、人を撥ねたりしちまう。本人は逃げっ放し。あんなの見てると、この世に神なんていねぇ、って感じちまうなぁ」

暫し、沈黙が満ちた。周りの酔客の喧騒が、どこか遠くから響いて来るように感じられた。

「曾川さんは」振り払うように、話題を換えた。「今は、何を追っ掛けてるんですか」

「相変わらずだよ」吸い終わったシガレットを灰皿に押しつけた。「二信組事件がまだまだ、尾を引いてる」

「九鬼《くき》さんと追ってる、あれですか」

「そうそう。追えば追う程ボロボロ出て来やがる。全くあいつら、どこまで世間を舐めてんだか」

九鬼歳三《としぞう》は巷談社の雑誌を主な舞台として長年、活躍している重鎮記者である。すっぱ抜いた大スクープは数知れず。時の権力者の悪事を次々暴き立て、白日の下に引き摺り出して来た。キャリアはピカ一で、編集者には駆け出しの頃に鍛えてもらった者も多いため、誰も頭が上がらない。

「最後のトップ屋」とまで言われる存在だった。

その九鬼が昨年来、追い掛けているネタが「二信組事件」から火がついた「大蔵省過剰接待スキャンダル」だった。東京協和信用組合、安全信用組合の二信組がバブル景気の崩壊を受け、経営破綻したのだが、その過程で不審な金の動きが続々と暴き出されスキャンダルに繋がった。政治家の親族の会社に不正な金が流れていたと判明し、政治事件に発展したのだ。

更にこの二信組から多額の融資を受けていたディベロッパー、イ・アイ・イ・インターナショナルは社長の高橋治則《たかはしはるのり》が、当の東京協和信組の理事長も務めていた。日本国内から世界各地にまでリゾート施設を展開していたが、バブルの崩壊で事業経営が悪化。そこで自分の信組から迂回融資をしていたのである。

二信組が破綻する寸前、新たな共同銀行を設立して救済するスキームが作動していたことも、疑惑を呼んだ。既に火の車だった信組を公的資金を注《つ》ぎ込んでまで、救う意味がどこにあったのか。スキームの絵図を描いた大蔵省の面々を洗ってみると、イ・アイ・イ側から過剰な接待を受けていた実態が表に出て来た。高級料亭で饗応されたり、プライベートジェットで香港旅行に招待されたりと、まさに常軌を逸した関係が明るみに出たのだった。

　これだけズブズブの関係にあったからこそルールを捻じ曲げてまで、信組を救済しようとしたのではなかったのか。公的資金の私物化に他ならないではないか。国民の怒りは頂点に達し、大蔵省疑惑の報道は今も続いている。追及のトップに立つのが九鬼さんであり、一緒に動いている曽川というわけだ。

「ひと頃より世間は、この話題からちょっと引き始めてるが、よぉ」曽川が言った。「世間ってのは忘れっぽいものだからな。新しい話題が出て来たら、直ぐにそっちに飛び移っちまう」

「この大震災ですか。追及されっ放しの大蔵省からしたら、世間の注目がそっちに流れて救われたようなタイミングだった、と」

　あぁ、と頷いた。「こんな災害が起こったんだものな。神戸の被災者が生きるか死ぬかってぇ時に、女に現《うつつ》を抜かしてたバカ官僚の実態をいつまで暴いてんだ、って。まぁあんまり醜いあいつらの素顔を、もう見たくもねぇ、って本音もあるのかも知れねぇけど」

「僕はずっとあっちにいたので、報道の現状がどうなってるのかはよく知らないんですけど」実際、神戸では報道に触れるどころではなかった。テレビなんてまず見ることはできないし、雑誌だって届かない。精々がラジオを聴くぐらいだった。だからこちらでどんな報道がなされているか、現地ではなかなか窺い知ることはできなかった。「やはり地震の話題が中心ですか」

「まぁな。神戸の街が壊れ、焼け出された被災者が避難している映像は繰り返し流されたよ。ただそんなのも、視聴者は見飽きちまうんだよ。そうすると今度は、国の対処が後手後手に回った責任の追及だ。それから『明日は我が身』って話題だな。『次に大震災に見舞われるのはどこか!?』だって。そんなの分かってりゃぁ苦労はしねぇ、ってのに、よぉ。まぁとにかく、今はあらゆる視点から大震災を取り上げるのに手一杯。昨年、火がついた官僚のスキャンダルなんてもう古い、ってのがマスコミの本音じゃぁねぇの」

　これだけの大震災を前にして、政府の初動には確かに問題があった。自衛隊の派遣に手間取り、救えた筈の命をあたら犠牲にしてしまった、との論調も多いという。ただ政権にいる者だって所詮は人間である。まさかこれだけの被害が出ているなど、なかなか想像が及ばなかった面もあるだろう。想定外の事態に直面した時、人間の思考は硬直してしまう。現実が信じられず、適切な判断が下せない。

　もちろん権力の側にいる以上、非があれば追及されるのは仕方がない。ただ責任問題を云々するあまり、最も重大な論点が置き去りにされてしまっては本末転倒である。苦しんでいる被災者のために一刻も早く、できることは何があるか。今、誰もが知恵を絞るべきはそちらであろう。誰が悪いなどと罪を論《あげつら》うのは、事態がもう少し落ち着いてからでいい。

「そりゃぁ、よぉ」曾川が言った。「身内が下敷きになって助けられなかった。何でもっと早く救助に来てくれなかったんだ、ってぇ被災者からすれば、切実な問題に違いねぇよ。でもよぉ。被災してない人間からすりゃ、今はそんなこと言ってる場合じゃねぇだろ、って話だよ。どっちが悪質か、ってことんなりゃ、どう見ても大蔵省の方じゃねぇかよ」

　確かに震災では大勢の死者が出ている。命の問題という意味では、責任は追及されて然るべきだ。ただし質の悪さという観点から見れば曾川の言う通り、大蔵省の方であるのは間違いなかった。散々、接待された挙句に国の金を勝手に使おうとしたのである。公的資金は誰のものか。誰のためにあるのか。彼らは思考が麻痺していたとしか言いようがない。「官僚の中の官僚」と崇められ続け、「自分らこそ国家」とでも驕り昂っていたのだろう。

「だからまぁ、止《や》めねぇよ」曾川は新しいシガレットに火をつけ、煙を吐き出した。「大震災の話題、一辺倒のご時世でも俺達はこの追及を止《や》めねぇ。巨悪は眠らせねぇのが俺達の身上だ。でなきゃこんな仕事、やってられっか、ってんだよ。そうだろ」

巨悪は眠らせない、か。確かにそれがジャーナリストの矜持ではある。権力の上に胡座《あぐら》をかく連中の、痛いところを突いて衆目に晒す。責任感があるからこそこんな仕事をやっているのだ。生活のために半端仕事を引き受けることはあっても、その気概だけは失うことはない。

俺のやってることはどうなんだろうな。戸惑いがあった。

自分の人生を立て直すため、障害であった父親を手に掛けた——恐らく。そんな女を追うことが、巨悪を眠らせないことに繋がるんだろうか。とてもそうは思えないのだ、が。

それでも、やらずにはいられない。これだと思った目標を、ひたすらに追い求める。そいつもまた、俺達の本能のようなものだ。

「もう一軒、行こうぜ古毛ちゃん」気がつくと曾川が立ち上がっていた。「まだまだ呑み足りねぇ。今日は、俺が出しとくよ」

いえいいですよ、と遮ろうとした。が、「今夜はお前、家で休んでることになってんだろ」と返された。「いいからいいから。上手いこと青伝、つけとくからよ。任せとけ、って」

巷談社では経費の精算の際、青い枠で縁取られた専用の用紙に必要事項を書き込んで、社に提出する。そのため内部では「青伝」と呼び馴らわしていた。元々は株式の売り注文を処理する伝票を指す言葉だが。まぁ先に自分で料金を払い、それを精算してもらうのだから似たようなもの、とは言えるのかも知れない。

人に会って飯を喰う。記者としては大切な仕事の一環である。だからその際の経費は、会社から払い戻してもらわなければ困る。自腹ではとてもやっては行けない。

ただしそいつにかこつけて、こうして仲間内で呑んだ時もネタ元と会ったことにして、青伝を出すことはままあった。記者仲間と呑むのだって仕事の内だ。情報交換の中からポロリと出て来たネタで、企画が生まれることだってあるんだから、と嘯《うそぶ》く。まぁそういうことだってないとは言わないが、収入が不安定なフリーの身だからこれくらい許してよ、との本音もある。

最近の経理はうるさくっていけねぇぜ。昔はタクシーなんて乗り放題だったのによぉ。そんなケチ臭ぇこと言ってるから、抜けるネタも抜けなくなっちまうんだ。ブツブツ零しているベテラン記者もいる。

確かに以前は、タクシーに乗ってもレシートをもらうことはなかったという。青伝に「ここからここまで乗った」と書きさえすれば、そのまま払い戻してくれたらしい。だから乗りもしないのに嘘を書いて、小遣い稼ぎにしていた者もいた、とか。

今ではさすがにそこまで甘くはない。どんな場合でもレシートは最低限、必要だし領収書の宛先も「上」ではなくちゃんと「巷談社」と書いてもらえと指示される。昔を知っている者からすれば「ケチ臭ぇ」ということにもなるのだろう。

これも巨悪を眠らせないための必要経費、ってか。思うと、可笑しかった。

12

翌日、『Sight』編集部で打ち合わせを持った。相手は若手編集者の木瀬《きのせ》俊《しゅん》とデザイナーの笹岩《ささいわ》譲《ゆずる》である。笠部は副編だからこうした細かい打ち合わせには基本、参加しない。ヒラの木瀬らに任せる。
『Sight』はヴィジュアル誌なので写真をどう使うか、レイアウトをどうするかが大きな比重を占める。だから最初から、デザイナーが関わるのだ。レイアウトを詰めて本文の入る箇所がページのどことどこか、が決まる。こうして文字数が決定し、その枠の中で原稿を書く。逆に字数が決まらないと、執筆に取り掛かることもままならないのだ。

「あぁ。いいねぇ、この写真。トビラにバーンと使えば、映えるんじゃない」

ライトテーブルにポジを載せ、ルーペで覗き込みながら木瀬が言った。彼が選んだのはヤクザが救援物資を配っていた公園の一角、炊き出しの列で豚汁をもらって戻って来る被災者の写真だった。

「こいつもよくないかな」古毛は指摘した。選んだのはその豚汁の椀を、アップで写し込んだものだった。椀を大事そうに抱えた両手も写っており、生活の糧の切実さがしみじみと伝わって来る。

「このアップの方が、インパクトは強いんじゃない」

「うーん、しかしなぁ」

古毛の記事は見開き三つ、全部で六ページと決められた。その冒頭、トビラの見開きは写真一枚だけをアップで載せようという案になったのだ。写真に被せてタイトルとリード、そして本文が載る。写真に被せた文字は読み辛いので色をつけるが、それでも白地に黒の普通の文字よりは読み難いのに変わりはない。分かってはいるがやはりビジュアル誌では、見た目のインパクトが優先されるのだった。トビラの写真で読者の目を「おっ」と引けば、そのまま本文を追ってくれるだろうと期待が持てる。

実はお椀のアップを撮ったのは、古毛の咄嗟の機転でもあった。豚汁をよそってもらい列から戻って来る被災者をカメラに収めた後、ちょっといいですか、と声を掛けたのだ。写真が現場のリアルさを表していればいる程、迫真性も増す。リアルさを出すにはディテールが肝要だ。そのためには料理の中身を抜くのがいいんじゃないか、と判断したのだった。

実際、よく撮れたとの自負は抱いていた。一際、思い入れのある一葉ではあった。だからトビラに使うのならこれを、との思いが強くあったのだ。

「こいつをドーンと持って来れば確かにインパクトはあるよ。ただなぁ」木瀬が腕を組んで、小さく首を振った。「いきなりこれだけじゃ、読者には訳が分からないんじゃねぇの。それより全体が写ってる写真の方が、記事の内容が最初からすっと頭に入り易い」

「記事がどんな中身か、はタイトルとリードで示すんだから。読者にだって分かるじゃん。だから写真は、目を引くという方を最優先にしたら」

「そいつも一理、あるようなないような。でもなぁ、やっぱり。うーん」

「僕は、こっちの方がいいと思いますね」笹岩が意見を述べた。彼も古毛ら記者と同じく、巷談社の社員ではないフリーの立場である。外部から来て仕事を請け負っている。『スタジオ・テイク』というデザイン事務所に所属しており、そこから派遣される形で編集部に常駐していた。『Sight』では誌面のレイアウトが重要であり、こうして額を突き合わせての打ち合わせが欠かせないためだった。「タイトルやリードで内容が示せると言っても、やっぱり写真に被せた文字では読み辛い。トビラの写真はその一枚を見ただけで、中身が伝わるようなものにした方がいいと思うんです」

彼が賛同したのは、木瀬が選んだ写真の方だった。仕事を請け負う立場だから、と阿《おもね》ったわけではない。そんな卑しい性根からではない。純粋にデザイナーのプロとしての意見だった。

「な、やっぱりそうだろ。この一枚にゃ椀を持ってるこの人だけじゃなく、背後のズラリと並んだ列も写り込んでる。被災地で救援物資を求めている人がこれだけいる、ってことが一目瞭然なんだ。また、この人の表情もいいよ。豚汁をもらってホッとしている。頬が緩んでる。被災者にとってはこの一杯がどれだけ大切か、ってことも伝わって来る。トビラに相応しい一枚だと思うなぁ」

トビラは一瞬、これ何だろうと疑問を抱くくらいのものがいいとの思いが古毛にはあった。まず見た目で読者の興味を引く。すると自然、文字の方にも目が行くだろう。写真に被せた読み難い字だからこそ逆に、読者は目を凝らす。集中して読む。だから敢えて、分かり難い写真の方がいいと考えたのだ。

だが二人の話を聞いている内に、彼らの言うことももっともだなと感じ始めた。現場で取材に当たったこちらは、さすがに思い入れが強い。こだわりもある。しかし読者からすればそんなもの、さして関係はないのだ。書き手の熱意がどうこうより、記事の中身がどうかにこそ関心が行く。だから読み手がどう感じるか、という視点が作る側には不可欠だ。現地にどっぷり浸かった観点ではなく、一定の距離を措いた感覚が要る。そうした意味で、現場に行かなかった者の冷静な判断が最終的に正しかったりもするのだ。

トビラはインパクト重視。全体の構図が分かる写真は三ページ目、以降に載せればいいとの思いが当初あった。だが考えてみれば誌面の構成上、載せられる写真の数は限られている。ならば冒頭の見開きで、中身が伝わる絵を使うべきとの判断は正しいかもと考えが換わった。写真を多く載せるとその分、本文に使えるスペースが減ってしまう。字数が削られるのだから、書き手としては有難くない事態に繋がるではないか。古毛は折れて、トビラの写真は木瀬らの意見に従うことにした。

木瀬は歳は古毛とさして変わらないが、編集者として優秀だと内心で認めていた。洒落者《しゃれもの》で、服もいつも金の掛かったものを着こなす。仕種もどこか芝居がかっており、悪く言えば気障《きざ》の部類に入ろう。気取った物腰にイラッと来ることもないではないが、理に適った指摘にはこちらを納得させる芯の強さが感じられた。

「さぁ、それじゃ、トビラはそういうことにして、と」

打ち合わせは次に進んだ。三ページ目、以降をどういうレイアウトにするか。どことどこにどの写真を入れ込み、キャプションはどの位置か。本文はどことどこに載せて、小見出しはどの辺りに差し挟むか。細かく詰められて行った。

「まぁ、こんなものかな」

一段落、ついて木瀬は背筋を伸ばした。「ヤクザによる被災者救援」記事についてのページはほぼ打ち合わせが済んだ。概ねのところが決まれば後は古毛が原稿を書くだけだ。レイアウトの細かいところは笹岩が詰め、古毛の原稿と共に印刷所に回される。「入稿」である。著者から原稿をもらうことを「入稿」と称することもあるが、編集部では普段、前者の意味で使うことが多い。

「さぁ、次が問題だ。ちょっとその前に一息、入れようや。笹岩君、どう。外にお茶しに行く時間、あるかぃ」

実は今回、古毛が割り振られた六ページの内「救援ヤクザ」記事に使うのは五ページ止まり。最後の一ページをコラム扱いで割き、「余家殺人事件」について書くことで話は決まっていた。

木瀬が「問題」と称したのも故ないことでは決してない。この話題に関する限り、写真がないのだ。現場に佇んでいた余寿々絵の姿なんかカメラに収めていないし、撮っていたとしてもそもそも使えるかどうかはかなり怪しい。今のところあくまで「重要参考人」というに過ぎないのだから。

警察はこの件をまだ表沙汰にはしておらず、従って指名手配もされていない。

　事件を追ってあちこち動き回りはしたが、話を聞いた相手も写真に撮ったりはしていない。そんなことをしても意味はないし、そもそもカメラを向けたりしたら途端に相手の口は重くなってしまうだろう。

　精々が彼女の過去を追って訪れた、福原の街の絵、くらいか。給湯設備が被害を受けなかった店が被災者を受け入れていた、という話題は記事の中でも触れる積もりであり、全体の様子が分かる写真は撮ってはいた。ただ明かりは消えているとは言え、「いかにも」な看板の掲げられた店である。そんなところに出入りしている被災者からすれば、顔が雑誌に載ってしまうのはあまり嬉しくない事態かも知れない。だから顔には最低限、ボカシは必要だった。そうすれば使って使えない写真ではない筈だった。

　ただし記事の主役はあくまで最有力容疑者、余寿々絵である。その姿すらないのに以前、働いていたとは言え街の写真ばかりがメインになったのでは、本末転倒の感は否めなかった。使える写真がないのでこれを載せました、と言っているようなものではないか。誌面としてはどうにも締まりがない。

「まぁやっぱり、イラストかなぁ」編集部を出、喫茶店に入って木瀬は言った。ソファで寛いだように足を組み、煙をふーっと吐き出した。「ドーンと使える写真がない以上、イメージイラストでお茶を濁すしかないんじゃない。どう、笹岩君」

「そうですねぇ」外で息抜きする時間くらいある、というので彼も喫茶店に同行していた。「今のところ僕も、思いつくのはそれくらいかなぁ」

「顔は見たんだろ、古毛ちゃん。その、女の顔」

えぇ、と頷いた。膝を乗り出した。「はっきりと目に焼きついてる。だからこれこれこんな感じ、と笹岩君に細かく伝えることはできますよ」

「まぁ似顔絵を載せても、仕方ないんだし」木瀬が笑った。「警察が指名手配しないからこっちがやります、って話でもないし。顔をはっきり描き込むとそんな感じになって、かえっておかしくなるよ。だから全体的にイメージが膨らむ感じにして、顔のところはボカして描くのがいいんじゃない」

「まぁ、僕もそんな感じかな、と思いますね」

　またも二人に言い負かされる形となった。だが考えてみれば仰る通りだ。いくら顔が再現できると言っても、誌面でやっても意味はない。彼女の姿が強く印象に残っているため、そこを強調するあまり勇み足になってしまったらしい。

　いかんな。心の中で首を振った。やはりこの件には、思い入れが強過ぎる。自分の気持ちだけで突っ走ると失敗してしまいそうだ。冷静な二人と打ち合わせることで頭を鎮めた方がよさそうだ、と感じた。

「顔はボカすとしてやっぱりイラストは、彼女の立ち姿かなぁ」コーヒーを一口、飲んで木瀬はソファの背凭《せもた》れに体重を預けた。「焼け跡にじっと佇むイメージになるのかな。どうだろ、笹岩君」

「そうですねぇ」小さく頷いたが、あまり賛同してはいないようだった。「僕も今んとこ、そんな感じのイメージしか湧いて来ないんですが。でもそれだとちょっと、あまりに本文のまま、という気もします。もうちょっと全体的な雰囲気を表す、象徴的なイラストにした方が。ただ具体的にどんな、と問われると僕も答え切れないんですけども」

「いっぺん、原稿を読んでもらってからの方がいいのかもね」古毛は提案した。「だいたいの字数だけ出してもらって、それに合わせて俺がバーッと叩き台を書いてみる。それを読んだ上で笹岩君には、イメージを練ってもらう。そういう順番の方がいいのかも」

「あぁ」と頷いた。「それだと有難いですね。イメージも摑み易いと思います」

「でもいいのかよ、古毛ちゃん」木瀬が突っ込んで来た。「イラストが決まってレイアウトを組み直すと、字数が大幅に変わっちまう恐れもあるぜ。そうなると原稿も、大幅に書き直しだ。あんたには二度手間になるのかも」

「まぁ、いいですよ」古毛はコーヒーを飲み干した。「誌面をよくするためだ。二度手間くらいなんてことないですよ」それに、とつけ加えた。えらくこのネタにご熱心じゃん、なんて突っ込まれるのを避ける意味もあった。「それに原稿を書き直すのには、慣れている。仕事の内だからね」

「編集長の我が儘で、せっかく仕上がったのを『最初っから書き直し』なんてのもよくあるからな」

「そうそう。そういうこと」

笑い合った。誰もが身に覚えのあることだったからだ。

一段落ついたから一息入れに行こう、と喫茶店に入ったのに結局、打ち合わせはそのまま続いたようなものだった。


「いよぉ、どうだ」編集部に戻ると、笹部に声を掛けられた。「進んでるか、打ち合わせは」

「絶好調、ですよ」木瀬が代表して答えた。「もう殆ど、終わったようなものです」

「そうかそうか」笹部は微笑みながら、歩み寄って来た。古毛の肩をポンポン、と叩いた。「なぁ頼むぞ、古毛。インパクトのある記事に仕上げてくれよ。この件に関しちゃうちは、後手後手を強いられる一方なんだからな。まるで震災対応の遅れを誹《そし》られてる、政府みたいだ。ここらで一発、起死回生の記事を噛ましてやらにゃ、な」

お前、ここんとこうちの雑誌、読んでねぇだろ。振られたので正直に頷いた。被災地にいたのだ。雑誌どころではなかった。テレビもろくに見られず、外部の情報源はラジオが精々だった。

「そりゃそうだろ、なぁ」笠部の表情が微笑から苦笑に転じた。「じゃぁまぁ見てみろ。泣けて来ちまうぞ、こいつぁ」

木瀬と笹岩はレイアウトをもっと詰めるため、離れて行った。古毛だけが笠部につき合った。彼の机に、過去の二号分が載っていた。

月刊『Sight』は毎月二十五日の発売である。号数は一ヶ月、以上先の月名をつけるから一月二十五日発売のものは、「三月号」ということになる。

見てみると笠部が「泣けて来ちまう」と苦笑した意味がよく分かった。大震災の発生は一月十七日である。その直後に発売される号に、記事が間に合うわけがない。結果、地震から一週間後の発売というのに「震災」の「し」の字もない雑誌が本屋に並ぶことになった。特集は「日本のゴミ問題を斬る」内容だった。

そうだったな、と思い出す。古毛も特集の一部を担当し、取材に動き回ったのだ。東京では連日、出される大量のゴミに対応し切れず焼却炉を増設する計画が始まっている。基本、二十三区の各区が自前の焼却炉を持つよう努める方針という。

ところが地方ならまだしも、区内の隅々にまで建物の並ぶ都心部でそんな土地がそうそうあるわけがない。各区は苦肉の策で、自前の土地を何とか利用して焼却炉の新設に努めていた。当然、近隣の住民からは反対の声が上がる。行政は板挟み。その苦境を、レポートしたものだった。

　おまけにプラスチックを中心としたゴミを焼却すると猛毒、ダイオキシンが発生する。最新の設備を使い高温で燃やせば大丈夫、と行政側は請け合うが本当にそうなのか。ダイオキシンがいかに恐ろしい毒物か、を専門家の説も交えて警告記事にした。

　普段であれば現代の社会問題に深く切り込んだ秀逸な記事、との評価も受けて然るべきだったろう。実際、よくできた特集だったと古毛も自賛する。

が、時期が時期である。神戸が大震災で壊滅状態に陥っているという時に「ゴミの焼却炉問題もクソもあるか」というのが一般の正直な感覚だろう。タイミングは最悪だった。おまけに発生直後の「三月号」なのだ。「いや、雑誌の号数というものは」などと抗弁したくとも、読者からすればどうでもいい出版側の事情に過ぎない。

「な、悲惨なモンだろ」笠部が自嘲した。確かに当事者からすれば、笑うしかない事態である。

「次の号では何とか、関連記事は滑り込ませることはできた。でもまぁ、この程度までだ」

　次の「四月号」ではノンフィクション・ライターを現地に送り込み、詳細なレポートを書かせていた。さすがに著名な書き手だけあって、被災地の惨状をディテール豊かに描き出していた。

　ただこれもタイミングとしては苦しい。発売は二月二十四日なのだ。震災発生から今度は一ヶ月以上が経過している。既に他のメディアで、現場の悲惨さはいくらでも報じられている。今更この記事を、どうしても読みたいから買うという読者はどれだけいただろうかと訝られた。月刊誌、しかもヴィジュアル誌の〆切りはどうしても早目になる。こちらとしてはどうしようもない悪い巡り合わせなのだが、弁明したくともこれまた読者からすれば、どうでもいい話であろう。

「だから、な。いよいよ次、なんだよ」笠部が語気を強めた。「世間に『置いてきぼり』もここまでだ。次こそうちならではの切り口で、あの震災に迫る。現地に長期滞在した記者ならではの視点で、被災地の断面を抉《えぐ》る。あぁさすが『Sight』だなぁ、と読者に思わせてやるんだ。な、古毛。期待してるぞ。頼んだぞ」

13

本文の文字数が決まったので、執筆に取り掛かった。

まだ〆切りまでは数日、ある。いつもは追い込まれなければなかなか重い腰を上げない古毛にすれば、こんなに早くから取り掛かるのは異例のことだった。頭の中にまだイメージが生々しい内に、一気に書いてしまいたい思いがあった。

それに「余家殺人事件」の記事では、まず原稿を書いてから笹岩に見せ、イラストのイメージを膨らませてもらうという段取りもある。二度手間を承知で自分から言い出したのだ。今更、腰が引けてはいられない。

リードはどうする、と木瀬から聞かれたので「そっちも俺が書いてみるよ」と答えた。リードとは記事の冒頭、全体的な中身や読み処を示唆するように書かれた、前文である。読者が記事にすっと入って行き易いように、文字通り「リード」する前振りなわけだ。

リードは本文とは段落や文字の書体、太さや大きさなどを敢えて違《たが》えて書かれることが多い。本文を読んだ上で編集者が、独自の纏め方で書くことも多いが今回はそれも自分でやってみる、と古毛は請け負ったのだった。

「文字を載せられるスペースが全体的に少ないんだ。リードと本文の表現がダブることなく、互いに補い合えるようにして役割分担させたいと思う」

「そうか」と木瀬は頷いた。「じゃぁまぁ、任せるよ。最初はお前のやりたいように、やってみな。その代わり赤、バンバン入れて訂正させるから」

「あぁ。了解」

　写真や図表が入るせいで本文の数行分の文字数が縮まったり、斜めに切り込まれたりといったレイアウトはヴィジュアル誌ではしょっちゅうである。そのため古毛は、ワープロのタブ機能をフルに利用して誌面そのままのデザインに文字が収まるよう、調整した。最初にこれをきっちりやっておけば、後はどれだけ書き直しても全体的な字数が狂うことはない。現代のワープロの性能に感謝、だった。手書きの原稿ではとてもこんな芸当はできない。

　まずはリードから書き始めた。ここでは何の話が始まるのか。何を読者に紹介したいのか。最初に書いてみることで、こちらの頭も整理されると思ったからだ。自分の中で方針が固まっていれば、ブレることはない。原稿も書き進め易い。

　リードを書き終えるとそのまま、本文に取り掛かった。記事の本筋が頭の中で根を据えている。そのままの勢いで、取り組みたかった。

　全体で六ページとは言っても、書ける内容は限られている。おまけに「余事件」のコラムを除けば、五ページしかないのだ。あれこれの話題を放り込む余裕はない。主題は一つに絞らないと、とても収まり切れるものではない。読者も混乱し、何が書いてあるのか分からなくなってしまう。

「ヤクザによる救援活動」については、書きたいことは一つ。普段は社会の陰に隠れている彼らが、非常の際には表立って活動し被災者に感謝されている。その構図だ。

　ただそこのところを面白おかしく仕上げる気は更々なかった。社会常識とされるものの盲点に訴え掛けるような、扇情的な表現も避けた。ただ単に淡々と、事実のみを伝える文章に徹した。

彼らがいかにテキパキと非常事態に対処しているか。後手後手に回る行政に比して、いかに被災者から有難がられているか。そうしたところは当事者のコメントで表現すればいい。

「いやぁホンマ、助かりますわ」

「普段はヤクザ屋さんゆうてちょっと距離、措いとってんけど、なぁ。こなぃな時は助けてもろぅてる。これまでえらぃ申し訳ないことしたなぁ、て反省してますわ」

何人もの被災者に話を聞いた。ただ突き詰めて言えば、中身は概ねこの二通りに絞られる。そうそうに多彩な感想が聞かれるわけもないのだ。だからせっかく話をしてくれた被災者には申し訳ないが、一人二人のコメントを紹介するに留めるしかない。一番、思いがストレートに伝わって来る言葉を選んだ。数多くの話を聞いた中で、どれとどれのコメントを最終的に採用するか。ピックアップするのも、ライターに求められる重要なセンスと言っていい。

「市民の皆さんにこんだけ喜んでもろて、私らかてやり甲斐がありますわ」

「困っとる人がおるんやから、助けるのは当たり前。わしらは仁侠団体を名乗っとるが、それ以前の、人間として当然の道やがな」

ヤクザのコメントも同様だった。かなりの人数に話を聞いたが、中身的には大体この二通りである。その中から、誰のものを選ぶか。

取材に全面的に協力してくれた、佐渡間親分の名前は欠かすわけには行かないだろう。それと実際に古毛をあちこち連れ回してくれた、是脇も。二人共これらと同じような言葉を残していたから、彼らのコメントとして紹介することに問題はなかろう。

ただ実際に、現場で物資を配っていた下っ端の組員の言葉も一つくらいは載せたかった。取材メモを引っ繰り返していて、面白いものを見つけた。

「ワシら普段、日陰者やと思ぅて世間をスネとってんけど。けどこないな風に、皆さんの役に立てることもあるんやなぁ。有難いことですわ、ホンマに。こないな機会、もろたことにこっちから感謝、ですわ」

　不幸な災厄だが、社会の表と裏とが期せずして接する機会もお陰で生まれた。少なくともこの時点では、どちらも喜んでいる。暗い話ばかりが聞こえる中、ほんの僅かだけ覗いた社会の灯りではないか。最後に希望を以て締め括るのに、相応しいコメントだと思えた。

　バーッと書き上げてみて一息、ついた。ワープロの脇に置いてあった灰皿には、煙草の吸い差しが山盛りになっていた。いつの間にこんなに吸ったんだ⁉　我ながら驚くくらいだった。銜えて火をつけたはいいが、そのまま書くべき言葉が頭に浮かんで原稿に没入し、一服もしないまま燃え尽きてしまったものも一本や二本ではなかった。

　喉が渇いていた。今更ながら、気がついた。こんなに煙草を吸ったんだから、当然ではあろう。が、こんな時刻バイトの賀茂路嬢はとっくに帰ってしまっている。お茶を淹れてくれる人など、誰もいない。

　立ち上がって、冷蔵庫を覗きに行った。電熱器の上で温められているコーヒーは、既に熱され過ぎて濃くなっている。飲んだって苦いだけだろう。濃いカフェインで眠気を覚ます目的ならいいが、気分転換にはならない。

　冷蔵庫には缶入りの野菜ジュースがあった。健康に悪い生活をしているのだ。たまにはこんなものを口にするのもいいか、と手に取った。自席に戻った。

「あら、ビールじゃなかったんだ」玉原《たんばら》千代乃《ちよの》がくすっ、と笑って声を掛けて来た。玉原女史は『Sight』記者陣の、紅一点である。それも目を見張るくらいの美人でスタイルもよく、誰もが一目、置く存在だった。「冷蔵庫の方に行ってたから。原稿を書き上げたので一杯やるのかな、って思っちゃった」

「もう一つ、コラムを書かなきゃならないんですよ」玉原女史に憧れを抱くのは古毛とて同様だ。不意を突かれて声を掛けられると、今でも胸が高鳴ってしまう。動揺を隠して平静を装うのに、それなりの努力が必要だった。「だからまだ、酔っ払うわけにはいかなくって」

「あら残念。私もそろそろアルコールの一杯も欲しいなと思って、相手を探してたのに」

「玉原さんはまだ、帰らないんですか」

「電話を待ってるのよ。大した中身じゃないんだけどね。ただアメリカからなので、時差があって。待ってるだけなんだからそろそろ、一杯やってもいいかな、って思ってたわけ」

　古毛はフロアを見渡した。

　巷談社の本社屋は古い建物で、手狭なので今では周囲のあちこちにテナントを借り、編集部を分散させている。『Sight』編集部もその一つで、本社屋から警察署の角を曲がり込み、坂を上がって首都高の高架を潜った、直ぐ先のビルに入居していた。四階建ての三階と四階を借りており前者が編集者、後者が記者席とフロアが割り振られていた。

　編集者と記者とでは仕事の中身が違う。社員とフリー、という立場の違いもある。そこに来てこのようにフロアが分かれているため、何となく役割分担を明確化されているようなニュアンスがあった。同じ記者どうし、仲間意識が高められる効果も感じられた。

　深夜も過ぎたこんな時刻になると、四階に残っているのは古毛と玉原女史と、あと二人だけだった。一人はソファに横になって寝息を立てており、もう一人はその横でぼんやりとテレビを眺めていた。ボリュームは寝ている方を起こさないよう、低く抑えてあった。

彼もまた、電話待ちでもしているのだろうか。〆切りギリギリにでもなればフロアは大勢が詰め掛け、空気がピリピリと張り詰めるがそうでない時は、こんなものである。外に出ている者はネタ元と会っているか、仲間内で呑んでいるか。いずれにせよ素面《しらふ》でいる者は、誰もいまい。

「残念なのは、こっちの方ですよ」古毛は玉原女史に言った。「せっかく憧れの君と、一杯やれるチャンスだったのに。もう仕事なんて放っぽり出して、そっちの誘惑に負けちまおうかな」

「まっ。お世辞なんか言ったって、何も出ませんからね」

「お世辞なんかじゃありません、って」冗談めかして言ってみたが、胸の中では本気も本気、だった。

そこで、電話が鳴った。あっ、きっと私だわ。女史が受話器を取り上げた。その通りだったらしく、流暢な英語で喋り始めた。

玉原女史は仕事をバリバリこなすだけでなく、語学にも堪能だ。見た目も中身もピカイチのキャリアウーマン、て奴だな。一つ、小さく溜息をつくと古毛も自席に戻った。まだ〆切りギリギリってわけではない。本当に仕事なんか放り出して、彼女とビールでも酌み交わしたかったな。本音があった。電話が終われば女史は帰ってしまうだろう。せっかくのチャンスをみすみす逃してしまったってことだ。もう一度、溜息が出た。

まぁ絶妙のタイミングで掛かって来た電話も「今夜は仕事に専念しろ」という神の計らいなんだよ。自分に言い聞かせた。だから、そいつに従うべきだ。

缶ジュースのプルトップを開け、中身を喉に流し込んだ。新たな煙草を銜え、火をつけた。原稿を書いている間、無意識に吸った奴ではない。こいつは気合を入れるための、意味のある一服だ。肺の奥にまで吸い込んだ紫煙が、心地よかった。

さぁ、やるぞ。野菜ジュースを飲み干し、煙草の吸い殻を灰皿に押しつけると改めてワープロに向かった。

「ヤクザによる救援活動」記事はいったん書き上げたが、文字数はかなりオーバーしてしまっていた。削るしかない。が、それは後日でいい。時間を措いて見詰め直した方が、冷静に距離が取れ、的確に推敲《すいこう》できる場合が多い。経験からよく分かっていた。

だから今はこの勢いそのまま、「余事件」のコラムに取り組む積もりだった。

「救援ヤクザ」の方はある意味、レポートである。こんなことが起こっている。当事者はこんな思いでいる、と事実を紹介する記事である。勿論、書き手の感じていることも含まれるが、前面に出すことはない。基本的に報告に徹する。その姿勢である。

一方、「余事件」は全く逆だ。こちらはルポである。「最有力容疑者」と見なされる女を、自分はたまたま目撃した。強い印象を受けた。その後、事件があったと聞いて、取材に動いた。何かに衝き動かされたように、調べて回った。

だからこちらはある意味、自分が主人公のようなものだ。自らの行動を時系列的に、辿る。そうすることで読者にも記事の中に入り込み、臨場感を味わってもらう。何より事件に興味を抱いてもらう、自分のように。

ただ、文章が感傷的になってはいけない。あまりに自分の思いをストレートに出すと、読者は引いてしまう。このため胸中の熱意を込めながら、言葉は淡々と綴る。サジ加減が重要だった。

先程の原稿がレポートだった分、趣きの異なるこちらは逆に取り組み易かろうと思った。似た感じの両者だったら書き難かったかも知れない。どっちがどっちか、自分の中で区別がつかなくなっていたかも知れない。

そう。違う原稿だからこそこうして今、一気に書き上げた方がいいのだ。頭の中に現場の空気が色濃く残っている、今の内に。

古毛は一心にワープロに向かい続けた。玉原女史が電話を終えたのか。もう帰ってしまったのかすら分かってもいなかった。


「古毛ぉ。何だぁ、こりゃぁ」

津又《つまた》佐蔵《さぞう》編集長の声が響いた。同時にドスドス、と階段を上がって来る足音が近づいて来た。今夜も酔っている。声だけでなく、足音からもよく分かった。

「校了」日だった。印刷所から戻って来たゲラをチェックし、記事に誤りはないか、誤字脱字はないか「校正」係が確認する。レイアウトも最終調整して、編集部から印刷所に戻す。つまり原稿が最終的に出版社の手を離れ、印刷に回されるのが校了だった。その後になって「やっぱりこうしたい」などと言ってももう通じはしない。だから最後の最後まで、「これでいいのか」ギリギリまで詰めなければならない。

当然、雑誌の全ての責任を負う編集長の了解が要る。どれだけライターと担当編集者が「これでよし」と言っていても、編集長から「ダメ出し」があれば「校了」とはならない。指摘に従って書き直しだ。

津又は、この原稿を読むのは今夜が初めての筈だった。最初に書き上げた原稿を印刷所に渡す「入稿」の時、例によって彼は呑みに出ておりいなかったのだ。

「まぁ、いつものことだよ」笠部が苦笑していた。「今夜も多分、帰っちゃ来ない。待つだけ無駄だ。だからこのまま『入稿』しちまおう」

勿論この段階でも、「これでいいのか」編集者ととことん突き詰める。印刷所に渡し、いったんゲラにしてしまうと大幅な変更は難しい。だから入稿の際も散々、「もっとこうした方が」と意見を戦わせる。

「もっとさぁ、こういう中身はねぇの」最初に書き上がった原稿を見て、木瀬は言った。「これじゃヤクザと被災者、双方がラッキーでした、ってだけで終わりじゃん。結論が最初から決まった〝出来レース〟みてぇ。何か反対意見はねぇの。そういうのも入ってないと、単なるヤクザのヨイショ記事、って突っ込まれちまうんじゃないかな」

「そりゃヤクザを白い目で見る向きからすれば、『売名行為』だって批判もありますよ」古毛は言い返した。こっちにだって言い分はある。編集者の指摘だからって唯々諾々と、はいはい従いはしない。「それに対する、ヤクザの反論だってある。『売名も何も、こんなことする前から世間は俺らのことはよく知ってる筈じゃないか。何で今更、名を売る必要があるのか』と。『売名だけでこんなことできると思うか』って言う者もいた。でもそんなの載せてたら、とてもページが足りないでしょ。誌面は限られてるんだから。互いの主張まで載せてる余裕は、とても」

「でもさぁ。このままじゃヤクザに取材協力してもらって、その言い分を垂れ流してるだけ、って受け取られちまうぜ。反対意見もある、ってことにはちゃんと触れとかないと」

木瀬の言うことももっともだった。ただ如何せん、スペースがない。そんなことを言うんならもっとページをくれよ。抗弁したいのは山々だが今更、言ったところで仕方がない。

「じゃぁどっか、スペース作るかね。写真の一つも削って」

だがそうとなればまた、笹岩と打ち合わせてレイアウトから作り変える必要がある。

「じゃぁどれか、コメント削るか」木瀬が提案した。「これなんか、どう。なくても内容としては、変わらないんじゃない」

「いや。このコメントは取材の現場に一番、立ち会ってくれた人のものだ。出さないわけにはいかないよ。それにこれ一つを削ったくらいで、反対意見を載せるスペースまで生まれるとはとても思えない」

「そうだよなぁ。じゃぁこうするか。『売名』なんて批判があるってことは、世間でもそれなりに知られているんだし。もう一般的な大前提として、最初からリードの中で触れてみたら」

「あぁ、いいね。そしたら原稿は、その批判に対するヤクザの反論から始められる。流れが随分よくなるぞ」

一から書き直すことになった。リードを上手く使ったお陰で字数はかなり抑えられたが、それでも被災者のコメントをある程度、削らなければ収まり切れなかった。結局、写真の脇につけたキャプションに本文で削った感謝の言葉を入れることで、何とか凌いだ。

入稿の段階でこのように、あれこれ試行錯誤はあったのだ。字数の制約は常について回り、こうした遣り取りは毎度のことだった。なのに校了日に至って、また大きく引っ掻き回されたのでは堪らない。あの時の苦労は何だったのか、のやり切れなさが湧く。

が、それが津又という編集長なのだった。感じたことをストレートに言い放ち、曲げることはない。結局またも一からやり直し、というのもままあることなのだ。入稿の時にいなかったあんたが悪いんでしょ。今さら何、言ってるんだ。反発してやりたいが、できるわけもない。

「こりゃぁ、何だ」津又が古毛の机の隅に腰掛けた。酒臭い息がぷんと臭った。ゲラをポン、と放り出した。「犯人の女への、お前のラブレターか」

余事件を取り上げたコラムの方だった。ほぅら来た。悪い予感が胸に浮いた。噛みついて来るとしたらこちらの方か、との予測はあったのだ。文章の裏に、書き手の思いが真っ直ぐに出ている。また、そのように書いた。まぁ、こういう中身の記事なんだモンなぁ。木瀬も最後は納得して、入稿に回したのだった。

「犯人、じゃぁないですよ」古毛は言った。正面から反抗するのは敢えて、避けた。「状況証拠からしてその可能性が高い、ってだけで。だからあくまで、重要参考人です。もっとも警察はこの事件のこと自体、公にしてないからその言葉も実際に使われているわけじゃないですが」

「そんなことを訊いてんじゃねぇよ」鼻を鳴らした。まぁ、予想通りの反応だった。まずは相手の勢いを削ぐため、敢えて違う方向から返したのだ。「要はお前ぇが見た、てぇこの女だ。お前、恋しちまったんだろ。だからこんな事件、必死で追い掛けたんだろ」

「恋、なんかじゃないですよ。ただ、どうにも気になった、ってだけで。興味を抱いて追っ掛けてみたけど結局、行方は分からず終いだった。そういうことです」

「馬鹿野郎、俺の目を節穴と思うか」大声を上げた。酒臭さが更に募ったが、いつものことだった。周りの記者も自分の仕事に専念する振りをして、誰もこちらに視線を向ける者はいなかった。それはそうだ。下手なことをすれば自分にもとばっちりが来る、と分かっているのだから。

「原稿を読みゃぁ分かる。お前ぇの思いがそのまま出てる。こいつは恋だよ。こりゃぁお前の、この女に対するラブレターだよ」

恋、か。言われて、ふ、と思った。もしかしたら本当に、そうなのかも知れないな。

勿論、執着したのは間違いない。どうにも逃れられないものを感じて、事件を追った。惹かれるものは紛れもなく、あった。

恋愛感情とは違う。自覚はある。あの女に好意を抱いたわけでは、決してない。

だがでは、恋とは何なのか。他のものを振り払ってでも追い求める。その直向《ひたむ》きさ自体、異常心理ではないのか。恋と通底する何かがあるのではないか。

あの眼だ。思い至った。俺が忘れられないのは、不思議な光を放っていた眼、なのだ。余寿々絵に、ではない。俺はもしかして、あの眼に恋をしてしまったのか。

さすがだ。噛み締めた。津又はただの酔っ払いではない。酒を呑んでいても、原稿の奥にあるものを敏感に読み取る。見抜いたものを的確に言葉にする。この場合それが、「恋」なのだろう。

「ラブレターか、いいな」カラカラカラッ、と津又は笑った。「悲惨な震災だってのに。哀れな境遇で止むを得ず起こした事件だ、ってのに。お前ぇはそんな女に好意を抱いてる。被災地に花開いた恋、ってか。いっそのこと、そんなタイトルにしちまったらどうだ。いや、でもそりゃぁ、さすがにちょっとやり過ぎだな」

もう一度、大きな声を出して笑うと津又は古毛の肩をポンポン、と叩いた。机の隅から、腰を浮かした。「いずれにせよ、面白かったぞ。古毛、ご苦労さん。じゃぁな」

ドスドス、と足音を響かせて階段を降りて行った。後にはポカンと見送る古毛と、他の記者達の姿が残された。

「相変わらずだな、津又さん」曾川が言った。口元を歪めると、銜えたままの煙草から立ち上る煙が揺れた。「古毛、よかったじゃぁねぇか。これで今夜はお役、ご免だ」

「あぁ、羨ましいなぁ」玉原女史も苦笑していた。彼女も今夜が校了なのだ。「私、まだ終わらない。いったいいつ帰れるのか、見当もつかない」

「あの様子じゃ津又さん、玉原さんの原稿に至るまでにゃどんだけ掛かるか、分かったモンじゃねぇぜ」

「本当よねぇ。あぁ、先は長いわ」

遣り取りを聞きながら、古毛もセブンスターを取り出した。一本、銜えて火をつけた。あぁ、美味い。至福の香りが胸の中、一杯に広がった。椅子に座ったまま両手を頭の後ろで組み、うんと背を反らした。

震災の現場を歩き回った、思い出があれこれ脳裡を過《よぎ》った。大変だった。だが、やった甲斐はあった。

充実感が胸を満たしていた。後は出来上がる誌面を、楽しみに待つだけだ。

だが笠部が言っていた「後手後手」「置いてきぼり」の運命が再び『Sihgt』を襲う。

三月二十日、地下鉄サリン事件が発生するのである。

14

「おい、大変なことになってるぞ」電話で叩き起こされた。記者仲間だった。「テレビ、つけてみろ」

時計を見るとまだ九時前だった。何だよ、こんな時刻に。ぶつくさ零しながら、布団から滑り出た。テレビのリモコンを手に取り、スイッチを入れた。

昨晩は他の記者仲間と呑んだ。近鉄の吉井理人《よしいまさと》とヤクルトの西村龍次《にしむらたつじ》、という投手どうしの交換トレードが成立した。話題はその中身について、だった。盛り上がって盃を重ねたので、まだ酔いが色濃く残っている。

そう言えば阪神大震災の時も、こうやって起こされたんだっけ、な。デジャヴュがあった。こんな時間に起こしやがって。胸の中で文句を垂れたのも、今と同様だった。

待てよ。それなら今回も、あれと同じような大事件が発生したってのか⁉　まさか、そんな——

テレビ画面に映った映像に、そのまま吸い込まれた。今し方の予感が全く正しかったことを、思い知った。そして瞬間、もう直ぐ発売される『Sight』最新号のことも、記事の完成を祝って打ち上げした夜の楽しさも、何も彼《か》もが噴き飛んでいた。

何の考えもなかった。

こんな風に動こう、という方針のようなものなど何もなかった。ただ、現場に赴く。本能に衝き動かされるように古毛は、霞《かすみ》が関《せき》に来ていた。

現地は大混乱に陥っていた。警察と消防の車がそこら中に停められ、人影が動き回っていた。地下鉄の入り口から被害者が次々と運び出され、歩道に張られたテントの下に寝かされていた。それらの上を消防車や救急車から放たれる赤色灯の光が跳ね回り、異様な雰囲気を醸し出していた。テレビに映っていたままの光景が、目の前にあった。

厳重な規制線が張ってあって、現場には入り込めない。前線を取り巻くようにマスコミが詰め掛け、様子をレポートしていた。誰もが殺気立っていた。怒号がそこら中で飛び交っていた。

これじゃ人を捕まえて話を聞く、どころではない。実況レポートはテレビカメラに任すしかない。古毛は人混みを離れ、ちょっと距離を措いて全体を俯瞰してみようとした。

「あっ、古毛さん。そこにいるの、古毛さんじゃないですか」

声を掛けられ、立ち止まった。だが周りを見回してみても、知った顔はいない。それに今の声、何だか上の方から降ってきたような……？

「こっちこっち。ここですよ」

見上げると雑居ビルの非常階段に、人影があった。手を振っていた。あぁ。認めて、こっちも手を振り返した。

『All Day』の駆け出し編集者、嵯峨尾だった。大震災の取材で共に神戸に行った、彼である。顔見知りのカメラマン、沖杉富利《おきすぎとみとし》も一緒だった。

階段を上がって、合流した。「やぁ、ご苦労さん」現場を見下ろしてみた。「成程ここからなら、全体を見渡し易いね」

「事件発生の一報を聞いて、飛んで来たんだけどよ」沖杉が口火を切った。「最初は地下鉄でガス爆発があったらしい、って話だったんだ。ところが駆けつけてみたら、毒ガスが撒《ま》かれたっていうじゃない。おぃ、こんなところにいたらヤベェんじゃねぇの、って。だんだん怖くなって来て。おまけに何だか、変な臭いが漂って来て」

「そうなんですよ」嵯峨尾が頷いて引き継いだ。「それで全体を見渡すことができる、高いところにいた方がいいという話になったんです。おまけにこれ見てたら、ガスの正体はサリンだなんて言い出すし」

彼らは小型テレビを持参して来ていた。確かに現場の大混乱にあたふたするより、これを見ていた方が情報はずっと早い。どこへ行けばいい絵が撮れるか、の情報も手に入る。大震災の時もそうだったではないか。結局は東京でテレビを見ている編集部の指示を受けて、現場の取材班は動き回っていた。

神経ガス、サリンの名前は既に一般人の間でも広く知れ渡っていた。昨年六月、長野県松本市《まつもと》の住宅街で散布され、死者七人を出す大事件が発生していたためである。ナチス・ドイツが開発したもので、どれだけ恐ろしい化学兵器なのか。マスコミで散々、報じられていたので国民の間では最早、一般常識のようになっていた。

「たださぁ」場をちょっと和ます効果も期待していた。敢えて薄笑いを浮かべて、突っ込んだ。

「サリンって、無味無臭なガスでしょう。なのにさっき、変な臭いが漂って来た、なんて」

「そりゃぁこの辺には、飲食店も多いですから」嵯峨尾が口を尖らせた。「もしかしたらさっきのは、その仕込みの匂いか何かだったのかも知れませんよ。でもねぇ。実際、毒が撒かれたのは確かなようなんですから。現場にあまり近づかない方がいい、ってのは間違いないでしょう」

言われる通りだった。危険がある以上、用心するのは当たり前だ。それに怖い怖いと感じていると、関係ないものまでそうだと思い込んでしまう。彼らの行動は人間として至極、普通だったと言っていい。軽口で場を和ませようとしてみたがどうやら、あまり効き目はなかったようだった。

「あの女なんか、大丈夫かな」沖杉が顔を顰めて眼下を指差した。

地下鉄の入り口、近づけるギリギリのところまで迫ってレポートしている女性記者だった。テレビカメラに向かって身振り手振りも交え、実況しているが確かに、近過ぎる。地下鉄で毒ガスが撒かれたのだとすればあの出入り口などからも、地上に漂い流れて来よう。あんなところにいたのではそれを吸ってしまうのではないか。沖杉の懸念は実際、あり得ることだった。現場の騒乱の最中にいるとつい、感覚が麻痺してしまう。夢中になって気がつかない内に、危険に近づいてしまうことがままある。

「入り口から上がって来る、だけじゃないですよ」嵯峨尾も言った。「被害に遭った人や、地下に降りた救助隊の服なんかにもガスは付着する筈でしょう。それが出たり入ったりしてるんだから。

どんどん地上に、撒き散らされているわけですよ。僕達だってここにいるからって、どれだけ安全だと言えるのか」

　サリンは吸入するだけではない。皮膚からも吸収される恐ろしい毒だと散々、報じられている。嵯峨尾の指摘ももっともだった。地下で散布されたサリンは今、地上に撒き散らされている最中の筈なのだ。空気中で薄まって行くとは言え、現場の近くでずっと呼吸していれば体内に蓄積されて行くだろう。どれだけの量を吸えば危険なのか。具体的なことは知らないが、身体にいいわけがないことだけは確実だ。

「おぃ、もうそろそろ引き上げようぜ」沖杉が言った。「俺達、もう結構な時間ここにいるじゃねぇか。これ以上は危ねぇよ。現場の混乱を伝える写真は、あらかた撮っちまったし。後は後発の連中に任せよう。こんな仕事で命、縮めたって誰も褒めてはくれねぇぜ」

「そうですよね」

　臆病風に吹かれたわけではない、決して。実際、危険なのだ。どんな仕事であろうと命を懸けるまでのものではない、という沖杉の言葉も間違いはなかった。

「俺はもう少し、他の現場を見てから帰ることにするよ」古毛は言った。「あんたらと違って、まだここに留まった時間は短い。他所に移動して、現場の雰囲気をもうちょっと押さえておく」

　築地《つきじ》の方もかなり被害が出ている、とさっきテレビで報じていた。だからそっちの方も、見ておきたかったのだ。

「勝手にしな」沖杉が言った。「俺達ゃそこまで、つき合わんからな」

「だから、ね」薄笑いを向けた。「帰る途中、ちょっと乗っけてってよ」

　カメラマンは持ち運ぶ機材が多いので、基本的に移動は車である。今日は小型テレビや、携帯電話まで持参して来ている。公共交通機関がテロでやられているのだ。まず間違いなく、自家用車で来ている筈なのだった。

「まぁ、いいよ」沖杉が頷いた。「車はあっちに停めてある。築地の方までちょっと、回り道してやるよ」


普通なら霞が関から築地までくらい、何てことはない距離である。多少、渋滞していたとしてもさして時間は要しない。

だが今日は、異常事態である。サリンの散布は同時多発的に行われたようで、被害は広い範囲に及んでいた。詰め掛けた緊急車両や報道機関の車もその分、数が多く場所も多岐に亘った。張られた規制線も長大で道はあちこち封鎖されていた。

「これ以上、近づけそうもねぇな」運転席の沖杉が言った。「悪ぃけどこっから先は、歩いてもらうしかねぇ」

「あぁ、大丈夫ですよ」車から降りながら、古毛は言った。「ここまで乗っけてもらえただけで、大助かりです」

「それじゃ、古毛さん」嵯峨尾が助手席から手を振った。「くれぐれも、お気をつけて」

「あぁ、有難う」

車が走り去るのを見送って、古毛は築地駅の方へ歩き出した。直ぐに先程と同様の大混乱が、目に飛び込んで来た。

そこら中で緊急車両の回転灯が回り、赤い光を放っている。地下から運び出された被害者が路面に寝かされ、周りを警官や消防隊員が動き回っているのもさっきと同じだ。

霞が関と趣きを異にしたのはここには、近くに築地本願寺《ほんがんじ》があったためだった。広い境内は被害者を休ませるには成程うってつけで、人影が横たえられていた。苦しそうな呻き声も随所で聞かれた。

アフガニスタンの野戦病院を取材した時の記憶が、脳裡で重なった。爆弾や銃撃で負傷した人々が、そこら中に寝かされていた。呻き声があちこちから上がり、耳にこびりついて離れなかった。

まさか、あっちは戦場だぞ。なのにそいつを彷彿《ほうふつ》させる光景が今、この国に、目の前にあるなんて。

だがこれは、現実だった。平和な筈の日本で、実際に起こっていることだった。考えてみればつい二ヶ月前は、神戸が震災で崩れ落ちたのではないか。そうしたら今度は東京で、これだ。思わず目眩を覚えた。本当に悪い夢でも見ているようだった。

「あの」と話し掛けられて我に返った。振り向くと、中年の女性だった。写真を手に持っていた。

「夫です。この顔を見ませんでしたか。ここにいるかも知れないんです」

「済みません」頭を下げた。「私は報道関係の者で今し方、着いたばかりなのです。なので旦那さんがここにおられたとしても、見てはおりません」

夫は通勤で地下鉄、日比谷《ひびや》線をいつも使っているんです、と彼女は言った。今朝も変わらず出勤して行ったのだが、ニュースを見て驚いた。事件の発生は午前八時過ぎ頃、というではないか。ならば夫が丁度、乗っていたとしてもおかしくはない。

「会社に電話してみたのですが、まだ出勤して来ないというんです。もう心配で、居ても立ってもいられなくて」

不安に駆られて、ここまで来てみたというのだった。当然だろう。聞いて、同情を覚えた。彼女だけではない。同じような事情で、身内を心配して来てみた人は周りにいくらもいることだろう。駆けつけているのは救助隊やマスコミだけではない。事件に巻き込まれたかも知れない、その縁者もいるのだ。これだけ人でごった返し、混乱するのも当たり前だった。

きっと大丈夫ですよ。旦那さんが直ぐに見つかるといいですね。何の根拠もない励ましの言葉を掛け、彼女とは別れた。根拠などなくてもいいではないか。不安で堪らない彼女が今、聞きたいのは希望の言葉なんだから。自分に言い聞かせた。

知った顔を見掛けた。『週刊時代』の角沢敬純《つのさわたかずみ》記者だった。先方もこちらに気づき、よぉ、と会釈を交わし合った。

「被害者は今、聖路加《せいるか》病院に続々運び込まれてるようなんだ」彼は言った。「だから境内を撮り終わったカメラマンが戻って来たら、そっちの方へ行ってみようと思ってる」

聖路加国際病院ならここから距離的に近く、規模も大きい。これだけの被害者を運び込むには成程、最適なように思えた。

「俺はさっき、旦那さんを探してるという女性に話し掛けられたよ」古毛は言った。「それなら病院の方に行ってみた方が、情報も早いのかも、な。そんな風にアドヴァイスしてあげればよかったかな」

「あぁ、まあな」角沢は周囲を見渡した。「被害者の家族もボチボチ、そっちに向かい始めてるだろ。だから行ってみれば、そのコメントも取れるかもと思ってな」

「しかし、なぁ」古毛も辺りを見渡した。「こんなことを仕出かした。やっぱり、オウムの連中なのかな」

「あぁ」と頷いた。「同時多発のテロ行為だ。ある程度の人数が一斉に動かなければ、実行のしようもない。そいつが一番、可能性は高いとは思うけど」

昨年の松本サリン事件の直後、嫌疑を掛けられたのは第一通報者である河野義行《こうのよしゆき》さんだった。自らも入院し奥さんもガスを吸って、意識不明の重体に陥っている被害者であるにも拘わらず。妙に冷静に対処する姿が、不自然だと見なされたのだ。更に警察が家宅捜索を行い、農薬が発見されたとリークされるに及んで、マスコミの報道は苛烈を極めた。真偽の怪しい情報を垂れ流し、あたかも氏が真犯人と決まったかのような取り扱いだった。報道被害、以外の何物でもない。古毛もメディア側の一員として、今も忸怩《じくじ》たる思いを禁じ得ない。

次いで疑いの目が向けられたのが、新興宗教団体のオウム真理教だった。山梨県西八代《にしやつしろ》郡上九一《かみくい》色《しき》村の宗教施設で昨年、異臭騒ぎを起こし今年の元日には読売新聞が「サリンの残留物が検出された」とスクープを飛ばした。これで松本の事件を起こしたのもオウムだったのでは、と世間の注目を浴びることになったのである。

「ただなぁ」と角沢は言った。「連中これだけ、疑惑を掛けられてる渦中だぜ。そんな時にわざわざ、自分からこんなこと仕出かすかね」

オウムは麻原彰晃《あさはらしょうこう》こと松本智津夫《まつもとちづお》を教祖と崇め奉る、新興宗教である。当初はヨーガを学ぶサークルに過ぎなかったらしいが、徐々に出家信者に全財産を寄付させるなど、異常な行動が目立ち始めた。社会復帰させようとする信者の家族とも諍《いさか》いを起こし、悪い噂が絶えなかった。

出家信者の家族からの相談を受け、「被害者の会」の設立に携った坂本堤《さかもとつつみ》弁護士の一家が突然、姿を消すという異様な事件も発生する。一方で一九九〇年の衆院選に麻原らが立候補するなど、何かと話題を振り撒いて来た。信者が教祖の顔を象《かたど》ったマスクを被り、珍妙な曲と共に踊る選挙活動に古毛も、「これは何かの悪いジョークなのか」と訝ったものだ。結果は言うまでもなく、全員落選。その後も麻原がテレビに生出演することもあったが、この頃から教団は徐々に地下に潜り始めたとされる。

今年の二月には教団から逃げ出した妹を匿っていた目黒《めぐろ》公証役場事務長、仮谷清志《かりやきよし》さんが拉致《らち》され、行方不明になる事件が発生。このことが明るみに出たのは今月四日で、最初に報道した朝日新聞は名誉毀損で訴えられたが、他のマスコミも追随しオウム疑惑を大々的に報じた。その矢先のサリン散布である。これだけ疑惑を掛けられている渦中だぜ、という角沢の疑義も、故ないことでは全くない。

「まぁなぁ。今の段階では何とも言えんけども」無難な前振りをして、続けた。「ただこれまでの疑惑が事実だとすれば、とても一般の常識なんか通用しない連中だぜ。普通ならこんな時にやりはしないだろ、と考えるだろうけどあんな連中に限っては、何を仕出かすか分かりはしないと思って掛かるべきなのかも」

「そうだなぁ。まぁ今回は河野さんの件もあるから、誰かを犯人と決めつけるのは慎重にならざるを得んけどな」

河野さんを犯人扱いした件は、マスコミ側にいる者にとって苦い教訓だった。同じ轍を踏むわけにはいかない、という角沢の指摘はもっともである。

そこに、周囲の様子を撮り終えたカメラマンが帰って来た。一緒に病院に行ってみようぜ。角沢に誘われて歩き出そうとした、その時ポケベルが鳴った。画面に示された電話番号は『All Day』編集部のものだった。

「ちょっと待って。これ、何だろうな」慌てて周囲に視線を飛ばす。が、公衆電話が見当たらない。あってもこんな大混乱の最中だ。長蛇の列が出来ていてとても使えまい、と諦めるしかなかった。神戸の時と、同じだ。「まぁいいや。病院へ向かう途中で、どこかで見つかるかも知れない」

　築地川公園の前を過ぎた辺りで偶然、空いている公衆電話を見つけた。建物の陰に隠れるようにしてあったため、誰も気がつかなかったのだろう。

『All Day』編集部に掛けた。『Sight』編集部の古毛です、と名乗ってから続けた。「今、そちらからポケベルを鳴らされたんですけども」

　直ぐに相手が替わった。「あぁ、古毛さん、僕です」さっきまで行動を共にしていた、嵯峨尾だった。「古毛さん、眼、大丈夫ですか。僕、こっちに戻って来てから気になって気になって。何だか視界が狭いんです。それで、鏡を見てみたら。瞳が、縮まってる感じで」

　縮瞳《しゅくどう》、というらしかった。瞳孔は普通、明るいところでは収縮し暗いところでは広がる。そうやって目に入る光の量を調整する。なのに周りが暗かろうと関係なく、過度に収縮してしまう現象らしかった。

「これ、典型的なサリン患者の症状らしいんですよ。僕、怖くなっちゃって。古毛さんもあんまり現場に留まらず、早々に引き上げた方がいいですよ。こんなことで身体を壊したって、何にもならないんですから」

　聞いている内にぞっ、と怖気《おぞけ》が来た。気分が悪くなって来た。

　そう言えば、と周りを見渡してみる。何だか、視界が暗くなって来たような――

「どうした」異変に気づいたのであろう。角沢が訊いて来た。

「おぃ、ちょっと俺の眼、見てみてくれないか」事情を説明して、頼んだ。鏡の類いは周りにはない。人に覗いてもらうしかない。「瞳、縮まってやしないか」

「いや、どうかな。でもそんなことならやっぱり、無理することはないぞ。俺達だっていつまでもこんなところにいて、変な症状が出て来ないとも限らないし」

そう言えば俺も、辺りが暗くなって来たような。カメラマンも言い出した。

「よぉ、もう引き上げようぜ。命あっての物種だよ、やっぱり」

「そうだな。そうしよう」

病院行きは止《や》めにして、現場から這々《ほうほう》の体《てい》で立ち去った。

後で聞くと被害者の救済に当たっていた看護婦や、ボランティアらの中にも同じ症状を訴える者がいたということである。患者の服についていたサリンが揮発し、それに接してしまったことが原因らしい。

やはりあの場から早々に引き上げて正解だったのだ。改めて、ぞっと寒気を覚えた。

15

結局、眠れなかった。まんじりともしないまま、夜明けを迎えた。

「やっぱ寝つかれやしねぇよなぁ」ベテラン記者の加納燐吉《かのうりんきち》が苦笑した。

加納は政治経済からスポーツ芸能まで、どんなジャンルもそつなくこなす腕利きである。人脈も豊富でその手腕には古毛も一目、措いていた。

ただいかんせん、酒癖が悪かった。アルコールが入ると目が据わり始め誰彼、構わず説教を垂れる。特に後輩が相手だと質《たち》が悪かった。延々と絡み続け、朝まで解放してくれないのが常だった。

口癖は、「だから駄目なんだ、お前は」

　そんな彼でさえ、昨晩は乱れることがなかった。何か、帰る気にゃなれやしねぇよなぁ。『Sight』編集部で一夜を過ごすことにし、古毛と酒を酌み交わした。量的には結構、呑んでいる筈である。それでもさして酔っている風ではなかった。呂律《ろれつ》が乱れることもなく、眼もしっかりした光を放ち続けた。

　それは古毛にしても、同様だった。一晩中、ちびりちびり呑み続けたのに一向に酔いが回って来ない。眠気も訪れない。少し身体を休めとこうぜ。ソファに横になってみたが、頭は冴え渡ったままだった。結局、諦めて身体を起こした。何だ、お前もかよ。加納も同じく上半身を起こしており、共に笑い合った。

　空が白み始め、朝の光が室内に差し込む。一晩中、吐き続けた煙草の煙がそこら中に棚引いている。夜明けの光に紫煙が浮かび上がると一層、昨夜の不摂生ぶりが強調されるようだった。興奮で、眠るどころではないのだ。

　それはそうだろう。

　三月二十二日。今日は警察が、オウム真理教の施設に強制捜査に入るのだから。

　前日から、その情報は届いていた。ガサ入れは早朝から始まるという。ならば早々に帰って仮眠をとり、朝からテレビに齧りついていればよかろう。

　だがその気にはなれなかった。一人で報道を見たくはなかった。だから編集部に居残ったのだ。同じ思いでいたのが加納、というわけだった。

　実は曾川も、「俺もつき合いてぇな」とボヤいていた。ただ人と会うアポが入っていたため、出掛けるしかなかったのだ。他の記者も思いは似たようなものだろう。たまたま予定が入っておらず、編集部に留まることができた。それがこの二人だった、というだけで。

「おぃ、そろそろじゃねぇのか」加納が言った。「テレビ、つけてみろや」

電源を入れると、特番はもう始まっていた。薄暗い平原に結集した、無数の警官隊が映し出された。これから悪の教団に突入する。緊張がピリピリと漲っており、電波を通じてここまで伝わって来るようだった。

「凄ぇ重装備だなぁ」

加納の言う通りだった。迷彩服にヘルメット。顔全体を覆う防毒マスク。地下鉄にサリンを撒くような連中の本拠地に乗り込むのだ。装備はどれだけ厳重にしても、やり過ぎということはない筈だった。

「一応これ、仮谷さん事件の捜査という名目の筈なんですけど、ねぇ」

緊張感を振り切るように、古毛はぼそりと言った。信者だった妹を匿ったとして、オウムに拉致されたと見られている仮谷清志氏。犯行に使われたレンタカーと、借り出された際の書類からオウム幹部の指紋（後に、松本剛《まつもとたけし》のものと公表）が検出された。更に車内からは仮谷さんのものと思われる血痕が見つかり、警察は強制捜査に踏み切った。今日の一斉捜査はそのため、というのが表向きの理由である。

だがならば、この重装備は何なのか。明らかに毒ガスを想定したものではないか。おまけに突入隊は、手に鳥籠を提げている。中にいるのはカナリアである。いつも囀《さえず》っているカナリアだが、毒ガスを吸うと鳴き止んでしまう。だから昔から炭鉱などの地底労働では、ガスを逸早く検知するためカナリアを坑内に持ち込んでいた。今回もその例に倣った、ということなのだろう。

フルフェイスのガスマスクに、カナリア。どこか取り合わせが不自然で、ジョークのように映ってしまう。だがこれが現実なのだ。この一見、不釣り合いな組み合わせこそが逆に、リアルな緊迫感を醸し出していた。

「しかし、なぁ」加納が漏らした。「やっぱり、ってことだったんだな。やっぱり一昨日のは、オウムの仕業だったんだな」

　二日前、築地で角沢と交わした会話が思い出された。死者が十人を超えた地下鉄サリン事件。負傷者は数千人に上り、今後も死者が増えることはいくらでもあり得る。野戦病院を連想させる非現実的な現場で、角沢ともども戸惑いを隠せなかった。こんなことを仕出かしたのは、誰なのか。

　これまでの経緯から、松本サリン事件を起こしたのはオウムではないかと見なされていた。他にもいくつかの事件で嫌疑が掛けられていた。その最中での無差別テロである。渦中にあってわざわざ、自分からこんなことを仕出かすかね。角沢の疑義には確かに頷けた。異常な心理状態にある集団だとしても、いくら何でも。古毛の胸にも同じ思いがあった。が——

「警察が威信を懸けて、これだけ大規模な一斉捜索に打って出たんですから」古毛は言った。自分に言い聞かせているような面も多分にあった。「それなりに確証はある、ということなんでしょう。まだ公表されていないだけで当局には、これだけの行動に出るに足る材料がもう揃ってるということなんでしょう」

「まぁ、そういうことだよな。おっ、いよいよだ。動き出したぞ」

　警官隊の動きが慌ただしくなった。加納の言う通り、いよいよ突入なのだろう。古毛も固唾を飲んで画面を見詰めた。

　俺も行くべきではなかったのか。明日は強制捜査。昨日、聞くと同時に身体が動き出しそうになった。現場に足を運ぶ。何を差し置いても現地に駆けつけ、その場の空気を吸っておく。取材記者の行動本能のようなものである。二十日、何の考えもなく霞が関に駆けつけたように。

だがでは今回は、どこに行くのか。頭の片隅の冷静な部分が、押し留めた。

一斉捜索である。静岡県富士宮《ふじのみや》市の教団「総本部」。山梨県上九一色村に点在する通称「サティアン」群。東京都港《みなと》区南青山《あおやま》の「東京総本部」。同じく江東《こうとう》区の「新東京総本部道場」等など。捜索の対象となる施設は一都二県、計二十五ヶ所にも及ぶのだ。

普通に考えるなら最も重視すべきは、サリンの残留物が発見されたという上九一色村であろう。読売新聞のスクープが事実であるなら、そこがサリンの製造工場だったと見られるのだから。

だが実は上九一色村の「サティアン」と一口に言っても、実際にはかなり広い範囲に散らばっている。広大な敷地に点在しているらしいのだ。そんなところに一人で行って、どこを重点的に狙うというのか。ある程度ここと地点を定めて腰を据えなければ、最も重要なシーンを見逃してしまう。そして、それで終わっては何にもならない。

テレビでは報道のヘリが施設の上空を飛び回っていた。そう。あれくらいの人員と予算を注《つ》ぎ込めるところが、現地取材に当たるべきなのだ。今頃『週刊時代』の角沢や、『All Day』の嵯峨尾らもこのどこかにいることだろう。

翻って一フリー記者に過ぎない俺などが、あそこに行ったってできることなど何もない。だからこうして、テレビ画面を注視するだけ。こうした局面になればその辺の一般視聴者と、やっていることは何も変わらない。

「寒《さみ》ぃだろうなぁ」加納がボソリと言った。「あの辺りって、富士山の麓だろ。内陸だし標高も高ぇしで、もう直ぐ四月ったってまだまだ寒ぃらしいんだ。報道の連中、大変だなぁ。あぁ、こんなとこで温《ぬく》く温《ぬく》くテレビ見てられる身で、よかったよかった。あんなとこ行かされるなんざ、くわばらくわばらだぜ、全く」

彼も本当は、現場に行きたいのだ。こんなところで手を拱《こまね》いているのでなく、あの報道陣の中にいたいのだ。この仕事に携わる身であれば、誰だってそうだろう。

突入が開始され、警官隊は施設内に雪崩《なだ》れ込んで行った。教団側の抵抗は驚くくらい、ないようだ。「宗教弾圧だ」と信者が抗議しているが、物理的な反攻に打って出ることはなさそうだった。こんなところでサリンを撒けば、被害は自分達も被るからだろう。それとも主立った幹部連中はとっくに逃げ出しており、残されているのは下っ端ばかりだから、なのだろうか。

バリケードやシャッターが次々、チェーンソーで切り裂かれ取り除かれて行った。建物内に突入した隊はまだ出て来ない。出て来たらまた、新たな展開が始まるのだろうか。数々の証拠となり得る押収物は出るとは思うが、それが表向きに公表されるのはまだずっと先のことだろう。

直ぐにでも大きな展開があるとは思われない。それでも目を離すことはできなかった。そろそろ家に帰って一眠りしようか。どちらからも言い出すことはできず、加納と二人ずっとテレビを見詰め続けた。


「大震災特集」記事の載った『Sight』五月号が刷り上がって来た。古毛は取材に協力してもらった人達に献本するべく、封筒の宛名書きに取り掛かった。

「ヤクザによる被災者救援」記事でお世話になった佐渡間親分や是脇らに送るのは、言わずもがな。公園で野宿している時に隣り合わせた三原夫妻、宛てにも何冊か詰め合わせた。幸い復興住宅に移り住むことができたそうで、現住所が報《しら》されていたのだ。何冊か同封したのは、夫妻にお願いしてあの時、共に公園で過ごした人達に配ってもらいたいためだった。彼らと過ごした時間についても記事の中で一部、触れている。生活の全てを奪われた中、それでも懸命に生きていた姿を描いた。だからこそ救援物資の有難みが、読者により切実に伝わる。取材協力者であることに間違いはなかった。

それにしても。ふ、と手を止めて思う。

世間は今、オウム真理教についての報道で埋め尽くされてしまっている。警察の強制捜査でも麻原彰晃の身柄を確保できず、幹部達も姿を消したまま。どこかに身を潜めて反撃の機会を虎視《こし》眈々《たんたん》、窺っているのではないか。もしかしたら「地下鉄サリン」以上の大規模テロを計画しているかも知れない。一般市民の不安を煽り立てる報道が続いていた。教団の広報担当、上祐史浩《じょうゆうふみひろ》が連日テレビに出演しては、取材陣の追及をはぐらかす言動に徹している。その姿がまた、世間の関心を一手に集めていた。

そんな最中にこのような、「サリン」も「一斉捜索」も出て来ない雑誌が本屋に並ぶのは滑稽、以外の何物でもなかろう。狂気の教団のせいで世間は恐怖のどん底というのに今更、遠い関西の震災の話なんて興味は薄い。関東近県の人にとっては、それが本音だろう。

だがだからこそ、神戸の人にとってはこんな雑誌が意味があるんじゃないか。逆説的に、思う。今やメディアはオウムの話題一色。でも貴方達のことも忘れてはいないよ。決して見捨てはしない我々のような人間もいるんだよ。こんな雑誌が手元に届けば彼らだって、救われたような気持ちになってくれるのではないか。売り上げという意味では大惨敗だろうが、少なくとも神戸の被災者にとっては有意義な存在となり得る。そう考えれば、虚しさばかりが募ることはない。

本来ならば雑誌が刷り上がって来たら、この手で届けに行く所存だった。これを口実に一ヶ月ぶりに被災地を訪れ、あれからどうなっているかをこの目で見て来たかった。こうして送りつけるより直接、手渡した方が受け取る側の印象も段違いだろう。

しかしオウム騒動がこれだけ盛り上がっている現況にあって、東京を離れる気には到底なれなかった。今のところこれという取材の当てがあるわけではない。ただこれだけ大きな事件発生を前にして、『Sight』とてそれなりの取り上げ方を模索しないわけにはいかない。その検討の場に、できるだけ居合わせたかった。自分のいないところで話が進み、特集が組まれてしまう事態は避けたかった。現段階で東京を離れるなんて論外なのだ、記者として。

だから雑誌を詰めた封筒には、せめてもの詫び状を同封した。本来なら行きたかったのだがオウムのせいでままならない。言い訳がましくならないよう気をつけて、文章を練った。誠意が少しでも伝わるようにとワープロ打ちではなく、便箋に手書きした。

作業を終えると封筒をバイトの賀茂路嬢に預け、編集部を出た。喫茶店に行って一服つけたかった。長く室内に閉じ籠っていると、息が詰まる。煙草も解放感の中で吹かした方が、ずっと美味い。

喫茶店に入ってみると知った顔があった。『All Day』の嵯峨尾だった。よぉ、と声を掛けると疲れた顔を上げて会釈した。向かいの席に腰を下ろしてコーヒーを注文した。

「顔色、悪いじゃん」わざと軽い調子で言った。「取材で煮詰まってんじゃないの」

「いやぁ、もう。骨折り損の連続っスよ」嵯峨尾は言った。苦笑からも疲れが滲んでいた。「張り込み、張り込みの連続で。おまけに何の成果もない」

嵯峨尾はやはりあの一斉捜索の時、上九一色村のサティアン前にいたそうだった。突入隊の姿を写真に収めるべく、奮闘するカメラマンをできる限りバックアップする役割だった。

「とにかく絵を落とすわけにはいかない。だからずっと、カメラマンは張り込んだままです。交代態勢を組んで、誰かは必ず現場にいるようにしなきゃならない。そうするとこっちは、そのバックアップです。拠点としたホテルと現場とを車で往復して、編集部と連絡をとったり弁当の用意をしたり。ずっとそんなのばっかりですよ。本当にくたびれ果てました」

カメラマンは絶対に現場から動けない。だからそのサポートに、全力が必要な道理だった。携帯電話を持ち込んでも現地では電波が届かず、なかなか繋がらない。結局はホテルの電話で編集部と遣り取りするしかなかったのだ、と嵯峨尾は説明を加えた。

「集中力を、切らさすわけにゃいかんモンな」古毛は言った。同情しているのは、本音だった。「弁当だって大事だ。食事は張り込み中、唯一の楽しみなんだから」

「ところが現場は、寒くって」嵯峨尾がボヤいた。「ちょっと油断してると、直ぐに弁当が冷めちまうんです。そしたらカメラマンから大目玉ですよ。向こうだって張り詰めてて、気が立ってますからね。『馬鹿野郎、こんなの食えるか⁉』って」

「今度はカップラーメン、持って行くといいよ」アドヴァイスした。「連合赤軍の『あさま山荘』事件を取材した先輩に、聞いたことがある。あの現場も軽井沢《かるいざわ》で、そりゃぁ寒かったらしいんだ。現地の主婦達がボランティアで、警官隊にお握り作ってくれたらしいんだけど、それも直ぐに凍っちまう。そんな時、日清食品がカップヌードル差し入れしたらとても好評だったんだと。一説によると警官隊が美味しそうに食べてる姿がテレビに映って、それがこの上ない宣伝になってくれたんだ、とか」

ははぁ、成程。じゃぁ今度それ、やってみますよ。頷いて、続けた。「骨折り損と言やぁ、こないだもそうですよ。麻原が新宿界隈に隠れてるらしい、というんで張り込んでみたんです」

教祖の車と見られるベンツが教団所有のロールスロイスやトヨタ・アリスト共々、新宿西口のホテル・センチュリー・ハイアットで発見されたそうだった。早速、張り込んだという。結果、警官隊も交えてのカーチェイスとなった。

　迷惑がったホテルとの押し問答の末、教団の車は駐車場を出た。追え、見失うなっ。他のメディアの車や警察車両と共に、三台を追った。

「ところが、ですよ。中央高速に乗った車は八《やつ》ヶ岳《たけ》パーキングエリアまで行って、駐車。運転手らは車内で寝ちゃったんです。それでいったん、僕らは東京に引き上げた。ホテルの駐車場に戻ってみたら何故か、ベンツとアリストも帰って来た。警察車両も一緒でした。これは何かある、と踏んで動きを追うんですが、車は駐車場の中をぐるぐる回ったり、外に出て新宿中央公園の周りをウロウロしたり。意味のある行動とはとても思えないんです。そんなのが何日も続くんですよ。何かあるといけないから、ずっと目を光らせてるんですけど。結局は何もないまま。眠ることもままならず疲れが溜まるだけ。あぁもう本当に、やんなっちゃいますよ」

　嵯峨尾はまた、上九一色村に戻らなければならないそうだった。今はその前の、束の間の息抜きだったわけだ。写真週刊誌だから一瞬たりと気が抜けない。何か決定的なことが起こった瞬間を、逃すわけにはいかない。くたびれるのも当たり前だった。改めて、心からの同情を覚えた。

「しかしそれ、どういうことなんだろうなぁ」古毛は言った。「そんだけ新宿西口の界隈を、教団車がウロウロしてるってことは。やっぱり麻原も近辺に隠れてる、ってことなんだろうか。それでいざ、別な場所に逃すという時に備えて離れることもせず、辺りに留まっているんだろうか」

　そうであるならば麻原は上九一色村にはいない。こっちで張り込んでいた方が効果的なのかも知れない。

「さぁねぇ。僕はもう知りませんよ。張り込んでいる最中に絵を落とすわけにはいきませんが、そうじゃない時には他誌にスクープを抜かれたって、もうどうでもいい。今はただぐっすり眠りたいだけですよ。まぁまだ暫くは、そういうわけにもいかなそうですけども」

寝不足で事故らないように。それだけは気をつけて、と声を掛けてその場は別れた。

地下鉄におけるサリン散布。二日後の警察による強制捜査。立て続けに起こった大騒動に、神経が麻痺していた。麻原や教団幹部の連中がどこにいるにせよ、もうあれ以上の事件は起こるまい。煽り立てる報道とは裏腹に、マスコミ側には本音があった。

何と言っても警察が、威信を懸けて動いているのだ。いくら狂気の教団とは言え、できることはもう限られていよう。どこかでタカを括っている自分がいた。市民の恐怖を煽る報道がなされればなされる程、逆に冷めてしまっていた。

後はこれから追々、当局から漏れて来るであろう情報を元に取材に動くだけだ。その中で少しずつでも、見えて来るものがあるのではないか。

が、自分を含めマスコミの見立てが甘かったことを古毛は思い知らされる。

今はただぐっすり眠りたいだけ。まぁまだ暫くは、そういうわけにもいかなそうですけども。嵯峨尾の言葉は的を射ていたのだ。

三月三十日。國松孝次《くにまつたかじ》警察庁長官が何者かに狙撃され、重傷を負う事件が発生したのである。

16

「クンダリニーの覚醒ですよ。分かりますか」目の前の若者（と言っても年代的には古毛とさして変わらないだろうが）が膝を乗り出すようにして、言った。丸眼鏡の奥の眼が異様な光を放っていた。視線は真っ直ぐ、こちらに向けられていた。「尾骶骨《びていこつ》のところから霊的エネルギーが脊髄《せきずい》を伝わって上がって来る。何とも比べようもない快感です。体験したことのない貴方に言っても、なかなか通じないでしょうが」

オウム真理教の信者に取材していた。

教祖、麻原彰晃の身柄は未だ、確保できず。ただし教団幹部は徐々に逮捕され、やはりあのサリンを撒いたのはオウムだとの確信を世間は強めつつある。

「あれは我々のやったことではない。教団を貶めるために何者かが仕組んだんだ。我々こそ被害者だ」

上祐史浩や村井秀夫《むらいひでお》ら幹部が連日テレビに出演し、無実を主張しているが鵜呑みにする一般人などまずいない。むしろ彼らの姿を目の当たりにするたび胡散臭《うさんくさ》さがつき纏い、やっぱりあいつらは信用できない、の思いが募る。彼らにシンパシーを覚えているのはほんの一握りの少数派、と見るべきだった。

なのに未だ、教団から離れようとしない信者が大勢いる。村井らの言い分をそのまま受け入れ、自分らこそ被害者だと固く信じ込んでいる。

何故なのか。どうして彼らは世間の反応に背を向け、奇妙な（少なくとも我々からはそうとしか見えない）信仰に閉じ籠っているのか。勝手な主張を垂れ流す幹部ではない。組織の下部に位置する一般の信者の本音を聞いてみたい。誰もが抱く思いだろう。

ならば応えるのは我々の使命だ。教団の更なる暴発の可能性を強調し、国民の関心を引くのに汲々《きゅうきゅう》とするばかりの大手メディアではない。じっくりと論を展開する『Sight』にこそ相応しい報道の切り口と言えた。彼らの生の声を並べただけでも充分、読むに足る記事になり得ると期待できた。

むろん古毛らとてそうした気長な取材ばかりをしているわけではない。記事を書かなければ収入はない、即ち生活ができないのだ。いつ完遂できるか分からないことだけに、取り組んでいるわけにはいかない。

世間の話題はオウム一色で染められているのだ。取材を掛けるべき先はいくらでもあった。週刊誌は慢性的な人手不足で、「ちょっと手伝ってよ」と『週刊時代』や『All Day』から頼まれることも多かった。

特に古毛に期待されるのは警察や、軍関係への人脈だった。事件ものや戦場取材を重ねて来た経験から、そちら方面への伝手《つて》はそれなりに確保していたのだ。

狙撃された警察庁の國松長官は一時、危篤状態に陥ったものの何とか最悪の状態を脱し、今は回復に向かっているという。我が国の警察組織の長を狙撃したのはいったい誰なのか。国民の関心が向くのは当然であろう。犯人としてどのような人物像が考えられるか。自称〝専門家〟による「あぁでもない」「こうでもない」の推論が飛び交っていた。

「これはまず間違いなく、海外から来た傭兵の仕業ですよ」

古毛が意見を聞いた元軍人は、現場を見て断言した。自衛隊を除隊した後に米軍特殊部隊に入り、戦地を転戦した経験を有す彼ならば、語ることに一定の説得力はある筈だった。

「外人の傭兵、ですか。そうではなく特殊な訓練を受けた日本人、ということは考えられませんか」

「そりゃぁ、あり得ないとは言いませんけどねぇ」

犯人はここから長官を撃った、とされる場所に二人で立っていた。ボディガードは「狙撃手はここにいた」と証言しているし一時、人間が身を潜めていたらしき痕跡もあったという。何故か北朝鮮のバッジも落ちていた。こんなことで警察は、嘘の発表はすまい。

植え込みと建物の陰だった。犯人はここに隠れており、出勤しようとしていた長官を狙撃したらしい。撃たれた長官が倒れたとされるマンション入り口を、元軍人は指差した。

「使われたのはコルトのリボルバー。拳銃ってのはちょっとでも距離が空くと、そうそう当たるものではないんです。なのにあそこにいた長官に、三発も命中させたというんでしょう。並みの腕ではないですよ」

現場に薬莢は落ちていなかったから使われた拳銃はオートマチックではない、と断言できる。犯人は直ちにその場から逃走したため、落ちた薬莢を拾っている暇はなかった筈だからだ。外れた一発と長官の身体から摘出された弾丸から、使用されたのはコルト社製の拳銃、とされていた。

「しかしオートマチックに比べれば、リボルバーの方がまだ命中率はいいのでは」

「初弾に限れば、それはその通りです。だからこそ狙撃手は、リボルバーを選んだと考えられる。その辺りの冷静な判断力も、それなりの経験を積んだプロ、との推理を裏づけてくれますよね」

オートマチック拳銃は一発、発射するたびガス圧でスライドがブローバックし、空になった薬莢を弾き出して次弾を薬室に装塡する。文字通りオートマチックで連射の準備が整う仕組みだが動きが複雑な分、どうしても手元で拳銃は揺れ動く。

一方のリボルバーは撃つ前に親指などでハンマーを持ち上げるシングル・アクションと、トリガーを引くだけでハンマーが自分で起き上がるダブル・アクションとがある。正確に狙って撃つなら親指でハンマーを上げておき、シングル・アクションで撃つ方がいい。トリガーを引く距離が短い分だけ、拳銃のブレも少なく命中率も上がる。

「リボルバーをダブル・アクションで連射すればトリガーを引く距離が長くなり、無駄な力が入ってガク引きしてしまう。マズル（銃口）が下を向くリスクが生じる。この狙撃手は基本的に、一撃必殺を狙っていたと見るべきではないでしょうか」

「しかし実際には、四発を撃ってますよね」

「その場の即断でしょう。一発目を撃った後ボディガードの反応が早ければ、即座に逃げ出す積もりだった。しかし実際には、反応が遅かった。長官が狙撃されるなどあまりに想定外で、何が起こっているのか咄嗟に分からなかったのでしょう。ボディガードが戸惑っている様子を見て、これは行けると狙撃手は踏んだ。速射の腕にもそれなりの自信があったため、連射してから立ち去った。そういうことだったろうと私は思います」

　弾丸は３５７マグナムだったという。通常弾より火薬の量が多く、発射速度が速い。それだけ殺傷能力も高い。基本的に一撃必殺を期したのだろう、という彼の意見は、その点からも納得がいった。

「銃弾の選択、一つを採ってみても日本人っぽくありませんよね。マグナム弾を使うなんて」

「それも私が外人説を採る理由の一つです」古毛の指摘に彼は大きく頷いた。犯人の逃走した、という方向を指差した。「狙撃手は逃げるのに自転車を使った、という。一見、派手さはないものの市街地を走り回るには極めて合理的な選択です。公共交通機関に辿り着けば、乗り捨てればいいのですから。人混みに紛れるのにも適している。このように選択の一つ一つが、とても理に適っているんです。プロの仕業であることは間違いありません」

　彼の言う通り、この犯人の判断は全てが合理的だった。ターゲットを仕留めて、逃げ遂すことに徹していた。これがヤクザであればある意味、手柄を競うようなところがある。自ら名乗り出、お縄になることで却って箔がつく。シャバに出て来れば組織内の出世に繋がる。外国人から見れば不合理、極まりないだろうがそのような独自の行動様式を持つのが、旧来のヤクザなのだ。だからこれは日本人のやり方とは思えない、の指摘は素直にすとんと胸に落ちた。雇われた外国人のプロの殺し屋。十中八九それで間違いなかろう、と古毛も思った。

　すると残る疑問は、ではそんな狙撃手を雇ったのは誰か、という一点のみだ。今の状況から判断すれば、オウムだろうという蓋然性が最も高いように見受けられるが。

「それは、私には何とも答え兼ねます」即答だった。「私が言えるのは狙撃したのはプロ、ということだけです。雇い主、云々を推理するのは私の役割ではないし、またその能力もない。古毛さんもそれを期待して、私に意見を求めたわけではないでしょう」

　仰る通りだった。軽々しいことは口にしない。彼もまたプロに徹していた。テレビに嬉々として出演しては無責任な言辞を垂れ流す、その辺の〝専門家〟とは比べ物にならない。

　彼に意見を聞くという判断は適切だった。しみじみ、実感した。事実、彼のコメントは記事でも重宝され、重要な部分に使われて誌面を大きく飾った。編集部からも喜ばれた。

　このようにこれまで築いた人脈を頼り、話を聞いて編集部に伝えることもよくやる。ただそればかりではない、というわけだ。一般のオウム信者の声を拾う。地味な取材もまた、重要なのは間違いない。

　ただし彼らとて、古毛をすんなり受け入れてくれたわけでは決してなかった。

「貴方に話したところで、どうせ分かってはもらえないでしょう」

「どうせ貴方だって他のマスコミと同じく、私達を犯人と決めつけてるんでしょう」

とにかく話を聞かせてくれ。歩み寄ってお願いしても、ケンもホロロの反応が続いた。

それはそうだろう、と古毛も思う。日本中がサリンを撒いたのはオウムだ、とほぼ確信しているのだ。自分らこそ被害者、という上祐ら幹部の言葉を信じている彼らからすれば、古毛も敵のマスコミ一派に他ならない。そうそう心を開いてくれるわけもなかった。

こちらだって簡単に行く、とは最初から思ってはいない。長期戦は覚悟の上、だった。むしろこういう時間の掛け方こそが、『Sight』の真骨頂と割り切っていた。

だから「また来たんですか。何度、来られても貴方に話すことなんてありませんよ」と突っ撥ねられても諦めはしなかった。連射に向いたオートマチック拳銃ではないが「下手な鉄砲も数撃ちゃ」作戦である。こうして食らいついている内いつか、口を開いてくれる信者も現われるだろうと期待する。また、そう楽観していなければこんな取材などできやしない。

ただし、あんまりしつこくやるのも逆効果だった。こちらの熱心さを伝えることが目的なのだ。うるさがられ過ぎては、喋る筈だった口も永遠に閉じてしまう。

そこで間を空けるため、他の取材にも頻繁に赴いた。マスコミが群がる現場を覗いて回ったりもした。

一番、足を向けたのは港区南青山のオウム「東京総本部」である。連日のテレビ出演その他を終えて、教団の実質ナンバー2村井秀夫が帰って来る。それを捕まえてコメントを取るべく記者やカメラマンが詰め掛け、建物の周りに屯《たむろ》していた。他にも出入りする信者の姿はひっきりなしで、取材を求めるメディアの集団が消え失せることは決してなかった。

場所は港区と渋谷区の境、国道二四六号線から折れて入って来た角地である。交差点の信号には「東四丁目」と書かれていて、これは渋谷区東四丁目であることを示す。道の向かいは「常盤松《ときわまつ》御用邸」であり、常陸宮《ひたちのみや》の邸宅として使われている。このため門の前では常に警官が立番をしており、物々しい雰囲気だった。そんなところの目と鼻の先に、世間を賑わす教団の本拠地があるのだから、ちょっと珍妙に感じられてならない。

「やってらんねぇよなぁ」行ってみると、知った顔があった。『All Day』のカメラマン、沖杉だった。地下鉄でサリンが撒かれた時、霞が関の現場で会った、彼である。「毎日毎日、こんなところで張り込まされて。そんでできることと言やぁ、帰って来た村井のちょっとしたコメントを頂くくれぇのこった。それも殆ど中身のねぇ、いつもながらの下らねぇ能書きを」

「全くだよなぁ」応じたのは全国ネットの、テレビ局のカメラマンだった。「あんなコメント、取ったところで何の意味もない。事件の真相になんか、これっぽっちも近づきやしない」

「よぅ、古毛じゃねぇか」漸く沖杉がこっちに気づいて、手を振った。銜え煙草のまま煙をフーッと吐き出した。「よく来たよく来た。こっちこっち」

「お疲れ様～」歩み寄った。「連日、大変ですねぇ」

「本当だよ。何の変化もねぇのにずっとこんなとこにいなきゃならねぇ。帰って来た村井に群がって馬鹿みてぇなコメント、もらわなきゃならねぇ。俺達はあんにゃろうの追っ掛けか、っての」

張り込んでいても現実には、大きなことは何も起こらない。何の変化もない。が、ここを離れるわけにはいかない、というジレンマだった。気晴らしにできることといえば周りのテレビ局員や、新聞記者らと自分らの境遇を嘆き合うことくらい。お陰でこうして、テレビのカメラマンともすっかり顔馴染みになったのだという。

「追っ掛け、かぁ。まぁ、似たようなモンじゃないの」その、カメラマンが応じて笑った。「ずっとこうして、あいつの帰りを待ってなきゃならない。ステージを終えたアイドルを、外で出待ちしているファンと考えてみりゃ何も変わりはしない」

「全くだなぁ。あぁ、どうせだったらまだ、アイドル待ってる方がいいぜ。何たって可愛いからな。待つ甲斐もある、ってモンじゃねぇの。なのにこっちぁ、相手は下膨れのトッツァンと来てやがる」

やってらんねえよなぁ、を繰り返していると、総本部に詰めている信者が帰って来た。どこかで買い物をして来たらしく、スーパーのレジ袋を両手にぶら提げていた。待ってました、とばかりに記者が詰め寄った。

「何、買って来たんですか」

「食材ですか。中にいる皆さんの、お食事なのかな」

えぇ、そんなところです。記者達の追及を軽くいなして、信者はさっさと建物の中に消えて行った。既にこうした対応には、慣れっこになっているのだろう。

「な」沖杉がこちらを向いた。「こんなのばっかりだよ。やってらんねぇよ。信者がスーパーで食材、買って来たからって何だってんだよ、なぁ。あぁ、下らねぇ」

「本当にご苦労様、ですよね。今度、顔出す時は何か持って来ようか」

「そうだなぁ。いやまぁそんなことより、これからもちょくちょく顔見せてくれた方が有難ぇや。とにかく退屈で仕方ねぇからな。いつもと違う顔触れが来てくれた、ってだけで気晴らしにならぁ。土産なんか気にするより、頻度の方を大事にしてくれた方が有難ぇ」

全くだ、と隣のテレビカメラマンも大きく頷いた。それじゃそうします、と応えて古毛はその場を後にした。

上九一色村にも車を走らせて行ってみたりした。

せっかくの弁当を冷ましてしまって、カメラマンから怒られた。『All Day』の嵯峨尾が言っていたのを思い出し、加熱式の弁当を大量に買い込んで現地に向かった。カップラーメンはこちらのアドヴァイスに従い、既に嵯峨尾が買っているだろう。なるべくバリエーションをつけた方がいい、という判断だった。東京総本部の前では沖杉が、ただ来てくれるだけでいいと言ってくれたが何かと物が不足する僻地の現場では、やはりこういう物が有難がられるだろう。

「よぅ~古毛。来てくれたのかぁ」点在するサティアンを回っていると、知った顔に巡り合った。阪神大震災の時に共に神戸に向かった、大谷だった。立てた脚立の上に座り込み、建物の方へカメラを向けていた。脚立の足元には大量の煙草の吸い殻が落ちていた。「陣中見舞い、ってわけか。有難ぇ有難ぇ」

やはり張り込みの現場では退屈が蔓延している。ちょっとした変化だけで喜ばれるようだった。脚立の足元まで歩み寄り、辺りを見渡してみた。目の前にあるのが「麻原が隠れているのでは」と疑われている第六サティアンだ。脚立の上まで上ればかなり眺めもいいことだろう。また、視線の先でちょっとでも動きがあれば、滑り降りて駆けつけることができる。あちこち、検討した挙句にここに腰を据えることにしたのだろう。拠点の選び方にも長年の経験が生きる。

これ、と持って来た弁当を持ち上げて見せた。

「食い物かぁ。そりゃ有難ぇ。おぃ、それ何だよ。容器に紐がついてるな」

「加熱式ですよ。食べる前にこの紐を引くと、内部で発熱する仕組みになってて」

容器の底には石灰と水とが入っている。紐を引くと水の詰められた袋が破け、石灰と混じる。化学反応で発熱する、という仕組みらしかった。最近、駅弁なんかでもよく見られるようになった方式で、温かい弁当が食べられる、と客からも好評だという。

「そうかぁ。そいつぁ嬉しいや。こないだも、な。嵯峨尾の野郎が弁当を冷ましやがって」

その話は聞いている。制することもできたが、やらなかった。頷いて話を聞いた。こうして会話をすること自体、いい退屈凌ぎになるのだろう。ならば相手をしてやるのも、労《ねぎら》いだ。

「そう言えば、その嵯峨尾はどうしたの」

「今、ホテルに行ってる。編集部との定時、打ち合わせさ。また編集部の連中って現場を知らねぇから好き放題、言って来やがってな。そんなのその場で突っ撥ねて来い、って嵯峨尾には言うんだけど、なかなか」

「彼はまだ新人なんだから。編集部に強くは言い返せないよ。はいはい、と聞くしかないんじゃない」

「まぁ、そりゃそうなんだろうけど、よぉ」

それより確かに、ここはまだ寒かった。聞いていたから厚着をして来たが、それでも強い風が吹き抜ければ思わず震えが走る。弁当を冷ましてしまった、というのもこれなら仕方なかろうな、と納得がいった。

「そうなんだよ」四月に入っても寒いままだよね。話を振ると大谷は、大きく頷いて乗って来た。「東京はどうだか知らねぇが、な。こっちはまだまだ風が、冬の冷たさなんだよ。なのにこんなとこに上がってなきゃならねぇ。タマが凍りついちまうよ。これで不能にでもなったら、編集部は補償くらいしてくれるのか、ってんだよ」

「全くだよなぁ」同様に隣の脚立の上で待機している、他誌のカメラマンが同意した。ここでもまた、会社の垣根を越えて御同輩の絆が築かれつつあるらしい。「編集部なんて無理難題、言って来るばかりで。それでこっちが身体でも壊したら、何かしてくれるのか、ってんだよ全く」

「せめて張り込みを終えて東京に引き上げた時くらい、女でも抱かしてくれ、ってんだよなぁ。それくらいしてもらってもいいと思うぜ、こっちぁ」

「必要経費だよな」

「その通りだよ」

女っ気のない山の中にずっといると、街に降りたら女性が綺麗に見えてしょうがない。古毛にも経験があった。戦場の取材を終えて帰国すると、女が輝いて見えるのだ。これはもう、男の本能なのだから仕方があるまい。

「女に飢えて街で襲ったりしないように、風俗代は必要経費にしてもらう、ってか」

笑い合った。こういう場では下ネタが何よりだ。気を紛らわすのに丁度いい。

じゃぁまた顔を出しますよ、と手を振るとここでも、来てくれて有難うよと感謝された。もっとも何より喜ばれたのは、置き土産にした加熱式弁当だったが。


そんな風に現場を回って様子を窺ったりしながら、下位の信者の元にも定期的に通って信頼を得られるよう努めた。そうこうする内、徐々に口を開いてくれる信者も現われ始めた。狙い通りだ。

「クンダリニーの覚醒」について熱く語ってくれたのも、中の一人だった。

「エネルギーが脊髄を伝わって上がって来る、と」古毛は信者の言葉を繰り返した。「体験していない私には、想像もつかないけど。それはとても霊的なことのわけですね」

「尊師のシャクティーパットによって覚醒が促されます。一度でも経験すれば、何も疑うことはなくなりますよ」

「シャクティーパット」とはヒンズー教の行為を指すサンスクリット語で、導師が弟子の額に親指を当て、霊的エネルギーを送り込むのだという。映像がテレビで流れたため古毛も見たことがあるが、麻原が弟子の額をポンポン叩いているようにしか映らなかった。あんなので霊的エネルギーが注入されているのか。そんな馬鹿な、と本音では思うが、信者の前で反論するわけにはいかない。疑っている、と匂わすだけでもご法度だ。やっぱりこいつも無責任なマスコミの一人に過ぎない。興味本位で話を聞き、腹の中ではこちらを馬鹿にしているだけだ、と思われては開き掛けた口も、元通り閉じてしまう。これまでの苦労も水の泡と消える。

「シャクティーパットができる、ということは」だから古毛は合わせて、言った。話し続けてもらうことが大事なのだ。その内、信頼度が高まればもっと腹を割ってくれるようにもなるだろう。

「尊師の霊的能力がそれだけ優れている、ということになるわけですね」

「その通りです。厳しい修行を積んだ霊性の熟練者でなければ、弟子を導くことなどできません。またそうして弟子を導けるのは即ち、全人類の救済を最終目的としているからこそ、なんです。そんな尊師が社会を攻撃するわけがない。考えるまでもないでしょう」

しかし実際にはその尊師が、松本や地下鉄でサリンを撒かせたのだぞ。人類を救済することが目的ならそんなこと、するわけがないじゃないか。

本音を胸に閉じ込めて、古毛は信者の言葉に相槌を打ち続けた。こうした時間を維持できればいつか、もっと突っ込んだ質問もできるようになると期待していた。

だがオウム事件は、次の大きな展開を見せる。四月二十三日。連日、テレビに出てお茶の間でもすっかりお馴染みの顔になっていた教団幹部、村井秀夫が刺殺される事件が発生したのだ。

17

「いよぅ、古毛ちゃんかぁ。えらぃ久しぶり。あれから、元気でやっとったか」

「はい、お陰様で。何か訳も分からず毎日、バタバタしております」

「そうそう。雑誌、届いとったで。こなぃして電話もらうまで、お礼も言わんと堪忍な」

「いえいえ、こちらこそ。本来なら持参したかったところなのですが。こちらを離れるわけにもいかない程、バタバタしておりまして」

「そっちゃはオウムで、えらぃことになっとるさかぃな。いやいや、来れんのもしゃぁない思うで。それに送ってもろた雑誌、えぇ記事やったわぁ。うちの若い衆もえらぃ励みになる、言ぅて喜んどったで」

「そう言って頂けるなら、私としても励みになります」

　神戸の佐渡間親分と電話で話していた。被災者にヤクザが救援物資を配っている姿を記事にし、載せた雑誌を送っていたがそれっ切りになっていたのだ。一応、お詫びの手紙は同封しておいたが本来なら、届く頃を見計らって電話の一本も入れておくべきだった。無作法で済みません、と開口一番、詫びたが気にするなと言ってくれた。オウムの取材で忙しいことは、先方だって分かってくれている。

「それで、親分」話題を換えた。そもそもこの質問をすべく、電話を掛けたのだ。用のある時しか掛けて来ない、と謗られれば返せる言葉はない。「ちょっと、教えて頂きたいことが」

　オウム真理教の実質ナンバー2、村井秀夫が衆人環視の中、刺殺された。上九一色村のサティアンから東京総本部に戻って来、マスコミに取り囲まれているところに犯人が駆け寄り、左腕と右脇腹を続け様に突き刺したのだ。百人ものメディア関係者が詰め掛けていた中での犯行であり、そういう意味ではちょうど十年前の豊田《とよた》商事、永野《ながの》一男《かずお》会長の刺殺事件を彷彿させた。

悪徳商法で多くの被害者を出した豊田商事である。会長の永野が「今日にも逮捕されるらしい」というので自宅マンションにマスコミが押し掛けていた。そこに「被害者の元上司」を名乗る男二名が現われて玄関横の窓の格子を引きはがし、窓ガラスを割って室内に侵入。中にいた永野を刺殺したというものだった。犯人二人は最初から「殺しに来た」と表明しており、にも拘わらずマスコミは誰も止めようともしなかった、との批判も巻き起こった。

今回は、そこの辺りはちょっと異なる。サティアンから帰って来た村井はいったん、いつものように地下通用口から建物に入ろうとしたが何故かその時、ドアは施錠されていた。そこで階段を上がって地上に戻ったところを、犯人に襲われた。再び姿を現わしたものだからマスコミが取り囲む。その隙を狙われたため結果的には、犯人を利する行動ではあったかも知れない。ただし豊田商事事件とは違い、自分達の中に犯人が紛れ込んでいるなど想像もつく筈はなかったのだ。

刺された村井はその時点ではまだ、息はあった。ただ運ばれた病院で翌未明、出血性ショックによる急性循環不全のため亡くなった。

犯人はその場で取り押さえられた。三重県伊勢《いせ》市の右翼団体に所属する在日韓国人、徐裕行《ソユヘン》と名乗った。

直ちに件の右翼団体について取材が進められたが、政治活動など殆ど行っていない休眠団体に過ぎないことが判明するのにさして時間は要しなかった。そして徐が実は、明石組系のヤクザ組織における準構成員であったことも。

「あぁ、あの話、な」佐渡間親分としても既に、この話題では何度か質問も受けていたのだろう。カタギに対しては当たりが柔らかく、記者から慕われている親分であるから、尚更。「そらワシ自身、徐、ゆぅそいつのことやら知らんで。しやからどういう男やった、とか喋ることはできん。ただ、なぁ。そいつが属しとった、ゆぅ組織の組長は、そないなことに関わるよぅな人間ちゃぅねん。せやから今回の件は、組の知らんとこでその徐らが勝手に仕出かしたことなんちゃぅか、思ぅな」

この四月に逮捕されたばかりのオウム幹部、中田《なかた》清秀《きよひで》はかつて明石組の二次団体に所属していた。その件が話題になったこともあり、明石組としては系列組織にオウム信者がいた場合、速やかに上層部に報告すると共に教団から脱退させるか、組から除籍するよう通達を出していた。オウムに対しては厳しい対処を徹底したばかりである。だから下っ端の跳ねっ返りが何をするかまでは把握し切れるものではないにしても、組として関わったということはないのではないか、と親分は言うのだった。

「そうですか」古毛は言った。信じていいだろう、と思えた。「犯人らが勝手に走った。金で雇われて殺し屋を演じた、ということですかね」

「そやろと思ぅで。金に詰まった下っ端が、な」

國松長官を狙撃した犯人と言い、今回と言い金で雇われて犯行に及んだ（恐らく）ケースが続いている。ヤクザが自らの動機で動いたのではないとするならば、では追及すべきは誰が何の目的で彼らを雇ったのか、だ。動機は何となく、予想はつかないでもない。長官については警察の動きを一時的にせよ、封じるため。そして村井については、教団の内実をあまりに知り尽くしていたから、ではないか。つまり口封じである。ならば雇ったのはどちらも、オウムの内部にいる者という結論になる。麻原の意を受けて動いた奴がいる、ということだ。

誰が徐らを雇ったと思いますか。質問したとしても「そんなん、ワシに分かるわけあれへんがな」と返されるだけなのは目に見えている。もし何か耳寄りな情報が聞こえて来ることでもあったら教えて下さい、と最後のお願いをして、電話を切るだけだった。

「おぅ。まぁあんまり期待はせんとってや」

受話器を架台に戻し、メモを取っていた手を休めてふぅと息をついた。セブンスターを箱から取り出し、口に銜えて火をつけた。紫煙が肺に心地よかった。

國松長官狙撃が警察の動きを封じるためだったとすれば、本末転倒でしかない。煙草を吸いながら、考えた。組織のトップを撃たれるという屈辱を味わわされた警察は現在、失態を取り戻すべく総力で捜査に当たっている。プライドを傷つけられた組織は全力で反撃する。当然の反応だ。だから犯人の動機がそうだったとするなら、逆効果にしかなっていないことになる。

ただそれも、オウムらしいという気もしないでもない。何と言っても松本事件で疑いを掛けられている最中、地下鉄でもサリンを撒いてしまうような連中だ。現場で、週時の角沢記者と交わした会話を思い出す。そんな時にわざわざ、自分からこんなこと仕出かすかね。だが結局、やはり奴らの仕業だった。そして今、関連施設は警察の一斉捜索を受けている。幹部達は次々、身柄を拘束されている。麻原が逮捕されるのも、もう時間の問題だろう。

行き当たりばったりの子供じみた対処で、自ら傷を広げる。墓穴を掘る。だから國松長官もオウムがやった、と想定すればいかにもあいつららしいと感じられた。

「いやぁ、参《め》ぇった参ぇった」編集部内に声が響いた。先輩記者の曾川だった。「おぃ、古毛ぉ。ここ当分、『All Day』編集部には近づかねぇ方がいいぜぇ。ピリピリ張り詰めてて、よぉ。こっちまでとばっちり食らうとこだった」

　ところが丁度、記者席フロアには津又編集長が上がって来ていた。玉原女史と新規連載についての意見交換がてら、軽口を交わしていたのだ。そこに曾川が現れたものだから、格好の餌食になった。

「何だ、おぃ。曾川ぁ」口元を歪めて、吐いた。「聞き捨てならねぇなぁ。お前ぇらそんな頻繁に、『All Day』行ってるのか。そう言えばここんとこプランが全然、出て来てねぇみてぇだし、なぁ」

「あ、編集長。何でこんなとこに」

「何でもクソも、ここぁ俺の編集部だ。記者席フロアだろうが何だろうが、俺がいて何が悪《わり》ぃ」

「あ、い、いえ。悪いなんて、言ってる、わけでは」

「そう言えば曾川、お前ぇ最近うちに原稿、上げてねぇよなぁ。そういうことだったか。『All Day』にばっかり、入り浸ってるわけか」

「そんなことありません、って。確かにここんとこ、署名記事はないですが。データ原稿ならもう、しょっちゅう」

「データ原稿」は記者が各地に散って取材に当たり、誰と会ったか、相手はどんなことを言っていたか、現場の様子はどうだったか等など、文字通りデータを詳細に纏めた、メモである。これらと資料とを元にして、「アンカー」と呼ばれるライターが完成原稿に仕上げる。データ原稿は個々の編集者に提出するものであり、編集長が目にするのは書き上がった完成原稿だけだから確かに、取材ばかりに特化していれば編集長に知られることはない。

「そんなに『All Day』の仕事が好きなら、向こうに行っちまったっていいんだぞ」

「いやですから、違います、って。こっちの仕事もやってます、って、ちゃんと」

曾川を揶揄《からか》うのにもそろそろ飽きたのか、へへっと鼻で笑うと漸く津又は階下の編集者席フロアに降りて行った。

「あぁ、驚《おどれ》ぇた。何だよ、ありゃぁ」曾川は自席に座り込んだ。脱力したように背凭れに体重を預け、煙草を一本、口に銜えた。「こんな局面で絡まれるたぁ、思ってもみなかった」

玉原女史はずっと掌を口に当て、吹き出すのを堪えていた。

「それで」古毛が話し掛けた。編集長が絡んでいるところに口を出せば、攻撃がこっちに飛んで来てしまう。だから階下に消えてしまうまでは、黙っているしかなかったのだ。「『All Day』編集部がピリピリしてる、って。いったい何があったんです」

「あぁ、そのことだよ。いや、その内お前ぇの耳にも入るとは思うけどな。実は例の『村井事件』、起こった時にカメラマンらはその場にいなかったんだと。あの日に限って早々に、現場を引き上げてたんだと」

えっ、と思わず大声が出た。「特オチですか、それじゃぁ」

「そういうこと。決定的な瞬間に現場にいなかったんじゃぁ、どうしようもないわな。何とか他所から写真、仕入れて誌面は間に合わせたんだけども。そりゃ編集長を始め怒髪、天を衝くのはしゃぁねぇよなぁ。何やってんだ手前ぇら、って」

やってらんねぇよなぁ。繰り返していた沖杉カメラマンの姿が脳裡に鮮明に浮かんだ。毎日、何も起こらないのに張り込んでいるだけ。何の意味もない村井のコメントを頂いているだけだとボヤいていた。隣のテレビ局の人間も大きく頷いていた。

そんなことが続いていい加減、嫌になった。今夜ももうどうせ、何もないよ。さっさと引き上げちまおうぜ、という話になった。どんな様子だったか、容易に想像がつく。なのにそういう時に限って、大事件が発生してしまう。運が悪かった。間が悪かった、としか言い様がない。現実とは、こんなものである。

「魔が差した、って奴でしょうか、ねぇ」

「誰も責められねぇよなぁ。気持ちは痛ぇ程よく分かるモン。まさかこんな事件が起こるなんて、誰も夢にも思っちゃいなかったんだし」

「気の毒よねぇ」玉原女史も参加して来た。「毎日、ちゃんと張り込んでいたのにそういう時は何も起こらず、引き上げた時に限ってこう、なんだから」

「だから油断しちゃダメだ、って戒めなんだろうけど。でもなぁ。こっちだって人間だぜ。そりゃ嫌んなっちまう時もあるし連日、何も起こらねぇんじゃ気持ちも緩んじまうよ」

いやぁもう。骨折り損の連続っスよ。喫茶店でボヤいていた、嵯峨尾の姿も思い出された。張り込み、張り込みの連続で。おまけに何の成果もない……

例えば教祖の車がある、というので新宿からあちこち、走り回らされたことも聞かされていた。どこかで麻原を拾う積もりなのかも分からない。すわ、とばかりに警察車両と一緒に車を追ったが、中央高速に乗って八ヶ岳の辺りまで行った挙句に、戻って来ただけだった。何かあるといけないから目は離せないが、最終的に成果なし。疲れと眠気が溜まるだけ。確かにこういうことが続けば人間、油断もしてしまうというものだろう。

もうどうでもいい、と嵯峨尾は吐き捨てていた。張り込んでいる最中に絵を落とすわけにはいかないが、そうでなければ他所に抜かれたって構わない。今はただ眠りたいだけだ、と。今となってみればあれは、運命を言い当てていたようなものではないか。皮肉に思い至った。

「スクープ狙いの雑誌はその点、やっぱり大変ですよね」

「まぁその分、特ダネが取れれば売れるけどな。それでモチベーションも上がろう、ってモンだろうけども」

「でもそのスクープ一つの裏に、どれだけ無駄な作業が費やされているのか、ってわけで」

「そういうこと。多大な犠牲の上にようやっと、一本のスクープが出る、って。読者からすりゃぁそんな事情、知ったこっちゃねぇんだろうけど」

「それはそうと、曾川さん」玉原女史が話題を換えた。「さっきも『All Day』に行ってた、って。やっぱり九鬼さんとやってる、大蔵省スキャンダルの続きなの」

「そうそう。オウムも大騒動だけどもこっちも大事だからなぁ。巨悪を眠らせねぇ。そのためにはコツコツ、取材を進めるしかねぇのよ。これまた俺達の、仕事の実態だわなぁ」

地道な取材、か。聞いていて、思った。月刊の『Sight』ではスクープはあまり期待できない。読者もそんなもの、さして求めてはいまい。それよりも大事なのは時間を掛けて突っ込んだ独自の切り口だ。これもまた雑誌屋の仕事のあり方には、違いない。

「こないだの野田《のだ》、凄かったわよねぇ」

ふと気がつくといつの間にか、再び話題が換わっていた。オリックスの野田浩司《こうじ》投手が先日のロッテ戦で、十九奪三振、と一試合最多奪三振のプロ野球新記録を打ち立てた。そのことを言っているのだ。

「まぁ最後は、ペースダウンしたけどな。でも確かに、ありゃ凄かった」

「オリックスは地元が神戸だから。頑張って震災復興のシンボルになってくれたらいいなぁ」

「『がんばろうKOBE』な。いや今年のオリックスは一味、違うよ。勢いがあるよ。本当にやってくれるんじゃねえの」

「がんばろうKOBE」の話題にあの時、被災地で出会った人々の姿が重なった。現地で取材していると何かの拍子に、ふっと記憶が強く蘇る。そういうものだ。本当に頑張って欲しいな。心から、願った。

18

遂に〝Xデー〟が訪れた。五月十六日。オウム真理教教祖、麻原彰晃こと松本智津夫が逮捕されたのだ。

今日が決定的な一日になる、とは前日から分かっていた。だから編集部に泊まり込み、朝イチからテレビの前に陣取った。

「強制捜査の日を思い出すなぁ」先輩記者の加納が言った。確かにあの時も、一緒に泊まり込んだのは彼だった。「大して眠れなかったのも、同じだ」

「僕はあの時は、前の晩が取材でしたから」今回は若手記者、佐川《さがわ》獅道《しどう》も一緒だった。主に芸能とスポーツものを得意とする、乗りの軽い奴だ。それでもこれだけ大きな事件となれば、関心なしではいられないのだろう。「家のテレビを一人で見るしかなかった。やっぱり仲間の誰かと見たいな、って思いましたよ」

「〝ベーダー〟だってこんなの、興味あるんだ」

最初に編集部に来て自己紹介した時、「ベーダーと呼んで下さい」と言ったのが始まりらしい。以降、呼び名は〝ベーダー佐川〟。もっともその名が「インベーダー」から来ているのか、それとも「ダース・ベイダー」なのか誰も知らない。

「そりゃ、ありますよぉ」慌ててつけ加えた。「女の娘《こ》の話題だってこれ、一辺倒ですからね。そこで裏情報の一つでも打ち明けてやれなきゃ、マスコミ関係に携わってる取り柄がない」

「全く、これだよ。やっぱり〝ベーダー〟は変わらねぇ、ってか」

軽口を叩き合っているのにも、理由があった。午前五時三十五分から警官隊が第六サティアンのドアをエンジンカッターで切り裂き、中に雪崩れ込んだのだがその後、なかなか動きがないのだ。麻原はまさか、ここにはいないのか。とうにどこかに逃げているのではないか。一抹の不安は拭い切れず、気を紛らす意味もあってさして中身のない会話が交わされていた。

「ここで逃げられてたら警察、大失態だな」

「でもここだけじゃなく、他の関連施設にも強制捜査が行われてるんでしょう」

オウム関連の施設、全国百三十ヶ所に捜査員、二千人を動員しての一斉捜索と報道されていた。三月二十二日に初めてサティアンに突入してから間もなく、二ヶ月。これ以上、麻原を自由にさせておくわけにはいかない。幹部は次々と逮捕されているが教祖が娑婆にいるままでは、一般信者のモチベーションが維持されてしまう。ここらでガツンと鉄槌《てっつい》を下さねば、警察は舐められるばかりだった。意地でもここで、身柄を拘束せねばならない。

「まだかなぁ」痺れを切らしたように佐川が漏らした。「これ以上、時間が掛かるようだと」

「いや、ちょっと待て。動きがあったようだぞ」

午前九時四十五分。突入から四時間が経過していた。第六サティアン三階の天井から宙吊りになっていた隠し部屋で、瞑想中の麻原が発見されたのだ。中は電気が切られていたため捜査員は、懐中電灯の灯りだけで捜索しなければならなかった。おまけに鍵が二つ掛かっていてドアが開けられなかったり、鉄板で補強されていたりと先に進むだけで難渋した。お陰でこれだけ、時間が掛かってしまったらしい。

隠し部屋に籠もった麻原は捜査員に促されると、あっさり梯子を降りて来た。健康状態の悪化が伝えられていたため医者が脈を取ろうとしたが、「私は健康です」と拒否したという。「触らないで下さい。弟子にも触らせてはいない」

午前九時五十分。井上幸彦《いのうえゆきひこ》警視総監が警視庁で記者会見し、「麻原彰晃こと松本智津夫を殺人及び殺人未遂容疑で逮捕しました」と声高らかに発表した。

午前十時三十五分。麻原を乗せた紺色のワンボックス・カーがパトカーに先導されてサティアンを出発。マスコミのストロボが稲光《いなびかり》のように瞬き、レポーターがカメラに向かってがなり立てる。我が国で未曾有のテロ行為を主導した張本人の姿をほんの僅かでも捕らえようと、沿道で待ち構えたテレビカメラが警察車両隊を追った。車が河口湖インターから中央自動車道に乗ると、十台近いヘリコプターも現われ上空から護送の様子を撮影した。テレビの報道を見て出て来たのだろう。高速道路を見下ろす立体交差橋の上にはどこも、鈴なりの野次馬の人だかりがあった。

午後〇時三十五分。約百五十人の報道陣が待ち受ける中、護送車は警視庁の副玄関から敷地内に滑り込んで行った。

「やれやれ」加納が吐息をついた。「とんだパレードだったぜ。どんなＶＩＰだってこれだけカメラに囲まれて、行程の全てを報道されたりなんかしねぇ」

「でもまぁこれで、僕らも時代の目撃者になれましたよね。見てなかった若い娘《こ》に自慢もできる」

「ベーダー、お前ぇの価値観はそっから抜けられねぇのかよ」

「だってこれ、それくらいの歴史的大事件ですよ」

「単に俺達、テレビで見てただけじゃねぇの。素人と何も変わりゃしねぇ」

「まぁそれは、言いっこなしってことで」

二ヶ月前の強制捜査の際と違うのは、あの時はどれだけ中継が続くのか見当がつかなかったのに対して、今回は麻原が警視庁に到着した時点で文字通りゴール、という点だ。今後も報道は続くだろうが、もうこれだけ見応えのあるシーンはない。

嵯峨尾達もあの中にいたのだろうか。ぼんやりと、思った。村井事件での失態を取り戻す意味でも、今回の絵を落とすわけには断じていかない。『All Day』や『週刊時代』の取材班は、護送チームを追った車両や上空のヘリに確実にいた筈だ。「時代の目撃者」と言うなら、彼らにこそ冠されるべき称号だろう。逮捕に立ち会った警官隊については、無論のこと。

テレビ報道はまだ続いている。いつ、前を離れるかタイミングを見極め切れず、加納とベーダーはまだ軽口を叩き合っている。

古毛は立ち上がった。〝狂騒曲〟もここまでだ。行くべき場所があった。それじゃ、お疲れ様。二人に手を振って、編集部を後にした。


秋葉原に来た。麻原逮捕の大騒動があったというのにここは、今日も通行人で溢れ返っていた。

「ら、らら〜

今日と明日はあなたに逢えない……」

大黒摩季の『ら・ら・ら』がどこかの店から大音響で流されていた。別世界のようだった。世界最大の電気街はその筋のヲタクを惹きつける魅力を有するらしく、彼らからすれば全国を揺るがす大事件も、関心の埒外なのかも知れない。それでも大声を上げて号外を配る人の姿が、いくつも見受けられた。

　通行人の行き交う中を抜けて、目的の店に辿り着いた。『マハーポーシャ』。パソコン本体や関連品を取り扱う店で一見、他と変わったところは特にない。だが実はここは、オウム真理教が運営するパソコン・ショップなのだ。

　中では店員が忙しく立ち働いていた。世間の大騒動などまるで意に介さぬ、とでもいうように。むしろ客の方が、どう接していいか腰が引けているところがありそうに映った。ここがオウムの店であることは、誰もが織り込み済みなのだ。それでも働いているのは信者だから、人件費はゼロである。お陰で部品や完成品が驚くくらい安い、と客が押し掛けているのだった。教団としても貴重な収入源になっているらしい。

　中を覗くと目指す顔が見つかった。桐《きり》田《た》純人《すみと》。ここのところ、古毛が最も深く懐に入り込んでいる一般信者である。先方もこちらに気づき、軽く会釈して来た。

「やぁ、どうも」働いていた手を休め、歩み寄って来た。

「今日も忙しそうだね」古毛は親し気に声を掛けた。「こんな日と言うのに、客は相変わらず多そうだ」

「こんな日、と仰るのは……。指導者《グル》のことですか」

「そう。僕もさっきまで、中継をテレビで見ていた。貴方だって教祖がどうなったのか、関心はあるんじゃない」

　するとこちらに背を向けた。段ボール箱を抱え上げた。「警察が何をしようと、グルはグルですよ」吐き捨てるように、言った。「その崇高な精神にまで、手を伸ばすことはできない、誰にも」

「実質は変わらないのだから、別に関心はない、ってことなのかな」

郵便はがき

料金受取人払郵便

小石川局承認

1025

差出有効期間
2021年12月
31日まで

112-8731

〈受取人〉
東京都文京区
音羽二—一二—二一
講談社
文芸第二出版部 行

書名をお書きください。［　　　　　　　　　　］

この本の感想、著者へのメッセージをご自由にご記入ください。

［　　　　　　　　　　］

おすまいの都道府県　　　　　　　　性別　男　女

年齢　10代　20代　30代　40代　50代　60代　70代　80代～

頂戴したご意見・ご感想を、小社ホームページ・新聞宣伝・書籍帯・販促物などに
使用させていただいてもよろしいでしょうか。　はい（承諾します）　いいえ（承諾しません

TY 000044-1910

ご購読ありがとうございます。
今後の出版企画の参考にさせていただくため、
アンケートへのご協力のほど、よろしくお願いいたします。

■ **Q1** この本をどこでお知りになりましたか。

1 書店で本をみて

2 新聞、雑誌、フリーペーパー 〔誌名・紙名　〕

3 テレビ、ラジオ 〔番組名　〕

4 ネット書店 〔書店名　〕

5 Webサイト 〔サイト名　〕

6 携帯サイト 〔サイト名　〕

7 メールマガジン　8 人にすすめられて　9 講談社のサイト

10 その他 〔　〕

■ **Q2** 購入された動機を教えてください。〔複数可〕

1 著者が好き　2 気になるタイトル　3 装丁が好き

4 気になるテーマ　5 読んで面白そうだった　6 話題になっていた

7 好きなジャンルだから

8 その他 〔　〕

■ **Q3** 好きな作家を教えてください。〔複数可〕

〔　〕

■ **Q4** 今後どんなテーマの小説を読んでみたいですか。

〔　〕

住所

氏名　電話番号

ご記入いただいた個人情報は、この企画の目的以外には使用いたしません。

「えぇ」小さく頷きながら、段ボール箱を戸棚に収めた。振り返った。「ご指摘のように、今はちょっと忙しい。ここではゆっくりお話もできません。後で、家の方に来て頂けませんか」

「あぁ、悪いね。ただこんな時に、どうしているのかなと思ってね。それでちょっと、様子を見に来てみただけなんだ。分かった。それじゃ、後で、また。ご自宅の方に、お邪魔させてもらいますよ」

「クンダリニーの覚醒」について熱く語っていた、例の彼を突破口として次々と一般信者に人脈を広げた。心を開き、古毛に胸の内を語ってくれる信者が少しずつ増えて行った。そうして、桐田に辿り着いたのだ。

何故、一般にエリートと目される若者が続々とオウムのような怪しい宗教に籠絡《ろうらく》されるのか。誰もが知りたいテーマにおいて、実例として取り上げるなら桐田ほど相応しい存在もそうはいなかろう。何となれば彼は元東大生。在学中に入信し、大学を辞めてしまったという経歴の持ち主なのだから。年齢的には、古毛とほぼ同じ歳だった。

出身は埼玉県。父親は大手ゼネコンの幹部で、裕福な家庭に育った。姉も全国的に有名な女子大に進学した、近所でも評判の才媛だという。

小さな頃から「勉強しろ」と強く言われたような覚えは、特段ない。ただやるのが当たり前という感覚で、受験勉強に精出した。母親も特に、躾が厳しかったという印象もない。父の言うことに唯々諾々と従う女性で、深夜まで勉強している桐田に夜食を作ってくれたり、陰ながら応援してくれた。

「だから家庭に不満がある、というのとは絶対に違うんです」かなり打ち解け合えるようになった頃、彼は言っていた。宗教に走る人間というのは家庭的に恵まれず、何かに救いを求めて、というケースが多いような印象があるが少なくとも自分は違うのだ、と。「僕は家族に感謝している。ただ、何と言うか。そこのところが自分でも、表現が難しいんですけども」

　地元の名門、県立浦和《うらわ》高校から東京大学理科Ⅰ類に入学した。この学問がやりたい、という明確な目標があったわけではない。ただ文系科目よりは数学や物理といった、理系科目の方がどちらかというと成績がよかった。理科Ⅰ類を選んだのも、それだけの理由に過ぎない。

　また東大は進学後、学内の成績に合わせて二年生の後半から各科に分かれる。これを進学振り分け、通称「進振り」という。特に理科Ⅰ類の場合は進む先が多岐に亘った。理学部の数学科や化学科、工学部の精密機械工学科や航空宇宙工学科というように細かく分かれ、選択できる範囲が広い。入学した後に時間を掛けてじっくり選べる、という利点も大きかった。要は人生を左右する選択を先延ばしにする。モラトリアム的な人間の行動、と呼ばれても仕方がなかったのかも知れませんね、と彼は自嘲した。

　結局、工学部の建築学科に進学した。

「進振りはそれまでの成績に応じて行ける先が決まります。希望者の多い人気学科はそれだけ大勢が押し掛けるから、ハードルも高い。成績のいい方から選ばれる、逆に言うと悪い方から切られてしまうわけです。学科ごとに大体、何点以上という目安もある。建築学科は自分で言うのも何ですけど、まぁ人気のある方です。だから僕もそれなりの成績は取っていたことは間違いありません」

　つまり入学後もきちんと勉強を続けていた、ということだ。入試を最終ゴールとして力を出し尽くし、入学した後は目標を失ってしまう所謂「燃え尽き症候群」とは違ったのだろう。指摘すると彼は、ちょっと首を傾げた。

「どうでしょう。今も言ったように僕には、何かをやりたい、という明確な目標はなかった。勉強はただ、惰性でやっていたようなものです。だから目標を失って何をしていいか分からないようになる、というのとは違うような。そもそもそんなもの、なかったんですから」

ただ、周りは喜んでくれた、と彼は振り返った。特に、父親である。それはそうだろう。大手ゼネコンに勤めているのだ。長男も同じ業界で働くことになりそうだ、と来れば嬉しくないわけがない。

「でも、その頃からなんです。何だか違和感を覚えるようになったのは。いえ、実はそれまでもずっと、何か違うなという感覚はあったのかも知れません。でも受験なんかに打ち込んでいることで、明確に自覚しないでいられた。それが学科も決まり、将来も見え始めた頃からだんだん形を整えて行った、というか」

できれば建設会社よりも、高級官僚を目指せ。建築学科に進むと決まった時、父親は言ったそうだ。確かに民間に就職すれば給料はいい。だが所詮、大手ゼネコンと言ってもお上の指示を仰ぐ立場に過ぎない。彼らの立てる政策に従うしかない。結局、この日本社会を左右しているのは官僚なのだ。だからお前はその路を選び、この国を動かして男の仕事をしろ。

だが親からの期待が高まれば高まる程、自分の中では冷めて行く一方だった、という。

「確かに建設省の官僚になれば。日本の建築業界を動かす立場でしょう。その政策の下に働いていた父からすれば、できれば息子にはそちらの仕事をして欲しい、という気持ちは分からないではないです。休日もいつもゴルフやら何やらの接待で、官僚と接していた父からすれば、ね。でもねぇ。そうして業界から接待を受けて持ち上げられたからって、それが何だって言うんです。それで本当に嬉しいのか。心の底から幸せと言えるのか、って」

物質文明の虚しさを、小さい頃から心の隅で感じていた。振り返って、彼は言った。美味しいものを食べる。欲しい物を手に入れる。それはその場では、確かに嬉しいだろう。お金の有難みを感じるだろう。でもそれで、本当に幸せと言えるのか。その場、限りの喜びに過ぎないではないか。そんなことを追求し、他のことを犠牲にするだけの価値が果たしてあるのだろうか。考えれば考える程、違うとしか思えなかった。

「高校から大学に入る頃、世間は所謂バブル景気でした」桐田は言った。「地価も株価もうなぎ上りで、街では浮かれたどんちゃん騒ぎ。ラジオからは光ＧＥＮＪＩの『太陽がいっぱい』なんかがガンガン掛けられてた。軽薄が持て囃《はや》され、楽しければいいんだという刹那的な風潮でした。若いなりに、あれはおかしいと感じていたんです。同じ世代の人達はディスコで踊ってお洒落なカフェバー通い。あぁいう世俗にはどうしても、ついて行けませんでした」

表向き、これまでと変わらぬ生活を続けながら心の中では、違和感ばかりが募って行った。物欲では人間は真の幸せになんかなれない。確信も募った。では、どうするべきか。答えは簡単だろう。物で駄目なら、精神的な幸せを求めればいい。だがならば、そのためには何をすればよいのか。

精神世界、関連の本を読み漁った。宗教書にもあれこれ手を出してみた。だが信仰の世界は当初、あまりピンと来なかった。この世を創造した全能の神、などと言われても納得がいかない。そもそもそんな神がいるのなら何故、この世に不幸があるのか。罪人が罰を与えられるのならまだ、分かる。しかし現実には、罰を逃れる悪人がいくらでもいる一方で、何の罪もない筈の子供が無意味に命を落としているではないか。万能の神がいるのなら何故、あの子らを助けることもできないのか。

少しでも疑問が湧けばその分野の追求は振り捨てた。そうして取捨選択している内、ヨーガの世界に巡り会った。心身を鍛錬によって制御し、精神を統一して悪しき輪廻《りんね》からの解脱《げだつ》を目指す。全能の神は信用できないが、天からの力というのは確かにあると思える。これはやってみる価値がありそうだぞと感じた。

そして出会ったのが麻原彰晃の著作だった。

「『生死を超える』という本でした」桐田は語った。膝を乗り出すような物腰になっていた。「そこにはヨーガの修行を三ヶ月間、みっちりやれば必ずクンダリニーが覚醒する、と書かれてあったんです。クンダリニーが何かはそれまで読んだ本にも載っていたけど、具体的にどうすればいいかは書いてなかった。ちゃんと実践的な方法論として書かれていたのは、グルの本が初めてだったんです」

そこで興味を抱いて、オウムのヨーガ道場に通い始めた。初めて麻原を目にした時の感動は、忘れることができない。「間もなく尊師がお出ましになります」宣言があった後、現われたのは白いクルタに身を包んだ身体の大きな男だった。髪も髭も伸び放題で、神秘的な雰囲気を漂わせていた。瞬時に、悟った。これは本物だ。

「その場にいる者、全員の遠い過去から未来まで全て、見抜かれているように思えました。そのくらい物凄いオーラだったんです」

セミナーの後、麻原と一対一で面会できる「シークレット・ヨーガ」があるというので、迷わず申し込んだ。道場から程近いマンションが会場で、同じように申請した信者が数人、順番待ちをしていた。

やがて桐田の番となり、室内に招じ入れられた。緊張して入室すると、麻原が蓮華座になっていた。じっと眼を見詰められた。心の奥を覗き込まれている気がした。

「君は悩んでいる」ズバリと言い当てられた。「精神の地獄だな。そこから抜け出すには解脱しかない。修行をしっかりやることだ。幸い、君には修行者しての素質がある。頑張って」

悩んでいることを見抜かれたばかりか、修行を頑張ればそこから救われるとまで説いてくれた。天にも上るような心地だった。この人しかいない。思い定めた。この人について行けばきっと、解脱まで導いてくれる……

よくあるインチキじゃないか。聞いていて、古毛は思った。一対一のセミナーを希望するくらいだから、本人が悩んでいるのは当たり前だ。眼を見詰めて見抜いたわけでも何でもない。そんなの、そこら辺の占い師だってやってる初歩も初歩の引っ掛けに過ぎない。

心の中で思ったが無論、口に出しはしない。まずは言いたいだけ言わせることだ。心の内をぶつける中で少しずつ、信頼も築き上げられて行く。

「もうこうなったら、大学に通って建築学など学ぶのが、馬鹿馬鹿しく思えて仕方がなかった。それよりもグルに導かれるまま、解脱を目指すのが最優先です。時間を無駄にしている暇なんてない。だから、退学しました。両親は勿論、大反対。僕が何を言っているのかも分からないようでした」

それはそうだろう。息子が東大の建築学科に進み、理想的な未来が待っていると希望に溢れていた次の瞬間、奈落の底に落とされたようなものなのだから。天地が引っ繰り返ったと同じ心境だったことだろう、両親からすれば。

「どうせ分かってもらえるとは、最初から期待してませんでした。所詮、世俗的な価値観に疑問も持たず、どっぷり浸っていた人達ですから。ただ彼らとて、そんな人間だからと見捨てていいわけではない。我々が追求するのは自分だけの幸せではない。人類全体の救済ですから。だから僕は修行を続けてこの身を高め、両親を含めた全員を救う。それこそが最終目的なのです。今はその境地を目指す、ほんの初歩の位置にいるに過ぎません」

かくして両親の反対を押し切り、家を出た。せめて途中で気が変わったら、また戻れるように休学扱いにしてもらおうと親は画策していたらしいが、そんな中途半端なことをする気は更々なかった。揺らぐくらいの決意なら、最初からしなければいい。僕は本気なんだ。戻ることなど、絶対にない。

だから両親の先手を打って、大学には正式に退学届を提出した。逃げ道は作らない。迷っていたらできる解脱も、できなくなってしまう。家と大学を離れ、信者仲間と共同生活を始めた。教団のために少しでも役に立てれば、とパソコン・ショップで働き始めて、今に至る。

名前の通りだな。聞いていて、思った。本当に純な人なのだ。こうと思い定めれば、後は脇目も振らず突っ走る。疑うことを知らない。そういう性格だからこそ、世間がこれだけ叩いていても教団に固執し続けるのだろう。一般信者の胸の内を聞かせてもらう相手として、この上ない存在だった、古毛のような立場からすれば。

夜、そろそろ彼の住むアパートに向かおうとしていたらニュースが飛び込んで来た。都庁に爆弾入りの小包が送りつけられ、開封した職員が爆発に巻き込まれて大怪我を負ったというのだ。

ここのところ、新宿駅で青酸ガスの発生装置が発見されるなど不穏な事件が続いていた。これもまた、オウムの仕出かしたことなんだろうか。よりにもよって、当の教祖が逮捕されたという、その日に。

続報を聞きたい。ある程度の情報を摑んだ上で桐田の元に出向き、話を聞きたい。

だがそろそろ出掛けるべき頃合いだった。モタモタしていたら、他人の家を訪ねるには常識的に遅過ぎる時刻になってしまうだろう。

迷っていると、ポケベルが鳴った。表示されたのはまさに、これから訪ねようとしていたアパートの電話番号だった。

「済みません」掛けると即、桐田が出た。「夜、お話ししましょうと言ったのはこちらなんですけど。ちょっと、難しくなってしまいました」

「用事が出来たの」小包爆弾事件の煽りか。一瞬、訝った。が、直ぐに打ち消した。これもオウムの仕業だったとしても、少なくとも彼は関わってはいない。純粋に信仰に身を捧げている男なのだ。教団とて彼のような人物を、裏の活動に使ったりしない。気を取り直して、続けた。「だったら別に、無理はしないでいいから」

「やはりグルが逮捕されたということで、衝撃を受けている仲間もいまして」やはり、だった。爆弾も小包も、話の片隅にすら出て来はしなかった。「彼らの迷いを取り除いてあげなければなりません。そちらを優先していたらちょっと、貴方に会う時間までは」

既に一般信者の仲間内では彼は、リーダー的な立場にあった。相談を聞いてやる役割も引き受けていた。教祖逮捕という事態を受けて、動揺する信徒もそれはいるだろう。彼らの面倒を見てやらねばならない、というのは確かに頷けた。

「いいよいいよ。そっちが大事でしょう。別に急ぐ話じゃないから。会えるようになったら、会いましょう」

「済みません。そうさせて下さい。また、こちらの方からご連絡します」

「あぁ、それじゃ」

電話を切った。

さて、どうしようか。迷った。ドタキャン。やることが突如、なくなってしまった。テレビの前に陣取って、ニュースを見続けるというテもないではない。その方が結果的に、最新情報を入手し続けられる可能性は高い。

だがそれでは芸がない。そもそもそんなことでは今朝と、何も変わらないではないか。麻原逮捕の様子を一般人と同様、テレビで見るしかなかった、今朝と。

新宿に出ることにした。都庁の近くに行ってみる。現場は騒然としていることだろう。テレビカメラも押し掛けていよう。中には、知った顔もいる筈だ。

編集部を出て、地下鉄の駅に向かった。新宿警察署は都庁の目と鼻の先だ。捜査本部が設置されているのも、同署だろう。

近くには、マスコミが待機するので有名な店もある。あそこで呑んでいれば、何か最新情報も仕入れられる、筈。

19

「あれから、どう」古毛は訊いた。「やはりまだ、信者の動揺は続いてるのかな」

「えぇ、まぁそうですね」桐田は頷いた。「修行の浅い者は特に、どうしても、ね。それから精神的に脆い者も。そりゃ仲間内にも、色々な人がいますから」

桐田のアパートに来ていた。先日、麻原逮捕のXデーにはゆっくり話すことができなかった。衝撃を受けた信者の面倒を見なければならない、用があった。既に彼はそれくらい、仲間内の信頼を得る立場にあったのである。漸く、そろそろ会える時間も作れそうだという連絡があった。江東区の住宅街にある古い木造アパートで、もう何度も足を運んでいたので迷うことはなかった。

　ここでは大勢の信者が部屋を借りて、共同生活をしていた。彼らにとっては大事な修行の場でもあった。一つの部屋に何人も同居しているケースも多かったが、桐田は一人住まいだった。既にそれなりの地位にあることと、もう一つ。ここは彼らの相談を聞く場、という意味付けもあったのだ。だから古毛としても、こうして一対一でゆっくり話ができる有難い場所でもあった。壁に蓮華座を組んだ巨大な麻原の写真が貼ってあり、こっちを見詰めているようでその点では落ち着かなくはあったが。

「これをいいチャンス、とばかりに脱会させようと迫って来る家族もいるんですよ」桐田は言った。吐き捨てるような口振りになっていた。「貴方がいる教団は人殺しだ、とか。世間で好き勝手、言い触らされてることをさも真実のように。そりゃぁ仲間だってグルが拘束されてショックなのに、そこに追い討ちで家族から精神的な揺さぶりを掛けられたら、迷いもしようというものですよね。だから僕は彼らに言っているんです。今こそこれまでの修行の成果が、試されてる時じゃないか。負けちゃいけない。今までの苦労が水の泡になってしまうし、逆にこの苦境を乗り越えることができれば、更に一つ上のステージに行くこともできるじゃないか、って。いい修行の機会と捉えて、一緒に頑張ろう、って」

「貴方の家族は」突っ込んでみた。「説得には来なかったの、周りと同じように」

「あぁそりゃ、来ましたよ」軽く笑った。侮蔑の念が鼻息に含まれていた。「全く、やることなすこと周りの誰もと同じなんだなぁ、って改めて思いましたね」

　息子、あるいは娘が全幅の信頼を寄せて入信した宗教団体は、毒ガスを撒いて無差別殺人を謀《はか》るような狂気の集団だった。世間で好き勝手、言い触らされてることでも何でもない。事実に他ならないのだ。だから家族からすれば、説得する無二のチャンスと捉えるのも当然だろう。ほら、言った通りだろう。やっぱりこの教団は狂っている。さっさと辞めて、帰っておいで。

　信者も迷う。やはり教団は世間が言うような、悪辣《あくらつ》な団体だったのか。自分は間違っていたのか。ならば今こそ、脱会するいい機会なのかも知れない。

　だがそこに、桐田のような存在が立ちはだかる。世間の言うことなんかに耳を貸すな。あいつらは我々を貶めるために、嘘をついているだけなんだ。惑わされてはいけない。逆に今こそ苦境を乗り越える、天から与えられたいい試練なんだ。

　一般社会からすれば桐田こそ、せっかく社会復帰のチャンスを得た信者を悪しき方向に引き戻す、妨害者に他ならない。本来なら彼をこそ説得し、そんなことは止《や》めるよう説くべきなのかも知れない。

　だが今はその段階ではなかった。まだそこまでの信頼関係が築けてるわけではない。そして今の状態でそんなことを口走れば、「やはり貴方も他の皆と同じだったか」と引かれてしまう結果しか招くまい。逆効果になるだけだ。彼をこれ以上、頑なにして利することなど何もない。

　いい？　と断って煙草を手にした。ここには吸い殻を捨てる容器もないから、携帯用灰皿も取り出した。桐田は煙草は勿論、酒も一切やらない。元々が強い方ではなかったらしいし、今では修行の邪魔になるだけと敬遠している。だから古毛も、ここではアルコールが口にできない。せめて紫煙くらいはと許してもらっていた。少し会話を途切らせ、次の質問を考える間が作れる意味もある。

「それじゃぁ」失礼、と煙を吐き出してから、続けた。「これまでとはかなり、生活環境も変わったでしょうね」

「ショップにマスコミ関係の人が取材に来られたり、は以前からのことでしたから。騒々しくなった、という意味ではグルの逮捕はあまり関係ありません」

「しかしこれから、皆さんはどうするの。教祖の身柄が拘束されてしまって。何も彼《か》も今まで通り、というわけにはいかないんじゃない」

「教団の指導体制をどうするか。今は幹部の皆さんが話し合って最善策を探っている最中の筈です。我々はそれに従うだけです」

　麻原が逮捕された当日、教団の緊急対策本部長となった上祐史浩が「これは不当逮捕だ」と記者会見で吠えた。今後の指揮は誰が執るのか、と問われると「自分はあくまで法律部門においての対応だけで、他の部門に関しては正大師、正悟師のリーダー達と相談した上で役割分担でやって行きたい」と答えた。桐田の発言はこのコメントを踏まえてのもの、と思われた。

「具体的には、やることはこれまでと大して変わりはありません。我々は一人一人、目標に向かって修行に努めるのみです。あれこれと周囲が騒ぎ立ててますので、騒音はありますけども。そういう時こそ平常心を保たなければならない。今も言った通り、いい修行になると思いますよ」

「しかしこれから、教祖には接することもできなくなってしまったわけだし。心配にはならないの」

「グルは強い精神力をお持ちです。身柄を拘束されるなど、物理的な環境は変わっても精神世界に揺るぎはない。今も僕達、一人一人と繫がっています。だから基本的には、何も変わらないのです」

　あぁ言えばこう言う。古毛としては少しくらい「教祖が捕まって困りました」のようなコメントを引き出したかったのだが。「あぁ言えば上祐」と揶揄されている〝教団の顔〟の小型版がここにもいたか。思うと少々、苛立ちが募った。精神的に平穏でいなければちゃんとした取材などできやしない。頭では分かっているが、こちらだって人間だ。腹が立って抑え切れない時くらいある。「教祖が逮捕された日」だから、話題に持ち出した。本来なら止《や》めた方が無難だと頭では分かっていたが、口を衝いて出た言葉はもう元には戻らない。「都庁に小包爆弾が送りつけられた事件があったよね」

「あぁ。開封した都職員が大怪我をしたという、あれですか」

「左手の指、全部と右手の親指を吹っ飛ばされた。重傷だ。あんな酷いことを仕出かした連中に対して、どう感じます」

「許せませんよ、人間として、勿論。でもあれ、やったのは都市博の中止に反対する連中なんでしょう」

　元放送作家でタレントの青島幸男《あおしまゆきお》東京都知事は前知事、鈴木俊一《すずきしゅんいち》の目玉政策だった世界都市博覧会を中止にすると公約に掲げ、当選を果たした。大規模な博覧会は当然、巨大な利権が絡む。中止となれば大損を被る業界が続出する。何とか見直してでも開催させようと迫る議会一派と、「断固中止」を貫く知事とのせめぎ合いが繰り広げられていた。

　今回の小包は都知事の公館宛てに出されており、青島がまだ入居していなかったため都庁舎の方へ回されて来たものだった。お陰で不運な職員が巻き込まれたのだが、差出人は中止反対派の議員名となっていた。このため当初、事件はオウムとは関係なくあくまで都市博開催の強行を目指す連中によるものではないか、と目されていたのだ。反対派の暴走だ、と報道されるなど混乱が生じた。

「でもねぇ」古毛は言った。「本当にあれが反対派による脅しなら、逆効果にしかならないでしょう。犠牲者まで出して、都民の都市博への印象は更に悪化する。そもそも本当に彼らなら小包に正直に差出人名を書くこと自体、不自然じゃないですか」

「職員が犠牲になったのはたまたま、青島都知事がまだ公館に入居してなかったから、じゃないんですか」

よく知っている。聞きながら、思った。報道をちゃんとチェックしているようだ。あんなのは全て嘘だ、と背を向け一顧だにしていないのではない。完全に現実逃避しているわけではなさそうだ、と分かったのはプラスなのかも知れなかった。

「でもねぇ」古毛は繰り返した。「小包は開けたら爆発するように、ちゃんと仕掛けられてたんだよ。届いたのがどこであれ、開封した誰かが大怪我をする筈だったのは間違いないんだ。実際はたまたま、不運な職員だったわけで」

例えば日本のヤクザなら、こんなことはしない。脅すにしても差出人名も書かず、ただ銃弾を封筒に入れて送りつけるなどそういう手法を使う筈だ。その方が不気味だし、実際の被害は出ない。後々のことまで考えれば、ずっと効率的なやり方である。その点、ヤクザは手慣れており抜かりはない。最小の行為で最大限の効果を狙う。今回の件はどう見ても、彼らのやり口とはそぐわない。

「じゃぁ何ですか。古毛さんもやっぱり、他のマスコミと同じようにあれも教団の仕業だって言いたいわけですか」

「教団ではない、とは断言できないんじゃないのか、と言っているだけですよ。貴方だって僅かな可能性も、考えてもみなかった、っていうの」

「えぇ」頷いた、強く。断固、という物腰だった。「教団があんなことをするわけがありません。そもそもグルが逮捕されたという日に、捜査の妨害工作をしてみたところで意味がないじゃないですか」

「貴方も指摘したように元々、小包は知事の公館宛てに出されてた」これまでも無意味に人の命を奪ってばかりして来た教団じゃないのか。皮肉をぶつけてやりたかったが、飲み込んで続けた。「それが都庁まで回されて来たから、時間が掛かった。届いたのが逮捕の当日になったのはそれこそ、たまたまだったのかも知れない」

「ふん」と鼻を鳴らした。眼鏡を取ってレンズを拭い、掛け直した。「信じられませんね、そんな偶然が重なるなんて」

「じゃぁ貴方はやはり、一連の事件は全て冤罪《えんざい》だ、と。教団を陥れるために何者かが仕掛けた陰謀だ、と」

「当たり前じゃないですか」

「ということはその、都市博中止反対派も陰謀に加担する何者かの一つだ、と」

「分かりませんよ、そんなことまで」もう一度、眼鏡を取って拭き直した。「今回ばかりはたまたま、妙なタイミングで小包が送られて来た、ってだけなのかも知れない。そんなことまで僕が、分かるわけがないじゃないですか」

じっと眼を見た。

迷っている。分かった。

眼鏡を取ったり掛けたりの行動は、内心が揺れ動いた時の癖のようだ。言葉とは裏腹に、彼はやはり一連の事件は教団の仕業だったのではなかろうか、と訝っている。だからこそ報道を入念にチェックし、事実はどうだったのか探ろうとしているのだ。頑なな態度は表向き。戸惑う信者仲間を宥《なだ》めるためともう一つ、自分自身を納得させるためなのに違いない。

「分かった」両手を挙げた。見抜けただけで、今日の収穫は大きかったと言えた。「わざと意地悪な質問をしたりして、悪かった。貴方の信心が揺るぎないものだと、ちょっと確認してみたかったんだ。試すような真似をして、申し訳ありませんでした」

「いいですよ、別に」ほっとしたように表情を崩した。「問答をしたことで、少しばかり頭の整理ができた。今後、迷った仲間の相談を受けた時への練習になったかも。いい機会を頂いた、こちらの方こそ感謝すべきなのかも知れません」

しくったかな。ちくりと胸に痛みが来た。迷える信徒はさっさと解放し、世間に戻してあげた方が望ましい。上手く説得されて教団に留められたのでは、本意ではない。彼らには悪いことをしたかな、と罪悪感が湧いた。

ただ、フォローは上手くやった自負はあった。怒らせたまま別れてしまっては、次からは会ってもらえなくなる恐れが否めない。貴方を試すために敢えて意地悪な質問をしてみたんだ、と弁明したお陰で、この場を取り繕うことができた。これでまた、次回もスムーズに会って話を聞かせてもらうこともできるだろう。

記者としての本能が、社会的正義より取材を優先してしまっている。頭のどこかで分かってはいたが、これればかりはどうしようもなかった。そもそも俺一人くらいが彼を論破したところで、何も変わるまい。事態が好転する可能性など、限りなくゼロに近い筈じゃぁないか。胸で言い訳している、自分がいた。

桐田のアパートを出て、駅へ向かった。

もう夜も遅い。自宅へ帰るのと逆方向になってしまうということもあり、今夜は編集部に戻る積もりはなかった。帰ったからと言って特段やることもない。今夜の取材をメモとして纏めるのは、家のワープロでもできることだ。

ＪＲ総武線に乗り、自宅の最寄駅に着いた。だがまだ帰りたくない。胸にモヤモヤが残っている。気分転換が必要だった。アルコールも必要だった。遅くまで開いている、駅前の居酒屋に入った。

生ビールを注文し、出て来た突き出しに箸を伸ばした。温泉卵だった。美味い。舌の上で崩れる黄身の感触に、張り詰めていた心と身体も解《ほぐ》れるようだった。喉を流れ落ちて行くビールの苦味がまた心地よかった。

着いたカウンターの上空にはテレビが設えてあり、ニュースにチャンネルが合わせられていた。これからオウム事件の捜査はどうなって行くのか。したり顔のコメンテーターが無責任な言辞を吐き散らかしていた。

「オウムの経営しているパソコンとか、ラーメンとかを売っている店があるじゃないですか」彼は言った。「あんなの、さっさと潰さないと駄目ですよ。教団の資金源になっているんですから。勝手にのさばらせておくから、あいつらも図に乗るんです。資金の流れを把握できれば次の捜査の糸口も摑める。これからは金銭的に締め上げて、身動きもとれなくしてしまわなきゃいかんと思いますね」

「でも」応じて、女性アナウンサーが言った。「教団を怒らせると、また何を仕出かすか分からなくて怖いです」

「なぁに。そんなの、恐れてたら前へは進めませんよ。麻原はもう逮捕したんだ。この流れに乗って一気に行かなきゃ。今こそ日本人の心意気を見せるべき時ですよ」

「さすが先生。頼もしい～」

へっ、と思わず鼻が鳴った。こういう勇ましいことを吐いている輩に限って、イザという時にはイの一番にケツを捲《まく》るのだ。経験上、よく分かっていた。せっかくいい気分で呑んでいたのに、な。水を差されたような気分だった。酒をビールからホッピーに切り替え、焼き鳥を何本か注文した。

「しかしやっぱり、怖ぇよなぁ」背後のテーブル席でサラリーマン二人が呑んでいた。仕事の帰りにちょっと立ち寄るには、格好の店なのだ。「まだオウムの残党は何人も、逮捕されずに娑婆《しゃば》にいるんだし」

「なぁ。麻原が逮捕されたからって、まだまだ油断はできねぇぞ。あいつら何を仕出かすか分かりやぁしねぇんだから」

「そうそう。教祖を奪還するために刑務所、襲撃するかも知れねぇぞ」

「その時にまた毒ガスでも撒かれたら、周りの人間も被害に遭ってしまうな」

「馬～鹿。そんなところで毒ガス撒いたら、麻原だってやられちまうじゃねぇかよ」

「あっそうか。でもよぉ。あいつ、空中浮遊できるんだろ。水の中に長いこと潜ってたりも。そんならガス吸わず、ずっと息止めてるなんてこともできるんじゃねぇの」

「ははは。いいねぇ。でも空中浮遊できるんなら最初から、捕まらずに空飛んで逃げちまえばよかったじゃぁねぇか」

「違ぇねぇ。全くだ」

笑い合っていた。仕事疲れの帰りには、途中でこんな馬鹿っ話でも交わして気分転換し、家路に就くのも大事だろう。

ただなぁ。思った。俺達だってさっきのインチキコメンテーターを、頭から侮蔑ばかりしてもいられない。オウムの残党は未だ娑婆にいる、いつまた何か、テロ紛いの行為を仕掛けて来ないとも限らない。読者の恐怖を煽る記事は、雑誌にも溢れているのだ。地下鉄サリン事件の後も、新宿駅に青酸ガスを撒く装置が仕掛けられていたり、都庁に小包爆弾が届けられたりといった事件が続いている。都民は未だ恐れ慄《おのの》いており、そこの部分を突ついてやれば雑誌は売れる。そして商売である以上、売れると分かっていてやらない馬鹿はいない。

教祖奪還の恐れあり、の記事も確かに散見された。背後のサラリーマンはそれらに乗っかって、話しているのに過ぎない。

ただし刑務所は刑が確定した者が行くところであって、裁判が終わるまで勾留されるのは拘置所だ。そんな基礎知識さえ、彼らには伝わってはいない。頭に残っているのは正確な知識ではなく、売らんがための煽り文句ばかり。そんな状況を生んでいるのはメディアであり、一翼を担う俺達だ。罪の一端はある、と肝に銘じておくべきだった。

先程の桐田の姿を脳裡に浮かべた。胸の奥の本心を押し隠し、狂った教団に必死で忠誠を誓おうとしていた。我々から見ればそのこと自体、正気の一つに映る。

ただしかし、現実社会に疑問を持つ彼らの精神を救う手助けを、教団が果たしたことも確かなのだ。その点は素直に、認めなければなるまい。以降どの時点で方向性を歪め、現在のような犯罪集団に成り果てたのかはさておき。悩める桐田の思いを受け止め、充足感を与えた。修行に努めて人類救済を目指す、生き甲斐を提供した。だからこそ桐田は教団に感謝し、パソコン・ショップで働いている。同じようにしている一般信者の胸の内も大方が、似たようなものだろう。

なのに一人一人の思いなど頭から無視して、あんなの潰しちまえと言い放つ先程のようなコメンテーターがいる。彼らだって苦しんで来たんだ。様々な過去や悩みがあった上で、今の境遇にいるんだ。そんな内実になど、目を向けようともしない。腹が立った。一般大衆に受ければ何を言ってもいいのか。暴言でも許されるのか。

実はその怒りは、自分自身にも向いている。内心、分かっていた。だからこそ抑えようもなく、胸の底で燻った。

これじゃぁいつまで経っても、気分転換になんかなりゃぁしないな。苦笑して、ホッピーの残りを喉の奥に放り込んだ。これだけ世間のどこに行っても、オウムの話題で持ち切りなのだ。逃れられる場所などどこにもない。諦めるしかなさそうだった。


「あぁ、古毛さん。お早うございます」翌日、『Sight』編集部に顔を出すとバイトの賀茂路嬢が声を掛けて来た。こんな時刻、まだ編集者席にも記者席にも、彼女以外の人影はない。「お手紙が届いてたわよ。差出人名もなくって、ちょっと変な感じだったけど。とにかく机に、置いときました」

「あぁ、そう。有難う」

編集部に郵便物は、しょっちゅう届く。取材先からだったり、読者が感想を送って来たり。時には苦情を書き連ねて来るものもある。どこで恨みを買っているかも分からないのだ。言い掛かりの類いも多かった。

記者席フロアに上がってみると確かに、封筒が一つ自席に置いてあった。巷談社の住所の後、『Sight』編集部記者　古毛冴樹様、と宛先が書かれていた。引っ繰り返してみたが成程、差出人名は何も書かれてはいなかった。

一見、無地に映ったがよく見ると、ほんのり薄紅色に染められた封筒だった。宛先の字と言い、差出人は女性だろうと察せられた。仄かな芳香も漂ったようにも感じたが、さすがにそこまで来ると錯覚だろう。

貼られていたのは「ヤマセミ」が描かれた、普通の八十円切手だった。目を凝らすと消印が、神戸中央郵便局のものであることが分かった。

はっ、とした。

慌てて手袋をつけた。既にこれまで多くの人の手を渡って来た封筒だろうが、できることはしておいた方がいい。

給湯室に行き、ヤカンに水を入れてコンロの火に掛けた。注ぎ口から湯気が上り始めると、封筒の糊付け部分を翳《かざ》した。炎を弱火に変え、じっくり湯気が当てられるように調整した。

糊が緩み始めるとゆっくり、ゆっくりと封印部分を剝がして行った。慎重に慎重を期した。

まさか。まさか……

思いが、頭の中で渦巻いた。まさか本当に、そんなことが⁉

脳裡にはもう一つ、強く浮かんでいるものがあった。焼け跡にじっと佇む女の姿。そしてあの、眼だった。

20

「こなぃして外で会ぅたんは、えぇ判断やったんちゃぅかな」前回と同じ、だった。落ち着いた物腰は揺るぎもせずただ、眼鏡の向こうで奥深い光が放たれているだけだった。「捜本（捜査本部）ではあんたの名前、タブーや。聞いただけで血管、切れる奴が何人かおる。とてもこなぃして、ゆっくり話すことなんぞできんかったろう」

「そうだろうと思いまして」苦笑するしかなかった。「こんな形を採らせてもらいました。名乗る時に嘘をついたりして、申し訳ありません」

神戸に来ていた。

比較的、震災による被害の少ない西区の喫茶店で待ち合わせた。捜査本部のある署からはちょっと距離があるが、仕方がなかった。外で会った方がいい、と分かり切っているからだ。

相手は県警捜査一課の特捜班長、滝川警部だった。以前、余事件についてのコメントをもらいに行って、ケンもホロロに追い返された。あの時ちょっとだけ言葉を交わした、彼だ。証拠物件を渡すならこの人しかいない、と最初から決めていた。

ただ再び、署まで出向くのは無理がある。往時より更に激昂され、落ち着いて話もできないのは目に見えている。こちとら警察からすれば、「あんな記事を書きやがった不届き者」に他ならないのだ。

だから神戸に着くと、公衆電話から警察署に掛けた。あの頃に比べれば多少は減ったとは言え、やはりどこの公衆電話も人だかりが出来ていた。比較的、空いている電話を探すだけでも一苦労だった。

「捜査本部の滝川警部、お願いします」電話が繋がると、言った。「余はんが殺された、事件の現場近くに住んどった者《モン》です」貴方は誰で何の用かと尋ねられたので、答えた。最初から来ると分かっていたので答えも考えてあったのだ。お陰で返答が詰まることもなく、スムーズに行った。もっとも付け焼き刃の関西弁が、どれだけ正しかったかは保証の限りではないけども。「あん時、あれこれ訊かれてんけどちゃんと答えられんで。しやけど後になってみたら、大事なこと思い出しまして」

　特捜班長の立場にいる相手だ。本人は忙しいから、とヒラの刑事に回される恐れは充分にあった。そうなったらあれこれと言い訳し、あの刑事さんにしか話す気になれないと粘る積もりだった。今はいないと断られたら、ポケベルの番号を伝えようと思っていた。

　どちらも杞憂だった。電話は直接、滝川警部に繋がってくれた。それくらい捜査本部は今も人手が足りず、捜査員は外に出ずっ張りなのかも知れない。

「済みません」相手が出るとまず、謝った。「現場近くの住民などと嘘をつきました。私、記者の古毛です。以前、お目に掛かりましたし例の記事も書きました」

「あぁ、あんたか」激昂され、いきなり通話を切られてもおかしくない局面だった。が、大丈夫だろうとの楽観はあった。内心で怒っていたとしても反応は冷静なままの筈だ、あの人なら。「あんたにはホンマ、迷惑しとる。あないな記事、書かれて事件のことが周りによぅけ広まった。捜査方針も大きく変えんならんやった。この上、何の用や。またコメント下さいとかダボこぃたら今度こそあん時の田布施《たぶせ》、編集部まで差し向けるぞ」

　田布施というのは前回、署に押し掛けた時に脅しつけて来た〝人間壁〟だろう。「いえ」と遮った。「記事がご迷惑を掛けたとしたら、お詫びします。ただ、恩恵もあったのですよ。あれを読んだ余寿々絵、本人から編集部に手紙が届きまして」

「何」さすがにあまりの想定外だったようだ。続く言葉が出て来なかった。

「捜査に際して何かの資料になるかも知れないと思い、持参しました。できればお渡ししたいと思っておるのですが」

「あんた今、神戸におるんか。わざわざ持って来てくれたんか」

　その通りです、と肯定した。どこかで手渡ししたいので場所を指定して欲しいと頼むと、この喫茶店を指示されたのだった。まだまだ被災からの復興には程遠く、署の近くにはゆっくり会えるような場所もないから、と。

　かくして今、こうして会っている。透明なビニール袋に収めた封筒を手渡した。

「ふぅん」警部は袋を摘み上げ、中の物を眺めた。「中身は見たんやろ、一応」

「差出人名も書いてないので、最初は不審に思ったんです。ところが消印が神戸中央郵便局のものと、辛うじて読めたので。それでまさかと思って、封を開けるのも慎重にやってみました」

　最初は無造作に扱っていたがもしやと気がついてからは、手袋をつけたと説明した。もう既に、何人もが触っているのは間違いないが、やれることはやっておいた方がよかろうと思って、と。

「まぁ、そうやな」警部は薄く笑った。「俺もあんたの立場にあったら、同じことしたやろう。無造作に扱う若手がおったら、叱ったろう。要は、心掛けの問題や。常日頃からそなぃな気持ちで対処しとかんと大事な証拠物件、汚すポカいつかやらかす」

「そんなわけで封筒には私の指紋も付着しているでしょうが、中身にはついていないと断言できます」

「読むことは読んだんやろ」

「最低限だけです。慎重に便箋を引き出して、一枚目を見ただけでこれは本物だと分かりました。確信できたので慌てて元に戻しました。だからちゃんとは読んでません。とにかく証拠としての価値を減じることがないように。そこだけに気をつけて、ここへ持って来るのを最優先しました」

「そうか」背凭れに体重を預けた。テーブルに出ていたコーヒーは、もうすっかり冷めてしまっていた。口をつけることすらお互い、忘れ切っていたのだ。それ以前にカップに、手さえ触れてはいない。「そこまでしてもろたんならこっちとしても、礼言ぅとかんと、な。心して扱わしてもらわんと。分かった。これはこのまま、鑑識に渡す。微物（証拠となる微細な物質）なんかないか、しっかり確かめた上でコピー取ってあんたに渡す。それでえぇな」

現物はあくまで警察が保管する。こちらに戻されるのはコピーだけ、ということだ。「写真は」食い下がった。「写真は、撮ってもらえるのですか」

「鑑識はそら、写真は撮る」一拍、措いた。こちらの意図を見抜いたのだ。「あんた、まさか」

「もし事件が解決に至ったのなら、それも記事にしたい。その際には写真があるとないとでは、大違いですから」

うーん、と腕を組んだ。

「逆に言えば解決しなかったなら、記事にはならない」言葉を重ねた。ここだけは譲れない。説得しなければならなかった。「こんな事件があった、という記事ですらコラム扱いだったのですから。その容疑者から手紙が来た、くらいではさすがに記事にはなりません。私がどれだけ書きたがっても、編集部からノーが出るだけでしょう。つまり私が写真を必要とするのは、解決した時だけ。その暁にはもう、捜査妨害の恐れもないのですから。少しくらい便宜を図ってくださっても、よいのでは」

「あんた、えらぃ交渉上手やなぁ」今度は、ははっと声を出して笑った。小さく両手を挙げた。「最初に下手《したて》に出て、捜査協力して。後でもらえるモンはもらう。まぁそれくらいやなかったら、フリーの記者なんかやってられんのやろけど。まぁ、分かった。ここは譲ったろ。上手いこと本件が解決でけたら、写真はあんたに提供する。ただしネガ、現物はあかんで」

裁判で証拠として扱われるかも知れないのだ。特にこれが切っ掛けとなって、逮捕が叶ったりでもした日には。古毛の協力が、最大限の効果を挙げたことになる。喜ぶべき事態であり、それでもネガが欲しいなどとゴネるような場面でもなかった。紙焼きがもらえれば、それでいい。今の印刷技術なら、いくらでも綺麗な誌面に仕上がる。

喜ぶべき事態、か。

ふと、自分自身を訝った。

俺は本当にこの事件が、解決されるのを願っているのか。あの女が逮捕されるのが望みなのか。逃げて欲しい。あの震災を機にそれまでの境遇を振り切って、自由に生きる出発点として欲しい。本音が否定できなかった。拭い難く、胸にあった。俺はあの女に末長く、幸せになってもらいたいのだ。

勿論、口に出すわけにはいかない。お前ぇはそんな女に好意を抱いてる。被災地に花開いた恋、ってか。原稿を読んだ津又編集長の言葉が蘇った。苦笑が浮きそうになった。

「それで、どう思われます」内心を押し隠して、訊いた。「その、消印は。本当に彼女、まだこの地に留まっているんでしょうか」

「まぁ、カムフラージュやろ思ぅけどなぁ」一瞬、躊躇ってから言った。これくらい、打ち明けても別に構うまい。既にその段階までは、信頼を得たのだ。こうして素直に証拠物件を差し出した成果だった。「そらこんだけの大混乱や。近場に身ぃ隠しとっても、誰にも見つからんやったゆぅこともないとは言わんで。けどなぁ。こっちかてこれだけ、捜査はしよるんや。なのにアンテナに引っ掛かって来ん。まぁ十中八九、この町は出て行っとる思ぅで。消印はそれ誤魔化すための、細工やろ」

つまり余寿々絵は古毛の目撃したあの直後から、既にこの町にはいない。ただ捜査を混乱させるため、敢えて一瞬だけ神戸に立ち戻り手紙を投函した。ということは今はもう、再びこの町を離れていると見ていい。

どういうことだろう。不思議に思った。何故そこまでして彼女は、手紙を出そうと思ったのだろう。せっかく離れた故郷を再び訪れるような、手間まで掛けて。俺の書いた記事のどこが、彼女にそこまでさせる動機を与えたというのか。

まぁ俺はまだ、手紙をちゃんと読んではいない。そいつを考えるのは警部からコピーをもらい、じっくり読み込んでからだ。それでも分かるかどうかは心許ないが少なくとも、その段階にも至らずあれこれ考えたって何にもなるまい。

「それで、どないやった」問われて、はっと我に返った。「あの記事によるとあんた、焼け跡に佇んどった彼女を見たんやろ。俺らは実際に会ぅたことはあれへんのやさかぃな。周りの人間から話は聞くが、実際に会ぅたか会わんかではえらぃ違いや。どなぃやった、見た印象は。参考までに聞かせてくれ」

今度は古毛の方が、ぅーんと腕を組む番だった。「私もあの時点では、あそこで事件が発生してたなんて夢にも思ってませんでしたからね。ただ、焼け跡をじっと見詰めていた女がいた。その姿を、目撃しただけです」ちょっと考えてから、つけ加えた。「ただし、強く印象に残ったのは確かです。記事に書いた通りです。それは何より、凜として見えたから。震災という悲劇が起こった場所だということすら一瞬、忘れてしまってたくらいでした。何か、硬い決意のようなものを感じました。それが何なのか、は分かりませんが」

「そぅか」

「ただ、後になってあれが殺人の現場だったと聞かされても、意外な気はしなかったのも事実です。あれが人を殺した後の女の姿だった、と知っても。あぁ成程、とすとんと胸に落ちた感じというか」

「そぅか」繰り返してから、笑った。「まぁまだあの女が、犯人と俺が言ったわけやないけどな」

「あぁそうですね」合わせて、吹き出した。「ついついそういう前提で、話してしまってました」

一瞬、口を噤んだ。腹を固めたように、切り出した。「まぁ、打ち明けたろ。これは外には一切、出てへん話なんやけどな。実はあそこで見つかった遺体、上に柱が載っかってたんや。震災で倒れて来たんやろなぁ。発見した時には燃え尽きて、炭化しとってんけど。それでも太《ぶっと》い柱やったでぇ。火がつく前はさぞ、ごっつかったやろなぁと思えるくらい」

「つまり、こういうことですか。被害者の余廉将は胸をナイフで刺される前、地震で倒れて来た柱の下敷きになった。身動きがとれなくなったところを手に掛けられた、と」

「状況としてはそなぃな風に見えるけどなぁ。おっと、俺はまだ、何も言ぅてへんで」

余親子は二人暮らしだった。

父親を恨みに思っていた誰かが家にこっそり忍び込み、寝ている廉将を刺し殺して逃げた。別な部屋に寝ていた寿々絵は全く気づかなかった。翌朝、大震災が発生し倒れた柱が死体を直撃した。

寿々絵は何とか退《ど》かそうとしたが果たせず、既に刺殺されていることにも気づかず外に逃げ出した。家に火がつき、燃え尽きるのを見届けるしかなかった。

仮説としてあり得ない、とは言わない。だが限りなくゼロに近い可能性、と評するしかなかろう。それよりも、だ。

あの日、大震災が発生した。柱が倒れ、廉将は下敷きになった。寿々絵は退かそうとしたが、重くてびくともしない。火事が発生し炎は見る見る周囲に迫る。このまま助け出せなければ父親は焼け死ぬ運命しかない。

寿々絵は家の外に出て助けを呼ぼうとした。だが周りも大混乱である。とても他人を助けている余裕のある者なんていない。

どうしよう。寿々絵は迷った。このままでは父親は焼死する。辛い死に方を余儀なくされる。ならばせめて、楽に死なせてやろうと決心した。台所から包丁を持ち出して来、胸に突き立てた……

「そういうことだったんでしょうか」自説を開陳した。もっともありそうだと思える仮説だった。

「さぁな」警部は首を振った。「俺は何も言ぅてへんで」

「でももしそうだったとしたら、どうなりますか。父親が苦しむのを助けるため、手に掛けた。ある意味、安楽死殺人のように見なされますか」

「何も言ぅてへん、ゆぅたやろ」もう一度、首を振った。「ただそんなん、判断するんは裁判官や。その場におったんは女一人なんやからな。言い繕うのは何とでもできる。下敷きになった父親を見て、これまでの恨みを晴らすチャンスやと思ぅたんかも知れん。それを、助けるためやったと今んなって主張しとるだけや、とも」はっと気がついたように口を噤んだ。「いや、全ては仮定の話や。それに俺は何も言ぅてへんで。刺したんが女や、とか、一言も」

つい、言い過ぎてしまった。この人にとっては珍しいことなのだろう。失言。確信できた。警察も俺と同じ考えでいる。状況から見て、まず間違いないのだ。余廉将を刺したのは、娘の寿々絵。あまりに可能性の薄い、他の仮説を追究したところで意味はない。

では残る大きな疑問は一つだけだ。ならば何故、寿々絵は父親を刺したのか。恨みを晴らすためなら放っておけばいい。焼死、という辛い運命が待っている。復讐を果たしたいのならばそちらの方が、ずっと効果的だった筈ではないか。

するとやはり、苦しませたくなかったから。しかしそれでは、逃げ出したのは何故なのか。助けたかったから刺した、と言い張れば情状酌量の余地は大いにあろう。それとも滝川警部も指摘した通り、裁判官には通じまいと見限ったのか。

「まぁ言うまでもないことやが一応、釘ぃ刺しとくで」声に、思考から現実に引き戻された。腹を割った会話はここまで。そろそろ切り上げ時、という口調だった。右の人差し指が真っ直ぐ、こちらを向いていた。「柱の件は何が何でも、口外禁止や。誰にも喋ったらあかん。どれだけ仲のいいお友達でも、恋人にでも、や。分かっとんな」

秘密の暴露、という。犯人しか知り得ないこと。取り調べの最中などでそれをポロリと零したら、そいつは犯人である蓋然性が限りなく高くなる。だから警察は捜査で得た情報を、なるべく外に出さないよう徹底するのだ。逆に漏れてしまったら秘密でも何でもなくなる。犯人を追い詰める手立てを一つ失ってしまう。捜査情報に警察が神経を尖らせるのは至極、当然のことに過ぎない。

分かってますよ。大きく頷いて見せた。ポケベルの番号を伝え、コピーを受け取るのもまたここで、と打ち合わせて警部と別れた。

「鑑識が見るんやさかぃ時間、掛かるで」最後に警部は、気を遣ってくれた。「しやからコピーは、郵送したっても」

「いえ」お心遣いは有難いのですが、と首を振った。郵送という不確実な手段はできるだけ、採りたくない。それにコピーが取れたら一刻も早く、読んでみたいのだ。記者、というより関わった人間として、自然な心理だろう。

別に東京に急ぎの用があるわけでもない。オウム真理教事件は一つの山場を越えたのであり、離れている間に急展開が起こるともあまり考えられない。離れている間に桐田がどこかへ雲隠れしてしまった、なんてことも。


「いやぁ、古毛さん。お久しぶり。変わらず、お元気そうで何よりやわ」

神戸市から明石市を越えて更に西、加古川《かこがわ》市に来ていた。ＪＲ山陽本線沿いの空き地に仮設住宅がずらりと並んで建てられており、三原夫妻はここに入居が叶ったのだ。そう。震災の取材時に共に公園で寝泊りした、三原夫妻に会いに来ていたのだった。

ここに来る前は佐渡間親分のところにも顔を出して来た。記事の載る雑誌を送った後、電話では話してはいたが面と向かってはいなかった。当時はオウム真理教事件は大事な局面にあり、東京を離れる気にはとてもなれなかったのだ。今回こうして神戸まで足を運んだからには、挨拶に行っておくのは当然だった。

「いよぉ。電話では声だけやってんけど、会ぅてみたら顔色もよぅて、元気そうやなぃか」親分は嬉しそうだった。「あの時も言ぅたがえぇ記事やったでぇ。大きに、な。若い衆も励みになる、言ぅて張り切っとぅわ」

いえいえ、あれくらいのことでそんなに言ってもらえると恐縮です、と手を振った。それよりお礼に顔を出すのがこんなに遅れた挙げ句、村井事件の情報まで求めたりして失礼をしました。

「あぁ、あれ、な」村井秀夫を刺した男は明石組系列の、組織の準構成員だった。そんなことからこの親分にも話を聞いてみたのだ。「あの後もちょっと、当たってはみたんやけど。組織が関与しとった、ゆぅ感触はどこからも得られんかったな。やっぱりあれ、組は関係してへんで。個人か周りの数人が、金で雇われて勝手に走ったんやろ」

それが分かっただけで充分です、と礼を述べた。あれこれとお世話になりました。今後ともどうぞよろしく、と頭を下げて組事務所を後にした。

こうして神戸での用事を済ませた上で、加古川にも足を延ばした、というわけだ。せっかくこちらに来たのだから行けるところは回っておくべき、なのは親分の場合と少しも違いはしない。

雑誌を送ってくれて有難ぅ。一緒に避難していた仲間にも回し読みしてもらい、皆が喜んでいる、と感謝されたのも親分の時と同じだった。

「せっかくこなぃして、本人に来てもろぅたんや」旦那さんの方が言った。「雑誌にサインでもしてもらいたいところなんやけど、なぁ。そなぃなわけで、まだ回し読みされてる最中や。今、手元にあれへん」

「雑誌に記者がサインするなんて、あまり聞いたことがありませんよ」

苦笑して手を振ると、いやいや、と向こうは首を振った。「あん時、しんどぃ思いを共有し合った。今もまだ不便はあれこれあんねけど、あの頃に比べたらずぅっとマシや。天国と地獄や。今となっては苦労も、ええ思い出。その記念や。サインでもしてもらえたら、よかってんけど」

「娘も読んで、えらぃ喜んでくれてなぁ」奥さんが言った。「お父さんお母さんが大変な時に何もできんやった。心苦しゅぅ思ってんけど、どなぃな様子やったかこなぃして記事で読むことができて、少しは救われたように感じた。ホンマよかった、て」

三原夫妻の娘さんは結婚して和歌山に住んでおり、被災した両親にこっちへ来いと言ってくれているのだがなかなかその気になれない。以前、聞いて知っていた。娘さんの家庭もお世辞にも裕福とは言えないようで、狭いマンションに四人暮らしなのにそこに老夫婦までが転がり込んだのでは、どうなるか。気不味い思いをする羽目になるのは目に見えていた。だからこそ夫妻は不便は覚悟で、公園の野宿生活に甘んじていたのだ。

娘さんとしてはそのような両親の姿に、心を痛めていたのだろう。心配なのに何もしてあげることができない。自分の立場の弱さを、恨むような気持ちもあったろう。心苦しい思いをしていた、というのは分かり過ぎる程、分かった。

そこに記事を読んで両親の様子が分かり、救われたような思いがした。書いた自分としてもそんな風に言ってもらえて、嬉しくないわけがなかった。

地下鉄サリン事件が発生し、世間の関心がそれ一辺倒になっているところに、大震災の記事を載せた雑誌が発売された。売れるわけがなかった。

それでもこんな風に、喜んでくれる読者もいる。売れる売れないだけではない。雑誌は出すことにこそ意味があるのだ。改めて実感させられた。

神戸新聞社の前で会った男が、言っていたではないか。どんな困難にあっても途切れることなく毎日、新聞を出すのが新聞屋の務めだ、と。私らが挫けとったら市民の皆さんも落ち込みますやろ。逆に新聞がちゃんと発行されよったら、町はまだ大丈夫やと安心でける。相通じるものが雑誌屋の方にもあるように感じた。

「えぇ記者さんに巡り会えてよかったね。娘はそんな風にも言ってくれましてん」旦那さんが言った。「マスコミなんてろくでもないのばかりと思ぅとってんけど、そなぃな人もいてるんやねぇ、て」

いえいえ、そんな。恐縮して、首を振った。持ち上げられるのは本意ではない。自分はただ当然のことをしたまでだ。逆に被災者の境遇に土足で踏み込み、気持ちを逆撫でして歯牙《しが》にも掛けない大マスコミの連中が悪いのである。

「あ、そうそう」奥さんの方が思いついて手を叩いた。「あの記事、こっちに短いのんもあったでしょ。何か、人殺しの話、載ってたん」

コラムの方の話題だった。余寿々絵の件を扱った。そもそもあれを読んだ本人から手紙が来たことが、今回の神戸再訪に繋がったのだ。

「あっち読んで、娘がめちゃ驚いとったんですわ。『えぇっ、そなぃなことが起こっとったん。うち、この家庭のこと知らんわけでもないんやわ』て」

「え」完全に虚を突かれた。あまりに想定もしていなかった展開だった。一瞬、何を言われているのか分からなかったくらいだった。「それは、どういう」

「殺された人の奥さん、娘の高校の同級生やったらしいんです」

21

しくったかな。少なからず、後悔があった。

余寿々絵の手紙のコピーを手渡してもらう約束を、滝川警部と交わした。あの時点ではそれが一番いいと思ったのだ。できるだけ早く読んでみたかったし、郵送なんて手段はあまり採りたくはなかった。

が、状況が変わった。三原夫妻の娘さんは寿々絵の母親と、同級生だったという。ならば一刻も早く会って、話を聞いてみたい。当然の心理であろう。追及の手立てがなかなか見出せなかったところに、僅かな光明が差したのだ。もしかしたら次に繋がる話が、聞けるかも知れない。

やはりコピーは編集部に郵送して欲しい。警部に伝えることも、不可能ではなかった。だがどうやって連絡をとる。こちらのポケベルの番号は伝えたが、先方のは聞いてはいない。教えてくれと迫れば聞けないでもなかったかも知れないが、間に嫌な空気が流れるのはできれば避けたかった。それなりの信頼関係と言っても所詮、そのレベルに過ぎない。

するとまた、捜査本部の置かれた署に電話を掛けなければならない。前回は事件の証人を装って、繋いでもらった。上手いこと当人が出てくれたからよかったが、次もそうなってくれるとは限らない。むしろヒラの刑事に繋がれてしまう可能性の方が高かろう。そうするとまた、波風を立ててしまう恐れがある。結局このまま、先方からの連絡を待つのが一番、との結論に達した。

ジリジリと焦らされる時間を強いられた。ポケベルが鳴り、警察署の番号が液晶画面に表示されたのを見て、肩の力が抜ける気分だった。長い、長い時間を待たされた思いだった。

「まぁ、最初からそないに期待はしてへんかったけど」コピーを古毛に手渡しながら、滝川警部は言った。前回と同じ喫茶店で、考えてみれば席もあの時と同じだった。「やっぱり手紙には、自分の居場所を匂わすよなことは何も書かれてへんかった。事件と自分との関わりとかは、言うまでもなく、な。そういう意味では中身は何もなかったよぅなモンや。指紋もこれといったものは検出できず。今は鑑識が封筒の中の、微物の分析に全力を挙げて取り組んどる」

封筒の中から検出された微細物質に、もし特定の場所でしか混入する筈のない物が混じっていた場合。寿々絵が今もそこにいる、あるいは既に移動しているにしても一度は確実に存在していた、と見なしてよいことになる。手詰まりになりつつあった追及の、次の糸口が摑める。今はもういないにしても、実際にその場所を訪ねてみることで追跡を更に先に進められる期待が生まれるわけだ。暗中模索よりは遥かに望ましい。微物の分析に全力を挙げている、とはそういうことである。まぁ全ては、そもそもそんな物が見つかったら、の話ではあるが。

指紋も検出できなかった、ということは予想通り、寿々絵は手紙を取り扱う間ずっと手袋をしていたということだろう。投函された手紙は郵便局員が触れるが、考えてみれば彼等も普通、手袋をしている。後は触った者と言えば古毛と、手紙を宛先別に選り分けた巷談社の人間くらいのものだ。

手袋くらいの用心、警察から追われる身からすれば当たり前のことではあった。ならば微物も、あまり当てにはできないと見ておいた方がよかろう。封筒の中まで分析されるのは最初から分かり切っている。余計な物が入り込まないよう、細心の注意を払うのはこれまた当然だった。

「写真は」コピーを鞄に収めて、古毛は言った。実は内心、気が急いている。焦りが表に出ないよう、かなりの努力が必要だった。「手紙の写真も頂ける、というお話でしたよね」

「写真が要るようになるんは、事件が解決した時やろ」悪戯っぽい笑みが浮かんでいた。「しやから渡すんは、そん時でえぇんとちゃぅの」

「事件が解決した暁には、記事にさせてもらぅ。そういう約束です」揶揄ってる暇があったら、さっさと下さいよ。思わず声を荒らげそうになるのを、何とか抑え込んだ。「ですからその時には即、写真が要る。改めて郵送してもらうなど、お手間を取らせるのは申し訳ないので今の内に頂いておいた方がいいのでは、と」

「事件解決を記事にするなら、捜査本部《こっち》のコメントも要るやろ。あんたはまたどうせ神戸に来んならん。写真はそん時に、手渡せばえぇんちゃぅ。送る手間は、掛からん」

「意地悪しないで下さいよ～、滝川さん」

　相手に延々、つき合うというテもないではない。が、今は急いでいるのだ。手っ取り早く済ませるため敢えて、戯けて見せるテを採った。間の空気を読んで、これで行けるだろうと踏んだ。

「分かった分かった、悪かった」上手くいったようだった。警部は写真が収まっていると思しき、紙封筒を取り出した。だが受け取ろうと手を伸ばすと、パッと引っ込められた。「まぁ繰り返すが、分かっとろぅな」

　絶対に他には漏らすな、ということだ。大丈夫、分かってます、って。大きく頷いて見せて漸く、写真の入手が叶った。この時ばかりは戯けた笑みを浮かべるわけにもいかず、真顔に転じた。恭《うやうや》しく、頂いた。

　やはり互いの信頼関係と言っても所詮、このレベルということだ。先方は念には念を入れて、釘を刺す。こちらはしつこいくらいに頷いて、漸く願いが叶う。現状の間柄においてはこれは、欠かせぬ儀式のようなもの、と評してそう外れてはいない。

　ただ内心、苛ついている自分がいた。それくらい、心に余裕がなくなっている証左だろう。焦ったっていいことはないじゃないか。三十分、事態が早まろうが遅くなろうが、別に何かが変わるわけじゃなし。胸に言い聞かせた。

　自分だってこれから、重要な証人に会いに行こうとしているのではないか。もしかしたら寿々絵の母に繋がる、重要な証言に出会えるかも知れない。そうなれば捜査本部にとっても、貴重な情報であることは間違いない。

なのに俺はそれを、この人にも黙っている。まずは自分が情報を手に入れたい。伝えるか否かも、自分で判断したい。主導権を手放す気は更々ないのだ。相手を弄《もてあそ》んでいるという意味では、こちらの方がずっと罪は重かろう。

ほんならな、また。滝川警部は先に店を出て行った。署から離れているとは言え、二人が一緒のところをなるべく他には見られたくない。一定の時間を空けて、古毛も店を後にした。たったそれだけの間でも、気が急いている自分がいた。

地下鉄の駅に向かう途中にコンビニがあったので、手紙のコピーの更に写しを何部も取った。これから何度も何度も、読み直す所存である。汚れ、あるいは破れてしまうことだってあるだろう。備えあれば憂いなし、だ。


地下鉄で直接、新神戸駅へ出た。

既に、新幹線が開通しているのだ。だから東京から来る時も、この駅を利用した。名古屋から近鉄で大阪、そこからタクシーで六甲山の裏側経由、と大回りを強いられた震災直後からすれば、隔世の感がある。

あの大震災から、半年弱。あれだけの甚大な被害を目の当たりにして、復旧には長い長い時間を要するだろうと感じたが幸い、鉄路に関しては杞憂だった。都市の復興には何より交通インフラの再開が重要、と最優先された賜物だろう。確かに交通が遮断されたままでは、被災地に支援物資を運ぶのもままならない。その他の作業も一々、停滞する。

ただ重要インフラに力が注がれた分、被災者一人一人へのケアが後回しにされた感は否めなかった。例えば復興住宅への入居を割り振るにも、スピードが優先され機械的になされたため土地勘がなかったり、知り合いが誰もいない遠隔地に住まわされたりというようなケースも耳にする。

まずは住居を割り当てることが大事なのは、間違いない。ただ効率ばかりに目が行った結果、弊害はこれから顕在化して来るのではなかろうか。行政とて手探りでやっているのであり、悪気があるわけでは決してない。誰もが喜ぶ大正解というものはないだけに、これは難しい問題だった。

新神戸から新大阪まではたったの一駅である。乗ったと思ったら着いてしまう。腰を落ち着けている暇もない。

新大阪駅では特急「くろしお」に乗り換えた。これは出発すると大阪駅をも素通りし（貨物線を通るため、そもそも駅を経由しない）、天王寺《てんのうじ》駅まで直通。次はいきなり和歌山駅、という飛ばし方（一部、途中駅に停車する便もある）だ。ゆっくりと手紙を読むには最適の列車だった。

古毛はリクライニング・シートを倒して好みの体勢になると、鞄からコピーを取り出した。これまでもちらちら覗き見はしたが、じっくり読み込むのはこれが初めてだった。車窓を流れて行く風景など、一瞥すらする気もない。眼光紙背《がんこうしはい》に徹す。まさに字面を射抜く気持ちで、目を凝らす所存だった。

前略ごめんください

月刊『Sight』の記事、拝読しました。

たまたま本屋で手に取って、私についての記事が載っていると知り、あわてて購入したのです。

驚きました。

あなただったのですね。よく覚えています。

私が最後に実家の焼け跡に行って、そろそろ立ち去ろうかと思っていた時に、気がつきました。

視線が合いましたよね。

鋭い眼だなぁと感じたのを覚えています。何でも見抜いてしまいそうな。

記者さんだったんですね。そういうことか、と納得がいきました。

何があったのか知りたい、というあなたの思いは、記事を読んでいてひしひしと伝わってきました。

でも、ごめんなさい。私には何もできません。

無我夢中で、必死で、今となっては記憶がぼんやりかすんでいるんです。

だから話せることがありません。何の協力もできません。

だから、ごめんなさい。もう忘れてください。

私のことなんか、最初からいなかったことにして、忘れてしまってください。

それだけをお願いしたくて、お手紙してみました。

これが最初で、最後です。

一瞬だけの出会いでしたけど、どうかお元気で。

かしこ

平成七年六月十五日

余寿々絵

古毛冴樹　様

何度も、何度も読んでみた。そうすれば字面の向こうから、何か伝わって来るとでもいうように。繰り返し、繰り返し、読んでみた。

手紙には自分の居場所を匂わすようなことは何も書かれていなかった。事件と自分との関わりなどは、言うまでもなく。滝川警部の言っていた通りだった。そういう意味では中身は何もない、と評することもできよう。記事を読んで驚いた。貴方のことはよく覚えている。書かれているのは、それだけだ。

加えて、もう自分を追うのは止《や》めて欲しい、という要望。まぁ当事者であるなら、誰もがそう言うだろう。これまた意外性はどこにもない。

何度も読み返すことで奥に隠れている何かを感じ取ることができるのではないか。手に取った時、期待が胸にあった。では実際に読んでみて、どうだったか。俺は何かを感じたのか。自分でもよく分からなかった。

綺麗な字だな、とは思った。恵まれない環境で育ち、高校を中退して働き始めた。学業に励んだ、には程遠い。字が汚く、文章が拙《つたな》くても仕方がないだろうと思っていた。ところが案に相違して、字は整っている上に文章もすっきりしていた。自分の言いたいことをストレートに表現していた。知性が感じられた、と言っていい。眼を思い出した。焼け跡に、凜として立ち尽くしていた。あの姿からも、才智が漂っていたように思えた。

不幸な境遇に育っても彼女は、しっかりと生きて来たのだ。そのことが手紙からも感じ取れた。頭のいい娘だったのに違いない。育ちがあぁでさえなかったら、立派に学業を修めていたことだろう。

ふぅ、と息をついた。コピーを畳んだ。窓の外に目を向けた。初めて、外の景色を眺める気になれた。

いったいどういうことだろう。風景に視線を彷徨《さまよ》わせながら、考えた。

しっとりと落ち着いた手紙で、書き手の知性が感じられた。だが繰り返すが、それだけだ。事件について触れた中身は何もない。もう追及しないで、とは言っているが、お願いされたからと言って俺が止《や》めるわけがない。むしろこうして受け取ったことで、事態の新たな進展と捉える。逆にやる気が湧く。それくらい、予想のつかない彼女ではなかろう。ならば何故、わざわざこんな手紙を書いたのか。神戸を再び訪れる（恐らく）ような手間まで掛けて、わざわざ投函したのか。

「オリックス、やりよるなぁ」

前の座席に座る二人連れの会話が聞こえて来た。これまでは耳にも届かない程、集中していたのだ。

「このまま、行くとえぇなぁ」

「行くんちゃぅか。それこそ、『がんばろぅKOBE』や」

オリックス・ブルーウェーブは「がんばろぅKOBE」を合い言葉に、ペナントレースで快進撃を続けていた。六月に西武から首位の座を奪い、早くも独走に向けた態勢に入っていた。彼らはそのことを話しているのだ。地元球団オリックスが頑張れば被災地、神戸も勇気をもらえる。先日、『Sight』編集部で曾川や玉原女史が言っていた通りである。

ふっ、と息をついた。視線を窓から正面、前の席の背凭れに向けた。目を閉じた。余寿々絵。胸の中で呼び掛けてみた。あんたは何故、こんなことをしたんだ。手間を掛けてまで俺に手紙を出したんだ。そして今、どこにいる。答えは何も返って来はしなかった。目を閉じて暗転した視界が、漆黒のまま広がっているだけだった。まるで深夜の砂漠に一人、放り出されたかのように。

和歌山駅で和歌山電鉄に乗り換えた。終点の貴志《きし》駅まで乗った。ここは既に和歌山市内を外れ、お隣の貴志川町に位置するらしい。駅前でタクシーに乗り、住所を告げた。三原夫妻から詳しく聞いていたため、迷いはない。住宅街の中の、古いマンションの前で降りた。

成程、遠い。思わずにはいられなかった。娘さんは被災して野宿を余儀なくされた両親を心配しつつも、なかなか現地まで通うことができなかった、という。当然だったろう、と感じた。家庭がある上にこれだけ離れているのだ。そうそうに行くことはできなかったろう。震災直後は交通網も寸断されていたから、尚更。

三原夫妻の娘さんは名を菰武《こもたけ》弥生《やよい》といった。念のため郵便受けを確かめてみると、「菰武」家の部屋が三階に見出せた。ドアがぎこちなく開閉するエレベーターで、目的の階まで上がった。

「いやぁ、遠いとこわざわざ済んません」ドアのチャイムを押すと、直ぐに本人が出て来た。和歌山駅から公衆電話で一報を入れておいたため、そろそろ着く頃合いだろうと待っていたらしい。被災地から来た身からすれば、行列の出来ていない公衆電話に違和感を覚えずにはいられなかった。

「汚いとこですけど、よかったら、どうぞ」

「お邪魔します。こちらこそ我が儘を言って、こんな風に押し掛けて来て済みません」

「いぃえぇ。でもわざわざ来てもろぅても、そないにお役に立てるんか、どうか」

「いえいえ。余さんの奥さんと同級生だった、というだけでお話を伺う意味は充分にあります」

お話をするにしてもこないなとこしかありませんで。食堂に通された。平日だし旦那さんは仕事、子供二人も学校に行っているらしい。お陰で落ち着いて話もできそうだった。お世辞にも広い家ではなさそうだし、他にも人がいれば具合が悪かったろうと思われた。成程、三原夫妻が同居を遠慮した気持ちもよく分かる。

茶を出してくれたので有難く頂いた。

まずは、記事について礼を述べてくれたところから始まった。両親がどないしとるかなかなか見に行くこともできへんで。あれを読んで、様子が分かってホンマによかった。肩の荷が下りたよな気持ちになれました。

早く本題に入りたいのは山々だったが、感謝の言葉を受けて急かすわけにはいかない。初対面だし、社交辞令は欠かせない。いえいえ、もっと書きたいことはあったんですが誌面の都合上、あれくらいに抑えるしかできませんで。持ち上げられれば、謙《へりくだ》るまでだった。

「それで」漸く、本来の用件を切り出せた。「殺された余さんの、奥さんの件ですが」

「あ、あぁ、済んません。要らんことばっかり言ぅてしまいますなぁ。根が喋りなモンですんで」

笑うと目元が、三原の旦那さんそっくりだった。眼や鼻などのパーツは父親似、全体の作りは母親から受け継いだものと思われた。「金《きん》さん……あぁ余さん、結婚する前の姓は金森《かなもり》さんゆぅたんですわ。しやから私ら同級生は、普段から『金さん金さん』て呼んでまして。『金から余《よ》、や。結婚しはっても字があんまり変わらへんさかぃ、よかったんちゃぅ』なんて揶揄う子もいてました」

寿々絵の母親は名を園美《そのみ》といったことは、近所の聞き込みで既に知っていた。すると旧姓で呼べば、金森園美だったわけだ。取材ノートにメモした。

「写真か何かありませんか」

「ご免なさい。卒業アルバムは実家にあってんけど、あの、震災で」

焼けてしまったということだ。寿々絵の写真を手に入れようとした時も、火事でアルバムがもうない、と同級生が口々に済まながっていたのを思い出す。あの震災は本当に、数々の思い出を灰にしてくれたものだ。お陰で追求にも一々、苦労させられる。

「どんな人でしたか、金森さんは。同級生から見て」

「大人しい人でしたわ。見た目はえらぃべっぴんさんで、派手に着飾ったらそら綺麗やったやろ思いますけど。いつも服装は地味でした。まぁこぅ言ぅたら何ですけど、お世辞にもお金持ちの家庭やなかったんで。高い服、買われへんゆぅ事情もあったんかも知れんけど。まぁそれ言ぅたらうちも、周りも似たようなモンでしたけどな」

寿々絵も美人だった。それは母親からの遺伝、ということなのだろうか。もっとも園美の写真もなく、父親の顔も見たことはないから想像することしかできはしないが。

「親しい友人とかはいらっしゃいませんでしたか」

「さぁ、それも。喋りもあまりせぇへん人でしたさかぃなぁ、私なんかとはえらぃ違いで。仲間内で連れ立って何かする、ゆぅタイプの人やあれへんやった。特に親しゅぅつき合ぅてた友達、ゆぅのはおれへんやったんちゃぅかなぁ。少なくとも私は知りません。ちょっと思い浮かばん」

寿々絵もまた、無口であまり仲間とは打ち解け合わないタイプだったという。同級生が言っていた。親しい友達も、彼氏もいなかったのではないか。そこの辺りまでも母親からの遺伝なのか、と思うと苦笑が湧いた。同時に侘びしさも少なからず、浮いた。

「余さんとの結婚は、どのような経緯だったんでしょうか」

「それもようは知らんのですけどね。恋愛とかそんなんやなく、親が決めた婚姻やった、ように聞いた覚えありますわ。さっきも言ぅた通りお金持ちの家やありませんでしたさかぃね。売られたよぅなモン、言ぅたら言い過ぎでしょうけど。でも向こうはかなりの歳上でしょ。美人やったさかぃにそれで、見初《みそ》められたよぅなモンやったんちゃぃますか。しやから口が悪い友達なんかは、『金さんが金《かね》で売られて余りになった』とか言ぅとるのんもいてましたよ」

　余廉将はバブルが弾けるまで、高利貸しでかなりの羽振りだったという。その金にものを言わせ、貧しい家庭の美しい娘を買うようにして娶《めと》った、ということか。生前の余を知る者は誰も彼のことをよくは言わない。それどころか、こき下ろす。彼のクズぶりが結婚にも現われているということか、と考えると妙に納得がいくようだった。

「それでは、結婚されてからは」

「それまでもあまり、つき合いは深い方やなかったのに。歳上の旦那のとこ行ってからは、もう会うこともあれへんやったですよ。風の噂で、最近こなぃやねんて、とか耳にすることがたまぁにあったくらいで」

　バブルが弾けた後の余は、働きもせず日がな一日、酒を浴びていたという。家の中で暴れる音もよく聞こえた、と近所の住民が言っていた。

　愛想を尽かした園美は、家を出て行った。稼ぎ手がいなくなったため寿々絵は、高校を辞めて働きに出るしかなくなった。娘を放って家出した勝手な母親。これまで仕入れていた情報から古毛は、園美を勝手にそう見なしていたのだ、が。

「あぁ、そうそう」水を向けると弥生は、ポンと手を打った。「その話も噂で聞きました。金さん旦那に愛想、尽かして出て行ってんて、て。娘さんも可哀想になぁ、て同級生らとも話してたんです。しやから古毛さんの記事、読んで『あぁ』て思いました。やっぱりこなぃな酷い状況に置かれとったんや。ほんなら父親、殺す気になったとしてもしゃぁなかったんちゃぅのん、て」

「どうして園美さんは、娘さんを連れて家出しなかったんでしょうね」

「あぁ、そうそう。それですわ」またも手を打った。先程よりずっと、強く。「何で娘、放って行ったんやろ、て怒る友達もいてますやん。いくら金で結婚させられた嫁ぎ先、ゆぅても娘は可愛いんちゃぅのん、て。そしたらもっと事情、知っとる別の友達が、いやそやないらしいねん、て教えてくれて。実は金さん、新興宗教に入ったらしい、て言ぅんです。しやから娘さんは、連れて行かれへんやったらしいよ、て」

そうそう、そうだった。すっかり失念していた。近所の住民に話を聞いている中で、その件も出ていたのだ。もっとも、ではその宗教団体とはどこなのか。肝心な点は誰も、覚えてはいなかったのだけれど。

「そしたら最近、別の友達から聞いたんです。見た見た、金さん。テレビに映っとったでぇ、て」

「テレビ」あまりに意外な展開に不意を突かれた。飛び出て来たのはあまりに想定外の言葉だった。「それは、どういう」

「しやから今、どこのチャンネル捻ってもこの話ばかりですやん。あちこちの関連施設も映し出されてますやん。そん中でたまたま、映っとったらしいんです。教団、経営のラーメン屋で働いとったところが」

教団、経営のラーメン屋。桐田の仕切る、パソコン・ショップと同様の。

そう。余寿々絵の母親、園美が身を投じた宗教団体とは、オウム真理教だったのだ。

22

新幹線で東京駅に着いた時には、午後十時を回っていた。常識的には人の家を訪ねるには、遅過ぎる時刻だろう。

だが古毛は駅の公衆電話から、桐田のアパートに掛けた。実は新幹線の車内からも、いったん掛けていたのだ。遅くなるが今夜、訪ねてもいいだろうか、と。いいとの返事がもらえたので乗っかるだけだった。明日まで待つ気には到底なれない。今、東京駅でこれから向かう、と桐田に告げると受話器を架台に戻した。ピー音と共にスリットから飛び出て来たテレフォン・カードを財布に戻すと、足早にＪＲ総武線に乗り換えた。

余園美が入信したのはよりにもよって、オウム真理教だった。新幹線の中で繰り返し、浮かんだ思いが再び頭の中を駆け巡った。以前、余家のご近所さんに話を聞いた時には「どこかの宗教団体」としか分からなかったのだ。誰も、思い出すことはできなかった。

時期が悪かったのだ、と今なら分かる。あの二ヶ月後、地下鉄サリンその他の事件が連発し報道はオウムの話題一色に染められた。そうとなれば思い出す人もいたかも知れない。そう言えば余の奥さんが走った宗教団体って、ここだったんじゃなかったっけ。だから再び彼らの元を訪れて話を聞いていれば、突き止めることはできていたかも知れない。

だが結局、こういうものなのだ。彼らに再び会ったからと言って余家に関する新しい情報など聞き出せはすまい。勝手に決めつけて、会ってみようともしなかった。もっとも彼らとて避難所から復興住宅に移っているかも知れず、行方を探すのは一苦労だったかも知れないが。その前に再訪なんて考え、浮かびすらしなかった。

三原夫妻に挨拶に行っていなければ、最後まで分からず終いだったことだろう。行ってよかった、結果論として。胸を撫で下ろす心地だった。

取材なんて、こういうものだ。無駄足に終わるのがしょっちゅう。むしろ、そちらの方がずっと多い。それでもやっている内に、何かに出くわす。足掻《あが》いている中で、次に繋がる材料にぶつかる、こともある。だから常に何かをやっていなければならない。動いていなかったらそもそも、出会えるものにも会うことはないのだから。僅かな可能性を信じて動き続ける。それが、取材だ。

亀戸《かめいど》駅で降りた。桐田のアパートの最寄駅である。歩いて歩けない距離ではないが、古毛は迷わず駅前からタクシーに乗った。この季節、こんな時刻になっても外は暑い。が、歩くと汗が出るという理由ではなかった。とにかく早く話を聞きたい。頭にあったのは、それだけだった。

「金森園美さん」こんな時刻に済まない、の直後にいきなり本題に切り込んだ。いつもの居間、いつものテーブル。飲み物を出そうとしてくれた桐田を、その間も惜しいと制したくらいだった。確かに暑くて喉も渇いてはいるが、それでも飲料どころではない。

金森、の名前を確認もせずにぶつけたのも、同じ理由だった。とにかく早く話を進めたい。家を飛び出して入信した女性なのだ。旧姓を名乗っているだろう、と踏んだ。「そちらの信者さんだ、と伺ったんだ。ご存知じゃないですか」

実は事前の電話では、用件の中身については全く触れてはいなかった。ただ会いたい、とお願いしただけだった。この人を知っているか。知っているなら会わせてくれ、と頼む積もりなのだ。なのにそれを先に告げておくと、「修行の邪魔になるようなことはできない」などと拒絶されてしまい兼ねない。だからとにかく会うだけ会って、用件についてはそれから切り出すことにしたのだ。

「あぁ、金森さん、ですか」戸惑ったような表情を浮かべた。旧姓を名乗っている筈、という読みは取り敢えず当たっていたようだ。「えぇ、まぁ。知ってはいますが。でも何故、貴方が」

　やった。一歩、前進。派手にガッツポーズでもしてやりたい心地だった。

　園美はラーメン屋で働いているところをテレビに映された、という。桐田のパソコン・ショップと同じく、教団の資金を稼ぎ出すための店だ。そして桐田はそうして働く一般信者の指導者的立場にある。彼女を知っている可能性は充分にあり得る、とは踏んだ。

　ただ一方、これだけ大きな教団なのだ。信者の数も多い。知らない、ということもまた充分、あり得た。流れは今のところ、いい感じで行っている。

　興奮を押し隠して、続けた。「実は取材の過程で、その名にぶつかったんだ。是非、会ってお話を聞いてみたいんです」

「しかし何故、彼女に」

「桐田さん、失礼ですが金森さんの来歴はご存知ですか」

「えぇ、まぁ。どこから来られたのか、とかそういうことは。最初は全く知らなかったんですけどね。今は、まぁ。基本的なことは、存じ上げている積もりです」

「では彼女が神戸の出身、ということも」

「えぇ。あの大震災でお宅が被害にあったそうですね。お気の毒なことで」

「地震で旦那さんが亡くなっているんです。そのことも」

「えぇ、まぁ」

　実は旦那は震災死ではなく、殺されたのだ。余計な事実はまだ、明かす気はなかった。刺激が強過ぎるだろう、と見たからだ。今は彼に躊躇わせるような材料を、できる限り与えない方がい い。

「金森さん、以前はうちのパソコン・ショップで働かれていた頃もありまして、ね」桐田は言った。「ただやはり、この歳になるとパソコンのような難しい機械はよく分からない。新しい知識がなかなか頭に入って来ない、とかなり苦労されているのが見受けられましたので。僕の紹介で、ラーメン店の方に移ってもらうことになりました。あちらに移ってからも何かと頼りにしてくれるので、ちょくちょく相談に乗るようにはしています」

　パソコン・ショップと同じくオウム真理教の関連会社、マハーポーシャが運営するラーメン店は名を『うまかろう安かろう亭』といった。最盛期にはここにも程近い亀戸店など、都内だけで十店舗、近くを展開していたのだ。余園美が勤めていたのはその内の一つ、高円寺《こうえんじ》店らしかった。

「彼女、結婚してからの姓は余さんといいます」

「えぇ、それも伺ってます。相談に乗るようになってからは、自然と身の上話も打ち明けてくれるようになりましたので」一拍、措いて続けた。「それで聞いたのですが、旦那さんというのは随分、酷い人だったそうではないですか。仕事もせず呑んでばかりで、家族にも暴力を振るって。だから教団に入ったのも、救いを求めて、だったのでしょう。確か、大阪でのセミナーに参加したのが最初の切っ掛けだった、と仰ってました」

「今は金森さんと名乗っているのは、不幸な結婚生活と決別したいから、ということですかね」

「そうなんでしょうかね。その辺りのことは、ちゃんと伺ったことはないんですが」

「それでも、ですよ」膝を乗り出した。「どれだけ酷い夫だったと言っても、結婚してたんだ。共に家庭を築いていた。なのにその相手が、亡くなった。せめて家の焼け跡にくらい一度、行ってみたいという気にはならないんでしょうか」

「さぁ。そんなことを僕に言われても、困ります。ただ彼女は、救いを求めて教団に来た。解脱を目指して今、熱心に修行に打ち込んでいる。僕が言えるのは、そこまでです」

「旦那さんだけじゃない」相変わらず、のらりくらりと躱《かわ》されてばかりだ。この件を打ち明けようか、どうしようか。迷いはあったがここはやはり、切り出すことにした。ショック療法に出るくらいでないと、こいつの物腰は崩せない。「彼女には、娘さんもいたんですよ」

　ところが衝撃を与える積もりが、あっさりと受けられてしまった。「えぇ、それも知っています」

「知っていた？　まだ十代の娘さんを残して家を出た、ということもですか」

「えぇ」頷いた。「その時の心境について、本人から伺ったことはありませんが。かなりの葛藤があったことだろう、とは僕も思います。それでもあの人は、意を決して入信した。それが最終的には、娘さんをも救うことになると信じて」

　オウム真理教の最終的な目的は人類の救済にある。だから一時的に娘を放置することになったとしても、自らが解脱すれば結果的に彼女を救うことにも繋がる。黙って聞いていればまたぞろ、いつもの御託が並べられるのは目に見えていた。普段なら我慢してつき合うが、今はそんな気には到底なれない。

「大震災で夫が亡くなり、娘さんも焼け出されたんだ」古毛は言った。「平常時ならともかく、今は非常事態なんだ。なのに、心配にはならないんですかね」

「そんなことを僕に言われても困ります」繰り返した。「ただ彼女は、それでも修行に打ち込む日々を送っている。逆境を乗り越えようと努めている。僕はそんな彼女を、心から立派だと思います。この分だと最終解脱に達する日も、そう遠くはないのではないでしょうか」

「それでは彼女を、僕に紹介はしてくれないということですか」

「会わせたら、何の話をされるお積もりですか。やはりその、震災で被害に遭われた家族の話ですか」

それはそうです、と答えると大きく首を振った。ならば賛成はできない、と。

「今、彼女は大切な時期なんです。動揺させる事態はできる限り、避けたい。家族だ何だという話題は現段階で、修行の妨げにしかなりません」

「そうですか」

ここで彼の言い分を飲み、助けを借りずに彼女に会おうとしたら、どうなるか。考えた。桐田、抜きで余園美を探し出すことはできるだろうか。

一時期はあれだけ大規模に展開していた『うまかろう安かろう亭』だが麻原彰晃の逮捕を受けて、今は続々と閉店の運びとなっている。高円寺店はまだやっているのか、どうか。そこのところは確認はしていない。

ただ閉めてしまったとしてもまだ、探す方法はあるだろう。記者仲間に聞いて回れば、一般信者の多く住むアパートの場所くらいいくらでも聞き出せる。そうしたアパートを訪ね歩けば、余園美に辿り着くことも不可能ではあるまい。つまり手間は掛かるにしても、何とかなる。

腹を括った。強く出てみることにした。ここで失敗しても何とかなる筈、と思えば採り得る選択肢も増える。

「こんなことを言いたくはなかったけど」切り出した。「僕は何としてでも、金森さんに会って話を聞きたい。そうしなければならない。だから貴方が協力してくれないというのなら、仕方がない。独自に居場所を突き止めるだけだ」一拍、措いた。俺達、記者がその気になれば何だってできるんだぞ。強気を言外に滲ませた。「彼女のいる場所を突き止めて、直撃する。それでもいいんですか」

　修行の妨げになるからできるだけ動揺はさせたくない、と桐田は言う。なのに古毛のような人間が直撃してしまえば、彼の配慮は無惨に砕け散る。最悪の結果を招く可能性が否定できない。

「お、脅そうというのですか」

「事実を述べているだけです。貴方が協力してくれなければこうなりますよ、と。僕だってできれば、そんなことはしたくない。でもどうしても、金森さんに会って話を聞かなければならない。であれば不本意ながらも、直撃するしかない。結論として、そういうことになりますよね」

　桐田が腕を組んだ。協力はしたくない。だがしないと、更に悪い結果を招き兼ねない。ならばせめて自分が同席し、遣り取りが不穏な方向へ向かいそうになれば修正するなり、制止なりをすればいい。まだ、その方がいいのではないか。面倒見役を引き受けている、自分の務めのようなものだろう。内心の葛藤が、手に取るように分かった。

　眼鏡を外した。ハンカチでレンズを丁寧に拭い、掛け直した。所作の一つ一つが丁寧すぎて、不必要に時間が掛かったくらいだった。

　勝った。確信した。こうなったらもう、落ちるところは決まっている。あんたは最早、引き受けるしかない。

「分かった。分かりましたよ」とうとう、両手を挙げた。「気は進まないが、協力しましょう。被害は最小限に抑えたい。金森さんにはここに来てもらうことにします」そこでいったん、口を噤んだ。「がただし、そこには僕も同席する。この条件だけは、譲るわけにはいきません」

　当然、来るだろうと予測のついた条件だった。言うまでもなくできるなら、二人切りで会った方が理想的だ。周りの邪魔を気にすることなく、会話を誘導することができる。

だが飲まなければ、桐田の協力は期待できない。すると、膨大な手間を余儀なくされる。おまけに下手をすれば、余園美を探し出せずに終わってしまう恐れだってゼロではない。

だから、「勿論、それで構いません」と頷いた。強く出るような真似をして申し訳ない、と謝罪して、桐田のアパートを後にした。

さぁ、いよいよだ。駅まで歩きながら、思った。いよいよ余寿々絵の母親と、対面が叶う。

それで何か重要なことが判明し、寿々絵の居所まで突き止められる。そんな展開を夢見る程、楽天家ではない。娘のことは何も知らない、と首を振られて終わり、の可能性は高い。少なくとも、大きく進展する確率よりは、ずっと。

それでも、だった。それでも会わないよりずっといいのは、間違いない。次に進む何らかの切っ掛けは手に入るのではないか。期待くらいはしていい筈だった。何と言っても偶然の巡り合わせで、会えるなんて思ってもみなかった寿々絵の母親と話ができるのだ。それどころか母親を探し出そうなんて考えすら当初、頭には浮かんでもいなかった。

そう。取材なんて、こういうものだ。あるとき突然、幸運に恵まれ思ってもみなかった進展が待っている、ことがある。だから、動き続けなければならないのだ。これだから取材は止《や》められないのだ。

最早、暑さすら気にならなくなっていた。

23

あぁ、成程。余園美との初対面で、最初に胸に浮かんだ思いだった。確かに、似ている。寿々絵の母親と言われれば、誰もが納得するだろう。歳は重ねているし、苦労もしたため疲れ切った空気は否めないがそれでも、彼女が美しいのは間違いなかった。

見た目はえらぃべっぴんさんで、派手に着飾ったらそら綺麗やったやろ思います。三原夫妻の娘、菰武弥生の言葉が思い出された。若い学生時代なら今、以上に彼女の証言通りだったろうと思えた。余廉将が金に飽《あ》かして強引に妻にした、という同級生らの噂もいかにも、と頷けた。

ただし、だった。寿々絵と決定的に違う点があった。線の細さ。体形が、ではない。そういう意味なら寿々絵だって、スラリとしたスタイルである。だからそうではなく、内面から滲み出る弱々しさだった。実際以上に彼女をか細く見せている。凛と立っていた娘とは対照的に、彼女は揺れ動いている。まだ言葉を交わしたわけではない。それでも、見た印象から強く感じた。

桐田の部屋で引き合わされた余園美に、古毛は名刺を差し出した。雑誌記者をしております、と名乗った。貴女の名前は、大震災を取材している中で知りまして……

「地震」その一言だけで動揺が走った。俺が何者なのか、桐田は事前に伝えていなかったのだろうか。訝った。ただ単に取材に来た記者、としか紹介しなかったのかも知れない。「ほんなら、うちの場所にも」

行ってみたのか、という問いだ。古毛は分かり易いように大きく頷いて見せた。「あの辺りは特に被害が大きかった。お宅だけでなく一面が焼け野原になってしまってました。お気の毒です」

「うちの辺りが一番やられた、いぅ話は聞きました。ご近所さんも皆、焼けてもぅたゆぅ話も」

「旦那さんのことも」

今度は向こうが頷く番だった。他の全ての所作と同じく、弱々しく。ただその後、顔を上げた。

「でも娘は無事やったんでしょ、娘は」

「えぇ」そこは最初に明確にして、安心させてやる必要がある。「無事です。亡くなったのは旦那さんだけで、娘さんには大きな怪我もありません」

「あぁ」

ただし、と切り返した。本来なら、貴女がオウムに入信したのは働きもせずに暴力を振るう夫から逃れたかったからなのか、とまずはその辺りの確認から始める積もりだった。そうして順番に、話を進める。本題に切り込むのは、段階を経てからにしようと思っていた。だがいざ話し始めてみると、言葉が勝手に次々と溢れ出てしまった。「ただし、行方不明です」

「え」あまりに意外な言葉だったようだ。戸惑ったように桐田の方を向いた。「分かれへんのですか、娘がどこにおるんか、今」

「そ、そうです」彼女がどこまで知っているのか。こちらも分からず、戸惑った。桐田も虚を突かれ、驚いている様子だった。「震災の後も目撃されているので、無事だったことは間違いない。ただ、今どこにいるのかは分かりません」

「え、でも、だって」古毛と桐田とを交互に見遣っていた。あまりの動揺ぶりにこちらも、どう対処すべきか摑めないくらいだった。「助かったのに、おれへんようになったなんて、そんな」

「貴女はまだ、十代だった娘さんを置いて家を出た」少しキツ目に攻めてみようかと戦術を切り替えた。より効果的かも知れない。「それはこの教団で修行して解脱すれば、最終的に娘さんを含む全人類の救済に繋げられる、と思ったからではないんですか」

「そ、それはそうです。でも」

「あの地震が起こっても、心配のあまり様子を見に行くようなことはしなかった。それも、修行の妨げになると思ったからなんでしょう」

「え、えぇ」未だ目の前の、二人の男の顔を交互に見遣っている。「あ、あの」

「なのに今になって急に、娘さんの心配をしている。それは」

「ちょっと待って、古毛さん」案の定、だった。桐田が、割り込んで来た。「金森さんはこんなに、取り乱しているじゃないですか。こうまで追い込んで、どうしようというんです。貴方は、何がしたいんです」

「僕はこの人の気持ちを聞きたいだけだ」

「ならばこんなやり方は、おかしい」眼鏡を取ってレンズを拭った。掛け直してから、繰り返した。「こんなやり方はおかしい。認めるわけにはいかない」

「普通、娘さんが心配であれば震災直後、現地に飛んで行くのが自然でしょう」桐田が眼鏡を拭ってくれたお陰で、一拍が空いた。ちょっとだけ、頭を整理する間が生じた。古毛は続けた。「なのにそうはせず、今になって戸惑っておられる。僕らの感覚からしたらちょっと不可解なので、訊いてみただけです」

「貴方も指摘したように、金森さんは修行の邪魔になると思って震災直後も家に帰ろうとはしなかった。立派な態度だと僕も思います。なのにそれを、貴方が台無しにしようとしている。娘さんが行方不明だなんて突然、知らされたら改めて心配になるのは当たり前じゃないですか。せっかくの彼女の決意を、貴方が揺るがせてどうするんです」

心境を尋ねているのは貴方に、ではない。突っ撥ねてやりたかった。修行の妨げになると思ったから必死にここに留まったが、やはり娘が心配でならない。母親としての自然な思いを、本人の口から聞きたかった。

だが、仕方がなかった。桐田の同席を認めたのは、自分だ。じっくり話をするにはこれしかないと思った。そして同席させた以上、何かにつけ横槍が入るのは最初から覚悟の上、だった。想定内のリスク、と言っていい。

「分かりました。驚かせてしまったとしたら、申し訳ない」いったん、引いた。それに今の反応で、確かめられたこともあるではないか。余園美は本当に、今の今まで寿々絵の失踪を知らなかった。演技だったとはとても思えない。彼女はずっと教団内に閉じ籠っており、家族の動向からも基本的に切り離されていたのだ。「それでは念のために、確認します。今も言ったように娘さん、寿々絵さんは現在、行方不明だ。どこにいるのか。母親の貴女に心当たりはありませんか」

「分かりません、そんな」首を振った。「頼れるような親戚も、うちにはあれへんし」

身を寄せられるような親戚が余家にないのは、とうに調査済みだ。亡くなったり、他所へ移って行ったり。警察だってまずはその方面を探す。調べてみて、いないと分かったからこそ他の人間関係を洗うのだ。「身内以外で、娘さんが頼って行くような心当たりはありませんか」

もう一度、首を振った。「思い当たりません」

それはそうだろう。胸の中で、応じた。彼女が家を出て、もう何年にもなる。娘の人間関係なんて、把握している筈もない。おまけにこの取り乱し振りが示している。娘がどこへ行ったのか。彼女には本当に見当もつかないのだ。

「当然、ここに訪ねて来ることもなかった。そうですね」

今度は頷いた、力なく。

「そうですか」一拍、措いた。そろそろ爆弾を投げつける頃合いか。見当をつけた。いつかは切り出さねばならないのだ。今がその、タイミングではなかろうか。腹を括った。「いずれ分かることですから、今の内に打ち明けときましょう。間もなく警察が、貴女を訪ねて来ることになると思います」

警察。園美と桐田とが、同時に反応した。びくん、と身体が震えた。「それは、どういう」口に出したのは、桐田の方だった。オウムの絡みで来るのではない。それくらい、話の流れから分かる。今の言い方からすれば、警察が来るのは娘の関係、ということになるではないか。

「実は貴女の旦那さんが亡くなったのは、震災死ではない。遺体には胸に刃物で刺された跡があった。殺されたんだ」

今度は二人、同時に顔を上げた。唖然とした眼差しを古毛に向けた。「ま、まさか」今度も口に出したのは、桐田だった。「殺された。それで警察は、娘さんを疑っているということなんですか」

二人を、特に桐田の方を見据えて、古毛は大きく頷いた。「状況からして、娘さんが疑われるのは仕方がない。警察は今、その行方を全力で追っている最中です」

「ちょ、ちょっと。ちょっと待ってくれ、古毛さん。貴方はそんな大事なこと、一言も僕に言ってくれなかったじゃないか」

桐田に答える気は最早なかった。園美だけに視線を据えた。「貴女はこんなところにいちゃいけない。娘さんは今、大変な立場にいるんだ。社会に戻って、やるべきことをしなきゃならない」

「あんた、騙したな。わざと黙ってたな。そんなことを先に打ち明けると、僕が金森さんに会わせるのを躊躇うと思って。それでちゃんと面会が叶ったら、衝撃的な話をぶつけて動揺を誘う。聞きたいことを聞き出す。最初から、その魂胆だったな」

　思わず桐田を睨みつけた。何が修行だ。何が人類の救済だ。オウムこそ罪もない人を無差別に殺傷した、殺人集団じゃないか。陰謀論なんかもう通じない。たかが一教団を陥れるためだけに、ここまで大規模な陰謀を企てる奴なんていない。報道は捏造《ねつぞう》なんかじゃない。一連の事件を起こしたのは紛れもなく、あんたも所属するこの教団なんだ。そのあんたに、俺を糾弾する資格なんてあるのか。言葉になって噴出する寸前だった。

「貴方もやっぱりそうだった。その辺のマスコミと何も変わりはしなかった。甘いことを言って近づいて来たけど、結局は僕達から報道の材料を得たいだけだったんだ。人を騙して金にする。貴方も汚い外の世界の人間と一緒だ」

「騙す、だって」代わりに、口に出た。「少なくともこの人を騙したのは、俺じゃない。あんたの方だ。そうじゃないか」

「僕が金森さんを騙した、だって。何故だ」

「あんたは先日、この人は逆境を乗り越えようと修行に打ち込んでいる、と言った」最初に園美に会って、弱々しい印象を抱いた。ちょっと話しただけでそれが、間違ってなかったと分かった。同時に怒りが募っていた。先程いったん、冷静になろうと努めたがもう収まらなかった。「その姿を立派だと思う、と。それだけ聞いていたら、どれだけ芯の強い女性かと思ったよ。でも実際に会ってみたら、違う。全くの逆だ。人間らしく普通に揺れ動く、か弱い女性じゃないか。それを追い込んだのは、あんたの方なんじゃないか」

「彼女は解脱を目指した。途中、動揺するのは誰にだってあることだ。だがそれに打ち勝ってこそ、修行の意味はある。だから僕は、励ましの意味を込めて」

「震災で家が潰れ、娘が心配でならない。普通の母親として故郷に帰りたがるのを無理矢理、引き留めていたのもあんただったんだろう」

「家族に対する思いが一番、怖い。誰もが弱い。だからそれを克服してこそ修行だ、と。これは苦難を乗り越え、解脱に至るまたとない機会なんだ、と僕は」

　ふっ、と息を吐いた。肩の力を抜いた。口元に皮肉の笑みが浮かんでいるのが、自分でも分かった。「自分に言い聞かせてるだけなんじゃないのか」

「何だと」

「そんなお題目、実はあんたが一番、疑っている。心に迷いが生じている。だからこそ他の信者を束縛して、自分は間違ってないと信じ込もうとしているだけなんだろう」

「帰ってくれ」立ち上がっていた。右手の人差し指は真っ直ぐ、ドアへ向けられていた。「あんたを一瞬でも信用した僕が馬鹿だった。帰ってくれ。僕達の修行の、二度と邪魔をしないでくれ」

　力なく立ち上がった。他に路はなかった。

　やっちまった。思いが強く、胸に沈んでいた。

「余さん」立ち去りながら、座り込む彼女に声を掛けた。本当に弱々しかった。呆然と俯く彼女は、触れたら壊れそうなほど脆かった。「貴女の母親としての想いは、決して間違ってはいない。人間として自然なことだ。こんなところにいちゃいけない。社会に戻るんだ」

「余計なことを言うな」桐田は最早、金切り声になっていた。「さっさと出て行け」

　外に出て、ホッと息をついた。やっちまった。言葉が再び、浮いた。桐田を同席させれば当然、妨害が入る。承知の上で受け入れた。それでもイザとなったら、冷静に徹することなどとてもできなかった。

これでもう、彼への取材は続行不可能になってしまった。これまで散々、言いたいことを我慢して来たのに、な。最後の最後に、抑えることができなかった。胸に必死に押し込めていた分、いったん溢れ出すと止まらなくなってしまった。

余寿々絵の行方を追う材料も、これで潰《つい》えた。そもそも母親に会った瞬間から、これは知らないなと悟ったのだ。彼女を追及したところで、何も出て来はしない、と。絶望があった分、激昂がより激しくなってしまった面はあったかも知れない。

一つだけ明るい材料があるとすれば余園美の今後、だった。彼女は逡巡している。心底、動転している。今のままだと案外、教団を離れる決意をしてくれるのではないか。それとも桐田が更に頑なになって、彼女の社会復帰を必死に阻もうとするだろうか。

あぁもう、今はいい。何も考えたくはない。

古毛は亀戸駅に向かって歩き始めた。こないだの夜は同じ道を辿りながら、いよいよ寿々絵の母親に会える、と高揚していたのに、な。それが今となっては、何たる暗転ぶりだろう。

足取りが重いのか、どうなのか。そんなことすら自覚できなかった。ただし前回とは違い、暑さがどっと身に迫った。疲れ果てた身体を更に責め苛んでいるように感じられた。

やがて駅が近づいて来た。繁華街の方から、Mr.Children の歌う『Tomorrow never knows』が聞こえて来た。だが俺の件に関する限り、これからどうなるかは自明だな。皮肉な笑みがまたも浮かんだ。

24

「おぃおぃ、GOちゃん。これじゃぁダメですよ」編集者の氷沼《ひぬま》伊織《いおり》が、四階の記者席フロアに上がって来ながら、言った。「日付けが入ってない。それにそもそも、これは何の雑誌のコピーなんですか」

「あ、『大衆実話』です」呼び掛けられた記者、沢井《さわい》航《こう》が答えた。もうもうと立ち籠める煙草の煙に、一つ大きく空咳をした。「日付けは、えーっと。いつの号だったかな」

「日付けがないと資料的価値がない、って言ってあったでしょう。ちゃんと最初に、メモっとかないと」

「えーっ、と。あ、済みません」取材ノートを引っ繰り返していた。だがそこにも、日付けのメモは取ってはいなかったようだった。

「指導役の手抜かりじゃないの、氷沼さん」ついつい古毛は、割り込んだ。取材経費の精算という退屈な作業をしていたので、少しは気晴らしがしたい気分だったのだ。「本当にちゃんと、コピー資料には日付けを入れとけ、って指導してたの」

「彼の指導者役なんか、仰せつかった覚えはありませんよ」氷沼はこちらを向いて、言った。常に沈着冷静をモットーとする彼は、相手が誰であっても敬語は欠かさない。ただし自分で処理に困る事態に直面すると、「ガハハ」と笑って誤魔化す癖がある。お陰で呼び名はそのまま、「ガハハの氷沼」。「ただ、資料をコピーした時は日付けを忘れずに、と教えた覚えは確かにあります」

古毛は沢井の方を向いた。「だってさ」

「はぁ。僕がうっかりしてたのが悪いんです。済みません」
沢井は『Sight』編集部に取材記者として転がり込んでまだ間がない、新人だった。あのベテラン記者、九鬼歳三の紹介だったと聞いている。東大法学部を卒業はしたものの、志望していた大手新聞社の採用試験に二年連続で失敗し、就職浪人。父親が伝手の伝手を頼って、九鬼にお願いしたらしい。

だが大手新聞社のエリートと、野武士集団のような雑誌編集部では同じ記者でも、雲泥の差だ。右も左も分からない世界に放り込まれ、四苦八苦している様が見て取れた。歳は古毛とほぼ同じだが、沢井からは育ちのよさが感じられる。酒も煙草も一切、やらない。おまけにご趣味はシェイクスピア劇の鑑賞、と来た。彼がこの世界に馴染むには、まだまだ掛かるだろうことは明らかだった。

ちなみに「GOちゃん」というのは津又編集長がつけた渾名《あだな》だ。最初の自己紹介の時「沢井航」と名乗ったのをわざと「さぁ行こう」と聞き間違え、だったら「Let's Go かよ」とシャレたわけだ。名前で揶揄うなんて小学生レベルかよと思ったが、津又さんがやるとどうにも憎めない。現に一同、どっと受けた。お陰で今や彼は「GOちゃん」や「東大GO」などと呼ばれている。本人としては不本意そうだが、仕方がない。駆け出しの記者なんかに、この大勢を覆す方法などあるわけがない。

「そのコピー、どこで取って来たの、GOちゃん」古毛は訊いた。確かに津又さんならずとも、揶揄いたくなるキャラではあるのだ。同時にどうにも放っておけない気にもさせてくれる。
「あ、え、えと、日比谷《ひびや》図書館です」
都立日比谷図書館にはかなり広いジャンルの雑誌が揃えてあり、数ヶ月間はキープされている。

公立図書館だけあって無料で利用できるし、手っ取り早く資料を得るには確かに都合がいい。施設の選び方は的確であったが、日付けのメモを忘れたのが新米ならではのミスだった。戦前からの膨大な雑誌が網羅されている大宅壮一《おおやそういち》文庫なら、コピーを取ればちゃんと日付けを入れてくれるがあそこは距離的にちょっと遠いし、処理にも一々時間が掛かる。

「まだ、開いてるな」時計を見て、言った。「今日の内にもう一度、行っといた方がいいな。コピーした雑誌がどの辺にあったか。どんな表紙の号だったかまだ記憶に残っている、早い内に」

ガハハハハと氷沼が笑った。「そういうことです、GOちゃん」

「はぁ、分かりました」沢井ががっくりと肩を落とした。もう一度、同じところに行くのだから二度手間になるが、仕方がない。こうして新米は鍛えられ、仕事を覚えて行くのだ。足を引き摺るようにして編集部を出て行く沢井の背中に、氷沼の「ガハハハハ」が追い討ちを掛けた。

「いやぁ、思い出すなぁ」沢井の背中が見えなくなると、古毛は言った。「俺も駆け出しの頃は似たようなこと、やらかした覚えがある」

「古毛さんが、ねぇ」氷沼が言った。「そんな時期があったなんて、ちょっと想像もつきませんね」

「誰だって新米の時代はあるさ。生まれた時からこんな仕事に精通してる奴なんて、いるわけがない」

　何だか今では精通してるみたいな言い方になってるじゃないか。口にしながら、思った。今だってしょっちゅう、ポカやってるくせに。現に、そう。こないだだって激情に駆られて、せっかく積み上げて来た桐田との関係を台無しにしてしまった。偉そうな口を叩ける資格なぞ、少なくとも俺にはない、決して。

　と、内線電話が鳴った。「貴方にお客さんが訪ねて見えてるわよ、古毛さん」階下の編集者席の、賀茂路嬢だった。

「お客」

続く言葉がたった今、考えていたことの延長線上にあったように感じた。同時に、悪い予感が浮いた。「そう、警察の方」


「変死、ですか」警察車の中だった。古毛を訪ねて来たのは刑事二人で、どこかでゆっくり話がしたいと言う。ところが編集部では始終、人の出入りがあったり電話が鳴ったりで落ち着かない。おまけに周りは興味津々で、こちらに聞き耳を立てている。とてもゆっくり、という環境には程遠い。また近所の喫茶店に行こうにも、客は巷談社の関係者ばかりだ。そこで、何ならそちらの署まで行ってもいいですよ、と提案したのだった。彼らの乗って来た車に同乗させてもらった。「桐田さんは亡くなったのですか。自殺、ですか」

「いやぁそこはまだ、調査中です」年配の方の刑事が答えて言った。古毛と並んで後部席に座っていた。「他殺か否か、判断できる段階ではありません」

「遺体はどのような状況で見つかったのです」

「今朝、いつまで経ってもパソコン・ショップに出勤して来ない、と同僚の人が心配しましてね。電話を掛けても誰も出ないので、不審に思ってアパートまで行ってみたそうなんです。そうして、亡くなっていた桐田さんを発見した、と」

「どのような状況だったのです」

「ま、まぁ、慌てることはない。せっかく署まで来て頂けるんだ。着いてからゆっくり、お話ししましょう」

事前にできるだけ、情報を与えたくないんだな。魂胆は見え見えだった。できるだけ何も知らない状態のまま、質問をぶつけてみる。反応を観察する。そうすることで、こいつが本当のことを言っているのか、嘘をついて誤魔化そうとしているのか、が見極められる。だからこそ事前に電話を入れることすらせず、いきなり編集部まで押し掛けて来たのだ。

　つまり彼も言ったように、警察はまだこれが自殺だと断定はしていない。あくまで不審死事件として捜査を進める。関係者の全てを容疑者になり得る、という前提の下で取り扱う。

　そうした警察のやり方なら、よく分かっている。あぁ、つき合いましょう。古毛は座席に体重を預けた。

　それにしても、桐田が死んだ。自殺だったとしたらあの夜の、俺の言動が遠因となったのだろうか。胸騒ぎが禁じ得なかった。

　こんなところしか空いてませんで。城東《じょうとう》警察署に着くと、取調室に通された。室内には机と椅子だけ。窓には鉄格子という殺風景さだ。普通の人なら「俺は犯人と思われているのか!?」と動揺してしまったとしてもおかしくはない。

　だがこちとら、慣れている。促されるまま、年配刑事の向かいに座った。車では運転手役を務めていた若手の方は、年配の脇に立った。圧力を掛けようとでもいうのか、ぐっと腕を組んだ。これでは本当に、取り調べられているみたいだな。苦笑が浮いた。

　訊かれたことには可能な限り、正直に答えてやる。ただし、それだけではない。なるべく隠そうとするだろうがそれでも、聞き出せる情報は引き出してやる。いったい桐田に何があったのか。本当に彼は、自殺したのか。

飲み物は、と問われたので冷たいお茶をお願いした。外はかなり暑い。これまでの車の中でもここも冷房は効いているが、直ぐに喉が渇く、というのは正直なところである。会話の途中、考えを巡らす間を飲み物を口に含むことで稼ぐ、という効果も期待できる。若手の方が魔法瓶と紙コップを持って来て、古毛の目の前に置いた。中味は麦茶のようだった。

済みません。礼を言って一口、飲んだ。それを合図にしたように、年配が切り出した。「さて。桐田さんの遺体が見つかったことはお話ししましたよね。そこで何故、貴方に来て頂いたか、というと」

「名刺、ですね」先手を打った。「最初に彼に渡してましたから。それが、室内から見つかったということですね」

大きく頷いた。「桐田さんはオウム真理教の熱心な信者だった。そこに記者さんの名刺があった。ということは彼を取材されていたのかな、と察しをつけまして」

「その通りです」こちらが頷く番だった。「桐田さんだけじゃない。教祖が逮捕されたというのに今も、教団に残っている信者が大勢いる。どのような心境でそうしているのか、話を聞いて回ってました。ただ中でも一番、桐田さんには繰り返し取材につき合ってもらっていたのは事実です」

「どんな感じでしたか、本人は」

「自分達は人類の救済のために修行に打ち込んでいる。何度も、語っていました」今はまず、こちらのことを明かす段階だ。割り切っていた。できるだけ、協力する。知っていることを打ち明ける。それが終われば今度は、先方から何とか情報を聞き出す。「一連の事件がオウムの仕業というのは敵対勢力から仕掛けられた罠で、教団は無実だ、とも繰り返し主張してました」

「教団幹部の主張と一緒ですね。信念に凝り固まっていた、わけですか、ね」

「僕も最初はそう思いました。ただ何度も会っている内に、それは自分の本心を包み隠すためなのではないか、と感じるようになりました。実は彼は内心、疑っている。やはり事件は本当にオウムの仕出かしたことなのではないか、と。だからこそ頑なに、幹部の言い分を垂れ流しているのではないか。彼の脆さが覗くようになったんです」

「成程」一息、ついて続けた。「実際に何度も会われている貴方の、率直な感想だ。事実そうだったのかも知れませんね」

「教義についても、そうです。こんな修行を続けていても、本当に人類など救えるのか。そもそも無差別殺人を犯すような教団に、人類救済など最初からやる気はなかったのではないか。そんな根本的なところから、疑いを抱き始めているように感じました」

「成程」繰り返した。メモを取りながら首を縦に振った。「成程、ね」

「どうです」逆にこちらから仕掛けてやった。そろそろ突っ込みを入れてもいい頃合いかな、と読んだ。「信念として抱いていたものに、迷いが生じた。これなら充分に、自殺の動機になり得ますかね」

「あ、い、いや」慌てたように反応したが、敢えて、の部分も多分にあったように見受けられた。「まだ自殺、と決まったわけではありませんし」

「あぁ、そうでしたね」ちょっとわざとらしかったかな。思ったが、続けるしかなかった。「とにかく僕が見た限り、そんな風に思えました」

それから桐田と最初に会ったのは、いつか。これまで何度、取材を重ねたのかなど基本的なことを尋ねられた。鞄を持って出て来たため、取材ノートも入っている。一々、確認しながら答えた。誠意を以て相対していれば、向こうだって心を開いてくれる筈だ、少しは。

「それでは」基本的な質問があらかた終わると、刑事は言った。「桐田さんの来歴についても貴方は、押さえておられるわけですね」

「出身は埼玉で、東大に進学したけど世間の価値観に嫌気が差してオウムに入信した、と。その辺の経緯については聞いています。この期《ご》に及んで教団に居残る信者はいったい何を考えているのか。記事にする際、ディテールは大切ですので。できる限り具体的に聞き出すようには努めてました」

「成程」メモから顔を上げて、腕を組んだ。一拍、措いて続けた。「地元の進学校から、東大だ。人も羨むような来歴じゃないですか。なのにそれをかなぐり捨てて、宗教の道へ。並々ならぬ決意があったことでしょうなぁ」

「なのにそこに、迷いが生じた」再び、仕掛けてみた。「これまでの人生を捨ててまで懸けようとしていた教義に疑念を抱くようになった。さぞかし、心理的動揺は大きかったことでしょうねぇ」

こちらの意図を見抜いて、刑事は微笑んだ。海千山千の老獪《ろうかい》な笑みだった。思わず神戸の滝川警部を思い出していた。「まぁ、白状しましょうか。確かに貴方もお察しの通り、遺体の見つかった状況は多分に自殺を示唆するものではありました」

若手の方が驚いたように身を乗り出して来た。まぁいいから、と右手で制して、年配は続けた。

「大量の睡眠導入剤をお酒で無理やり流し込んだ上で、風呂場で手首を切っていました。水を張った湯船に、腕を浸けて。お陰で浴槽の中は、真っ赤でしたよ。失血が死因です。覚悟の上の自殺、と見えますね。現場の状況を素直に受け取るなら」

「お酒、ですか」ちょっと引っ掛かった。「桐田さんは真面目な人だった。お酒は一滴も呑まれなかった。なのに」

「自殺の勇気を振り絞るため呑めないお酒を無理やり口にした。そんな風に見えます。現場の状況を素直に受け取る限り」

「偽装の可能性を排除するなら、ということですね」

薄笑いを浮かべて、頷いた。「勿論、現場は全て自殺と思わせるために偽装された、という可能性は常にあります。それを払拭できる材料はありません、今のところ」

「何と言ってもお酒、ですからね。実は犯人がいて無理やり呑まされた、ということもあり得ますからね。睡眠導入剤入りの酒を呑まされて、寝入ったところを風呂場に運ばれ手首を掻き切られた、と」

その通りです、とまたも頷いた。だが表情を見て、古毛は悟った。恐らく警察は近所の酒屋を既に調べている。睡眠導入剤を売った薬屋も。桐田、本人が買いに来たという証言を得ている。だからこそ十中八九、覚悟の上の自殺だろうと踏んでいるのだ。勿論そんな具体的な情報、こちらに漏らす筈もないが。

「遺書は」更に切り込んでみた。ダメ元、の覚悟はあった。「遺書は、あったのですか」

刑事は薄く笑っただけだった。貴方の期待に添えるのも、ここまでです。笑顔が言っていた。

どうしようか。逡巡した。胸に仕舞っている、重要情報を明かすべきか。

正直こんなところで打ち明けるのには、抵抗がある。何と言ってもここまで、そこそこの関係を築いて来た（少なくとも自分ではその積もり）滝川警部をまた怒らせることになってしまう。

だが明かすべきだ、と判断した。いずれ、突き止められてしまう恐れは高い。ならば今の段階で、こちらから言っておいた方がまだ傷は浅くて済むだろう。滝川警部だって嫌みの一つくらいは言うだろうが、激怒までは行かないのではないか、あの人なら。

「済みません、実は」だから、切り出した。「もしかしたら参考になるかも知れない、お話がありまして」

「ほほぅ」満更ではない、の物腰で身を乗り出して来た。「何です、いったい」

「僕が最後に桐田さんに会った時、実は同席していた人がいるんです。中年の女性信者ですが」

余園美の存在を打ち明けた。阪神大震災の取材で、知った事件であること。被害者の妻にして容疑者の母親である彼女が、オウムに入信していたと突き止めたこと。世話役のようなことをしていた桐田に頼んで、会わせてもらったこと。

「ははぁ、それは」刑事は椅子の中で背を反らした。「申し上げ難いが、感心できる行為とはとても言えなそうですなぁ。そのような方の居場所を突き止めたのなら是非、直ちに通報して欲しかった。捜査に役立つ可能性、大の情報です。隠蔽したのなら、捜査妨害と見なされても仕方がない」

「済みません」反論する気は更々なかった。素直に頭を下げた。「いずれは、お報せする所存でしたが。ただその前に、できる取材はしておきたかった。話を聞くだけ聞いた上で、通報しようか、と」

「まぁ、記者さんとしての気持ちも分からんではないですが」苦笑した。「しかしやはりここは一言、窘めておくべき場面でしょうなぁ」

済みません、と繰り返して続けた。あの夜の模様を刑事に伝えた。余園美と話をしていて、彼女はとても困惑しているのが分かったこと。娘を置いて家を出たのを今でも悔いており、心配で堪らないでいること。なのにそんな彼女の気持ちを許さず、教団に引き止めていたのが桐田だったこと。

「話している内にだんだん、腹が立って来たんです」古毛は言った。「さっきも言ったように桐田さんだって内心、教団に疑問を抱き始めている。そんな自分を誤魔化す意味もあって、周りに殊さら修行を強いている。何を勝手な、の思いが募って来ました。だからついつい、強く詰《なじ》ってしまったんです」

そんなお題目、実はあんたが一番、疑っている。だからこそ他の信者を束縛して、自分は間違ってないと信じ込もうとしているだけなんだろう。溜まっていた本音を思い切り、当人にぶちまけてしまったことを打ち明けた。

「図星だったと思います。一番、誰からも言われたくない指摘だったと思います。でも、止められなかった。桐田さん、かなりショックを受けたことでしょう。だから」

「内心の葛藤を他人から突かれて、深く傷ついた。自殺の動機になり得た、と仰るわけですね」

「自分も動機を作った一人かも知れない。そう考えると、打ち明けずにはいられませんでした」

「分かりました。よく、自分から明かしてくれました」

余園美について知っていることを全て、伝えた。余事件の捜査を仕切っているのは兵庫県警の滝川警部だ、とも教えた。彼らだって調べれば直ぐに手に入る情報ではある。だがこうして伝えておけば、手間が省けるではないか。協力の姿勢を示す。それは、悪い結果には繋がらない筈だ、決して。

「分かりました」年配の刑事は繰り返した。「情報の提供に、感謝します」

「滝川警部と連絡をとられることがあったら、古毛が済まながっていた、とお伝え下さい。知らせるべきだとは分かってはいたが、取材の方をつい優先させてしまった、と」

分かりました、と三たび繰り返して刑事は笑った。「まぁ、情報提供に対するお礼、というわけではないんですが。いずれお分かりになるでしょうからこちらも打ち明けておきましょうか。先程の質問、『遺書』ですが確かに発見されました」

若手の方が息を飲むのがここまで聞こえた。だがもうこの場は、年嵩の方に任すことにしたようだ。何も口に出しはしなかった。もし何か責任問題に発展したとしても、自分は何もしていないと言い逃れることができる。勝手なことをしたのは、先輩だ。

「ただしこれも、これまでと同様ですな」

「死体の見つかった風呂場と同じく、偽装の可能性は払拭はできない。そうですね」刑事に合わせて、古毛は言った。見ろ、こちらから協力した甲斐は、早速あったじゃないか。この上ない情報を齎《もたら》してくれた。いずれ、分かることとは言え早い段階から仕入れておくことが、有利であることは間違いない。「犯人に強制されて、桐田さんが書かされたのかも知れないし」

「そうそう」表情が、これで終わりだと言っていた。情報を明かすことも、この取調室における事情聴取も。「そういうことです」

わざわざご足労、有難うございました。丁寧に礼を述べて、城東署から送り出された。車で編集部まで送ろうかと言ってくれたが、ぶらぶらして戻りますよと遠慮した。せっかくここまで来たのだ。現場まで足を運んで、周囲の様子を窺って来る積もりだった。

部屋の中に入ることはできない、言うまでもなく。警察は今も「立ち入り禁止」のテープを張っているだろうし、見張りの警官もまだいるかも知れない。

それでも現場の周辺を歩き回ってみれば、何か感じることもあるかも知れない。信者にさり気なく話を振って、どんな状況だったのか聞き出すこともできるかも。それとも桐田を精神的に追い込んだ張本人、と既に彼らには知れ渡っていて、ケンもホロロに追い返されてしまうだろうか。

張本人、か。やはり桐田の自殺（本当にそうだったとしての話だが、警察だって既に確信を深めつつあるように見受けられた）の遠因は、俺にあったのだろうか。あの夜、非難されたことで彼は思い詰めてしまったのだろうか。

苦味が胸に湧いた。振り払うことはできなかった。ただし重荷を背負ってばかりでは、次の一歩が踏み出せない。桐田の轍を踏むだけだ。

古毛は警察署前の道沿いに北へ向かって歩き出した。結構な距離を歩くことになるが、最初から織り込み済みだった。少しは、頭を冷やす役に立ってくれるかも知れない。もっともこの暑さでは、それもあまり期待できない、か。早くも背中には、汗が吹き出し始めていた。

25

「やってくれたモンやなぁ、記者さん」編集部に電話が掛かって来た。滝川警部だった。「マル被（被疑者）の母親、突き止めとったんにこっちには教えてもくれんやった。こら捜査妨害、と見なされてもしゃぁないで」

そろそろ来る頃だ。分かっていたから動揺はなかった。「済みません」電話口で率直に謝った。「本来なら真っ先にそちらに報せるべき、とは分かってたんですが。まずは自分が話を聞いてみたい誘惑に、どうしても勝てませんで」

「まずは話を聞いた後でも、黙っとったやなぃか」突っ込まれた。仰る通りだった。「関係者の自殺、ゆぅ事件が起こって初めて、打ち明けた。追い込まれたからや。つまりはそもそも報せる積もりはなかった、と受け取るで、こっちは」

「済みません」繰り返した。「一度、会っただけではまだ聞き出せないことが多々ありましたので。もう少し話をしてから、打ち明けようか、と」

「あぁ言えばこぅ言う、やな。いつもテレビに映っとる、どっかの教団幹部と何も変われへん」鼻で笑われた。俺も桐田に対して、同じような思いを抱いたことがあったな。記憶が蘇り、胸がちくりと痛んだ。「そないな能書き通じるかぃ、アホ」

「済みません」後はただ、ひたすら謝罪するだけだった。「返す言葉もありません」

「あんたとはそれなりの信頼関係、築けたと思ぅとったんやが、なぁ。やっぱり雑誌屋なんぞと俺らが心を通じ合わせる、なんてあり得へん、か。まぁ当然やったな。甘ちゃんやったわ、俺も」一拍、措いて続けた。「ただまぁ正直、言ぅと感心しとるよ。よぅマル被の母親、オウムにいるて突き止めたな。大したモンや。それだけは正直、認めたろ」

「たまたま、ですよ」引いた。ここは、下手に出るしかない。「全くの別ルートで知り合っていた人と、情報が上手いこと繋がってくれたんです」

　実際、三原夫妻からその娘さんに繋がり、彼女が余園美の元同級生だったことから教団にいることが判明した。それも別の同級生がたまたま、テレビの報道に園美が映っていたのを見たのが切っ掛けだった。

　更に遡れば、古毛が阪神大震災のルポを記事に書き、雑誌を三原夫妻に送ったのが発端だった。記事を見た娘さん、菰武弥生が「そう言えば」と思い出したのだ。全てが上手いこと繋がった。どれかが欠けていたら園美の居場所など分からず終いだった。そもそも母親を探してみようなんて考えすら、頭にはなかったのだ。たまたまの幸運が重なった。謙遜でも何でもない、事実である。

「それで」質問に転じた。「滝川さん、もうこっちに来られてるんですか。園美さんとは会って、話をされましたか」

「そんなん、何でそっちに教えんならん。大事な情報、隠しとった記者なんぞに」突っ撥ねられた。「これであんたとの関係も、終いや。会うどころか、話すんももうなしや。この事件を無事、解決できてあんたが記事にしたい言ぅてもコメントなんぞ出せへん。それはそっちの咎《とが》やさかぃな」

まぁ、仕方がない。認めるしかなかった。それにしても、と思った。余寿々絵の手紙の写真、あの段階でもらっておいて本当によかった。コトがこうなってしまったからには警部は、これから頼んでみたとしても絶対に便宜供与などしてはくれない。

先方も同じことに思い至ったようだった。チッ、と舌を鳴らした。「手紙の写真、くれてやるんやなかったなぁ。上手いこと巻き上げられてもぅた。あんたの我が儘につい、つき合ぅてもぅた俺のミスや。甘かったわぁ。今回は反省ばっかりや、ホンマに」

「本当に今回のことは、申し訳ありませんでした」そろそろ終わりだろう。察したのでもう一度、謝罪した。「どうか、今後とも」

「今後もクソもあるかぃ」最後っ屁が来た。予測していた通りの即答だった。「言ぅたやろ。これで終いや。二度と俺の前に顔、出すな。出したらどなぃなるか、保証の限りやないで。これは脅しやないからな」

通話は向こうの方から、一方的に切られた。まぁ、仕方がない。

本当にあの段階で、手紙の写真をもらっておいてよかったな。改めて、噛み締めた。受話器を架台に戻して力を抜くと、ついつい苦笑が浮いた。セブンスターを取り出して口に銜え、火をつけて煙を胸一杯に吸い込んだ。苦みが心地よかった。

頃合いを見て、余園美のアパートを訪ねてみた。警察による事情聴取はさすがにもう終わっているだろう。どうだったか。話を聞いてみたかった。

「あぁ、いらっしゃい」桐田の住んでいたところと似たり寄ったりの、古ぼけた木造アパートだった。ここにもまた信者が何人も住んで、集団生活で修行の日々を送っているらしい。麻原彰晃を始め教団幹部が贅沢三昧の暮らしを送っていたのとは、対照的だ。この人達の奉仕があいつらの放蕩の元であり、サリンその他のテロの原資となった、と思うとやり切れない。改めて、怒りが湧いた。「お話、ですか。ほんならちょっと、外に出ませんか」

自分もゆっくり話がしたいので、喫茶店にでも行こうという。それもできれば近所ではなく、ちょっと離れたところ。信者仲間に見られたくないのだ。気持ちはよく分かったので、一緒に新宿まで出ることにした。暑い中、駅まで戻ることになるが仕方がない。こっちだって人目を気にせず、ゆっくり話したいのは同じだった。

「桐田さんのことは本当にお気の毒でした」小田急《おだきゅう》ハルクと同じ建物に入る喫茶店に入った。ウェイトレスがお冷やを持って来、注文を聞いて引き下がると切り出した。まずは、この話題を避けるわけにはいかない。「あの夜、僕がキツく言い過ぎてしまった。それが彼を傷つけたのかな、と思うと、申し訳なくて」

「どなぃですやろ」運ばれて来たアイス・カフェオレを、軽く掻き混ぜていた。「桐田さん、迷ぅてはった。見ていて、こっちにも伝わるくらいでした。あの夜のことがのぅても、いずれはこなぃなったんちゃぅかな。今は、そんな気がします」

既に自殺が前提で話は進む。そう。警察としてもやはり、あれは自殺だったと判断したようだった。状況的にあの場に第三者がいた気配はない。遺書も強制されて書いたものではなく、自分の意思でだったろうと筆跡からも見られたようだった。脅かされて無理矢理、であったならばどうしても文字が震えてしまう。その感触は窺えなかったようだ、と漏れ聞いた。

「警察の事情聴取は終わりましたか」

頷いた。

「それも、二回」

今度は微笑みながら、頷いた。「桐田さんの生前の様子について、と。別な刑事さんからは娘のことを」

「申し訳ない」頭を下げた。「僕が、貴女の存在を明かしてしまったんだ。桐田さんと口論になった夜、実は同席していた人がいた、と。重要な情報だと思ったんだ。だからこちらの方から、打ち明けておいた方がよかろうと判断して」

「しゃぁなぃ、思いますよ。警察は生前の桐田さんの様子、調べるんに周りの信者には片っ端から、話聞いて回ったみたいですし。古毛さんが言わんでもいずれは、私のとこにも来とったんちゃいますか。あれこれ、相談に乗ってもろてましたし」

「しかしただの信者として話を聞かれたのであれば、娘さんのことを追及されることはなかった筈だ」最後に会った夜、桐田を強く非難してしまった。それは何故なのか。説明するためには、園美の存在を明かすしかなかった。娘が心配で堪らない彼女を、それでも教団に縛りつけようとしていたからこそ古毛としても、カッと頭に血が上ってしまったのだ。「僕がそのことを打ち明けたばっかりに、神戸の刑事までも呼び寄せる羽目になった。面倒を掛けてしまった。済まなかった、と思ってます」

「まぁ、しゃぁないですやん」園美は繰り返した。達観したような、物腰があった。「古毛さんは私のこと、気に掛けてくれた。それで桐田さんを怒らはった。何で自殺したんかを調べるには、大事な話やと私も思います。私のことを、明かさんならんやったんも」

相手の立場を素直に受け止める人だ。話していて、感じた。あいつが悪い。こうなったのは誰それのせいだ、などと周りに罪を問うことなく、ただ状況を淡々と受け入れる。こんな人だからこそ暴力を振るう歳上の男なんかと、親に言われるままに結婚したりもしたのか——まぁ菰武弥生の証言が、全て事実だったとしての話だが。そして生活に耐え切れなくなると、宗教に救いを求めた。弱い人なのだ。結果として彼女の今があり、追い込まれた余寿々絵の境遇もあった。

「それで、どうでした。事情聴取は」

「私の知ってること、素直に言ぅただけですわ。桐田さん、傍で見ていて分かるくらい動揺してはった。しやから自殺したと聞いて、驚きはしても意外とは思わへんかった、て」

「いや、そうじゃなくて。娘さんについて、訊かれた時は」

「あぁ」薄く笑った。笑顔すら、弱々しかった。「それも、知ってること言ぅただけです。と言ぅより、何も知らんで打ち明けただけやねんね。だってホンマに何も分からんのですモン。あの人が殺されるよな事件が起こってた、てことだって古毛さんに教えられるまで、知らへんかったんですから」

娘さんの逃亡先に心当たりはないか。古毛と同じことを、警察も訊いた筈だ。返って来た答えも決まっていた。分かりません、頼れるような親戚もうちにはあれへんし。

そう。警察としても捜査に進展はなかった。余寿々絵を追う材料は、母親に会ってみても得られることはなかった。つまり古毛が多少、園美の存在を隠していたからと言って捜査妨害になってはいないわけだ。結果論として、だがそうなるだろうことは当局だって、覚悟はしていた筈だろう。何年も前に家を出て宗教に走った母親が、何か知っている可能性はあまり期待はできまい、と。

勿論、寿々絵が逃げる途中で母親の下を訪ねていた、という事態は考えられないではない。そうであったらその場の模様を聞き込むことで、次への進展に繋げられるかも知れない。母親の所在を突き止めたのなら、会わずに済ますという選択肢はあり得ない。

ただ実際には、娘は母親を訪ねることはなかった。嘘でないことは、彼女の反応を見れば分かる。余寿々絵は園美に会ってはいない。母親が家を出てから、一度も。

で、あるならば滝川警部が古毛を非難してみせたのは、半分くらいはポーズの意味合いが強いのではないか。本来なら明かすべき情報を、明かさなかった。果たすべき義理を欠いた、ということに対して怒ってみせたのだ。

ならばまた、会うことは可能だろうか。これで終いだ、と繰り返していたがあれは表向きだけ。現実には再度、互いに協力して寿々絵を追う、なんてこともあり得るのだろうか。

それこそ拒否、だろうな。思うと、可笑しかった。義理を欠いた、と批判してみせたのだから、面子《メンツ》の上でも会うわけにはいかない。余程のメリットが、先方に生じでもしない限り。そしてそんなもの、生じる可能性など限りなくゼロに近い。

「どないしはりましたん」ついつい苦笑を浮かべていたのだろう。園美がこちらを覗き込むようにしていた。

「あ、あぁ。申し訳ない」慌てて思いを振り払った。「ちょっと考え事をしてたら、可笑しくなっちゃって。ほら、貴女も事情聴取を受けたでしょう。神戸から来た、刑事さん」

「あぁ」頷いた。「何か、鋭そうな人やったなぁ。あないな人の追求から逃げられるモンなんて、ホンマにおるんやろか、て感じ」

それをやろうとしているのが他ならぬ、あんたの娘さんなんじゃないか。突っ込みそうになったが、何とか飲み込んだ。余計なことを指摘して、心を波立たせても仕方がない。

「あぁそうだ」と思い出した。鞄から書類を取り出して、手渡した。「これ、コピーだけど、どうぞ」寿々絵の手紙だった。今日は渡そうと思って、編集部でコピーを取っておいたのだ。

「あぁ」一目、見て頷いた。「刑事さんからも見せられました」

娘さんの筆跡かどうか、確認されたという。考えてみれば、警察なら当然やることだった。ただしコピーをもらえはしなかったので、記念に頂けて嬉しいと園美は笑った。「その時も言ぅたけど、娘の字で間違いはありません。変われへんなぁ、ホンマに」

そうですか、と頷いて続けた。「読んで頂いたら分かるように、手紙に実質的な中身は何もない。ただ、追求は止《や》めてくれと僕に頼んでいるだけだ」封筒の写真も取り出した。「これ、よく見えないけど切手の消印は神戸の郵便局になってます。つまり娘さんはわざわざ故郷に舞い戻ってまで、これを投函したことになる。別に中身もない手紙を、僕に届けるためだけに。どうしてなんでしょう」

「さぁ」首を振った。「分かりません、私には。娘が何を考えよるんか、なんて」

「こういうことをするような娘さんでしたか、貴女から見て」

「そうですねぇ」遠くを見るような表情に転じた。「普段は大人しいねんけど、何かをやるて決めたら迷いのない子でした。しやからあの子からすれば、これをしなあかん、ゆぅ強い思いがあったんでしょう。やると決めたら何か面倒があっても、やる。そなぃな子やったんは、間違いありません」

「行動力があった、ということですね」

またもあの眼が脳裡にあった。確固とした輝きは一度、決めたことはやり抜く強靱《きょうじん》さを表していたように思えた。何故かは分からないが彼女は、これをやるべきと判断したのだ。だから、やった。父親を刺殺した時も多分、同じだったのだろう。

「行動力、そうですね」園美が口の中で呟くようにして、言った。「そこの辺りは私とは、正反対の性格やった思います」

あんただって家族を捨てて宗教に走るという大胆な行動に出たんじゃないか。思ったが無論、口に出しはしなかった。それに彼女の場合、周りの信者から唆《そそのか》されたという面が多分にあったのではなかろうか。人から強く言われれば拒否できない。諾々と従ってしまう。その性格は確かに、寿々絵とは正反対と言えるだろう。

「実は」意を決したように、園美は切り出した。「帰ろ、思ぅとるんです。関西に」

オウムを離れる、ということか。それはいい決断だと思った、心から。そのまま口にした。

「えぇ」と頷いた。「桐田さん見よったら、いつまでもこないな生活しててえぇんか、ゆぅ気になって来まして。このままやったらいずれ自分も、あないして命絶つことになるんかも分かれへん。考えれば考える程、えぇ潮時かもゆぅ気がして」

桐田さんの遺書、何て書いてあったかご存知ですか。尋ねられたので、首を振った。城東署で事情聴取を受けた後、現場のアパート付近を歩き回ってはみたが、目ぼしい証言に巡り会うことは叶わなかったのだ。一人、顔を知っている信者を見掛けたので声を掛けようとしたが、ぱっと身を隠されてしまった。あいつは桐田さんを詰り、自殺に追い遣った張本人。既に信者の間では、そのように見なされているのかも知れない。だとすれば話を聞かせてくれと迫っても、逃げられるだけなのがオチだ。

「最初にアパート、訪ねて遺体を発見した仲間が言ぅてました。桐田さん風呂場で手首、切って亡くなっとったらしいねんけど。居間のテーブルにお酒と睡眠薬、飲んだ跡があったんやて。そんで同じテーブルに、紙も置いてあった。書かれとったんはただ一言。『後悔が遅過ぎれば、もう取り返しはつかない』て。それ聞いて私、あぁ、て思ぅて」

　後悔が遅過ぎればもう取り返しはつかない。まさに自分は既にその段階に至っており、後は死ぬしかなかった、ということか。こんな遺書が残されていたのであれば警察も、一通りの調査を済ませた上で自殺と断定したのも妥当ではあろう。

　また同じ文言を聞いて園美も、感じ入るところがあった。自らの境遇と重ね合わせた。私もこのまま行けば桐田さんと同じ運命を辿るだけかも。冷静に思い至った。ならば遅過ぎない前に、逃げ出した方がいい。

　桐田という重石が外れたことにより、自分の判断ができるようになって来た、ということか。それはいい徴候と言えた。とてもいい決断だと思う、と繰り返した。このこともあったからこそ話をするのは、アパートを離れた場所でと提案したのか。弱々しいだけ、と思えていた園美の、意外な一面を垣間見た思いがした。

　ただ、とつけ加えた。「ただその決断は、周りには黙っていた方がいい。教団に引き留めようとする人もいるかも知れないからね、桐田さん以外にも」

「分かってます」言葉にも力強さが籠り始めたようだった。脆い印象しかない彼女が、強さを取り戻し始めた。そこには娘の行動力の、一端に触れたこともあるのではなかろうか。あの子がやったのならば、私も、と。背中を押された部分はあったのかも知れない。「ただ周りの仲間にも何人か、同じこと思ぅてる人もいてるみたぃなんです。やっぱり桐田さん見て、あれこれ考えるやないですか。あんだけ熱心やった人も迷ぅて、自殺してもぅた。やっぱりこなぃなとこ、おったらあかんのんちゃぅ、て」

桐田は自分の死に様を見せつけることによって、周りの信者の翻意に繋げる結果を導き出したのか。言い方は悪いがそれは、大きな恩恵を残したと評すべきだろう。彼は自らの命を絶つことによって、周囲を解放したのだ。期せずして、ではあろうが。

「分かった」古毛は言った。「ただそうかも知れないが、やはり教団施設やアパートの周囲ではそのことは口にしない方がいい。自分も脱会する振りを装って仲間意識を植えつけ、貴女の移住先を聞き出してまた引き戻そうとする者もいるかも知れない。執拗な連中もいるからね。教団を離れる時は、慎重にも慎重を期しといた方が」

引っ越しはどうする、と訊いた。家財道具は。荷物を運び出そうとしているところを見られれば、逃げようとしていると直ぐにバレてしまう。脱会するなら着の身、着のままの方がいい。

「家財道具、ゆぅて何もあれへんさかぃ」言って、薄く笑った。「修行修行の毎日で、私物なんか殆どあれへん。服が何着か、くらいです。大きな鞄の一つもあれば、充分なくらい」

それなら隙を見て、パッとアパートを出ればいいだけだ。誰にも意思を察せられない内に。上手くいきそうだな、と思えた。

「頼る先はあるんですか。関西に戻ったとしても、その先は」

小さく首を振った。「特にこれ、ゆぅ心当たりはありません。でもまぁあっちに行けば、知り合いがおれへんわけでもないですし。何とかなるんちゃぃますか」

「でも、元の家の近所に行くことは賛成できない。あそこはまだ一面、焼け野原で復興も始まってはいない」

「神戸には、住みません。ただやっぱりこっちにも、おりたなぃ。住み慣れた関西の方が落ち着きます。大阪の郊外あたりの家賃、安いとこ探しますわ」

さすがに元ご近所さんに会えば、あれこれ詮索されてしまうのは避けられない。何と言っても余家に何があったのか、彼らは知っているのだ。そこにオウムから帰って来た元妻など現われれば、格好の噂のタネとされてしまうだろう。それくらい、察せない園美ではなかった。世間を離れて隔離生活をしていても、常識を失うまでには至っていなかったのだ。

彼女は思っていた以上にしっかりしている。桐田がいなくなったことで本来の自分を取り戻しつつある。きっと上手くいく。再び、確信した。


今日、東京を離れる。

余園美から連絡を受けたので、東京駅まで見送りに行った。私物は大きな鞄の一つもあれば充分なくらい。言っていた通りだった。下部にローラーの付いたトランク一つを転がして、園美は待ち合わせ場所に姿を現わした。丸の内地下北口の『動輪の広場』だった。地上は暑いので、ここを待ち合わせ場所にしたのだ。身一つで出て来た、という表現そのままの格好だった。

「尾行は、いないみたいだね」

「周りに人目ののぅなったんを見計ろぅて、パッと出て来ました。誰にも見られてへん思います」

「そうか。それは上手いことやりましたね」

並んで歩いて駅構内に入った。途中、何度か周囲を確かめてみたがやはり不審な動きは窺えなかった。尾行《つ》けて来る者はいない。間違いない。

「それじゃ、お元気で」新幹線の改札口まで見送って、言った。「向こうでの落ち着き先が決まったら、連絡を下さい」

「これまで何かと、お世話になりました。教団を離れる決心もできました。古毛さんのお陰です」

いやいや僕なんか、と手を振った。「ただ、これから何かあったら僕に相談して下さい。何ができるか分からないけど、相談できる相手がいる、と思えるだけで少しは気分も楽になるかも知れない」

相談役、か。言いながら、思った。俺はこれから桐田の代役を務めようというわけか。さすがにこちとら彼のように、生活の全般に亘っての面倒は見切れない。その代わり何かに縛りつけ、自由や思考能力を奪ったりもしない。

「あ、そうだ」思い出して、手を打った。「落ち着き先が決まったらもう一人、一報を入れて欲しい相手がいる。例の、神戸の刑事さんです。貴女の居場所が分からなくなった、となればまたぞろ僕が責め立てられ兼ねない」

「分かりました」微笑んだ。重いものから解き放たれたような、朗らかな笑みだった。本来は彼女は、こうした表情のできる女性だったのだ。「そうします。古毛さんも、お元気で」

新幹線ホームへ向かう雑踏の中に、余園美は消えて行った。これからは彼女、きっといいことがある。安心して、踵《きびす》を返した。

26

営団地下鉄有楽町《ゆうらくちょう》線で池袋、ＪＲ埼京《さいきょう》線で赤羽《あかばね》に出、京浜東北線に乗り換えた。三つ目の蕨《わらび》駅で降りた。

　駅前は繁華街だがちょっと歩けば住宅街に入る。周りから見ても頭一つ、格上に映る一戸建ての民家の前で足を止めた。夜になってもまだまだ暑い。おまけに礼を尽くすため、夏服とは言えスーツを着ている。額の汗をハンカチで拭ってインタフォンを押した。男性の声が出ると、「今晩は」とまずは挨拶から切り出した。「いつも遅くに申し訳ありません。巷談社『Sight』の古毛です」

「また貴方ですか」男声は言った。「いつも言っているでしょう。お話しすることは何もありません。お帰り下さい」

「何とか、お話を聞かせて頂くことはできませんでしょうか」

「話など何もありません。お帰り下さい」インタフォンは向こうから切られた。

　何度も何度も繰り返し押す、という手もないではない。事実、そういうやり方をよく使う記者もいる。いい加減にしろ、と怒って出て来る家人の姿を捉え、ちょっと一言だけ、のコメントを手にするのだ。

　ただ、諸刃の剣ではある。うるさいからと電源を切られ、押してもチャイムが鳴らないようにされてしまうことも多い。そうして最終的には、警察を呼ばれる。

　また、怒って出て来たにしても取れるコメントは精々、一言に過ぎない。それも大半はインタフォンを介した時のものと同じ。「話すことなど何もない」

　そんなものが欲しいのではない。できればじっくりと話がしたいのだ。こちらからも先方に伝えたいことがある。そうして最終的に、記事に纏める。

　自殺した桐田の実家だった。こいつを始めて、もう十日以上になる。

　ＪＲ中野駅の北口に聳える文化施設『中野サンプラザ』には全国の電話帳を揃えたコーナーがあ

る。古毛はまずそこで、蕨市の電話帳を手に取った。桐田から実家は蕨だ、と聞いていたからだ。

ただし市内の何町か、までは教わってはいない。向こうだって伝える気は最初からなかった。古毛も事態がこう展開していなければ、実家を訪ねる気にはならなかったろう。やろうとしたとしても、本人が猛反対していたろう。

だが、桐田は自ら命を絶ってしまった。ならば遺族のコメントは、どうしても欲しい。最終的に入手が叶わなければないままで書けないでもないが、あった方がずっといいのは間違いない。

桐田、の姓はさして珍しいわけではない。ただ一方、佐藤や鈴木のように巷《ちまた》にありふれているわけでもない。おまけに蕨は小さな市だ。全国で一番、面積の狭い市でもあり人口も七万とちょっと。探し出すのもさほど難しくはなかろうと踏んだ。電話帳にあった「桐田」姓の住所を全てメモって、帰った。

後はこれを一軒一軒、訪ねて実家を突き止めるだけだ。片っ端から電話を入れるという手もないわけではないが、やる積もりはなかった。事前に相手を警戒させてしまう。それがいい結果に繋がる見込みは、かなり薄い。

しかも世帯主の名前をざっと見渡すと、有望と思えるものがあった。桐田純蔵。当人の名前が純人だったから、父親の名である蓋然性は高いと見てよかろう。父親の方は「じゅんぞう」と読むのかも知れないが、読み方は違っても親子で同じ字を使うというのは、いかにもありそうに思えた。

おまけに住所も怪しかった。地図で調べると駅から歩いて行ける距離と分かった。父親は大手ゼネコンの幹部で、裕福な家庭で育ったと桐田は語っていた。恵まれた少年時代だったからこそ逆に、彼は物質文明に疑問を抱くようになったのだ。ならば住んでいるのも一等地、というのはありそうな話だろう。

実際、行ってみるとドンピシャ、だった。一番、可能性が高かろうと狙って最初に行ってみたところが、やはり桐田の実家だった。近所の人にさり気なく話を振ってみたら、「あぁ、息子さんがオウムに行った」との反応が返って来たのだ。近隣においてはすっかり、格好の噂のタネになっているのだろう。

ここが実家と確認はできたがただし、そのままインタフォンを押すことはしなかった。いきなり押し掛けたのでは反感を買ってしまう。どんなアプローチであれ嫌がられるのは同じだろうが、それでもできるだけ礼は尽くしておいた方がいい。

だからいったんその場は引き上げて、手紙を書いた。自分は雑誌記者で、オウム真理教の一般信者を取材して行く中で息子さんに出会ったこと。教祖が逮捕されても教団に居残る心境を縷々《るる》、語ってくれたこと。それでも最終的に自ら命を絶ってしまったこと。彼の生き様は現代社会の問題を考える上で非常に示唆に富んでおり、記事にする意義は大きいと考えること。ついては遺族の思いについても是非、書かせて頂きたいので会って話を聞かせて欲しいこと。

文面を何度も練った。何度も書き直した。漸く満足できる文章に仕上がると、ベーダーに清書をお願いした。こういうのは手書きの方が望ましいのは言うまでもない。誠意がより伝わり易い。ただ自分は、字にはあまり自信がないのだ。一方ベーダーは軽い奴だが、字は綺麗なのだった。「へえぇ古毛さん、こんな取材やってたんだ」気安く引き受けてくれた。

投函して数日、待った。名刺を同封しておいたので電話が来る可能性もゼロではなかった。別に楽観はしていなかったが万が一、ということもないわけではない。

結局、何の反応もなかったのでもう一度、実家まで行ってみた。

敢えて、夜を選んだ。昼間だと家にいるのは母親だけ、という可能性も高かろう。息子を自殺で亡くしたばかり、の女性である。精神的な衝撃は大きかろう。冷静に対処してくれるとは到底、思えない。

遺族の悲しみに塩を塗り込むような真似を、したいわけでもない。こちらはあくまで記事として、遺族の率直なコメントが欲しいだけだ。大手ゼネコンの幹部にまでなれるような父親ならば、きっと芯も強い人物なのではないかと期待した。

午後九時だった。知らない人の家を訪ねるには、非常識な時刻ではある。ただ、会社から帰宅しているのを期するならばこれくらいの時刻と見ておいた方がよかろう、と判断した。まぁ社交上の夜のつき合いで、もっと遅くなることもあり得ようが。息子を亡くしたばかりの家庭であることを鑑みれば、そう引っ張り回す相手がいるとも思えない。

インタフォンを押すと、出たのは女性の声だった。しまったな。思ったが、もう続けるしかない。

雑誌記者です。名乗るとそのまま、無言で切られた。まぁ仕方がない。

それに今の反応で、収穫もあった。恐らくあの手紙を父親のみならず、母親も見ている。こちらの意向を知っているからこそ、記者と分かっただけで無下に切るという対応にもなったのだ。貴方に会う気は毛頭ない、という意思を最大限に込めて。

もう一度、押すということはしなかった。ただ門から少し離れ、暫く家の前に立ち尽くした。

十中八九、家人は二階のカーテンの陰などから外を窺っている。訪ねて来た記者はどんな奴なのか。いつまで居座ろうとするのか。見てみようとしている。だから、見せてやるのだ。こちらは何としてでも話を聞きたいと、願っている。誠意を、じっと立ち尽くすことで示してやるのだ。

ただし、あまりしつこくてもいけない。バランスが肝要だった。頃合いかな。一時間ほど、佇んでからその場を立ち去った。きっとそれまでに何度か、家人はこちらの姿を覗き見ていた筈だ。

家から見えないところまで歩み去ってから、ジャケットを脱いだ、ちゃんとスーツ姿で訪ねて来ていることを、見せるためだった。半袖とは言えワイシャツもかなり汗で湿っている。ネクタイも外し、首筋を広げてなるべく風が入るようにしてから、再び駅へと歩き出した。

翌日も同じ時刻に訪ねた。あいつは毎日、九時にやって来る。分からせるためだった。今回もインタフォンで名乗るとその場で切られた。やはり女性の声で、母親と思われた。

父親はもしかして、会社が忙しくてこんな時刻でもまだ帰っては来ないのだろうか。もっと遅い時間帯に訪ねるべきなのだろうか。いやしかし、なぁ。自問自答しながら今回も、一時間ほど佇んでから帰った。家から見えないところまで行ってから、ジャケットを脱いだ。

そのまた翌日は初めて、男性の声が反応した。やった。胸の中で快哉《かいさい》を叫んだ。やはりこの時刻に、帰宅していることもあるのだ。それが分かっただけで、収穫と言っていい。

「お話しすることは何もありません」名乗ると、男声は応えて言った。「どうかお帰り下さい。私達、遺族のことは放っておいて静かに過ごさせて下さい」

そのまた翌日は、敢えて行くのを止《や》めた。無言の拒否ではなく明確に言葉で断られたのだ。にも拘わらず連日、押し掛けたのでは鬱陶しがられてしまう恐れがある。

誠意を示すのが目的なのだ。煙《けむ》たがられたのでは、何にもならない。

ただしあまりに日を空けても、諦めたのかととられてしまい兼ねない。所詮はその程度の熱心さだったのか、と。

だから一日だけ、措いてまた出掛けた。今回もインタフォンには男声が出た。どうやら最初の二回は、慣習として母親が出ていただけだったようだ。午後九時なんかに来るのはどうせあいつ、と見定めて父親が出るようになった。つまりこの時刻であれば通常、彼はもう帰宅している。分かったのはこれまた、収穫だった。

「一昨日も申し上げた筈です」男の声は言った。「お話しすることはない。お帰り下さい」

　こうして午後九時に桐田家を訪ねて、会うのを拒否され一時間ほど佇んでから立ち去る、を続けた。連日連夜、は敢えてやらない。時折一日、空けたりする。ただし訪問を止《や》めてしまうこともない。先方に示すのが狙いだった。

　あぁもう、分かったよ、と根負けして出て来るか。それとも貴方の誠意は伝わった、と受け入れてくれるか。どちらでもいい。会って、話してくれさえすればいいのだ。勿論、後者の方が望ましいのは言うまでもないが。


　今夜もいつも通り「帰ってくれ」と言われ、一時間ほど佇んでから蕨駅へと引き返した。さすがに疲れが色濃かった。ジャケットを脱ぐと汗の臭いがむっと漂った。

　彼女に連絡を入れようか。歩きながらふと、誘惑に駆られた。今、つき合っている女性がいる。今夜は酒を呑んで彼女に愚痴を零《こぼ》し、憂さを晴らす手助けをしてもらおうか。たまには甘えたっていいのではないか、彼女なんだから。

　ところが駅に着こうとする頃にポケベルが鳴った。表示された番号は東京のもので、見覚えがあった。

「はい」果たして、公衆電話から掛けてみると、出た声には聞き覚えがあった。新宿二丁目の、おかまバーのママ（マスター?）だ。「あぁ、古毛ちゃん。今、加納ちゃんが来てるのよ。ちょっと待ってね」

替わって加納が出た。今、新米記者の沢井と呑んでいる、という。お前もつき合えよ、と誘われた。

有難く了解した。彼女に愚痴を零そうか、と迷っていたのだ。相手になってくれるのなら、誰でもよかった。彼女にあんまりクダを巻くと嫌われてしまい兼ねないから、仕事仲間が相手の方がいい、ずっと。


「よぉ」

新宿二丁目のバーを訪ねると、加納がカウンターで手を挙げた。集合住宅のような木造二階建てに、いくつも店舗が入っている建物である。知らなければ目的の店を探すだけで、迷ってしまうことだろう。加納の左隣には沢井が着いていた。入り口から見て奥に当たる。つまりそれだけ、先に帰ると言い出し難い席というわけだ。

招かれたので加納の右隣に座った。彼を真ん中にして三人、並んだ格好となった。加納は既にウィスキーの水割りを口に含んでいたが、古毛は呑み始めである。生ビールを注文した。下戸の沢井が舐めているのはウーロン茶のようだった。

外の熱気の中に立ち尽くしていた身には、冷えた生ビールの美味さが堪らない。一気に喉に流し込んだ。はーっ、と息を吐いた。生き返った心地だった。

「さっきまで弧玉《こだま》さんがいて、よぉ」こちらが落ち着くのを待ってから、加納が切り出した。弧玉亮吉《りょうきち》は『Sight』編集部のデスクである。さっきまで一緒だったのだが、人に会う用事が出来て帰って行ったのだという。「それが、しつけぇんだ。このまんまじゃ『Sight』は潰れちまう。今の内に方針転換しなきゃ、って、よぉ」

同じ巷談社の『週刊時代』や『All Day』はここのところ、文字通り飛ぶ鳥を落とす勢いだった。出す号ごとに発行部数の史上最高記録を塗り替えていた。対して『Sight』だけが低迷している。今の内に方針転換せねば廃刊の憂き目に遭い兼ねない、というのが弧玉の主張らしかった。

「そりゃ週時や『All Day』が売れるのは、分かるよ。阪神大震災にオウム事件。でけぇ出来事が続いたからな。事件が起これば週刊誌は売れる。そりゃぁ、常識みてぇなモンよ」

一方、『Sight』は月刊誌である。速報性は期待できないし、じっくりと出来事を分析するのが真骨頂だから、どうしても記事は重くなる。震災に対する政府の対応をただ批判したり、オウムの残党が次のテロを狙っている、などといった煽り記事を載せることもない。興味本位だけの読者の期待には、基本的に応えない。

「もっと読者が喜ぶような記事を載せないで、どうする」弧玉はぶち上げたという。「雑誌が売れるのはセックスとスキャンダルだ。それが大原則であり、絶対真理だ。うちだけ低迷してる事実が何より物語ってるじゃねぇか。せっかくこれだけ、世間の耳目を集める事件が立て続けに起こってる、ってのに。そいつに乗っからねぇ手はねぇや。津又さんだって甘ぇんだよ、俺から言わせりゃぁ」

津又編集長も「雑誌は女と事件で売れる」が持論である。なのに『Sight』はこういう性格の雑誌であるため、やりたいことができずにいる。ヘアヌードと事件のスクープで未曾有の売り上げを伸ばし続ける『週刊時代』や『All Day』を内心、苦々しく思いながら見ていると専《もっぱ》らの噂だ。それはそうだろうな、と古毛も見ていて感じる。

「津又さんだって悔しい思いはしているんだ」加納は言った。「でも、しゃぁねぇじゃねぇか。

『Sight』の作りはそういうコンセプトなんだから。それで売れねぇからって煽り記事なんか載せたら、週時と何が違うの、って話になっちまう。せっかくこっちについてたコアな読者も離れてく結果んなる。分かり切ってることじゃぁねぇか」

「まぁ、そうですねぇ」

勿論、世間に切り込むヴィジュアル情報誌と銘打っていても売り物であることに変わりはない。ボランティアで出しているわけではない。商売である以上、売れた方がいいのは言うまでもない。ただやはり、雑誌ごとにコンセプトはあるのだ。他と同じことをしたのでは存在価値が薄れるし、ついていたコアなファンも手放す結果に繋がる。加納が言うのはもっとも、なのだった。

弧玉が人に会う用が出来た、と帰って行ったのもオウム絡みのネタを手に入れるためだった、という。信徒から金を巻き上げ、膨大な資金力を誇ったオウム真理教には怪しい面々が裏で群がっていた、とされる。そこで取り沙汰される名前はあのバブル時代、社会の陰で蠢《うごめ》いていた連中だ。所謂〝バブル紳士〟の名を連ねたチャート図があちこちでバラ撒かれ、週刊誌のいいネタになっていた。弧玉が摑まされそうになっているのも大方、その類いだろう。

「やってられっかよ」加納がグラスの残りを一気に呷《あお》り、〝ママ〟にお代わりを注文した。

お前らもたまには、読者の喜びそうなこんなネタ取って来いや。帰り際、弧玉は憎まれ口を叩いて出て行ったそうだ。加納が不機嫌なのも当たり前だった。確かにそんな記事を載せたからと言って、『Sight』のファンが喜ぶとはとても思えない。

成程な。自分が呼ばれた意味に、思い至った。記者と編集者では立場が違い、思惑がぶつかり合うことも少なくない。正社員である編集者の方が立場は強く、こちらとしては反対意見であっても正面切って言い返せない局面も多々、ある。あいつはうるさい、と嫌われれば、仕事を振ってくれなくなる恐れだってあるのだ。だからせめて記者仲間の頭数を増やし、弧玉の暴走に対抗しようと加納は古毛を呼んだのだろう。実際には弧玉に別な用が出来、こちらが到着する前に立ち去ってしまったが。

「どうなんだよ、おぃ、東大」加納が沢井を突ついていた。「お前ぇの意見は。弧玉さんと、俺。どっちが正しいと思う」

「えっ、ぼ、僕がどう思うか、ですかぁ。だって僕、まだここに来たばっかりで。何も分からないです。雑誌の方針をどうすべきか、なんて、とても」

「だからダメなんだ、お前は」このフレーズが出て来たということは、加納の酔いもかなり回りつつある。今夜は長くなる、と覚悟すべきだった。「新米だって自分の意見ぐらい、ちゃんと持て。そんなこったからお前ぇ、新聞社にも落っこっちまったんだ」

「し、新聞社に落ちたのは、関係ないです」彼としてもあまり、触れられたくない話題なのは間違いあるまい。珍しく反論していた。「自分の意見を述べるどころか、面接に至る前の段階で撥ねられたんですから」

「だからダメなんだ、お前は。落とされそうになっても必死でしがみつけ。『面接にも行けなかった』なんて泣き言、垂れてんじゃねぇ。根性ねぇとこ見抜かれちまったから、早々に落とされたんだ」

「だから、関係ないです、って。面接にも行ってないんですから。根性、云々なんて先方にも分かるわけないじゃないですか」

「負け犬根性、丸出しだな。だからダメなんだ、お前は」

まぁまぁ、と宥めた。放っておいたら延々、このフレーズを聞かされる羽目になってしまう。

「ＧＯちゃんはこの世界に入って日が浅い。編集方針なんて言われてもまだよく分からないのも、しょうがないですよ」

「何だよ、古毛ぉ。お前ぇやけに東大の肩、持つじゃぁねぇか。あっ、分かった。お前、こいつを可愛がって裏にいる九鬼さんに取り入ろう、って魂胆だな。そうは問屋が卸さねぇぞ」

「ンなわけないじゃないですかぁ」

　気分転換の遣り合いである。そもそも加納はベテラン記者の九鬼と同じ、北海道の出身。そんなこともあって以前から、あの人には可愛がられているのだ。ただしそんな機微がまだよく分からない沢井からすれば、危ない会話に聞こえているのかも知れない。

「まぁいいや」加納がまたグラスを空け、もう一杯、とママに注文した。「今お前ぇ、何やってんの」

「先日、自殺したオウム信者がいたじゃないですか」あぁいたいた、と加納は頷いた。「実は俺、あいつをずっと追っ掛けてたんですよ。なのについ、激昂して口論になってしまった。こりゃもう取材は無理だなぁと諦めてたんです。そしたらあぁして、自分で命を絶ってしまって」

「そうかぁ」薄く笑った。「喧嘩別れしちまったから、もう記事は書けねぇかと諦めてた。でもそしたら、向こうは自殺してくれた。お陰でまたぞろ、記事化の芽が復活した、ってか」

「えぇまぁ」苦笑した。「そういうことです」

「あの」珍しく沢井が割り込んで来た。「死んだ人のことをそんな風に言うのは、不謹慎では」この世界に入って間がない彼からすれば、思ったことをストレートに出す我々が不埒《ふらち》に映っても仕方のないところではあろう。

「何だ手前ぇ。俺達に意見しよう、ってのか。十年、早ぇ。だからお前は」

まあまぁ、とまたも宥めた。それに加納の指摘も、実はその通りなのだ。桐田が自殺しなかったら、記事にすることは不可能だった。否定しようもない事実なのである。

「それに丁度いい」古毛は沢井を向いた。「実はGOちゃんの意見も、ちょっと聞きたかったんだ。自殺したその彼、東大を中退しててね。だから君なら、少しは気持ちも分からんでもない、というようなところがあるかも」

バブル景気を横目で見、金銭欲に塗《まみ》れた世相に嫌気が差してオウムに走った桐田のことを話した。だが結局、自分が信頼を寄せた教団は狂気のテロ組織だった。後悔が遅過ぎた、と遺書を残して自死を選んだらしい、と。

「そうですか」沢井は深い息をついた。「金銭欲、塗れの世相に疑問を抱いたというその人の気持ち、分からないでもないと感じます。東大生って実は、純粋な人が多いんですよ。ずっと勉強ばかりして来たから、社会にあまり触れてない。世間擦れもしてない」

「何だよ、東大」加納が揶揄った。「そんならお前も、罷《まか》り間違ってたらオウムに行ってたかも知れない、ってか」

だが真面目な沢井は、正面から受け止めた。えぇそれもあり得たかも、という気がします。率直に答えた。「物欲を小馬鹿にしている、という面も東大生には多分にあると思います。官僚を目指すのもその一環でもあるんですよ。一民間企業に入って、その会社のためだけに尽くすというのは自分にはできそうもない。それよりも給料的には安くても、自分は国のために働きたい、って」

へっ、と加納は鼻を鳴らした。「ご高邁《こうまい》なお考えも結構だけど、よぉ。そうしてお国のために尽くす筈だった大蔵官僚が結局、過剰接待にハマって政策を歪めちまってんじゃねぇの」

今も九鬼や曾川らが追及している、一連の大蔵省スキャンダルのことだった。

「えぇ、まぁ」沢井も認めざるを得なかった。「ただあれも結局、東大生の世間知らずの面が出た、という部分もあると思うんです。大学から即、霞が関に行って他の世界を知らない。中の文化にどっぷり浸かって、異常な接待も当たり前と感じてしまう。そうして大した悪気もなく、政策を歪めてしまう。海千山千の連中からすれば、彼らを上手く持ち上げて操るくらい簡単なことなんでしょうね」

「いいこと言うじゃない」

少なからず、感心した。沢井の分析が、そのまま桐田にも当て嵌まるように感じた。このままレールに乗ってエリートコースを目指せば、理想に燃えていた筈の自分もいつの間にか世間に毒されているかも知れない。危機感があったからこそ彼は、コースから外れる挙に出たのだ。逆にそのまま行っていれば、桐田の運命は今の大蔵官僚と五十歩百歩だったかも知れない。どちらが幸せなのか、と問われれば答えに詰まるしかない。

「考えてみりゃぁ、訳が分からなくなっちまうなぁ」加納が言った。かなり酔いが回っているのが、見ていて分かった。「覚《おべ》ぇてるか、古毛ぉ。今年の頭、オレ達が何の事件を追っ掛けてたか。埼玉の愛犬家殺人事件だぜぇ」

あぁ、そうだった。指摘されるまで実際、すっかり忘れてしまっていた。

埼玉県熊谷《くまがや》市でペットショップを営む元夫婦は、客に詐欺行為を働いていた。子犬が産まれたら高値で引き取ると称して犬の番《つが》いを法外な値段で購入させ、実際に産まれたら難癖をつけて断る。お陰で商売上のトラブルは絶えず、元夫婦は獣医師からもらった毒で客を次々と殺害。死体をバラバラにしてドラム缶で焼却し、山に捨てた。連続して四人が犠牲になった。

同じ頃、大阪でも愛犬家が次々に失踪する事件が発生していた。一九九四年一月に容疑者は逮捕。すると、「埼玉でも同じように愛犬家が消えている」と騒ぎになったのだ。マスコミが疑惑を報道し始めたことから事件に火がつき、警察はペットショップの従業員の証言を根拠として元夫婦を逮捕した。今年一月五日のことだった。

　だから年末年始は、この話題で持ち切りだったのだ。報道の上では既に、元夫婦が犯人に間違いないとほぼ断定していた。そこに逮捕となったものだから、マスコミは飛びついた。

　ところが直後に阪神大震災が発生。更に地下鉄サリンを始めとするオウム事件が連発し、報道はそちら一色へと染められた。

　この七月三十日には八王子《はちおうじ》市の『スーパーナンペイ』で、女性三人が射殺される忌わしい事件が起きた。被害者はスーパーで働いていたパート従業員と、アルバイトの女子高生二人という内訳。いずれも処刑するかのように縛りつけたり、殴りつけたりした上で頭に銃弾を撃ち込む冷酷な犯行だった。当初は強盗目的かと思われたが、現場から金品は何も奪われておらず、必死で金庫を開けようとした形跡もさしてない。被害者の持ち物にも手をつけてなく、犯人の動機は杳《よう》として知れない。あまりに無気味な犯行に、国民は震え上がった。

　今年に入ってこれまで考えられなかったような事件が頻発しており、愛犬家殺人で騒いでいたことなど最早、世間はとうに忘れてしまっている。それはメディア側にいる自分らにしても、そうだ。

「何やってんだろうな、俺達」加納が自嘲ぎみに呟いた。彼がこのような話し方をするなんて、あまりないことだった。「世間の耳目を引く話題に引っ張り回されて、取材取材に駆け回る。それで終わってみりゃぁ、前に何やってたかも記憶が薄れてる始末だ。目の前のことに振り回されてるだけ。後にゃぁ何にも残っちゃいねぇ。世間、てぇお釈迦様の掌で踊らされてる、孫悟空《そんごくう》かよ」

「元々、報道なんてそんなものだったのかも知れませんけども」古毛は言った。「特におかしくなって来たのが、あのバブルの辺りからだったような気はします」

「あれで、日本が溜め込んで来たあれこれの矛盾が一気に噴き出して来た感じだな。戦後、営々と築いて来たこの国の神話が次々と崩壊してる、ってところかな」

バブル景気前夜、我が国は世界から「ジャパン・アズ・ナンバーワン」などと褒めそやされ、有頂天になっていた。戦後の焼け跡から奇跡の復興を成し遂げた国として、鼻高々だった。

ところがバブルが弾けてしまうと加納の言ったように、矛盾が一気に噴き出して来た。日本経済が後退期に入り、それまで持て囃されていた「金が全て」の価値観に、疑問の目が向けられた。株や地価の高騰に狂奔していたバブル紳士の面々が世間に曝され、諸悪の根源のように糾弾され始めた。彼らの名前はオウム事件の陰でも、暗躍した闇の面子として取り沙汰されているのは、前述の通りだ。政治ではリクルート事件や東京佐川急便事件で自民党政権が国民の支持を失い、〝五五年体制〟が崩壊。連立政権の時代に突入する。

海外に目を向ければ一九八九年にドイツ、ベルリンの壁が壊されて冷戦時代が終わりを告げ、一九九一年ソヴィエト連邦も破綻した。世界的にも戦後構築されて来たものが、崩壊し始める時代であったのだ。

国内においては今年に入って、その流れがより顕著になった。象徴的な事件が続いた。大蔵省スキャンダルは日本を動かすエリートであった筈の面々が、破廉恥な酔漢に過ぎない実態を曝け出した。優秀な彼らに任せてさえおけば我が国は安泰。それが神話に過ぎなかったことが、暴かれたと言っていい。

阪神大震災では我が国の都市インフラが容赦なく破壊され、オウム事件では無差別テロにより国の安全神話も地に堕ちた。オウムに走っていたのは桐田のような高学歴エリート達であり、「勉強していい大学、いい会社に入れば後は悠々自適。金が儲かればいい。物が豊かになれば幸せになれる」という信仰も、これで崩れ落ちた。加納の言った通り今年は、戦後のあらゆる神話が崩壊しつつあるのだ。

日本の秩序そのものが失われつつあるこの時代。国民が不安を抱くとエロとグロが蔓延《はびこ》り、信憑性に乏しい流言飛語が飛び交う。世間が騒然とする中、テレビでは覗き見趣味のワイドショーが幅を利かせ、雑誌は空前絶後の売り上げを記録し続ける。

「何やってんだろうな、俺達」加納が繰り返した。

「はりついた髪　傷つけた跡
稲妻の青い舌　空を破って胸に届く
嵐が来る」

DREAMS COME TRUE の『嵐が来る』がＢＧＭで流れていた。

「もう、来てるよ」

古毛がボソッと呟くと、加納と沢井が小さく笑った。

27

昨日（今朝？）は明け方まで呑んだ。二丁目から新宿ゴールデン街に移動し、延々とクダを巻き続けた。

「もう帰らせて下さいよぉ」と今にも泣き出しそうな沢井に、加納が「だからダメなんだ、お前は」を浴びせ続けた。普段なら「まぁまぁ。ＧＯちゃんはもう、帰してやったら」と助けてあげるところだが、古毛も何故かその気にはなれなかった。

「つき合い悪ぃなぁ、ＧＯちゃん。加納さんじゃないけど、それじゃダメだよ。東大の呪縛から解き放たれてない。そのままだとさっきあんたも言ってた、世間知らずで周りに好きに操られる東大生コースを、地で行くことになるぞ」

はっきり言って何を言っているのか、自分でも分からない。筋も何も通ってはいない。だがそれでいいのだ。今夜はとことん、呑む所存だった。途中で帰るなんて、許さない。

昼過ぎまでぶっ倒れて寝ていた。睡眠と言うより気絶に近かった。目が覚めて身体を持ち上げると、頭がずきずき疼いた。吐き気が込み上げるような、気分の悪い酔い方ではない。ただ、これだけ寝てもアルコールは大半が残ったままだった。シャワーを浴びても脳内はぼーっと霞んでおり、いつまで経っても晴れなかった。


結局、その日は編集部には行かなかった。別にどこかへ電話したり、連絡を取り合ったりしなければならない用はない。これまでの取材メモを整理したり、気がついたことをノートに纏めたりするだけだった。それなら家でだってできる。ノート型のワープロがあるので、原稿だって書ける。編集部は常に電話が鳴り響いていたり、人の会話が飛び交ったりで落ち着かない。電話の呼び出し音は頭に響く。こんな体調の時は家にいた方がずっとよかった。煙も自分で吸う分にはいいが、人の吐いたものを呼吸するのはあまり好ましくない。こんな二日酔いの日には、特に。

夜になって家を出た。まだ少し、体内に酔いは残っていた。息はまだ、酒臭いだろうか。自分ではよく分からない。誰かに嗅いでもらって確かめようにも、そんなことのためだけに編集部に寄る気にはなれない。

迎え酒でもやってみたい気分を何とか抑え込んだ。駅前で牛丼屋に入り、腹ごしらえした。今夜も桐田の家に行くのだ。酔っ払って出向くわけにはいかない。暑苦しいスーツに辟易しながら、列車に乗り込んだ。

蕨駅に向かいながら、思い至った。息が酒臭くたって、別にいいじゃないか。どうせ今夜もインタフォンで二言三言、交わすだけなんだから。後はいつものように、一時間ほど佇んで帰るだけ。誰とも面と向かうことはない。電気信号を介した会話で、息の臭さは伝わりはしない。

ところが、だった。いつものように「古毛です」と名乗ると、今夜の反応は違っていた。「ちょっとお待ち下さい」

え、え？　耳を疑った。今のは聞き間違いではないだろうな。過剰な期待と二日酔いが相俟《あいま》って、幻聴でも聞いてしまったのではなかろうな。

ガチャリ、と目の前のドアが開いた。貫禄たっぷりの紳士が中から現われた。いかにも自宅で寛いでいたような砕けた服装だが、乱れてはいない。周りからどう見られるか、を常に意識している感じだった。成程、大手ゼネコンの幹部と言われれば素直に納得がいく。

ただし、あの桐田の父親というのも充分に頷けた。目鼻立ちに面影がある。桐田の身体の線を少し太くしてやれば、目の前の男とイメージ的に重なり合いそうだ。

「済みません」先に深々と頭を下げた。「いつも、ご自宅でお寛ぎのところをお邪魔しまして。こんな時刻に、押し掛けてしまいまして」

「いえ」小さく首を振った。「貴方の熱心さに、負けました。この人なら息子のことを分かってくれているかも知れない、という気になりました。実は私も本心では、聞いてみたかったのです。息子が、何を考えていたのか。どうしてあんなことをしたのか。それを、貴方なら教えてくれるかも知れないと思えて来ました」

「恐縮です」応えながら、あまり相手との距離を詰めないように気をつけた。酒臭い息を掛けてしまったら、せっかくの信頼もその場でご破算になってしまう。「どれだけご期待に添えるかは分かりませんが、息子さんとは何度もお目に掛かりましたので。その際、どんな様子だったかはお話しすることができると思います」

「ただし」背後を指差した。「もう遅いし、こんなところで立ち話でするようなことでもない。家内は精神的に参ってます。ご想像もつくでしょうが、打ち拉がれています。夜は特に落ち込むので、寄り添って安心させてあげねばならない。昼間、どこかでお会いしましょう。休日に、どこかの喫茶店ででも」

次の土曜日。蕨駅前の喫茶店で待ち合わせることになった。本当に有難うございます。深々と頭を下げて、その場を後にした。

駅へ戻りながら、まだ信じられない思いだった。頬っぺたでも抓《つね》ってみたい心地だった。俺、何かいいことでもしたかしらん？　こんな、神のお恵みがあるようないいことを、何か。

いいや、それどころではない。昨夜は散々、呑み倒して酷い二日酔いの体たらくだったじゃないか。褒められるような行為とは、正反対。

あぁでもしかし、と思い至った。そう言えば今日、牛丼屋に入ると女性の店員がとても可愛かったな。電車の乗り継ぎもスムーズで、乗り換えでさして待たされることもなく次の列車が来てくれた。ちょっとした幸先のいいことが、続いていたのだ。そして最終的に、この上ない展開が待っていた。

ほんのたまに、こういうことがある。縁起のいいことが続いて、最高の結果に繋がる。例えば電話を入れてアポを取ろうとしても、なかなか相手と繋がらない日もある。そうかと思うと一発目で相手が出てくれて、トントン拍子に取材のＯＫが取れる時も。全てはそんなものなのだ。今日もたまたま、巡り合わせのいい日だった、ということなのだろう。

これだから取材は止《や》められない。また、そうなってくれるかもという期待があるからこそ、動き続けることもできるのだ。

あの眼がふと、浮かんだ。余寿々絵の行方を追う術は現在、掻き消えたままだ。どうすればいいか分からない。袋小路に陥って、久しい。

それでも何とかしようとさえしていれば、俺はまたあの眼に会うことができるのだろうか。今日と同じような僥倖《ぎょうこう》に出会うこともあるのだろうか。

約束の日、駅前の喫茶店で待ち合わせた。三十分、早く着いて店の前で待っていた。誠意を示すことが大事なのだ。間違っても一秒たりと、相手を待たすわけにはいかない。今日も暑いが服装は言うまでもなく、スーツ上下だった。

「大リーガーってやっぱり、おかしいよなぁ」通行人の話している会話が耳に飛び込んで来た。

「俺達とは価値観が、違うよ」

「離婚訴訟のために野球、辞めちまうんだモンなぁ。あぁ、今年は活躍してくれると思ってたのに。ガッカリだよ」

昨オフ、広沢克己《ひろさわかつみ》と共にヤクルトから巨人に移籍して来た、ジャック・ハウエルのことだった。

今年はそこそこの成績を残しつつあり、期待が高まっていたところ離婚訴訟のために帰国し、そのまま退団が発表されたのだ。確かにこちらの感覚からすれば、違和感は否めなかった。先月には来日百号本塁打を放ったばかり、というのに。巨人ファンからすればガッカリ以外の何物でもなかろう。

暑さを紛らわすため、野球のことに意識を集中した。四番打者の広沢と助っ人とを放出したにも拘らず、今年のヤクルトは好調だ。一方の巨人はなかなか結果が出せずにいる。

パ・リーグではオリックスが独走態勢を続けていた。「がんばろうKOBE」が現実のものとなりそうだ。地元の熱い思いが乗り移れば、球団とはこんなに強くなれるものなのか。このまま行けば今年の日本シリーズは、オリックス対ヤクルトということになりそうだった。

と、先方が現われた。ラフなポロシャツ姿だった。あぁ、いや。こんな暑い中、店内におられればよかったのに。恐縮してくれたが、それもこちらの思う壺だった。悪いなと感じてもらえればそれだけ、こっちの要望にも合わせてくれるのではと期待できる。

共に店内に入り、テーブルに着いた。相手がアイス・コーヒーを注文したので自分も同じものを、とウェイトレスに告げた。

「このたびは本当に有難うございます」まずは謝意から切り出した。汗塗れの顔を思い切りお絞りで拭いたかったが、軽く額に当てるくらいに留めた。あからさまな仕種と映っては、嫌味ととられ兼ねない。「遅い時刻に押し掛けるようなこちらの非礼を許して下さったばかりか、希望まで聞き入れて下さって」

「あの時もちょっとお話ししましたように」桐田の父親は言った。話し方にはさすがに、威風が感じられた。仕事で交渉などする時には、もっとずっと押し出しが強くなることだろう。「私としても本心では、貴方に訊きたかったのかも知れません。宗教に走ってからは息子とは、まともにコミュニケーションもとれないような間柄になってしまいましたので。いったいあれは何を考えていたのか。どういう思いで内面に閉じ籠り、最後には命まで捨てる結果になったのか。誰かに、教えを請いたかったのかも知れません」

それに、とつけ加えた。「それにこうして、我が家に通ってくれたメディア関係者は貴方だけだ。報道はオウムがまだ危険だ、と恐怖心を煽るばかり。一人一人の信者が何を考えているかなど、彼らにとってはどうでもいいことなんでしょう。そんな中、貴方だけは息子の最期《さいご》を気に掛けてくれた。息子を一人の人間として見てくれたのは貴方だけかも知れない、と思うと話をしてみたい気になりました」

恐縮です、と頭を下げた。確かに桐田家に張り込んでいる間中、他のマスコミの姿は見掛けることはなかった。一人のオウム信者が命を絶ったくらい、彼らからすればどうでもいい。視聴者や読者の興味を掻き立てる話題があればそれでいいのだ。父親の言う通りだった。だからこそ彼は、古毛に信頼を寄せてくれた。通い詰めた甲斐があったな。胸の中で思った。

「息子さんがオウムに走ったのは、純粋な気持ちからだった。それは、間違いないと思います」父親の最初の疑問に答えるところから、始めた。「彼は社会通念に疑念を抱いていた。このままエリートコースと言われるものを辿って、社会的地位を得たとしてもそれで本当に幸せと言えるのか。根源的な懐疑に駆られていたんです」

世間の風潮に対して反感を覚えていたこと。反動として精神世界に答えを求めたこと。ヨーガに興味を持ちオウムに傾倒して行ったことを、丁寧に説明した。

「私が反面教師になった、という面もあったのかも知れませんね」桐田の父は言った。「私は一昔前で言うところの、モーレツ社員だった。家庭を顧みることなく、仕事に打ち込んでいた。またあれが社会について疑念を持ち始めるような年代の頃、時代は丁度バブルでしたからね。建設業界の景気はそれは凄まじく、休日も接待ゴルフだ何だ、と家にも寄りつけないような生活でした。そんな姿を見ていれば、疑いを抱くようになるのも当然だったのかも知れません」

「確かに彼は、バブルの時代を侮蔑するような言い方を繰り返してました」身内から自殺者を出した遺族は、悪かったのは自分だったのではなかろうか、という考えに取り憑かれがちだ。自分のせいで息子は死を選んだのではないのか、と。

　一方で内心では、誰かにそうではないと否定してもらいたがってもいる。そういうものだ。だから、その思いに寄り添うだけだった。それに事実、桐田は父親個人に対して恨《うら》み辛《つら》みを語ったりはしていなかった。徒《いたず》らに罪悪感を植え付けることもない。「軽薄さが持て囃され、ちゃんとものを考えて行動する態度を揶揄するような、社会的風潮を。ディスコで踊って楽しんでいるような同輩を、蔑んでました。しかしそれは、社会全体のあり方に対して、です。お父さんを始め家族への批判を口にしているのは、あまり聞いた覚えはありません」

「しかし、それにしても、ですよ。私はある意味、あれの軽蔑するバブル時代の象徴だ。そんな父親を見ていたからこそ、社会に対する反発も芽生えたのでは」

「彼がご家庭について語っていた内容で、よく覚えていることがあります。自分は恵まれた家庭に育った、と。だから恨みはどこにもない、と。悪いのは貴方がたではない。桐田さんを追い詰めたのはこの社会全体と、何よりオウム真理教そのものです」

　父親はほっとしたように息をついた。やはり、だった。悪いのは貴方ではない。誰かに明言してもらいたいのだ。そうすることで背負った重いものを、ほんの少しでも降ろすことができる。

「即物的な考え方に疑問を抱いて、精神世界に傾倒した。そこまでは分からんでもないです。しかし何故、オウムだったのでしょう。どうしてよりにもよって、あんなカルト教団にのめり込んでしまったのでしょう」

「初期のオウムは純粋にヨーガを追求していた。そこのところは間違いないみたいなんです。麻原彰晃の本意がどこにあったのか、はまだ分かりませんけども。僕は桐田さん以外にも、何人もの信者に話を聞いてみました。皆、一様に言っていましたよ。社会に対して何かが違うと感じていたのが、ここに来てみたら求めていたものに出会うことができたんだ、と。少なくとも彼らの精神を救う何かが初期のオウムにはあった。桐田さんもその磁力に絡めとられた、一人だったんでしょう」

「そうですか」

　貴方の息子は決して異常だったんじゃない。純粋な信心に走っただけだったんだ。第三者から言ってもらえれば、親としても少しは心の荷が降ろせるだろう。しかもそれは嘘でも何でもない。桐田は事実、その通りの人間だった。

「ただしその後、どの時点からかは分からないがオウムは軌道を外れた。常軌を逸した教団に変貌した。一般信者である桐田さんらとしては、戸惑うのも仕方のないことだったんでしょう」

「そこなんです、分からんのは。松本サリン事件の頃からオウムの異常さは報道されてましたが、遂に地下鉄で無差別テロまで仕出かした。最初がどうだったにせよ異常な集団に変わり果てたのは、もう明らかではないですか。なのになかなか教団から離れようとしなかった。何故そこまで、凝り固まってしまったのか」

「一般の報道に自由に触れられる我々と違って、彼らは閉鎖社会にいます。外部の情報はなかなか入って来ないし、内部では陰謀史観が実《まこと》しやかに語られる。冷静な判断が難しくなるのは、あぁいう性格の集団ではよくあることなんだと思います」

「では息子は、一連の事件は教団を貶めるための陰謀だ、などという馬鹿な主張を本気で信じ込んでいた、と」

いえ、と小さく首を振った。この点だけは嘘や誤魔化しは言えない。そんなことをしてしまえば最終的に、こちらが信頼を失うだけだ。「僕の質問には確かに、その主張を繰り返してはいました。でも見ていれば分かります。彼も実は内心、疑いを抱いていた。やはり事件は教団が起こしたもので、人類救済なんて言い分も嘘っぱちだったのではないか、と。迷っていたからこそ外に向かっては、頑なに陰謀論にしがみついていた。見ていて、僕にはそう思えました」

「そうですか」俯いた。「それで」

言葉は続かなかった。が、何を言いたかったのかは分かる。それで息子は、自ら命を絶つ路を選んだのか。そもそも教義に対して一片の疑心もないのであれば、自殺する理由がない。自死を選んだということ自体、彼の精神はまだ真っ当さを残していた証拠だと言うこともできよう。

「信じていたものが足下から崩れ落ちた。それは、ショックだったろうと思います」

「教団が間違っていたと分かればさっさと帰って来ればよかったんだ。馬鹿な奴。本当に馬鹿な奴だ」

実は桐田には他の信者を教団に引き留めてしまった、自責の念があった。だからこそ彼らを放って逃げ出すという真似はできなかったのであり、責任をとって自裁、の路を選ぶしかなかった。

だがそこまで説明すると、遺族にも息子の犯した過ちの責任から来る罪悪感を植え付けてしまう。だから代わりに、言った。「ちょっと耳にした話があります。桐田さんが亡くなったことで、教団を離れる信者が増えている、と。彼の最期を見て他の信者も、こんなところにいていいのかと考えるようになった、と」

「そうですか」頷いた。「自殺とは愚かな行為だがお陰で、あいつは周りの仲間を教団の呪縛から解き放ったのですね。それを聞くと少しは、心が軽くなったようにも感じます」

実は一つ、打ち明けておかなければならないことがあります。切り出した。あんたは本当は教義を信じ込んでなんかいないんだろう。激情に駆られてつい、自分は桐田を詰ってしまった。そのことを、隠しておくわけにはいかない。「彼を追い詰めるようなことを口走ってしまった。自殺なんて路を選んだ遠因には、僕のあの日の言動もあったのではないか、という気がして」

「いえ」と首を振った。「まぁ全く影響はなかった、ということはないのかも知れませんが。でもそれは所詮、微々たるものでしょう。今のお話を聞いていると、息子は既に精神的に参っていた。貴方から詰られることがなくてもいずれ、同じ路を選んでいたのではないでしょうか」

そう言って頂けたら、救われたような思いになります。心から礼を述べて、改めて確認した。それで、この件を記事にしたいのだが、構わないだろうか。

「我が家の恥を曝すようだが、あいつの生き様を世間に知らせることが、オウムのような教団を二度と生まない教訓になるのなら少しは意味もあるのかも知れない。命を絶ってまであいつが示したことが、よりよい未来に少しでも繋がるのなら。貴方と話してそんな風に思えるようになりました」

実はうちの雑誌はそれほど売れているわけではなく、日本の未来を明るくするまでの影響力を及ぼせるかは心許ない。思ったが、口には出しはしなかった。せっかくここまで言ってくれているのだ。有難いしました、記事の意義については古毛としても同じ思いである。

「お名前は一応、全て仮名にしようとは考えておるのですが。ご実家のあるのも、ここと明言することなく埼玉県のどこかとボカすように」

「そうですね」目を中空に彷徨わせた。「どうせご近所は我が家に何が起こったか知っているのですから、ボカしたところであまり変わりはないような気もしますが。でもやはり、家内のことがあります。自分や息子の名前がそのまま誌面に載るのは、まだ精神的にキツいでしょう。ここはお言葉に甘えて、仮名にしといてもらいましょうか」

分かりました、と頷いた。最後にもう一つ、お聞きしたいことが。「大変、申し上げ難いことなんですが。遺書です。警察からはもう、ご遺族の方へ戻されていませんか」

まだ変死事件、扱いの頃は大事な証拠物件だったろうが今や自殺と断定されている。もう戻されているとしても不思議はない筈だった。果たして、ぇぇもう手許にあります、との答えが返って来た。

「大変、申し上げ難いのですができればその写真を撮らせて頂きたいのです。うちの雑誌はヴィジュアル誌でして。写真があるとないとでは、誌面が大きく違ってしまいますので」

あぁ、と迷ったように首を振った。「本来ならお渡しして、そちらで撮ってもらうのが一番いいのでしょうが。さすがに、一時的にせよ手許から放してしまう気にはなれない。また、そんなことをすれば家内が怒ってしまうでしょう。息子がこの世に残した貴重な形見ですしね。だからご足労、掛けて申し訳ないが明日もここへ来てもらえますか。そうしたら、持参しますので。お店が迷惑でなけりゃ、ここで撮ってしまえばいい」

このまま家に帰る彼に同行し、遺書を外に持ち出して来てもらってその場で撮る、ということもできないではない。しかしそれでは落ち着いて撮影ができない。家の周りは住宅街で、店の類いはない。駅前のこの辺りまで出て来なければ喫茶店もないのだ。やはり彼の提案に従うのが一番いいだろう、と古毛も判断した。

お手数、お掛けしますがどうぞよろしくお願い致します。深く深く頭を下げた。

明日もここで会う約束を交わして、桐田の父親と別れた。

28

「メインの写真はこれ、一枚ですか」〝ガハハの氷沼〟が、遺書の写真を指差した。「これだけじゃ、ちょっと辛いな」

来るだろう、とは予測がついていた。そもそも、仰る通りなのだ。阪神大震災の時のように臨場感、溢れる写真なんてない。そんな性格の記事でも、中身でもない。分かっていたからこそ逆に、実際に指摘されるとちょっと苛つきが湧いた。

「しょうがないでしょう」言い返した。「自殺した本人を始め、登場する人は仮名にすることで遺族の了承を得ているんだから。顔写真だって載せるわけにはいかない。はっきり写った写真は、これ一枚。後は、他の工夫でヴィジュアルを埋めるしかない」

桐田の記事についてデザインの打ち合わせをしていた。ヴィジュアル誌の宿命である。いい写真を多数、使えないのならイラストやコラージュ、図表などで埋めるしかない。どれをどう載せるか、写真選びだけで議論を戦わした阪神大震災の時とは正反対だ。

記者の本音としては誌面を埋めたいのなら、本文の字数をたっぷりもらって書けるだけ書きたい思いがある。が、実際にはそうはいかない。まずは見た目で読者の興味を引き、然る後に本文をじっくり読んでもらう。この手の雑誌の、コンセプトである。

「自殺した彼の住んでいたアパートや、仲間の写真にはボカしを入れるしかないでしょうけど」デザイナーの笹岩が言った。「載ってるのがそんなのばっかりじゃ、誌面が映えない。もっと別なもので埋めないと」

「オウム事件の全体像について、概説する部分も要るでしょう」古毛は提案した。「そこに対応させて、地下鉄サリン事件なんかの写真も使えば」

「でもやっぱり、事件全体の説明に使う部分が本文中に占める箇所は、比率的に少ないですからね」氷沼が指摘した。「本文ではそこに触れた部分は僅かなのに、写真の方は大きく取り上げたんじゃ、見た目にアンバランスになりますよ」

「そうだよなぁ、確かに」

　事実、事件の説明に対応して写真を使うにしても枚数としては精々一、二枚が限度だろう。おまけに記事の内容上、そう大きく掲載するのは不自然である。すると、さして誌面を埋める役には立たない。氷沼の言う通りだった。

「他にはないんですか。ボカしを入れなくていいような、写真は」

「彼の半生を窺わせるようなものであればいいんだから、なぁ。あぁ、そうだ」

　桐田の働いていたパソコン・ショップの外観は使えるだろう。報道でこれまで何度も、映し出されて来ているし。それから彼とは直接、関係ないにしてもラーメン屋の写真も使えないではない。要は桐田個人に限定しなくてもいいのだ。彼と似たような生活をしていた信者の、日常を端的に表すものであればいい。

「あぁそれじゃ、あれは」氷沼が提案した。「ヘッドギアをつけて修行していた、信者の写真があったじゃない。報道で何度も映し出されてた。あれも、使えるんじゃない」

ＰＳＩ（Perfect Salvation Initiation）＝「完全救済イニシエーション」と称す、オウム独特の修行のことだった。電極のついたヘッドギアを頭に装着し、麻原彰晃の脳波を再現した電流を流す。そうすることで教祖と自分の脳波を同調させることができる、と謳う。あの、殺された村井秀夫の考案したものだとか。装着している姿は見るからに異様であり、オウムのカルトぶりを象徴する映像としてしばしば使われているのは事実だった。

「いや」古毛は首を振った。「桐田は修行であんなもの、つけてはいなかった。あんな写真を載せたら、結局は異常な信者が勝手に自殺を選んだだけ、とのイメージを読者に抱かれてしまう。記事の内容にはそぐわない」

一連の事件の実行犯ではない。熱心に修行に打ち込んでいた一般信者は、我々とさして変わらない普通の人間に過ぎない。そんな彼らがカルト教団に絡め取られ、人生を狂わされた姿を描きたいのだ。最終的には自ら死を選ぶしかなかった、悲劇を。そうした内容だからこそ桐田の父親も記事化に同意してくれたのであり、失望させるわけにはいかない。胸襟を開いて話し合い、遺書の写真まで撮らせてもらった恩もある。そもそも信者の異常ぶりを強調したいのであれば、他所の報道と何も変わらないではないか。

「だから別に、その人が使ってた、なんて書かなければいいだけの話じゃないですか。他にもこんな一般信者もいる、と。キャプションでそのことを明記しておけば、別にいいのでは」

妥協できる、か。一瞬、迷った。確かに彼らは普通の人間だったとは言え、偏狭な教義に凝り固まり常識から外れた行動を採っていたことは事実である。それに記事には桐田、以外の信者も出て来る。彼らの中にはヘッドギアをつけて修行していた者もいたろう。だからあの写真を載せたからと言って、嘘をついていることにはならない。そしてなるべく誌面を映えるものにしたい、という気持ちもよく分かる。

「いや」やはり駄目だ、と腹を固めた。「キャプションで明言してあっても、そんなの読み飛ばす読者だっている。イメージってのはやっぱり強烈だよ。あんな写真を載せたら異常な奴が死んだだけ、って受け取られてしまい兼ねない。所詮、自分らとは関係ない話だ、とね。これは下手をしたら貴方の身にも起きたかも知れないことなんだよ、と問題提起したいんだ。やはりヘッドギアは、記事の趣旨にそぐわないよ。逆にちゃんと読んでくれた読者からは、何でこんな写真があるの、と違和感を覚えられてしまうかも」

「そうですか」強い意思を示してやれば編集者だって無理は言わない。できれば人目を引く写真を使いたい、というだけなのだ。書き手が趣旨に反する、とまで言えばそこで折れる、大抵は。「それじゃ他に、何かありませんか、ね」

「赤門か、安田講堂は」笹岩が提案した。「その人、東大を中退したんでしょ。そんなエリートが何故、という驚きが記事の一つの読み処でもある。だから入信までの生活の、象徴としてどちらかを使うことはできるんじゃないかな」

「あぁ、いいね」氷沼が手を打った。「それじゃこっちのページに東大。もう一方にサティアンなりの写真を載せて、対比してやったらどうでしょう。それまでは人も羨む半生だったのが、カルトに堕ちた。そのギャップ。人生が大きく転換したことを、見開きで示してやることができるかも」

更にいいアイディアが提案された。オウムの歴史と桐田の半生を、年代ごとに対比する表を作るのだ。オウムだって最初は、まともにヨーガに取り組もうという団体に過ぎなかった。だからこそ桐田のような純真な人間が多数、引き寄せられるように入信したのだ。

ところが年代をはっきり示すことはできないが、オウムは変質した。麻原としては当初からその腹積もりだったのか。そこのところは分からない。ただとにかくどこかの時点からオウムは、布施を強要したり、出家信者の家族とトラブルを繰り返したりするようになった。この流れの中で坂本弁護士一家殺人事件が起こり、松本から地下鉄サリン事件にまで行き着いたのだ（もっとも全てオウムの仕業で間違いない、と未だ公的に断定されたわけではないが）。

　その変遷と桐田の半生とを重ね合わせれば、読者にもよく伝わるだろう。最初はヨーガの修行をしようとして入信した。ところが教団は変わって行き、内部にいた者は戸惑うしかなかった。

　ただ一方、それまでの学歴を捨ててまで身を投じた団体である。一連の事件は陰謀に過ぎない。教団は正しい、と信じたい。そうして身を引くタイミングを逸し、ダラダラと居続けてしまう。泥沼に嵌まり込む。他人事ではない。自分の身に起こったとしてもおかしくない、と読者も感じられるのではないか。記事の意図をストレートに伝えるには成程、そのような年表があればいいのは間違いなかった。

「ただこれ、大変だなぁ」古毛は戯《おど》けて、言った。絵図を埋める見通しが立った。安心ができたからこそ、ふざける余裕も生じたのだ。「オウムが変遷したのはどの時点で、そのとき桐田は何をやっていたのか。できるだけ正確に再現しなきゃならない。こりゃ小さな表でも、作るのは結構な手間だぜ」

「まぁ、頑張って下さいな」氷沼が立ち上がった。「表だけじゃない。東大の写真なんかも改めて、撮って来てもらわなきゃ」当然それも、古毛の仕事だ。

「パソコン・ショップの写真は撮っといたけど、ラーメン屋のはないなぁ。もう営業はしてないと思うから、かつての写真を手に入れて来ないと」

「それと、サティアンのも、ね。そんなのは『All Day』に行けば、いくらでもあるでしょ」

雑誌の写真は現場でフィルムを使い切るまで撮って、数多くの中から記事に最も相応しいものを選ぶ。つまり撮ってはみたが日の目を見なかった、誌面に載らなかったものの方が圧倒的に多い。そうした中から探せば氷沼も言う通り、使えるものはいくらでもある筈だった。

「それじゃ、そういうことで」

ガハハハ、の声を残して氷沼は編集者席に降りて行った。第一回の打ち合わせ、終了である。使える写真や絵図が集まれば、誌面のデザインを更に具体的に詰める。本文の字数が決まれば古毛も、執筆に取り掛かることができる。

『週刊時代』や『All Day』編集部を回り、サティアンや『うまかろう安かろう亭』の写真をもらって来た。文京《ぶんきょう》区本郷《ほんごう》に出向き、安田講堂や赤門など東大を象徴する写真を撮っている内に、夕刻となった。巷談社の周りにはこれといった飲食店が驚く程、少ない。せっかく外の街に出たのだから、と古毛は夕飯も現地で摂りビールを一杯、引っ掛けた。編集部に戻ってやることがまだある。気合いを入れるにはアルコールは重要だ。

編集部に戻り自席に着くと、電話の受話器を取り上げた。もう家には帰ってるかな。まだ、という可能性もないではないが、取り敢えず掛けてみた。先方の生活の時間帯が、まだよく分かってはいない。こうして時折、連絡を入れながら把握するしかない。

呼び出し音が十度、鳴っても相手は出なかった。まだ帰ってなかったかな。そんならもう暫く編集部で雑用を済ませて、また掛け直してみるか。

「はい」

こなすべき雑用はいくらでもある。どれから手をつけるか。考えていたので先方が出たのには、ちょっと戸惑った。慌てて我に返った。「あ、あぁ、金森さん。ご在宅でしたか。記者の、古毛です」

「あぁ、古毛さん。ちょうど今、帰って来たところやったんですわ。中で電話が鳴りよったんで慌ててドアの鍵、開けよとして却って時間、掛かってしもて」

「そうでしたか。急かしてしまったみたいで、申し訳ない」

　余寿々絵の母親、金森園美だった。もう余の苗字は使わなくなって長いから、旧姓で呼んで欲しいということなので従っていた。関西に帰り、落ち着く家も決まったからと先日、連絡があったのだ。奈良県の生駒《いこま》市だった。ただし家賃の安いところを最優先に探したため、駅からはかなり離れていて仕事に通うのは一苦労らしい。

「勤め先は鶴橋《つるはし》の焼き肉屋に決まりましてん」先日、電話を掛けて来て言っていた。鶴橋はJR大阪環状線の駅であり、焼き肉屋が密集していることで有名だ。電車を降りた途端、肉を焼く煙とキムチの何とも言えない匂いがむっと漂う。「ラーメン屋の仕事から焼き肉屋で、何か似てるんかどうなんか。よぉ分かれへんけどまぁ何とかやってます。通勤も近鉄電車、一本なんやけど駅、降りてからがまぁ大変なんですわ」

　鶴橋は大阪環状線と近鉄奈良線の交差する駅であり、生駒も近鉄沿線だから乗り換えなしで通うことができる。だから乗っている間はいいのだが、最寄りの駅から家までが大変、というのだった。

「生駒、て周りが山ですねん。平地があれへんのですわ。どっち行くにも坂ばっかり。特に駅からうちに帰る道が、えらぃ急で。仕事、終わって疲れとるとこに最後が上り道で、しんどぃわぁ。もう、えぇ歳やのに」

だから今夜も仕事疲れの上に、帰り道で息を切らせていたところに電話の呼び出し音が鳴って、焦らせてしまったようだった。それは済まないことをした、と詫びてから切り出した。「それで、どうですか。少しは落ち着かれましたか」

「そうですねぇ。やっぱり関西は、居心地が違《ち》ゃいますわ。こっちの言葉で会話しよると、何か落ち着く、ゆぅか。東京の言葉やとホンマはこの人どなぃ思てんねやろ、て本心がなかなか摑めへんやないですか。それが関西弁やと、気持ちがそのまんまで。疲れんでえぇわぁ。それだけでもだいぶ、違います」

仕事も同じ飲食店ではあるが、やはり違うことは多々ある。慣れずに失敗することはあっても、店員仲間とちょっと話しただけで心が落ち着くというのだった。

「一人、私と同世代の方がいてはるんです。それがえらぃ豪快な人で。リーダーシップがあって皆を引っ張ってくれんねんけど、偉ぶるよなことは全然あれへん」

先日、皿を落として割る失敗をしたそうだった。すると彼女は笑いながら言ったという。「あらぁ、それうちで一番、高いお皿。私も前に小さなお皿でやったことあんねんけど、それだけで一年タダ働きやったわ。ここの店長、ごっつぅケチやさかぃ。金森さん、それやともう一生モンやでぇ」一拍、措いてつけ加えた。「ほならもうずっと、同僚やな。これからも末永ぅ、よろしゅぅに」

怒られるかな、と緊張していたら笑わせてくれた。お陰で空気もすっと軽くなった。

「気持ちがごっつ、楽になった。えぇ先輩に恵まれました。こなぃな人と一緒に働けて、幸せです」

声からも気安さが感じられた。東京と関西の環境の違い、だけではない。オウムという重圧から解き放たれて、彼女は心から自由でいるのだろう。前半生は、暴力夫。後半は教団。園美はずっと束縛されていたのだ。今、初めて全ての呪縛から解放され、「幸せ」というのは実感なのだろうと受け取れた。

「そうですか。それはよかった」本心から言って、続けた。「実は今日、電話をしたのは近況を聞きたかったのともう一つ、あるんだ。いよいよ、桐田さんの記事を書くことになってね」

　彼の実家に通い詰め、何とか遺族の許可を得るまでに漕ぎ着けたことを説明した。そら大変やったですねぇ。同情してくれた。確かに暑い中、通うのは大変だったがやっただけの成果はあった。骨折り損に終わってしまったら、疲ればかりが残る。今は、心地よい思い出である。

「それで、相談したかったんだ。記事の中心は桐田さんだが、周りの信者のことにも触れたい。特にあの事件を切っ掛けに教団を離れることを決心した、貴女のことを。勿論、誰か分からないように具体的なことはボカす。今、関西に住んでいることなんかも言うまでもなく、ね。もしかしたら性別すら書かない方がいいのかも知れない。ただ、コメントだけは欲しいんだ。桐田さんの死を見て自分もこのままでいいのだろうかと迷うようになり、脱会する気持ちになった、と。彼は死ぬことによって周りを解放した。そのことだけは是非、結論として強調したい」そうすることによって遺族も少しは気持ちが晴れると思うんだ、とつけ加えた。

「あぁそら、構《かま》しませんよ」即答だった。「私なんかの言葉でえぇオチになるんやったら、いくらでも使《つこ》て下さい」

「事前に原稿、見せようか。中身をチェックしたいんだったら、それも構わないけど」

「いえ、別に。古毛さんにお任せします。別にそれ言ぅたん、私やと仲間に分かっても構《か》めへんですよ。それ読んで自分も抜けよかな、て気ぃになってくれるかも分かれへんし」

　だから自分の今いる場所さえ分からないようにしてくれればいい、との返事だった。有難く礼を言った。

　ふと気になって、確認した。「周りに、オウムの影は。その辺にいるらしいと突き止めて、探している雰囲気は窺えないかな」

「いえ。ないと思います。それに居場所、突き止めたんやったら拉致するん簡単ですわ。駅から毎日えっちらおっちら、ふぅふぅ言いながら帰ってますんで。連れ返す気ぃやったらフラフラのオバチャン、車に放り込んで一発や」

　関西風の冗談まで自然に口を突いて出る。拉致、なんて言葉も自然だ。自分が今までいたのはいかに異常な集団だったか。冷静に振り返ることができている証左だろう。彼女なら大丈夫だ。確信を、新たにした。

「滝川警部には」思い出して、尋ねた。「そちらに落ち着いた、と。兵庫県警の滝川警部には、連絡を入れてくれましたか」

「あぁ。それもしときました。こちらに移ったんで何かあったら、て住所と電話番号、伝えたら礼を言われました」少し、間を措いてつけ加えた。「それで私、言ぅてやったんです。こないして警部さんに連絡先、伝えとけいぅんは古毛さんの指示やったんでっせ、て。そしたら警部さん、笑てはりましたわ。『あいつ、俺を怒らせたんで何とか挽回しようと懸命なんだ』て」

　これであんたとの関係も終いや。滝川警部から掛かって来た電話を思い出した。二度と俺の前に顔を出すな、とまで言っていた。

　一つにはポーズの意味もあるだろう、とは踏んでいた。余寿々絵の母親の居場所を黙っていた。こちらが不義理をしたのは確かだが、お互いに立場というものもある。気持ちだってよく分かる。だから怒って見せるポーズは必要だが、本心からではないのではないか、と。今の園美の証言から、裏付けられたような思いだった。

「娘さんのことも」これも思い出して、確認した。「念を押されたでしょう。何と言っても所縁《ゆかり》ある関西に戻ったんだ。もし万が一、娘さんが接触してくるようなことがあったら何が何でも連絡が欲しい、と」

「えぇ」と軽く笑った。「まぁ最初から、期待してへんよな感じではあってんけど」

それはそうだろう。もし万が一、余寿々絵が接触して来たとしたら母親の動向をちゃんと押さえていることになる。警察と連絡を取り合っていることも知っている筈だろう。そんなところにのこのこと顔を出せば、どうなるか。運命は決まっている。分からないような女ではない。

確信していた。未だ一度も、会って話したこともないくせに。寿々絵はそんな女だ、と古毛は知っていた。

「あぁ、あの娘《こ》にはホンマ、悪いことしました」園美がぼそりと零した。「会いたいわぁ。会って、お詫びがしたいわぁ。それだけが心残りです。自分がこないに幸せでいられる、今こそ、ホンマ」

ぐすり、と鼻が啜られた。実現はあり得ない、と分かり切っている言葉だった。

29

「玉原さぁん、ダメだよ、これじゃぁ」デスクの弧玉が記者席フロアに上がって来るなり、大声を上げた。原稿を打ち出したペーパーを、玉原女史の机にばさりと放り出した。「中身が抽象的に過ぎる。これじゃぁ読んでて迫力が出ねぇよぉ」

「いけませんでしたか」玉原女史が肩を落とした。「匿名性が何より求められる内容でしたので。具体的な話はなかなか、出せませんでした」

「そりゃ分からないでもねぇけど、さぁ。結局この中で一番、面白いのはこの彼じゃん。読者の興味だってこの人に集中する。なのにこんだけボカされてたんじゃ、肩透かしんなっちまう」

「確かにそれは分かります。ただお分かりの通りこの中で一番、匿名性が重要なのも彼なんです。だからこの人が誰か、分かってしまうような材料は使うわけにはいかなくって」

　入稿日だった。書き上げた原稿を、印刷所に渡す。完全に編集部の手を離れてしまう「校了」程ではないが、それでもそれなりの完成原稿に仕上げている必要がある。印刷所から戻って来たゲラを校閲がチェックするため、そこから大幅に変更するのは避けたいからだ。

　だから原稿を入念に練り上げる。直接、担当する編集者だけでなくデスクも目を通し、「もっとこうした方が」と意見を出す。何度も何度も書き直す。朝になってしまうこともしょっちゅうだった。

　本来なら編集長にも一読してもらった方がいいのだが、津又さんは呑みに出て不在なこともよくある。だからこそ残された者だけでも何度も読み込み、意見を戦わせておく必要があるのだった。

　二人の遣り取りを聞いていて古毛としても、複雑な思いがあった。玉原さんが何の原稿を書いたのか。よく分かっていたからだ。数日前、共にこの編集部でそれぞれの執筆に取り組んでいた。共に壁に突き当たった。どうすればいいか。方策がなかなか思いつけず互いに呻吟《しんぎん》した。だから彼女が何に悩んでいたか、よく知っていたのだ。

　しかも実はそれは、古毛と全く同じ悩みだった。いかに具体性を出さないまま、惹きつける記事に仕上げるか。

「煮詰まってるみたいね」ワープロを前に書いては消し、書いては消しを繰り返していた時だった。女史から声を掛けられた。「ちょっと見てたけど、同じところを何度も書き直してるみたいだった」

「行き止まりですよ」正直に打ち明けた。「どうしていいか、分からない」

「実は、私もなのよ。何度、書いても自分で納得がいかない」

「同じです、全く」

「それじゃ、どう」誘われた。「煮詰まるばかりじゃ、何にもならないし。一杯やって、頭を切り替えない」

「あぁ、いいですねぇ」

冷蔵庫から缶ビールを取って来た。ソファに向かい合って腰を落とし、「乾杯」と軽く缶を合わせた。

あぁそう言えば、と思い出した。阪神大震災の記事を書いている時、ちょっと一息つこうと缶ジュースを飲んだ。あの夜も玉原さんが編集部にいて、ビールじゃないの、と揶揄われたのだ。一杯やらないかと誘われたのだが先を書く気、満々だったので残念ながらと断った。惜しいことをした、との思いが胸に残っている。今夜はそいつへの、再チャレンジってわけか。

「今、何を書いてるの」問われたので、答えた。「あぁ、あの。オウム信者が自殺した事件」知っていたようだった。

「何度も実家に足を運んで、漸く遺族から許しを得たんですけどね。考えてみれば僕、以外に来ているメディアはどこもなかった。狂った教団の信者が自殺したくらい、一般メディアにはニュースバリューなしと捉えられるんでしょう。そんな中、伝えるのはうちの役目だ、と」

役割意識は、いい。気負いは執筆の動機にもなる。ただ実際に書き始めてみると、途端にキーボードを這う指が止まった。これじゃ、駄目だ。理由も自分で分かっていた。具体性に乏しいため、だった。

重ねた取材の中で細かいエピソードは、いくつか聞き出してはある。ただ話の中で説得力のある材料として、なかなか使えない。出て来る信者は仮名ばかりで、どこの誰かは分からないようにボカして書く、という制約が最初からついているせいだった。

大震災の記事の時はある意味、よかった。誰もが話したがっていた。

「こなぃなっても、頑張って生きとります」被災者は言ぅ。「何とかやりよる、ゆぅ姿を全国の皆さんに発信してぇな。頼んまっせ」

関西人、特有のバイタリティもあったのだろう。自分を奮い立たせるという意味もあるのかも知れないが、ともかく言葉から逞しさが溢れていたのは事実だった。

「行政が何もしてくれへんでも、ヤクザ屋さんに助けてもろて感謝ですわぁ」

また、ヤクザの側も言う。「カタギの皆さんにこなぃ喜んでもろて、やり甲斐があります」

正直に言えば中身にバリエーションがそうあったわけではない。それでも彼らが載せて欲しがっている言葉が、いくらでもあるのだ。限られた字数の中、誰と誰のコメントを使うかで悩まされたくらいだった。

ところが今回の場合、書いてみるとどうしても抽象的にならざるを得ない。例えば何故、彼らが現実の社会を捨て、オウムのような教団に走ることになったのか。金が全ての世の中に、嫌気が差して。言っている意味は分かる。確かにその気持ち、頷けるものはある。

だが具体的に何がどうなって、即物的価値観に失望を抱いたのか。とある重大事があって考え方に変化が生じた、のならいい。読んでいて素直に納得がいく。読者もスムーズに入り込むことができるだろう。

ところがそうではない。何となく違和感を抱いて、それがいつの間にか大きくなって行った。複数の信者が語っていた。何か劇的な出来事を切っ掛けに、思想が急転換したわけではない。ただ、モヤモヤとしたものが胸に蟠《わだかま》って行き、気づいてみたら無視できない大きさになっていたのだ。

聞いて、分からないでもなかった。実際、そんなようなものだよな、とは感じた。

しかし記事にすると、どうにも引っ掛かる。仮にもこれまで築いて来た、実社会での生活を捨てようというのではないか。一大決心の筈ではないか。なのにその理由が何となく、では理解できない。ましてや桐田は東大を中退までしているのである。もっと分かり易い原因が欲しい。読者とは、そう望むものである。

桐田の名前は石破《いしば》、出身は東京近郊の都市、とボヤカしていた。父親もゼネコンとまでは書かず、一流企業の幹部と表現した。ただ、東大は外すわけにはいかない。やはりイメージは強烈だからだ。誰もが羨むキャリアを捨ててまで教団に飛び込んだ。そのストーリーは、欠かせない。だがしかしだからこそ、では何故、のところに説得力が欲しい。

「同じよ、私も」悩んでいる中身を素直に打ち明けると、玉原女史も頷いた。「記事の性格上、具体性がなかなか出せない」

「玉原さんは何の記事なんです」

「それが、ねぇ」小さく笑った。「ゲイ特集なのよ。木瀬君、入魂の企画で。今まで日陰の暮らしを余儀なくされていた彼ら独特の文化に光を当てる、って。馬鹿に鼻息が荒いのよ」

二号連続で特集を組む、という。確かにそれはちょっと、尋常ではない執着ぶりだ。彼ってそのケがあったんでしたっけ。戯けて首を傾げて見せると、さぁそれはどうかしらね、と女史は笑った。

ゲイが普段の暮らしでどれだけ不自由を強いられているのか。体当たりで取材して来い、と例のGOちゃんも動員されたらしい。例えばゲイのカップルはなかなか部屋を貸してもらえない、という。本当にそうなのか。確かめて来い、と直撃取材をやらされた。

「すっごい際どい半ズボンを穿かされたりなんかして、ね。いかにも、な格好で不動産屋に行ってみたんだって。そしたら」

男二人で部屋を借りたいんですけど。不動産屋で切り出すと、対応は両極端に別れた、という。新宿区では一つも変な顔をされず普通に、どのような物件をお望みでしょうか、とあれこれ資料を出して来た。一方、対照的なのが世田谷区だった。露骨に嫌な顔をされ、「そういうお話は、うちでは、ちょっと」と追い払うように帰された。

「分かるような気がしますね」吹き出した。「ゲイに対する反応にも土地柄がある、と」

新宿は例の、〝二丁目〟のある町だ。ゲイに寛容だとしても不思議はない。対して世田谷区には高級住宅街が多い。住民も保守的で、不動産屋も自然、そちらに傾くのだろうか。

「それが、ねぇ。よく聞いてみると、ちょっと違うのよ」玉原女史が言った。「世田谷は世田谷でも、沢井君が行ったのは下北沢《しもきたざわ》だったんですって」

下北沢は確かに世田谷区内だが、小劇場が点在するなどアングラ感覚の溢れる街である。ファッションも奇抜なものを揃えた店が多く、保守的とは程遠い。

「シモキタで、ですか。あそこだったらゲイにも優しいんじゃないのかなぁ。なのに男二人で住みたい、って言っただけで追い返された、なんて。ちょっと不可解」

「ねぇ。だからそれ聞いて木瀬君が『ゲイが、じゃなくて単にお前という人間が気持ち悪がられただけなんじゃないのか。もういっぺん、区内の他の町を回って来い』ですって。沢井君、泣きそうな顔でまた出て行ったわよ」

　確かに町ごとの傾向を確かめたいのなら、それなりの数をこなさなければならない。ただし一方、どれだけのデータを集めれば統計学上、有効と言えるのか。同じ区内でも反応がまちまちであれば、傾向があるとは言い難い。またそれぞれの反応も町の性格に由来するものではなく、単に不動産屋、個人の好みによるかも知れないではないか。誰もが納得できるデータにするにはどれだけ回らなければならないのか。ＧＯちゃんが泣きそうになっていた、というのは古毛にもよく分かった。

　ただ、さして同情する気にもならない。駆け出し記者の仕事なんて、そんなものと相場は決まっているのだ。

「それで」質問を換えた。「玉原さんが、書いているのは」

「あぁ。その特集の中で、ゲイの皆さんに集まってもらって座談会もやって、ね」

　彼らの本音を洗いざらい、ぶち撒けてもらおうとの場だったという。出席者は四人。まずは〝二丁目〟でゲイバーをやっている、マスター（ママか？）。彼とその常連、更に知り合いと繋がってメンバーが募られた。

　一人はまだ学生。もう一人はゲイのネットワークを繋げる、パソコン通信を主宰している人。そして最後は普通のサラリーマンで、既婚者だった。子供も二人いるらしかった。

「普段ノンケ（同性愛ではない人）の生活してても実はゲイ、って人もいますからね」

「そうなのよ。それで質問したらその人、異性とも関係は持てるんだけども本当は、同性愛の方が好みなんですって」

「そのことは勿論、奥様には」

「勿論、内緒よ。口が裂けても明かすわけにはいかない。当然、会社も知るわけがない」

本当の性指向を隠して、普段の生活を送っているわけか。そして本来の欲求を満たすため、お忍びで〝二丁目〟にやって来る。あの街に通うゲイには、そういう人も多い。

「しかしそれじゃぁ、匿名性が欠かせませんね」

ゲイバーのマスターなら言わば、カミングアウトしているようなものである。名前のみならず、顔だって出しても構わなかろう。記事を読むのは同じ性指向の人も多いだろうから、店の宣伝にもなる。

ゲイのネットワークの主宰者も、本当にそうかは知らないが基本的には、マスターに近い立場のように思える。学生の方は、どういう立ち位置なのかよく分からないが。

ただ家族持ちのその彼だけは、絶対に誰か分かってはいけない。匿名性、厳守である。ははぁ、と話の行き先に見当がついた。要は女史も、俺と同じことで悩んでいたわけか。

「座談会のメンバーで一番、読者の興味を引くのはその彼でしょうからね」

「そうなのよ。やっぱり私達からすれば、興味津々。どうやって会社だけでなく、奥さんにまで隠してるのか。毎日、どんな心境なのか。実際、あれこれ質問しちゃったわ」

ところが、である。具体的なエピソードを聞き出すことは叶っても、それをそのまま書くわけにはいかない。彼の知人が記事を読めば、これが誰か察してしまうかも知れないからだ。危険は冒せない。ディテールは省き、あるいはボヤカして書くしかない。

「同じですよぅ、俺も。具体性を出すわけにはいかない。だからどうしても、読み物としては面白く仕上がらない」

「あぁ、そういうこと。それじゃ私達、お仲間、ってことね」

どうすればいいか。呑みながらアイディアを出し合った。額を突き合わせた議論ではない。こんな風にやんわりと話し合うことで逆に、見えて来るものもある。

最終的に、取材先へのこちらの思い入れを前面に出した書き方にしたらどうか、という結論に落ち着いた。具体性に乏しい記述とならざるを得ない中で、それでも読者を惹きつけるには、文章に迫力を出すしかない。こちらの思いを敢えてぶつける書き方をすれば、それが叶うのではないか、と。


互いに知恵を絞り合い、苦労して書き上げた原稿である。だから玉原さんが弧玉から突っ込まれているのを聞くと、冷静ではいられなかった。自分自身が言われているような気がした。

「この人、会社だけじゃなく奥さんまで誤魔化しちゃってるわけだろ」弧玉が言った。「それ、具体的にどうやってるのか。やっぱり知りたいじゃん。なのにそこが抜けてるんじゃ、読者も引いちまうよ」

「そこに読者も興味を抱く、ってことは私だって分かります。実際、散々『どうやって隠してるんですか』って質問しちゃいましたから。でも聞くことはできたけど、使えない。エピソードを出したら、知ってる人ならこれが誰か分かっちゃいますから」

「いいじゃん。聞き出したんならそれ、使っても」

「駄目ですよ。せっかく取材に協力してくれた人達を、裏切ることになってしまう。二度と協力してくれなくなってしまう」

「どうせこんな座談会、これ一度っ切りだろ。このネタ元と決別したから、って後に支障を来すことはそうないんじゃねぇの」

「ちょっと、弧玉さん」思わず絶句してしまった玉原女史に代わり、古毛は口を差し挟んだ。言わずにはおれなかった。立ち上がって歩み寄った。「あんまり無茶、言ってんじゃないよ。俺達がネタ元を大切にする、ってことくらい知らないあんたじゃないでしょう」

「何だよ、古毛ぉ。しゃしゃり出て来んじゃねぇよ」

「俺達、記者は人脈で飯喰ってんだ。どれだけの人と会って話ができるか、で俺達の仕事は決まるんだ」つけ加えるべきでない。頭の片隅が、自制を求めていた。それでも、最後っ屁を放たずにはおれなかった。「仕事しなくたって会社から給料が出る、あんたらとは違うんだよ」

「何っ手前ぇ。喧嘩、売る気か」

「最初っから喧嘩腰で来たのは、そっちの方だろうが」

「お前ぇの記事も読んだぞ、古毛。面白くねぇんだよ。そもそも取材対象の選び方からしてなってねぇやな。自殺するような気弱な一般信者なんかに取り入って、どうする。どうせだったらテロの裏側で蠢いてた、影の主役みたいなキーマンを見つけて来な」

　先日、〝二丁目〟のバーで加納らと呑んだ時のことを思い出した。古毛が合流する前、この弧玉もいたという。雑誌が売れるのはセックスとスキャンダルだ。持論をぶち上げて、編集長批判までやらかしたという。もっと読者が喜ぶような記事を載せないでどうする。津又さんだって甘ぇんだよ、俺から言わせりゃぁ。

　古毛が店に駆けつけた頃には、いなくなっていた。オウム絡みのネタをもらいに、人に会う用が出来たという。バブル紳士の名を適当に結びつけた、怪し気なオウム人脈のチャート図が出回っている。弧玉が摑まされそうになっているのもその類いだろう、と見当をつけた。

　どうやらそいつは、当たっていたようなのだ。信憑性に乏しいチャート図を摑まされ、弧玉は悔しがっているという評判だった。

「俺の原稿は最初から、一般信者の生き方を描くのがテーマだから地味なのは仕方ないですよ」知っていたから、言ってやった。「だから影のキーマンを描く原稿は、弧玉さんに任せますよ。愚にもつかないチャート図を元にした、ね」

「手前ぇ、この野郎」摑み掛かって来た。「潰したろか、こん畜生」

　胸倉を摑んで来たので、摑み返した。「おぉ、やってみろや」額がぶつかるくらいの近さで、睨み合った。

「止《や》めろ止《や》めろ」制止に入ったのは、加納だった。酒が入ると訳が分からなくなるが、トラブル時には冷静に対処する人間なのだ。軋轢を上手く擦り抜け、危ういところで人間関係を維持する器用さが彼にはある。「喧嘩したって、何にもならねぇ。入稿が遅れるだけだろ。おぃ、古毛。手ぇ放せ。弧玉さんも、だ。こんなことしてたって玉原さんの原稿、いつまで経っても手直しできませんよ。そうだろ」

「そうですよ」玉原さんも歩み寄って来た。「それに今、いい対処法を思いつきました。座談会にも出席してたゲイバーのマスターにもう一度、協力してもらってこの彼ではない、他のゲイの人がどうやって周りを誤魔化してるか。エピソードを仕入れるんです」

　自分の性指向を周りには秘密にしているゲイは、多い。彼、本人のエピソードでなく他人のものを使えば、知人だって分からない。匿名性は保たれる、というわけである。

他人のエピソードを彼のものとして使うのだから、正確性を期しているとは言い難い。が、それをとことん求められるような記事ではないのも事実だ。匿名性を保つため出席者のセリフを入れ替えて使ったり、意訳して表現を違うものにしたり、というのは座談会などではよく使うテでもあった。

「ただ、もう一度マスターに会って話を聞かなきゃならないので、今日中には無理です。入稿を延ばしてもらえますか」

「あぁ、まぁいいだろう」古毛の胸倉から手を放し、視線を逸らして弧玉は応えた。荒い息を何とか整えた。「じゃぁ、まぁそういうことで。よろしく頼むよ、玉原さん」

弧玉が階下に降りて行った。こういう時、編集者席と記者席のフロアが別なのは都合がいい。ほっ、と息をつく雰囲気が周囲に漂った。

それでも重苦しい空気は、ずるずると残った。憂さ晴らしに呑みに行ってやりたいが、自分の入稿がまだ終わってないので離れるわけにはいかない。

へっ、と鼻を鳴らすと古毛は、椅子の背凭れに体重を預けた。懐から煙草を取り出し、口に銜えて火をつけた。あぁ、けったくそ悪ぃ。やってられっか、畜生。

ただ、一編集者との衝突くらい、よくある編集部内の波風に過ぎない。

翌日、大変な事件が沖縄で発生していたことが報道で明らかになる。日米関係を根底から揺るがせる、深刻な事件が。

米軍人三人が、十二歳の少女を拉致し集団強姦したのである。

30

「日米地位協定ですよ」外交評論家は答えて、言った。「諸悪の根源はそれに尽きます」

「国内で起こった事件なのにアメリカ兵の容疑者が、日本に引き渡されない。根拠となっているのがその協定、というわけですね」

「その通りです」

〝沖縄米兵少女暴行事件〟の取材の一環だった。本来なら自分が沖縄に飛んで、現地の模様を取材して来たかったのだ。事件の第一報は入稿の翌日。まだ校了には至ってないが、既に副編の笠部の目は経ている。どうしても終わるまでは動けない、というわけでもなかった。

「行かせて下さいよぉ」笠部に直談判した。「もし校了日に津又さんが何か言って来たとしても、電話の遣り取りで何とかなる。ノート型ワープロと原稿を入れたフロッピーは、向こうに持って行きますから。現地でも、対応はできる」

「お前の熱心さは分かる」笠部は応えて言った。「だが今回は、メインは現地のライターさんにお願いすることになったんだ。だからお前はその周辺を固める意味で。こっちでできる取材を進めてくれ」

「こっちでできる取材なら、他の者に割り振ればいいじゃないですか」言い返した。それくらいこの取材では、現地に行ってみたかったのだ。「アンカーは沖縄のライターさんに任せるにしても、俺も行って取材を助けることはできる。行かせて下さいよ。これは大事件だ。後々まで歴史に残る筈ですよ」

「お前の言う通り、こいつは大事件だ」笠部の物腰はあくまで、落ち着いたままだった。これは無理だな。言い返しながらも古毛の心の中には、諦めが湧きつつあった。笠部は既に腹を決めている。ならばどれだけ懇願したところで、覆りはすまい。「だから沖縄、こっちの両方で取材したい。現地の取材だってそのライターだけに任せるわけじゃないんだよ。沖縄には米軍基地反対の立場で、移り住んでるジャーナリストはいくらでもいるからな。彼らにも援護射撃をお願いする。いきなり現地に飛ぶお前と違って、これまでもこの問題を掘り下げて来た彼らの方が短時間に、より深く取材できる筈さ。これは効率の問題だよ。だから、な。今回は折れてくれ。こっちでの取材に、全力を挙げてくれ」

事件は九月四日の午後八時頃に発生した。沖縄キャンプ・ハンセンなどに駐留する米兵三人が、商店街で買い物をし帰る途中だった十二歳の少女を拉致。基地内から借り出していたレンタカーに押し込んで海岸近くまで連れ出し、暴行した。

実は当初、米兵は四人いたが少女があまりに幼かったため、一人は強姦には加わらなかった。逆に言うと実行犯の三人は、仲間が忌避するくらい残忍な犯行に平気で及んだことになる。

一九七二年、日本に返還された筈の沖縄には未だに米軍基地が数多く残り、「本土とのこの差は何だ。差別だ」と県民の怒りを買っている。軍用機の発着などによる騒音その他の被害だけではない。発着時の事故による危険性だけでもない。街に出た米軍人が暴行を働くような事件はこれまでも何度も起こっており、そのたび「基地問題」が議論のテーマに浮上した。

それにしても、である。今回の事件はあまりにも陰惨だった。被害者が幼過ぎた。

沖縄県民の怒りは頂点に達しており、容易に収まる筈もない。このままでは済みようもない。何らかの大きな動きに繋がる筈だった。歴史に残る大事件になる、というのはそういう判断である。

「恐らくこの事件は後を引く」笠部は言った。「今後ともずっと、追っ掛けて行くことになる。その中でお前にも向こうに行ってもらう局面は、きっと出て来るさ。だから、な。今回は譲ってくれ。な、古毛」


そんなわけで言い含められ、東京での取材に動いていた。犯罪に関与したのは間違いない三人だが、今も身柄は米軍内にある。沖縄県警は彼らを拘束することもできず、思うような捜査ができていない。そんな米軍人の特権を認めているのが、所謂「日米地位協定」だった。今後、その害悪が騒動の中で浮上して来るのは必至であり、基礎知識として記事の中で解説しておく必要は確実にあった。

「ではここで大前提として、そもそもこの協定とは何か、について教えて下さい」

「この協定はそもそも、現在の新日米安保条約の第六条に基づき締結されたもので、主に在日米軍の両国における取り扱いについて定めています」協定の内容について解説するなら、参考文献に基づいて地の文章で書くこともできないではない。古毛だってわざわざ専門家に聞かなくたって、基礎知識くらいはある。だがそれではお堅い文章が続いてしまい、読者には読み辛い。こうして誰かの言葉で、語ってもらった方がいいのだった。「この第十七条五（c）により、日本で裁判を受けるべき被疑者であってもアメリカが先に被疑者を拘束した場合は、日本に身柄が引き渡されるのは検察庁により公訴がなされた後である、とされています」

「現在、容疑者の三人が未だに基地内におり、警察が捜査に不自由しているのはそのためですね」

「その通りです」

「では何故、そんな不平等な協定が結ばれてしまったんでしょう」

「現行の地位協定は、旧安保条約に基づく日米行政協定を引き継いでいます。旧安保が締結されたのは一九五一年。翌年の、アメリカ占領からの独立を目指す中でのことでした。あの時点では、日本の発言権はまだまだ弱かった。当時としてはアメリカの言いなりに、不平等な条件でも飲まざるを得なかったのでしょう」

「しかし、旧安保の時点ではそうであっても、今では我が国もそれなりの国力を有しているというのに。未だに不平等な中身のままなのは何故なのでしょう。これまでどうしてアメリカとしっかり交渉し直し、不平等を改善しては来なかったのでしょう」

「そこなんです、問題は」

　評論家は滔々《とうとう》と解説し始めた。日本と同じく第二次世界大戦の敗戦国であるドイツもイタリアも、後の交渉により自国の権益をアメリカに飲ませている。一方、我が国の場合は最初の締結以来、一言一句たりと改定されてはいない。その点にこそ最大の問題があるのだ、と。

　分かっている、基本的な部分は。どこが問題か知っているからこそ今回の事件は、歴史に残ると読んだのだ。日米地位協定の不平等さがこの騒動で、槍玉に上がるのは必定である。もしかしたら抗議行動の盛り上がりが功を奏して、今度こそ改善に向かって行くかも知れない。密かな期待が、古毛の胸にはあった。またそうなってくれなければ、被害者の少女に救いがないではないか。

「今回の事件は大変、不幸な出来事ですが」評論家に、振った。記事の中で書きたい重要な言葉を、相手のセリフにする。これも、取材のテクニックである。「これを切っ掛けに日本人、一人一人がこの問題の根深さを認識し改善に向けて動き出してくれたらよいですね」

「全くです」

　評論家は大きく頷いた。これで一つ、ゲートをクリア、だった。

正確には彼は、こちらの問い掛けに対し頷いただけである。ただ文章の上では、「彼は『改善に向けた動きを期待している』と語った」と書くことができる。コメントを誘導できる。文章ジャーナリズムの特権のようなものだった。

これが映像だとそうはいかない。実際にその言葉を、本人に口にしてもらわなければならない。彼らの苦労を思うと、こっちを自分の職業にしてよかったと思わないでもなかった。まぁ文章には文章の、特有の苦労もないではないが。

「ただ」と彼はつけ加えた。「懸念は、日米合同委員会がどう出るか、です」

「あぁ、そうでした」本来ならこの後、古毛が振ろうと思っていた話題だった。それを先方が持ち出してくれた格好となった。「そのことについても是非、解説をお願いします」

日米合同委員会は日米地位協定をどう運用するか、協議するための会議である。日本側代表は外務省北米局長。アメリカ側代表は在日米軍司令部副司令官であり隔週の木曜日ごと（在日米軍施設であるニュー山王ホテルで一回、もう一回は外務省が設定した場所）、秘密会合として行われる。もっともこれは定期会合の話であり、どちらかの要望があればいつでも開催することは可能だ。

日本側には代表代理として法務省大臣官房長、農林水産省構造改善局長、防衛庁国際関係担当参事官、外務省北米局審議官、大蔵省大臣官房審議官がおり、その下に十以上の省庁の代表から二十以上の委員会が作られている。一方のアメリカ側は代表代理が在日アメリカ大使館公使や、在日米軍司令部参謀長らである。見て分かる通り参加しているのはこちらは官僚、先方は軍人か大使館関係者ばかりで、政治家は一人もいない。国民の代表として選ばれた政治家ではなく、国家試験に受かっただけの官僚が自分らの勝手な判断で、地位協定の運用を決めている。おかしいではないかと識者は予てから指摘しており、協定最大の問題点の一つとされていた。

「しかもその会合で何が話し合われたのか、一般に公開されない。在日米軍をどう運用するか。国民にとって非常に重要な事項の筈なのに、密室協議で決められている。これは大いに問題ですよ。こんな会合だから先の疑問、なぜ不平等な地位協定を交渉によって改善しないのか、も我々からすれば分からないまま。議論の端緒にすら立てないままなんです」

　言ってもらいたかったことはほぼ全て、口にしてくれた。


　取材を終えて外に出てみると、既に陽は落ちていた。いつの間にかのめり込んで時間を忘れていたらしい。それくらいこれは根深い問題、と古毛自身も認識していたのだ。

　これから編集部に戻って、データ原稿に纏めるか。思いながら駅へと歩いていたら、ポケベルが鳴った。慌てて駅まで急ぎ、公衆電話に辿り着いた。この商売をしているとポケベルはしょっちゅう鳴るので、主な駅のどこに公衆電話があるか、だいたい把握している。

　表示された番号に掛けてみると、「はい」女性の声が出て店の名前を告げた。どうやら歌舞伎町の居酒屋らしい。「あぁ、ちょっと待って下さいね」

「よぅ、古毛かぁ」電話に替わって出たのは、曾川だった。「今、九鬼さんと呑んでんだよ。お前ぇも出て来ねぇかぁ」

　ベテラン記者の九鬼と呑める機会などそうそうない。この世界に生きる者なら誰もが憧れる存在だ。データ原稿くらい明日、上げればいい。行きます、と即答した。

　指示された通り歌舞伎町に行き、区役所通りから奥に入ると目指すビルは間もなく見つかった。エレベーターで二階に上がった。廊下の奥から二番目が、呼び出された店だった。

「よぅ、こっちこっち」引き戸を開けるとカウンターから手招きされた。奥から九鬼、曾川の順に並んでいたので手前の席に着いた。

「どうも、古毛です。以前、『Sight』の編集部でお目に掛かったことがあります」九鬼に挨拶した。

「あぁ、覚えてるよ」九鬼が応えて言った。「うちのGOちゃんがお世話になってんだろ。これからもよろしく頼むな」

「お世話なんて、そんな。ただこの業界の先輩として、相談があれば乗っているくらいのものです」

「何、畏《かしこ》まってんだよ」曾川が促した。「さぁ呑み物、頼んだ頼んだ」

生ビールを注文し、乾杯した。九鬼と曾川は既に、日本酒に移っていた。

「九鬼さんと例の、大蔵省スキャンダルやっててよぉ」今日は何の呑み会なんですか。尋ねると、曾川が説明してくれた。「次に繋がりそうなキーマンが見えて来たんだ。そいつに突っ込めば更に奥に切り込める。だからこれは、そのお祝い」

「二信組事件」から始まった大蔵省スキャンダルを、二人はずっと追って来た。過剰接待でズブズブの間柄にあった信組の救済のために、エリート官僚が制度を曲げて運用した。行政の私物化に他ならないではないか。巨悪は枕を高くして眠らせない。阪神大震災だオウムの恐怖だと世間の興味があちこちに移っても、九鬼さんは一貫して追及の手を緩めなかった。ちょっと前にも『All Day』で大スクープをすっぱ抜いたばかりだった。

「あれは凄かったですね」古毛は言った。愛想でも何でもない。ずっと追い続けたからこそ探り出し得た、執念のスクープなのだ。ちょっと取材してみたくらいではこんな情報、絶対に辿り着けない。「遂に中島《なかじま》に引導を渡した」

過剰接待を受け続けた大蔵エリート官僚の代表格、中島義雄《よしお》の醜聞だった。二信組事件のキーマン、窪田邦夫《くぼたくにお》と密かに契約を交わしていたという。漢方系の健康飲料にまつわるビジネス契約で、出資の見返りに販売益を中島が受け取れる、という内容だった。サイドビジネスを基本的に禁じた国家公務員法に、明らかに反する所業である。おまけに当初の出資金すら、その窪田が出していたらしい。便宜供与もいいところだった。自らの署名と、ハンコまで押された契約書の写しが誌面に堂々と載り、何の申し開きもできなかった。

　九鬼らは手に入れた契約書の写しを持って、大蔵省に乗り込んだらしい。部屋の前で本人を直撃し、写しを見せるとたちまち顔が青ざめた。慌てて自室に飛び込み、二度と出て来なかった。だがもう遅い。契約書を突きつけられて引《ひ》き攣《つ》ったその顔を、カメラはきっちり捉えていたのだ。その醜態も、誌面にしっかり載せられていた。

　大蔵省主計局次長の席にあり、出世の階段を着々と登っていた彼もスキャンダルの数々が暴き出され、その前途は閉ざされた。自業自得ではある。そこに来てこの大スクープだった。最早、大蔵省だって庇い切れるものではない。財政金融研究所所長のポストを最後に、退官に追い込まれた。

「官僚やりながら、副業にまで手を染めてたんだからなぁ」九鬼が言った。「世の中、舐めてるよ。国民を。引導、渡してやらなきゃスジが通らない」

　あれだけのスクープを抜いたのなら一息、入れようという気になったとしてもおかしくはない。だが九鬼にはそんな積もりは毛頭、なさそうだった。追及は緩めない。ウミを出し切るところまで追い詰めてやる。雑誌記者としての矜持だった。

「元々は優秀で、国のために尽くそうと理想に燃えてたのかも知れねぇけど」曾川が言った。「過剰接待でチヤホヤされて、勘違いしちまうんだろうなぁ。国家を動かしてるのはこの俺だ、なんて。だから自分の裁量で多少、制度を曲げても構わないなんて錯覚に陥るんだろう。ここはとことんまで、ガツンと行かなきゃダメなんだよ。悪さをしたらちゃんと報いがある。叩かれる。思い知らせとかなきゃまたぞろ、同じこと始める連中が出て来ちまう」

「官官接待も、ですね」

昨年から火がついた〝官官接待〟問題も、今年は燃え広がり大きな話題に発展していた。昨今、報道で耳にしない日はないくらいだった。

地方公共団体は行政区分ごとに、予算と執行の許可を各省庁からもらう。地方で建設行政に携わっていれば建設省、労働行政であれば労働省、という風に中央官庁詣でを繰り返すのだ。何度も上京しては陳情し、許可を取りつける。地元出身の大物政治家がいればその威光も借りる。地方は何か新しいことをしようとするたび、国から許しを得なければならない。予算を握られる、とはそういうことである。

上京して陳情をする際、手土産を持参するくらいならいい。常識の範囲内であろう。その後、ちょっと外に出て一杯やるくらいまでも許されよう。人づき合いとはそんなものであり、スムーズな人間関係の中でこそ仕事も進む。

ただその際、飲食費用は折半なのが当たり前ではないか。互いに仕事の範囲内のつき合いなのだし、必要経費ならば最初から交際費として、予算に組み込んでおけばよい。

ところが実態は、地方側が全ての費用を持つのが慣例になっていた。お願いをしに来ているのだからこちらが払うのが当たり前、という感覚であろう。民間どうしであればそんなもの、なのかも知れない。しかし話は、行政なのだ。使われるのは税金なのだ。仕事の一環として必要なのであれば、誰もが納得のいく使われ方をされていなければならない。が、現実はそこからは程遠い。

　かくして官官接待問題は燃え広がった。地方が中央を接待までして、予算をもらう。頂いた公金の中から、接待の費用も支払われる。おかしいではないか、というわけだ。

「あれも、さぁ。一種の驕《おご》りだよな」曾川が言った。「互いに腹を割るために大切な場だ、ってんなら両方が予算を組んでおけばいい。必要経費として計上され、表に堂々と開示されてるんなら別に文句は言わねぇよ。でもよぉ。現実には地方の方が卑屈にこそこそして、中央を接待してる。本来なら同じ立場の筈の公務員に国と地方、金をやる側ともらう側の上下関係が歴然と出来てる。ンなのおかしいじゃねぇか、ってんだよな」

「これもさっき曾川が言った、勘違いなんだろうな」九鬼が言った。「接待されてる側に、悪気はない。それが当然と思い込んでしまう。自分は相手より立場が上だなんて思っちまう。錯覚させるような環境がいけないんだよ。放っておいたらいつまでもこのままだから、それは世間一般から見たらおかしいんだよ、と俺達が折に触れて指摘してやらないと」

「あれ、そう言えば」ふと思い出して、訊いた。「ＧＯちゃんは今日は、一緒じゃないんですか」

　先日、加納と沢井とで似たような話をしたのを思い出したのだ。桐田の記事に取り組もうとしていて、元東大生の意見も聞いてみたくなった。すると彼は言ったものである。東大生は基本的に純粋で、世間知らずが多い。そのまま霞が関に入るから結局、他の世界を知ることがない。だから異常な接待を受けてもそれがおかしいと気がつかない、と。いいこと言うじゃない、と感心した覚えがあった。

「それが、さぁ」曾川が笑った。「今夜は編集部に詰めっ切りだって。ほら例の、友風《ともかぜ》いのるの記事よ」

「あぁ。彼あれ、やらされてるんですか」

友風いのるはベテラン女優である。演技力には定評があり数々の賞も受賞しているが、恋愛スキャンダルの面でも話題には事欠かなかった。見た目には美人とはとても言えない。なのに男が次々、籠絡されるのだ。それは、何故なのか。探ろうという企画だった。

「何だよ、それ」九鬼が呆れたように吹き出した。「津又、イチオシの企画なの。全くもぅ。『Sight』でやるような中身じゃないじゃん」

雑誌は女と事件で売れる、が津又編集長の元々の持論である。なのに『Sight』は性格の違う雑誌なので、やりたいことがやれない。売り上げも低迷しており、不満が溜まっているのは見た目にもよく分かった。今回は連載コーナーの作家が緊急入院でページが空くことになり、ならばこの企画で穴埋めしろ、と直々に持ち出して来たのだった。

先日、デスクの弧玉と編集部で衝突したことを思い出した。編集者は社員という立場があり、どうしても自誌の売り上げが気になる。記者だって気にならないわけではないが、それよりもやりたい原稿が書けるのであれば、そっちを有難がる。両者の間の溝が完全に埋まることは、あり得ない。

「友風いのるって男を籠絡する時、隣に座って相手の膝に手を置くらしい」曾川が説明して言った。「ベーダーがそんな話、聞き出して来たんだと。切り口はそいつで行こう、ってことでじゃぁそのテクは、彼女いつから身につけたのか。もしかしたら高校生の時からじゃないのか、ってんでＧＯの奴、友風いのるの卒業名簿を手に入れて今は元同級生に片っ端から電話を入れさせられてるんだとさ」

「酷ぇことやらされてんなぁ」

九鬼が鼻を鳴らしたので古毛は笑った。「でもまぁこれも、いい勉強になるんじゃないですか」ＧＯちゃんがゲイ特集の際、際どい服を着て不動産屋回りをさせられていたことも思い出した。「記者にはこんな地道な取材も欠かせない。駆け出しの時にやっとくのも、修業の内かも」

「お前ぇは何やってんだよぉ、古毛」

曾川から訊かれたので説明した。

「あぁ」九鬼が溜息をついた。「あれも酷い事件だよなぁ。沖縄県民の心を踏《ふ》み躙《にじ》ってる。長引くよ、これは」

普天間《ふてんま》問題に結びつくかも知れませんねぇ。さっき話を聞いて来た外交評論家が、ぼそりと最後に漏らした言葉が蘇った。沖縄県民は怒りに燃えており、このままでは収まりようもない。米軍としても基地問題について、何らかの譲歩を迫られざるを得まい。そこで、普天間問題が浮上する可能性があるという指摘だった。

沖縄県宜野湾《ぎのわん》市に存する普天間飛行場は、在日米軍海兵隊の軍用飛行場である。基地の周りは住宅が密集しており、「日本一危険な飛行場」とされる。特に問題視されるのは、敷地の隣に小学校がある点だった。子供の学《まな》び舎《や》の横で軍用機が発着している、と基地問題の象徴のように取り上げられていた。元々、基地が先にあって学校が出来たのは後から、という経緯もあるが。ともあれ今回の事件を切っ掛けに、普天間を何とかしろという議論が巻き起こる可能性はあると評論家は指摘したわけだった。後になってみれば彼の推察は、見事に将来を言い当てていたことになる。

「やれやれ、何て年だぃ今年は」曾川が言った。「一月に阪神大震災が起こったと思ったら、続いて地下鉄サリン事件。ＡＮＡのハイジャック事件に続いて今度は、沖縄米兵による少女暴行と来た。一年に一度、起こっても大変なくらいの事件がこう立て続けじゃ、頭がおかしくなっちまうぜ」
確かに全日空八五七便ハイジャック事件も、この六月二十一日に発生していた。羽田《はねだ》発函館《はこだて》空港行きのＡＮＡ旅客機が、一人の男にハイジャックされたのだ。犯人はオウム信者を名乗り、「サリンを所持している」と客室乗務員を脅した。麻原彰晃が逮捕されて間もない頃であり、地下に潜った信者がまたテロを起こすのではないかと国民は戦々恐々としていた（もっともそれは多分に、マスコミの煽った影響も大きかったが）。その矢先であったため、「やはり悪い予想の通りだったか」と世間は色めき立った。
結局、警察の特殊部隊が函館空港に駐機中の旅客機を強襲し、犯人を取り押さえた。事件は犠牲者を出すことなく解決を見た。犯人は精神を病んでおり、オウムとは何の関係もなかったことも判明した。国民は胸を撫で下ろしたが、ともあれ我が国で初めて強行突入が実施されたハイジャック事件として、この件は歴史に記憶されることとなろう。村山富市《むらやまとみいち》首相は「何でワシが総理の時にこんな事件ばかり起こるんだ!?」と嘆いたというが、正真正銘の本音であろうと古毛も思う。
「とんでもない年ですよ、本当に」あの夜、加納が言っていたことを思い出していた。戦後、築いて来た神話が次々と崩壊している。それが今年なのではないか、と古毛も賛同した。「日米安保の大前提も今回の事件で、壊れようとしている。日本の軍事はアメリカに任せておけば大丈夫。こいつもまた神話だったわけですね。実は皆、薄々は勘づいていたんだけど敢えて見ないようにしてた。だけどこんな事件が起こってしまうと、嫌でも見直さざるを得ない」
「願いよかなえ　いつの日か
そうなるように生きてゆけ
僕は僕に　君は君に

拝み倒して　泣けばいい」

有線放送からB'zの『ねがい』が流れていた。

「戦後の秩序が次々と崩壊してる、ってか」曾川がグラスの中身を口に放り込んだ。呑み下してから、繰り返した。「全く何て年だぃ、今年は」

31

「ウィンドウズ95は社会を、日本を変える」マイクロソフト日本法人の広報担当者は、言った。誇張でも何でもない。彼の目には本当に新しい未来が映っているのだ。見るだけで、こちらにも伝わった。「これから誰も見たことのなかった世界が始まる。それは、断言していいと思います」

「しかし」古毛はちょっと意地悪な質問をしてみることにした。「マッキントッシュのヘビーユーザーにも先日、話を聞いてみたのですが。彼らには実は、ちょっと異論があるみたいなんです。全く新しいOSなんて言ったって、やってることは元々マックと似たようなものなんじゃないのか、って」

「マックは確かに、先行した優れたマシンです」だがもう、訊かれ慣れている質問のようだった。平然と、彼は返して来た。「ただしそれは、ファンの力によるところが大きい。それまでコンピュータを扱ったことのない普通の人が、いきなりマックに手を出すのは躊躇われる。ヘビーユーザーになってこそ楽しめるマシンなんです。しかしウィンドウズ95は違う。全く初めての人でも簡単にこの世界に入り込める。そこにこそこのOSの、真の価値があるんです」

ウィンドウズ95の取材に来ていた。

昨年からマニアの間では話題になっていたらしいが、古毛にはその世界はよく分からない。ただこの八月、英語版が十二ヶ国で先行発売されて一気に盛り上がった。そして日本上陸はいよいよ、十一月と決定。パソコンファンのみならず、世間ではその日を待ち望み大騒ぎになっているのである。

「凄いことらしいんだよ」最初の打ち合わせの場で、木瀬は言った。芝居がかった仕種で手を振ると、カフスボタンがきらりと光った。「何だかよく分からねぇんだけど、とにかく凄いんだ、って。世間では大騒ぎらしいんだよ」

「でも結局は単なるパソコンなんでしょう」古毛も何も分かってはいなかった。「これまであった奴と、何が違うの」

「インターネットができるんだ、って」ベーダー佐川が勢い込んで言った。「世界中、そいつで繋がるんだって」

「インターネット、って何」

古毛の質問に、ベーダーは焦《じ》れったそうに返した。「だから、繋がるんだよ。世界のコンピュータとコンピュータが」

「そんなの、パソコン通信でも繋がってたじゃん」

自分はやったことはないがパソ通が趣味の友人なら、いる。パソコンどうしが繋がって、互いに遣り取りができるんだ、とか。その何が面白いのかはよく分からないが、彼が目を輝かせて語っていたのは間違いない。ファンにとっては画期的なことなのだろう、と表情を見て、知った。

特にパソ通を有難く利用していたのが、ゲイの人達だとも聞いていた。人目を忍んで会うのを余儀なくされる彼らである。誰にも知られず遣り取りするのに、パソ通は打ってつけらしかった。

　彼らの出会いの場は、「ハッテン場」と称す。そこに行けば同じ性指向の仲間と会えるということで、密かに集まって来る。上野の某映画館とか、新木場《しんきば》とかが有名だった。通信手段が限られていた頃には、物理的に集まるしか方法がなかったわけだ。

　それがパソ通の登場で、一変した。架空の空間に集まり、連絡を取り合うことが可能になった。そう言えば先日、ゲイ座談会の原稿を書いていた玉原さんが言っていたではないか。メンバーの中に、パソコン通信を主宰している人もいた、と。

「だってパソ通は基本的に、遣り取りするのは文字だろ」ベーダーの反論に我に返った。「インターネットでは、絵や写真も見ることができるって」

「絵が見れたから、って。それが何なの。技術的に凄いことだ、ってのは分からないではないけど。でもそれで何をどう楽しめるのか、がピンと来ない」

「あぁ、もう」ベーダーが頭を掻き毟った。「だから古い人間、って奴は」

「いいよいいよ、俺達は」曾川と加納が立ち上がった。「聞いてても、さっぱり分からねぇ。分かりたいとも思わねぇ。ついて行けねぇよ」

　この企画から俺達は外してくれ。言い捨てると打ち合わせの場だったソファから、自分らの席の方へ歩み去ってしまった。

「そもそもさぁ、俺達。携帯電話、って奴にも順応できねぇんだから」

「そう。大体あんなの、下品だよな。外、歩きながら電話するなんて。日本人なら恥を知れ、ってんだよ」

「ポケベルがありゃぁ充分だよなぁ」

「そうそう。これだけありゃぁ、もう何にも要らねぇ」

自席で勝手なことを言い合っている二人を他所に、打ち合わせを再開した。

「それだけじゃないよ」ベーダーが言った。「パソコンで、原稿も打てる、って」

「原稿、打つのならワープロがありゃいいじゃん」

「だから、一台で何でもできるから、いいんじゃないか。原稿も打てるし、インターネットにも繋げられる」

「だからその利点が、よく分からないんだよなぁ」

「あぁ、もう」再びベーダーが両手で頭を掻き毟った。「これだから古い人間、って奴は。新しい技術に興味を示さない。それじゃいつまで経っても、発展がないよ」

「まぁ、そう怒るな」笠部も立ち上がった。彼も一応、最初の打ち合わせにはつき合っていたのだ。「俺も曾川らと同じで、ウィンドウズだインターネットだと言われてもピンと来ない。でもまぁ、新しい技術が出て来るのは悪いことじゃあるまい。電機メーカーは頻《しき》りに煽ってるけど、本当にこれが世界を変えるのなら興味深いじゃないか。今年は嫌な話題ばかりが続いたからな。せめて最後くらい、明るいテーマで締め括れたらこんなに有難いことはない」だから、とつけ加えた。「だからまずは、ブレーン・ストーミング。素朴な疑問をとことん、ぶつけ合っとけ。そうしたら取材に出る時に、何と何を訊けばいいか自ずと頭が整理できるだろう。この特集には力を入れる、って編集会議でも話し合ったんだからな。頼んだぞ」

いよっ、笠部さんも離脱かぁ。ロートルどうし、こっちで固まりましょうや。曾川と加納が手招きするのに、お前らと一緒にすんな、と笑って笠部は階下の編集者席へ降りて行った。

後ろ姿を見送りながら古毛は、成程な、と思った。阪神大震災。オウム真理教事件。全日空機ハイジャック。八王子スーパー殺人事件。沖縄米兵少女暴行、と今年は嫌な話題ばかりが続いた。『スーパーナンペイ』で女性三人を冷酷に射殺した犯人の実像は、未だに杳として不明のままだ。

また沖縄ではこの十月に県民総決起大会が開かれ、大田《おおた》昌秀《まさひで》知事を始めとする約八万五千人が怒りの声を上げた。これから在沖米軍基地の縮小や、日米地位協定の見直しを求める動きに繫がって行くことだろう。この事件は長引く。発生当初から睨んでいた通りである。

普天間問題に結びつくかも知れません。取材で話を聞いた、外交評論家の言葉が耳に蘇った。あの決起大会の熱気を見ると、本当にそうなるかも知れないという気になった。不幸な事件だがせめて、改善の動きに繫がってくれればいい。歴史に大きな一歩が刻まれる。

こんな一年だったからこそ最後くらい、明るいテーマで締め括りたい。確かに同感だった。

「オリックスも優勝したし、な」木瀬も言った。「阪急の時代から数えると十一年ぶり、十一回目。オリックスになってからでは初の優勝だ。イチローも大活躍。これで神戸も盛り上がる。俺達も勇気をもらえる。笠部さんが言った通りだよ。この調子でいい話題を続けたいね」

「ちょっと思いついたんですけど」打ち合わせに参加していたデザイナーの笹岩が言った。「さっきの、インターネットで絵も見ることができる、って話。つまりは離れたパソコンどうしで、写真の遣り取りもできるようになる、ってことでしょ」

そりゃそうだ、とベーダーは頷いた。

「そしたらやっぱり、便利じゃないですか。遠隔地で撮った写真もこっちで見ることができる。ネガを郵送したりの手間も要らない、ってことでしょう」

「あっ、そうか」

例えば、そう。阪神大震災の取材に行った時。現地で撮った写真はフィルムのまま、大切に保管してておく必要があった。東京に持って帰って初めて、現像所に持ち込み紙焼きにすることができた。あの手間が、インターネットさえ普及すれば要らなくなるってことか。

「しかし、なぁ」古毛は腕を組んだ。「大震災の現場ではそもそも、パソコンどころじゃないだろ。そしたらインターネットも使えない」

「そりゃそうだよ。それは極端な例だよ」ベーダーが言った。やっと食いついて来たか、と顔が語っていた。「災害現場からそのまま、写真を送ることはできないさ。でも、そう。インターネットが普及して、大都市なら外出してても使えるようになったとするじゃん。そういう施設が都会ならどこにでも出来てるとするじゃん。そしたら被災地の神戸では無理でも、例えば大阪まで出ることができれば送信できる、ってわけだよ」

「あっ、そうか」

「思えばファックスが出来た時も、同じくらい画期的だったんだろうなぁ」木瀬が言った。「昔は遠隔地から記事を送る時、電話で原稿を読み上げてこちらでそれを書き取ってたわけだろ。それがファックスが出来たら、そのまま送ることができるようになった。最初にその技術、見た時には編集者も記者も喜んだろうなぁ」

「何こっち、見てんだよ」向こうの席で加納が戯けた。「俺じゃねぇからな、その喜んだ記者、っての。俺がこの世界に入った時にはもう、ファックスはあったんだからな」

笑い声が弾けた。

「だ、か、ら、そんなモンじゃないんだ、って」ベーダーはまだ焦れったそうだった。「インターネットがこの世を変える凄さって、ファックスなんかの比じゃないんだ、って」

何だか分からないけど、面白そうだな。思いが湧いて来た。明るい未来に繋がるかも知れない、話題。取材する意欲が俄然、盛り上がって来た。

「ウィンドウズ95って言ったって所詮、前の3・1の後継に過ぎないからね」橋悠《はしひさし》は言った。「俺達から言わせりゃ、そこまで革新的なＯＳってわけじゃぁ決してないよ」

「オーエス」古毛は首を捻った。「それは、いったい」

「オペレーティング・システムの略。コンピュータの基本になるシステム・ソフトウェア」

「まだよく分からないな」

「だ、か、ら、ここにまず、コンピュータがあるとするだろ。中にメカが詰まってる。ハードウェアだ。でもそれを動かす、基本ソフトが要るだろ。まずそいつが入らないことにはコンピュータはただの箱に過ぎない。そういう、基本中の基本になるソフトウェア」

　橋悠はコンピュータの専門家だった。システム・エンジニア、ＳＥと称すらしい。行きつけの呑み屋で知り合った。酔うとマック・コンピュータについて熱く語っていた。今では「古毛ちゃん」「橋ちゃん」と呼び合う仲である。今回は何も分からないウィンドウズの取材。だからまず、専門家に話を聞いて基礎知識を仕入れておこうと考えた。こういう時、知り合いにプロがいると大いに助かる。素朴な疑問をそのまま、ぶつけることができる。

　それにこうして話を聞いておけば、「ウィンドウズを知るための基礎」のコラムを書く時にも役立つ。どうせ読者だって大半は、古毛と五十歩百歩の知識しかないのだ。何だか世間が騒いでいるから自分も記事を読んでみようか、くらいの気持ちで雑誌を手に取るのが殆どなのだ。だから基礎の基礎を押さえたコラムは記事中に欠かせない。書くのはどうせ、自分になる。

　古毛が分からないことは読者だって分からない。だから聞きたいことを素直に質問すればいいのだった。今日の場は有意義になる筈だった、これからの取材でも、コラムを書く上でも。

「つまりまず、コンピュータを動かすためにはそのＯＳなるものが必要なわけだな」

「そうそう。そしてＯＳの上で、ワープロソフトだのブラウザだのの各種アプリケーションが動くわけ」

「ブラウザ」

「ウェブブラウザだよ。そのソフトウェアがあるからこそインターネットに繋がって、ウェブページを閲覧したり、ハイパーリンクを辿ったりといったことができる」

「ますます分からないな。まぁいいや。インターネットとは何なのか、についてはまた後で詳しく教えてもらう。とにかくワープロとかのソフトも、ＯＳがあるからこそ動く。そして今回のウィンドウズも、そのＯＳの一つである、と」

「そうそう。ただし元々ウィンドウズって、ＭＳ‐ＤＯＳの上で動くＧＵＩアプリケーションに過ぎなかったんだよ。今回はそうじゃなく、別製品だったＭＳ‐ＤＯＳとウィンドウズとが同一パッケージとなった。そこはまぁ、新しいとは言えるかな」

　ジー・ユー・アイがまた分からない。ただ確かに「エムエスドス」は聞いた覚えはあった。質問すると橋は、ＭＳ‐ＤＯＳこそ元々のＩＢＭパソコンのＯＳだと教えてくれた。

「あっそうか」漸く何となく頭に浸透し始めたような気になれた。「ウィンドウズはＯＳ。つまりソフトウェアに過ぎない。コンピュータそのものじゃない。機械はＩＢＭ製のパソコン、ってことだな」

「それか、同系列のパソコンだよ。ＮＥＣのなんかも、そう」

　そうだそうだ、と思い出した。ＭＳ‐ＤＯＳがどうの、と熱く語っていたのは確か、ＮＥＣ製の

ＰＣ－９８００シリーズを愛用していた友人だった。

「すると、マッキントッシュは」

「マックはＩＢＭ系列とは全く別だからね。独自のＯＳが入ってる」

「するとマック・コンピュータにウィンドウズを入れても、動かないわけ」

「そうそう」

「マックＯＳで動くワープロソフトを、ウィンドウズで動くパソコンに入れても機能しないわけ」

「そうそう。やっと分かって来たみたいじゃん」

　何となく理解の端の端にしがみつけたような気はした。まだまだ先には、不明の大海原が広がってはいるが。まずはここから押さえなければコラムも書けない。取っ掛かりには何とか、達することができたのではないか。

「たださぁ」橋ちゃんが溜息をついた。「俺達、マック・ファンからするとどうしても、ウィンドウズをこき下ろしたくもなるけど。でも今回のブームで大勢がインターネットに触れるようになって、普及するのならそれはいいことだと思うよ。マックはどうしてもマニアが喜ぶもので、一般の普及には繋がらなかったから。これでパソコンが一般的になって、どの家庭にも一台、なんて時代が来るのなら歓迎すべきことだと思う」

「あのー。そこなんだけど、さぁ」まだ分からない。不明なことだらけだ。「インターネット、ってそもそも、いったい何」

「世界のパソコンが繋がるんだよ」

「パソコンどうしで遣り取りができるんだよね。でもそれで、何が」

「分からないかなぁ。これが世界的に普及したら、凄いことだと思わない。世界中の人と交信ができるんだよ」

「でもそれって、国際電話でもやろうと思えばできるよね」

「あのねぇ」

まだ分からないことだらけだ。インターネットそのものが未だピンと来ない。イメージが摑めない。まだまだ長い道程が目の前に横たわっていた。


橋悠を質問攻めにして、朧《おぼろ》げにイメージが摑めたような気になれた。その段階に至って漸く、外に取材に出られるようにもなった。マイクロソフトの日本法人を訪ねることができたのは、少しは自信がついて来た賜物《たまもの》でもある。マックのヘビーユーザーはこんなことを言っている、などと意地悪な質問をぶつけたのも、橋ちゃんの受け売りに過ぎなかった。

「先行して発売された英語版は、各国で熱狂的に受け入れられています」広報担当者は言った。「全く初めての人でも簡単に入り込める。今回のウィンドウズのコンセプトが認められた証拠だ、と我々も手応えを感じています。間もなく発売される日本でも、同じことが起こるだろうと確信を持って言えます」

「だから、ですね」最初に手渡されたパンフレットの束を指し示した。パソコン・スクールの案内が差し挟まれていた。「このようなパソコン教室も開催されている。一人でも多くの人がこの世界に入り込み易いように、ということですね」

大きく頷いた。「ウィンドウズ95は皆さんを全く新しい世界にお連れする。お手伝いするためなら我々は努力を惜しまない。スクールもその一環、ということです」

「どう思う」共に何度も仕事をして来ているカメラマン、佳波俊吉《よなみしゅんきち》と一緒に階下に降りた。彼には今回の取材で、写真全般を担当してもらっているのだ。会社の入っているビル全体やオフィス、熱く語っている社員の姿などを余さずフィルムに収めてもらった。「全く新しい世界に連れてってくれるんだと」

「俺にはまだピンと来ないね」佳波は正直に答えて言った。「ただ聞いていて、熱意は確かに伝わって来たよ」

「英語版が世界的に売れ捲ってんのは事実だからね。自信に溢れるのも当然ではあるんだろう。ただね。パソコン・スクールだって所詮は、一人でも多くこっちの世界に引っ張り込んで製品を買わせよう、って魂胆があるわけじゃない。商売っ気、丸出し」

「まぁそこのところが、アメリカ流ではあるんだろうなぁ」

笑いながらビルを出た。ところが入った時とは別の方向に出てしまったようで一瞬、戸惑った。

「あれ、こんなところに出ちゃった」

「駅、どっちだ」

ビルに隣接して小さな公園があった。足を踏み入れてみると左手に、線路の高架が見えた。

「あぁ、あれだ」指差した。「京王《けいおう》線の線路だ。地下から上がって来て高架に繋がるんだから、すると駅は、あっち」

マイクロソフト日本法人の入るビルは、京王線の笹塚《ささづか》が最寄駅だった。同線は新宿を起点として、八王子に向かう。新宿駅は地下駅で、線路はずっと地中を走り笹塚の手前で初めて地上に現われる。そのまま高架に繋がる。だからその傾斜を見れば、どちらの方向が駅か一目瞭然なのだった。ここへは佳波の車に便乗させてもらって来たが、停めたのが駅近くの駐車場なのでそちらに向かわなければならない。

公園から線路沿いの道に出た。途端にビルに遮られていた夕陽が、サッと差した。高架とビルとの間が丁度、日差しの通り道になっていたのだ。

「いやぁ、もうこんな時間になっていたんだなぁ」

「思ったより取材が長引いてたんだね」

「あぁでもこれ、いい夕陽だなぁ。一仕事、終えたって感じが湧くわ」

少々、立ち尽くした。ぼんやり夕焼けを眺めた。一仕事、終えた心地よさ。言葉にした通りを味わっていた。と——

はっ、とした。慌てて振り返った。背筋を寒気が走り抜けた。

公園に駆け戻った。素早く周囲を見回した。木陰。複雑なビルの外壁の形。隣の建物との間。人が隠れられる場所は、いくらでもある。

気配を探した。全身を耳にした。肌の全てをセンサーにして、辺りを窺った。

いない。

どこかの物陰に隠れているのなら、動けば視線を過った筈だ。

じっと潜んでいられそうな物陰を、いくつも覗き込んで回った。

だが、いない。とうに走り去ってしまったのだ。

気配を察して、咄嗟に振り向いた。それでも遅きに失したのだろう。走り去ってしまう余裕を、与えるには充分だったのだろう。

深呼吸して、周囲を見渡した。どの方向にも逃げられる。悟るのに、時間は要さなかった。

辺りを暫く走り回ってみたとして、見つけることのできる確率をゼロとは言わない。ただかなり、低いとは認めざるを得ない。

逃してしまったのだ。実感して、肩を落とした。座り込んでしまいそうだった。せっかく期せずして、こんなところで動線が交錯してくれたというのに。刹那の反応が遅過ぎて、またも掌から零れ落ちるように逃げられてしまった。

「おぃ、どうした」佳波が駆け寄って来た。息が荒かった。「いきなり、走り出したりなんかして。何かあったのか」

だが答える気にはなれなかった。心に余裕が全くなかった。

さっき、背中に視線を感じた。鋭く、斬りつけて来るような強い視線だった。

間違いない。確かに一瞬、あの眼がこちらを向いていたのだ。

つい今し方、余寿々絵がここにいた。

32

九鬼さん達が、またやった。大蔵省の不祥事をまたもすっぱ抜いた。

官官接待の中央版だった。

これまでマスコミが主に取り上げていた官官接待は、陳情のため上京して来た地方公務員が、中央官僚を接待していたというものだった。だが実態はそれだけに留まらない。官庁間の上下関係は中央と地方だけでなく、霞が関の内部においても歴然と存在するのだ。予算をつける側と、もらう側。前者の方がより一段、立場が上に位置づけられるのも自然なことではある。

大蔵省主計局には予算編成の現場を仕切る主計官が九人、いる。その下に主査がいて、それぞれが建設省、厚生省といったように各府省庁の予算を担当する。

各省庁は自前の予算案を作成し、担当の主査の元に連日、通う。予算案を査定してもらう。「ダメ」と撥ねられればすごすごと帰るしかないし、「もっとここはこんな風に」と改正を求められれば従うしかない。自省に持ち帰って作り直す。再び持参する。査定してもらう。その繰り返し。

主計局の了解を得られないことには、予算は一円たりともつけられないのだ。各省庁にとって大蔵省通いがどれだけ重要か、よく分かるだろう。どちらが立場が上であるか、も。

主計官は他省庁で言えば、課長クラスに相当する。主査はその下だから課長補佐級だ。しかし他省の人間が会う場合、主計官には局長クラスが、主査には課長クラスが相対する。一階級分の差が厳然とつけられているのだ。つまりそれくらい、大蔵省は特別というわけ。「官庁の中の官庁」と称される所以である。大蔵官僚自身、他の府省庁と比べて「我らは富士山、他は並びの山」との自負を抱いている、らしい。

予算の査定作業が一息つくと、各省の担当者は主査を食事の席に招いて「お疲れ様」と一杯やる。大きな山場を越えた時などには主計官も招待して一席、設ける。その時にはかなり大規模な宴会となる。

一仕事、終えたのだから担当者どうし、食事をして互いに労い合うのは悪い話では決してない。そうして胸襟を開き合い、次の仕事に繋げる。人間社会はそうやって動く。

ただしかし、役所の場合そこで使われるのは公金である。使い道はクリーンであってもらわねば困る。だから「相互交流費」でも何でもいい。仕事に必要な経費なら最初から名目をつけて計上してあり、そこから支出するというのなら何の問題もない。省庁どうし、実質はどうあれ表向きには対等の立場なのだから、宴席の料金も互いに持ち合うのが筋だろう。

ところがそうではない。そうした宴会の費用は全て、予算をつけてもらう側の支払い。大蔵省サイドからは一銭も支払われない。中央と地方の構図がそのまま、中央どうしの間にも当て嵌まっていたわけだった。

噂としては耳にしていた。地方から中央へ、の官官接待ばかりが問題視されているが、中央どうしだって同じことをしているではないか、と。

だがどこでどんな風にやっているのか。外にはなかなか分からない。各省の記者クラブに属する新聞テレビの記者なら知っていようが、彼らは担当する役所が本当に困ることは暴かない。怒らせれば出入り禁止となり、自社だけ情報の蚊帳の外に置かれてしまうからだ。ならばやれるのはそもそも記者クラブに入れてもらえない、雑誌記者しかいない。

そんなわけで九鬼さんは、どうやったのかは知らないがいつどこで、接待が行われているのかを突き止めた。店の前でカメラマンと張り込み、何も知らずに出て来た面々をしっかりフィルムに収めた。

『All Day』にすっぱ抜かれた写真はまさに見ものだった。主査を含む大蔵官僚三人を、担当してもらう省の官僚が取り囲んでいた。たった三人をこれだけ大勢で接待していたのか。立場の違い、という奴が一目瞭然だった。一枚の写真で全てが窺える。写真週刊誌の面目躍如と言えた。

「いやぁ、さすがだなぁ」『Sight』編集部で当の『All Day』を見ながら、古毛は曾川に話を振った。「こんな接待情報、九鬼さんどこから手に入れたんですか」

「これ、俺はやってねえんだよ」曾川は言った。「だからどうやったのかは、俺も聞いてねぇ」

「とにかくまた、このスクープなんですからねぇ。大蔵省の役人は枕を高くして寝られませんよ。次は何を抜かれるのか。戦々恐々としてるんじゃないですか」

「後ろめたいことしてるからいけねぇんだよ。自業自得だ。枕を高くして寝たけりゃ、自ら襟を正せ、ってんだ」

先日、日米地位協定について取材した帰りに九鬼や曾川と呑んだ夜を思い出した。あの時も大蔵省の驕りについて話し合った。接待されている側に悪気はない。自分は相手より偉くて、それが当然と思ってしまう。勘違いさせるような環境がいけないんだと九鬼は言っていた。だから折に触れて「それはおかしいんだよ」と指摘してやらなきゃ、と。

おかしいことはおかしい、と堂々と正す。巨悪は眠らせない。それこそ雑誌屋の矜恃だ。大マスコミではない、雑草魂だからこそできることもある。もっとも自分がそれだけ、胸を張れるようなことをしているかと言うと甚だ心許ないけども。

「ビル・ゲイツという人は、さすがです」『月刊アスキー』の編集者は言った。「ウィンドウズは明日の世界をリードする。原動力となったのが、この人であることは間違いない」

ウィンドウズ95の取材が続いていた。九鬼さんらのような、大スクープではない。ただこれはこれで、有意義な取材には違いなかった。まだまだピンと来てはいないが、インターネットはこれからの世界を変える、という。全く新しい未来が開かれようとしているのだという。ならばその過程を読者に伝え、共有するのも立派なメディアの役割の筈だろう。

先日はＮＥＣの本社にも行った。ウィンドウズ搭載のパソコンを発売する、我が国を代表する電機メーカーである。取材しない、という選択肢はあり得ない。

その担当者も熱く語っていた。ウィンドウズのお陰でインターネットが普及する。世界が変わる。そのお役に立てることに、我が社としては誇りを覚えています……

聞く人聞く人、同じことを言う。ならば本当なのだろう。インターネットはきっと本当に、世界を変えるのだ。

『月刊アスキー』はアスキー社が発行するパソコン雑誌だった。スタートは一九七〇年代にまで遡る。このジャンルを切り開いた先駆けメディアと言っていい。ここまで、マイクロソフトやＮＥＣなど言わば作る側の話ばかりを聞いて来た。そちらサイドの立場であれば、新製品のよい点ばかりを口にするのは仕方がない。だから目線を換えて、報じる側の視点も欲しいと思った。かくして今日、アスキー社に来ているというわけだった。

「ビル・ゲイツというのは」さすがにこれまで取材をこなして来たので、名前くらいは押さえている。「マイクロソフト社の創業者ですね」

「共同創業者にして、ＭＳ‐ＤＯＳの開発者です」編集者は頷いた。「元になったＯＳはありましたがそれをＩＢＭのパソコン用に改良し、ＭＳ‐ＤＯＳの名前で他社のＰＣにもライセンス供給した。開発者であると同時に、普及にも力を注ぐ。普通、技術屋というのは自分の技術にだけ専念するタイプが多いが、彼は違う。製品の売り込みにも長けている。ゲイツのそんな才覚があったからこそ、今回のウィンドウズ・ブームに繋げることもできたわけです」

「実はちょっと、マック・ユーザーの意見も聞いてみたんですが」マイクロソフト社でもした質問を、繰り返した。あの時は製作側が相手だから、意地悪な中身でもあった。だが今回は、業界を公平に俯瞰するべきメディアが相手である。本当のところはどうなのか。純粋に尋ねる質問に過ぎない。「ウィンドウズが新しいと言っても所詮、元々マックがやってたことと似たようなものなんじゃないか、と」

「マックの登場は実際、画期的でした」編集者は答えて言った。「スティーブ・ジョブズの功績です。あのお陰でパソコンの性能は、飛躍的に向上したと言っていい。これまでウィンドウズは常にマックの後塵を拝して来た。今回の95で漸く、比肩し得るレベルに追いついたと言えるでしょう」

「漸く追いついた、というのなら」やはり、だな。内心、思った。作る側からは得られないコメントをもらえる。だからこそ取材の際には、様々な立場の人に話を聞いて回る必要があるのだ。「今回の95が革新的な登場、というのはちょっと違うのではないでしょうか。前バージョンのウィンドウズ3・1を改良しただけじゃないのか、なんて声も聞いたんですけど」

「バージョンアップに過ぎないじゃないか、と言われれば確かにその通りです」小さく笑った。「今回はブームになってやたら『革新的』だの『全く新しい』なんて言葉が飛び交ってますが、冷静に見てみれば確かに、仰る通りではあります」ただし、とつけ加えた。「ただしそこがビル・ゲイツという人の、マイクロソフト社の上手さでもあるんですよ。宣伝に長けている。そして実際、これだけのブームを巻き起こした。インターネットを普及させるにはまず、パソコンがどの家庭にもあって当たり前、のように行き渡らなければなりませんからね。より多くの人がネットの世界で繋がるようになって初めて、技術は加速度的に進化する。その切っ掛けを作ったのがウィンドウズ、であることは間違いない。マックではそのムーブメントは作り出せなかった。技術屋であると同時に売り込みも巧み。ゲイツという人ならではの功績、ということは言えると思います」

　成程な。聞いていて思った。パソコン雑誌なのだから業界がブームになった方がより売れる。盛り上がるのが有難いのは当たり前。ならばその功労者であるビル・ゲイツや、マイクロソフトを悪し様にこき下ろす筈は最初からなかった。

　それにまぁ、ウィンドウズ95の登場が世界にとって大きいものであるのは間違いないのだろう。別に悪口が聞きたいわけではない。違う立場の意見も欲しいだけだ。そしてどちらも同じように言うのであれば、その中身に説得力が上乗せされる。複数から話を聞く意味は、そこにこそある。

アスキー社の取材を終えて、外に出た。カメラマンの佳波と共に、山手《やまて》通りを北へ向かった。今回の取材ではずっと、彼に撮影を任せている。今日も彼の車で、ここまで来た。

「どう思う」佳波に訊いた。実はマイクロソフトの取材の後にも、同じ質問をしたのだが。あれからあちこち話を聞いたので、感想も変わっているかと思ったのだ。「俺、今回の取材をしている内に何だか明るい気分になりつつあるんだけど」

「俺にはまだピンと来ない、ってのが正直なところだけど」佳波が答えて、言った。「ただこれだけ聞いて回って、皆が同じこと言ってる、ってのは凄いことだと思うね。インターネットのお陰で全く新しい未来が始まる。具体的なイメージは全く湧かないけど、そんなものなのかなぁ、って気には俺もなって来たよ」

「俺も、なんだ。今年は嫌な事件ばかり続いたからなぁ。これからはちょっといいこともあって欲しい。そいつを齎してくれるのがもしかしてインターネットなのかも、って気になりつつある」

「分からないでもないなぁ」

笑いながら甲州《こうしゅう》街道を渡った。

大通りの交差する角地を、巨大な矢板が取り囲んでいた。大型重機が出入りしており、大規模な工事が進行中なのが見て取れた。

「凄い工事をやってるなぁ」佳波が言った。「来る時にも、見えたけど。何か大きなビルでも建つのかな」

「東京オペラシティ、とかいうのが出来るんだって」

「オペラ？　それじゃ俺にゃ、関係ねぇや」

「九鬼さんとこのGOちゃんなら、興味があるのかも知れないけどね」

沢井は趣味がシェイクスピア劇の鑑賞だという。佳波も九鬼さんと仕事をすることは多いから当然、彼のことも知っているのだ。洋物のお芝居見物が好きならオペラにも興味があるだろう、との単純な連想に過ぎない。単なる話題のための話題だった。

「広い敷地だなぁ。元はここ、何があったんだっけ」

「京王バスの営業所とか、小田急デパートの配送センターとかがあったよ」

「あぁ、そうか。そう言えば以前、トラックなんかが並んでいるのを見た覚えがあるな」

　工事現場の先に立つビルは、ロッテの本社である。更に北上して山手通りの坂を下れば、お茶の伊藤園《いとうえん》の本社もある。ここ、食い物系の大手企業が並んでるよなぁ。これからはそいつを味わいながら、オペラを鑑賞しろ、ってことかも知れないぞ。

　車に乗り込んで、笑い合った。何でもいいのだ、話題なんて。一台の車に乗り合わせる。道中の時間を埋められさえすれば、何でもいい。

「そう言えば」駐車場から車を出しながら、佳波が言った。「こないだのマイクロソフト社があったのは、笹塚だったじゃん」

「そうだね」古毛は頷いた。先日、同地であの眼を感じて、動揺した。彼の前で醜態を演じたが、言及しないでくれるのが有難かった。それにこの話の、先も読めた。「そして今日のアスキー社は、初台《はつだい》。どちらも京王線沿線だ」

　正確には京王の本線は始発駅、新宿の次は即、笹塚になる。初台は地下鉄都営新宿線に直通する京王新線の駅である。だがまぁ細かいことはどうでもいい。確かにパソコンブームの牽引役である二社が、どちらも京王線沿いにあるというのも何かの縁《えにし》を感じないでもない。しかも、間に一駅を挟むだけ、という近さだ。

「初台、笹塚があるのなら幡《はた》ヶ谷《や》はどうなのよ」

佳波の言う、幡ヶ谷こそが間の一駅だった。都営新宿線は京王新線に乗り入れると新線新宿、初台、幡ヶ谷を経て地上に現われ笹塚に達する。そこで同じく地下から上がって来た、京王の本線に合流する。

「そうだなぁ。確かにあそこにはこれといった、パソコン関係の会社はなかったと思うなぁ」

「両側に巨頭がいる、ってのに。間は忘れ去られた感じ」

「その代わりあそこには、代々幡《よよはた》斎場があるじゃん。別な意味で俺達の仕事には、縁の深いところ」

「あっそうか。それで俺、幡ヶ谷には何度も行ったことがあるのか」

代々幡斎場は歴史ある火葬場で、有名人が何人も荼毘《だび》に付されている。自殺したアイドル岡田有《おかだゆ》希子《きこ》もそうだったし、オウムの幹部で刺殺された村井秀夫もあそこで火葬された。そんなわけであの斎場は、マスコミ関係者にとってはお馴染みなのだ。有名人の葬儀のたびに大勢が駆けつける。

笹塚、か。先日のことを再び思い出した。佳波は言及しないでくれたがあの時、本当に取り乱した。余寿々絵があそこにいたのだ。俺を見て、先方も動揺した。だからこそ揺れる気が強く伝わって来た。彼女だ。古毛も確信できた程だった。

神戸の被災地。そして、先日の笹塚。俺達は二度、期せずして擦れ違ったことになる。

ならばもう一度、ないのだろうか。今年は嫌な事件ばかり続いたから、ちょっといいこともあって欲しい。さっき、自ら口にした言葉だった。笠部副編も企画の意義として言っていた。インターネットが我々を導くという、明るい未来のように。取材でも無駄足ばかりが続いた後に、ふとした弾みでいいことだって起こるように。二度あることは、とも言うではないか。

「代々幡斎場と言えば、村井だよなぁ」佳波の言葉に我に返った。「古毛、知ってるだろ。『All Day』の特オチの話」

「あぁ」

連日、オウム東京総本部の前に張り込んでいたのに事件の当日だけ引き上げてしまった。編集部は村井刺殺の現場を逃す、という屈辱を味わった。

その仕返し、というわけではないが『All Day』は村井の死体の写真を手に入れ、見開きでどんと掲載した。焼く前の死体。つまり代々幡斎場で火葬される前だった、というわけだ。

「あれは、インパクトがあったなぁ」

「少しは面目躍如になったんじゃないの」

「まぁそんな感覚、この業界の人間じゃなけりゃ分かりゃしねぇんだろうけどなぁ」

無駄話を交わし合っている内に間もなく目的地だった。巷談社の本社屋が道路の先に見えて来た。

数日後だった。

その日は早くに用事が終わった。他に行くところもない。何人か、呑みに行かないかと声を掛けてみたが全員に別用があった。ポケベルに反応してくれた人も皆無だった。

まぁ仕方がない。こんな日もある。今日は大人しく帰れ、という神の思し召しなのであろう。

古毛は『Sight』編集部から自宅に直行した。地下鉄有楽町線で飯田橋《いいだばし》に出、ＪＲに乗り換えた。

最寄りの駅から自宅へ歩いている途中、だった。

ふと、背中に視線を感じた。後ろを歩いて来る人がいる。微かな気配が追って来る。俺は誰かに、尾行《つ》けられている。

危険は窺えなかった。それどころかついて来ているのは誰か、予測がついた。何とまぁ。神の思し召し、まさにその通り。俺は今夜は本当に、早く帰途に就いてこうなることになっていたんだ。暗い場所まで引っ張る必要はない。ただし周りに人影はない方がいい。

街灯が煌々と灯り、かつ人通りのなくなった場所を見計らって、足を止めた。同時に後方でも、足音が立ち止まった。

ゆっくりと振り返った。

正面に彼女が立っていた。

長いこと待ち望んでいた瞬間だった。それが意外なくらい、あっさり実現してくれた。もっと感動してもよさそうなものだ、我ながら。なのに現実となると、こんなものだ。あまりの衝撃ゆえに逆に、現実感をなかなか覚え切れないのかも知れない。

顔を変えたな。直ぐに分かった。目尻が細くなっている。鼻も高い。頬骨も。顎も少し、尖った。全体的に、シャープな雰囲気に変わっている。

警察に追われているのだ。整形はこの場合、常道のようなものと言っていい。

それでも見間違いようがなかった。目尻を細く切り込ませても、瞳は元のままだ。そしてあの、眼光。忘れる筈がない。胸に深く刻み込まれている。どれだけ顔のパーツを弄《いじ》ろうと、分からないわけがない。

「何となく、こういうことが起こりそうな気はしていたんですよ」古毛は言った。考えてみれば口を利くのはこれが初めてだ。最初にどう言って切り出すか、戸惑ってもおかしくはなかった。なのに初めから予習していたかのように、言葉はさらさらと滑り出た。「二度あることは三度ある、っていうからね。でも、そうか。二度目までは偶然の邂逅《かいこう》だったけど、今回は違う。貴女の意志によるものだ」

「もう運命かな、という気になったんです」余寿々絵は言った。薄い微笑みが浮かんでいた。考えてみれば本人の声を聞くのも、これが初めてだ。だが違和感は全くなかった。彼女が口を開けばこんな声になる。最初から分かっていたように、胸にすとんと落ちた。「初めまして、古毛さん」

33

自宅のコーポに誘《いざな》った。

殆ど初対面に近い、男と女である。しかも時刻が時刻だ。さすがにマズいだろうという思いはあった。先方が少しでも尻込みを見せたら、即座に代替案を検討する所存だった。

だが確かに、よい代案が思い浮かばないのも事実なのだ。外の立ち話で済むような中身ではない。後日、再会を約することもできないではないが、先方だって警戒するだろう。次はもしや警察を連れて来るのではないか、と。こちらだって本当に来てくれるのか、不安は拭えない。できるのなら今この瞬間から話を交わしたい。本音だった。

幸い、同意してくれた。

汚いとこだけど、と断ったが笑って「別に気にしないで下さい」と言ってくれた。つき合っている彼女が先日、遊びに来てくれていたので助かった。そうでなければ男所帯、掃除なんてろくにすることもない。

　コーポとは名ばかりの、桐田の住んでいた木造アパートと五十歩百歩の古い建物だった。気遅れがしたが余寿々絵は気にもしていないようだった。玄関を開け、どうぞと誘うとさっさと室内に歩み入って来た。タフな女性なのだ。そのことは最初から分っている。

　食堂にしている板間の、背凭れ付き椅子に座ってもらった。飲み物もろくにない。辛うじてお茶っ葉があったので、茶漉しに入れて湯を注いだ。普段は自分は茶など飲まないが、一つだけ出されては彼女だって口をつけ辛かろう。湯飲み、二つに注いでテーブルに出した。茶托もなくて申し訳ない、と頭を掻くと「別に気にしないで下さい」と繰り返した。

「運命、ね」茶を淹れたり、と手を動かしたお陰で頭を整理する間が持てた。切り出す言葉を考える余裕も得た。最初に持ち出す話題として適当だろう、その思いがあった。「成程、分かるような気がして来ましたよ。確かにどちらも、夕陽が差していた」

「最初にお会いした時、夕焼けの中でした」余寿々絵は頷いて、言った。「神戸で。町中が燃えてしまった跡で、貴方は夕陽の差す中に立っていた。とてもよく覚えてます」確かに最初に見掛けた時、彼女は夕陽に照らされて凛と立ち尽くしていた。と、いうことは向こうから見れば、こちらも夕焼けの中にいたわけだ。もっともこっちは見惚れていただけで、凛という表現には程遠かった筈だが。「そしたら今度はあそこ、マイクロソフト社の横です。またも夕焼けだった。それでもう、思ったんです。いえ、思ったというより、感じた、かな。貴方と私はこうして会う運命なのかも知れない、って。逃れることなんてできないのかも知れないな、って」

「笹塚のあの時、僕は視線を感じて振り返った」数日前を生々しく思い出しながら、古毛は言った。「いや、視線と言うより気、かな。誰かがはっと動転した。その気が強く伝わって来た。貴女が僕を見掛けた衝撃だったんですね。慌てて公園に駆け込んだけど、貴女はもうどこかへ身を躱してしまっていた」

「私、あそこのパソコン・スクールに通ってるんです」もう一度、頷いて彼女は言った。「これからの時代はパソコンなんじゃないのかな、って思って。今の内から習っておけばきっと何かが開ける、って。あの日も授業が終わって、外に出て来たところでした。公園で一息、入れようと思った。そしたら道に貴方が立っているじゃないですか。それも、夕陽の中に。私もう、びっくりしてしまって」

古毛も頷き返した。「マイクロソフト社に取材に来ていたんです。ウィンドウズ95のことを聞きに」

言いながら、思い出した。広報担当者が言っていたではないか。パソコン・スクールも開催している、と。皆さんを全く新しい世界へお連れする手伝いをしたい、とその趣旨を語っていた。だが所詮、一人でも多くの客を創出して製品を買わせようという魂胆ではないか。商売っ気、丸出しと佳波と笑い合った。あのパソコン教室に、彼女も通っているということらしい。

更に思い至った。あそこで佳波と馬鹿っ話をしなければ、ビルの出口を誤ることもなかった。公園へも出なかった。そうすれば寿々絵と再会することもなかった、というわけか。彼女もこちらとの接触を決意することもなく、そのままに終わっていた。成程、運命だ。思わずにはいられなかった。いや、彼女の言葉を借りるなら思うというより、感じる、か。

「それにしても」話を続けた。聞きたいことは無限にある。だが何事にも順序がある。せっかくこの場を得たのだ。順番を大切にして、全ての疑問を解き明かしたい。「よく決心してくれましたね。あんな記事を書いたことからもお察しとは思いますが、僕は警察とも接触している。そんな僕の前に姿を現わしたりなんかしたら、通報されてしまうかも知れないのに」

「賭けでした」彼女は言った。目の前の湯飲みから茶を一口、啜った。「勿論そのリスクは、頭にありました。こうしてお会いした後に、貴方が警察に報せてしまう恐れは充分にある、って」

「それでも貴女は来た」ちょっと場を和ます意味も込めて、薄く笑った。「僕にそんな勇気はない。警察に通報なんかできない臆病者だ、と見抜かれたのかな」

「そんなわけありません」合わせて笑ってくれた。「でも、そう。何て言うのかな」

「まぁ、いいでしょう」遮った。今はその追究をしている時ではない。警察の話題ばかりが続いては、彼女も警戒してしまうかも知れない。「とにかく貴女はこうして来てくれた。僕にとっては有難い。今はそれでよしとしましょう」

　言えることが一つある。胸の中で思った。俺達は最初から、どこかで心が結びついていた。振り捨てることが互いにできなかった。

　俺から彼女に対して、は明らかだ。胸から一瞬たりと、忘れることはできなかった。眼の光がずっと記憶に刻み込まれていた。何とかしてもう一度、会って話をしてみたい。冀《こいねが》った。何度も絶望に襲われながらも、それでも諦める気にはなれなかった。

　しかしそれは、彼女から俺に対しても同じ、だったのではなかろうか。逃げようと思えばいくらでも逃げられる。警察だって行方を摑めてはいないのだ。俺一人から身を躱すくらい、何てことはなかった。

　なのにこうして、接触して来た。それはやはり彼女からしても、俺が無視できる存在ではなかったが故、なのではなかろうか。自惚《うぬぼ》れてもいいのではないか、という気がした。少なくとも今は、その前提で押して行った方がいいだろう。

「伺いたいことは山ほどある」切り出した。いよいよ、訊き難い話に入るのだ。互いに心が通じ合わなければ打ち明けてなどくれまい。こうして会ってくれたというだけで、彼女には話す意思はあるのだと踏んでいい筈だった。またそう思っていなければ、そもそも質問などできない。「だから順番に行きましょう」

「えぇ」

「まずは何と言っても、あの事件だ。全ての始まりだった。貴女のお父さんの遺体が焼け跡から発見された。胸には、刃物で刺された痕があった」

「えぇ」と繰り返して一拍、措いた。あっさりと認めた。「刺したのは、私です」

衝撃はあったが驚きではなかった。最初から分かり切っていたことだ。隠したってしょうがない。むしろ躊躇いもなく認めたことの方に、胸を打たれた。そういう女性なのだ、と改めて感じ入った。「僕は捜査に当たった警部から聞いて、知っている。お父さんは太い柱の下敷きになっていた。人、一人くらいではとても動かせないような柱だった、と言っていた」

「あの朝」遠くを見るような視線に転じた。起こったことを逐一、明確に説明しようとしているのだと見ていて分かった。「物凄い揺れで飛び起きました。音も凄かった。お腹の底に響くようでした。家具がそこら中を飛び回っていた。布団の下に潜り込んで、揺れが収まるのを待ちました。長かった。とても長い時間に感じた。もうこのまま、終わらないんじゃないかと思ったくらい」

続けて、と仕種で示した。

「漸く揺れが収まったので、布団から出ました。真っ暗なので電気をつけようとしました。でもつかない。停電してたんです。なので懐中電灯のところまで這って行って、つけました。それで初めて、周りの様子が分かるようになりました。もう、滅茶苦茶でした。家具があちこちに倒れて、破片が散乱してた。寝ていた布団の直ぐ横に、タンスが倒れてました。あれの下敷きになってたら、這い出ることなんてできなかったでしょう。運がよかったんです。助かったのはただただ、運なんです」

「それで」促す意味で、口を開いた。「お父さんの寝ていた部屋にも行ってみた」

そうです、と言って続けた。「父の寝室は一階。私は二階に寝ていたんです。一階の崩れ方は、二階よりずっと酷かった。半分、上からの重みで押し潰されたようになってました。父の寝室には、這うようにして入らなきゃならなかったくらいです。そうして何とか布団のとこまで近づくと、柱の下敷きになってるのが分かりました。口から血が溢れてた。気を失ってたんです」

「でもまだ、息はあった」

首肯して認めた。「柱を動かそうとしてみました。でもビクともしませんでした。女一人の力なんかじゃ、話にならない。おまけに天井が傾いてて、ちゃんと立ち上がることもできないんです。それで助けを呼ぼうと思って、外に出てみました」

「でも周りも、似たようなものだった。いや、もっと酷い家もいくらもあったことでしょう。あの一帯は特に被害の大きいところだったから。皆、自分のことだけで手一杯。他人を助ける余裕のある人なんて、誰もいなかった」

「その通りです」

続く言葉に迷っているようだった。いよいよ父親を刺した件《くだ》りに入るのだ。どう言えばいいのか戸惑うのも無理はない。助け舟を出すくらいの積もりで、古毛は切り出した。

「僕は焼け出された近所の住民に何人も話を聞いた。皆、同じことを言っていた。亡くなった人を悪く言いたくはないが、貴女のお父さんは生前、酷い人だった、って」父親を殺したとしても貴女が悪いとは思わない。示唆した。持ち上げているわけでも、誘導尋問でもない。事実、その通りらしかったのだ。ただしこちらから持ち出してやれば、彼女も話し出し易かろうという計算はあった。「誰かに殺されたとしても仕方のないようなことを生前、繰り返していた、って」

「遠くに炎が見えました」こちらの言葉に後押しされたところも少しはあったのだろうか。意を決したように彼女は話を再開した。「誰かが『火が出たぞ、えらぃこっちゃ』と叫んでるのも聞こえた。このままだと火はこちらに燃え移って来る。下敷きになってる父は、焼死するしかない」

「そこなんです、伺いたいのは」古毛は遮った。「お父さんは貴女に手に掛けられても仕方のないような仕打ちを生前、繰り返していた。でもそんな状況にあったのなら、何もわざわざ貴女が手を下す必要はなかったわけじゃないですか。胸に刃物なんか突き立てなくとも。わざわざ自分の手を汚さなくても、放っておきさえすれば火が勝手に始末をつけてくれる」

「そうですね」茶を飲み終えた。「それは確かに、仰る通りです」

もう一杯お茶を淹れましょうか、と水を向ける気にはなれなかった。今、いい流れの中にいる。このままの調子を維持したい。こちらの茶は、一口も飲んではいなかった。湯飲みを持ち上げすらしていなかった。煙草を一服する気にもなれなかった。

「焼死、という酷《むご》い死に方をお父さんにさせたくなかった、ということでしょうか」

「さぁ、そこはどうでしょう」首を捻った。思えば彼女がこちらの言うことを肯定しなかったのは、これが初めてだったかも知れない。「今も言ったように父は柱の下敷きになって、気絶してました。勿論、火が迫って来る中で意識を取り戻すかも知れませんし、熱さで目を覚ますかも知れない。でもそれもあまりなさそうな感じでした。あの重い柱に直撃されて既に半分、死んでいたようなものなんじゃなかったのかしら」

「それじゃ、何故」父親を苦しみから解放したかった。主張することで、もし裁判に掛けられたとしても同情は勝ち得るだろう。情状酌量の余地は増えるだろう。しかし敢えて自分から打ち消す。その意図は、どこにあるのか。裁判なんて事態は最初から想定してもいないのか。彼女は最後まで逃げ遂せる積もりでいるのか、たとえ俺が通報したとしても。「何故、あんなことを」

「そうですね。今となっては自分でも、自分の気持ちがよく分からなくなってしまうこともあります。どうしてあんなことをしたのか。自分でも分からなくなってしまうことが」視線を中空に彷徨わせた。何と説明すればいいか。言葉を探している風だった。ただ、と漸く切り出した。「ただ、思ったんです。これで私の運命は変わる。これまでとは全く違う人生に踏み出すことができる、って」

　震災直後の大混乱で、町中が騒然としていた。建物は軒並み倒れ、火が迫っていた。生き残った住民はパニックに陥り、悲鳴と怒号とが渦巻いていた。

　騒乱の最中にあって彼女は、妙に冷静になったという。頭から熱がスーッと抜けて行った、と言うか……。寿々絵は当時の自分の状態を、独特の言い回しで表現した。不幸な震災だが、自分に限ってみればチャンスでもある。これまでのしがらみを全て振り切って、全く違う世界へ船出する。その切っ掛けに転じることができる。自分は今、分岐点にいるのだ。妙に冷めた頭で、はっきりと自覚したのだという。

「家庭内で横暴を極めるお父さんと、積み上がった借金。全てが貴女の肩に伸し掛かっていた」古毛は言った。「それまでの貴女はがんじがらめになって、身動きが取れずにいた。でも震災が何も彼《か》もを破壊してくれた。しがらみを消し去ってくれた」一息、ついて続けた。「それはその通りだと僕も思う。逃げる権利は貴女にはあった。全く新しい進路を選ぶ、権利が。でも、何故です。そのためなら単に、その場を歩み去ればよかった筈だ。父親を、倒れた家と炎の中に放置して。ただそうするだけで、違う運命を切り開くことはできた筈だ」

「えぇ」

「なのに、貴女は戻った。放っておいても同じ結果だった筈なのに。家の中に戻った。そして」またも一息、ついた。「何故です」

単にその場から逃げ出しただけなら、何の問題もなかった。警察が動き出すこともなく、逃亡を続ける必要も何もなかった。なのに――

そこは本当に分からなかった。真に、訊きたかった。

何故わざわざそのようなことをしたのか。ことが面倒になるだけ、と分かり切っているのに。それくらい、想像のつかない彼女ではない筈なのに。

恨み、か。訝った。父親に対する、復讐。あれだけの仕打ちをしてくれたのだ。仕返しは自分の手でしてやりたい。火、なんかに代役をさせる気にはなれない。そうした心理なら、納得できないでもない。

「恨み、ではなかったと思います」こちらの考えを読まれてしまったようだった。口に出す前に、否定されていた。「復讐をしたいのであれば、放っておいた方がよかった筈でしょう。その方が」

確かに、その通りだった。放っておけば父親は焼き殺される。より酷《むご》い死に方に仕向けられる。ただ恨みを晴らしたいのであればそちらの方が、より効果的ではあるだろう。胸を一突きにして、即死させるより、ずっと。考えてみれば遺体の上に柱が倒れていた、と滝川警部から聞かされた時、既に復讐では説明がつかないなと古毛も感じていた。

「それじゃぁ」
「自分でも自分の気持ちを上手く説明できません」小さく首を振った。「ただ、これだけは言えるような気がします。これから自分は新しい人生に歩み出す。これまでの生き方に別れを告げる。その切っ掛けを、火なんかに委ねる気にはなれなかった。自分自身の手で決着をつけたかった、というか」

はっ、とした。

あの眼が浮かんでいた。焼け跡に凛と佇んでいた。神々しいくらいの光と感じた。意味が、初めて理解できた気がした。

自分の運命は自分で切り開く。強い心があったからこそ、あの眼はあれだけ輝いていたのだ。忘れ難い光を放っていたのだ。これから死ぬかも知れない戦場に向かおうとしていた、アフガンの少年兵のように。

重要な突破口はこれまでの宿痾《しゅくあ》であった父親を、自らの手で始末したこと。燃え移る火なんかに任すことなく、けじめは自分でつけた。だからこそこの女性は、清々しさを発散させていたのだ。これから新しい一歩を踏み出す。強い決意が全身に漲っていたのも、当然だった。

「そうか」古毛は言った。勝手に口から溢れ出た感じだった。「そういうことだったのか」

34

「事件の時のことは分かった」話は続いていた。途中で終わらせる、なんてことはできない。全てを聞き終えるまで、止《や》めることなどあり得ない。「いや、分かったような気になっているだけかも知れないな。でも、まぁいいや。先へ進みましょう。これから新しい路を進む決意を込めて、貴女は家の焼け跡に佇んでいた。僕が目撃したのはその時だ。で、あの後は」

「心当たりの人がいたんです」余寿々絵は言った。「まだキャバクラに勤めてた頃、通って来てた常連さんでした。遊び人で半分、ヤクザ屋さんみたいだった。極道の友達も何人もいる、って言ってました。その人が、福原のお店にもふらりと入って来たんです」

先方もびっくりしていたという。あれ、あんた。こなぃなとこに勤めとったん⁉

そうか、大変やなぁ。直ぐに、同情に変わった。彼女の家庭事情は、既に聞いて知っていたのだ。まぁ何か、困ったことがあったら俺んとこに来ぃや。悪いよぅにはせぇへんさかぃに……

だから今までの人生を捨てる決意を固めると、その人を訪ねた。住まいは姫路《ひめじ》だった。そちらも震災でかなり揺れたらしいが、家が潰れたり燃えたり、といったようなことはなかったらしい。

「あれ、あんた」久しぶりに会うと、さすがに驚いていた。「地震、大丈夫やったん」

父親が亡くなったことだけ、告げた。詳しいことは訊かんで下さい、とお願いした。ただ、これを機に全く違う生き方をしてみたい。だから一度だけ、助けて下さい。

パスポートが欲しい、と伝えた。他人名義で、絶対に足がつかないもの。それを手に、この地を永遠に離れてしまう決意だと話した。

「そうか、分かった」男は頷いた。「俺も男や。何とかしたろ。そっちの方にはコネはあるさかぃな。あんたはこれまで、苦労のしっ放しやった。そろそろ幸せになる権利はある、思ぅで。その手助けでけるんやったら、俺も本望や」

気持ちは分かるな。聞いていて、思った。女から頼られれば男は、何とかしてやろうと誓うものだ。たとえ多少、非合法なことであろうと。ましてやそいつは半分、ヤクザのような男だったというではないか。そういう奴の方がこういう局面では男気を発揮したがる。見返りも何も求めることなく、願いを聞いてやる。

成程さすがだ、とも思った。彼女、どんな相手を頼れば一番いいか本能的に分かっている。選択が的確だ。これまで社会に揉まれて苦労して、身につけた知恵だろう。こういうものがいざという時、何よりの力になる。

「あの」と寿々絵から釘を刺された。「その人のことはこれ以上、訊かないで下さい。迷惑を掛けることだけは、私」

「あぁ、分かってますよ」小さく手を振った。「そんなところを細かく詮索しても、仕方がない。恩人であるその人に迷惑を掛けたくない、貴女の気持ちもよく分かる」

言いながら、思い出していた。彼女の行方を追って福原のソープランドで聞き込みをした時のこと。常連の客を頼ったかも知れない、と思い尋ねてみたのだ。彼女に馴染みの客はいなかったか、と。

だが店側に、そんな情報が残っている筈もなかった。だからこちらも諦めるしかなかった。

ただあの時の発想はあながち、的外れではなかったわけだ。彼女は水商売で知り合った男を頼って、逃亡の足掛かりとした。もっとも最初に知り合ったのはキャバクラ時代で、ソープではそんなに常連ではなかったのかも知れないが。

続けて、と促すと彼女は説明を再開した。

手に入ったパスポートは、在日韓国人名義のものだった。実在した人物だが、今は名前を変えて故国に帰ってしまった。その際、裏社会に売り払われたものだという。だから彼女は今も、表向きはこの国にいることになっている。それを使って動き回っても、支障はない筈だと男は請け合ってくれたらしい。

礼を言って受け取った。以来、その男とは接触していない。二度と会う気はない。

「その足で、私も韓国に渡りました。整形手術を受けるためです。警察から逃げなきゃならないから、顔だけは最低限、変えておきたい。身も心も別人になってしまう積もりだった。余寿々絵に戻る気は、もうありませんでした」

整形が済み、パスポートの写真も取り替えた。ちょっと金を払えば偽装屋は直ぐに見つかった。家が燃える前、金目のものは全て持ち出していたので懐はそこそこ潤沢だった。ソープランドで稼いだ金は全額を父親に渡すことなく、少しずつ貯金していたのだ。いざという時のために。そいつが役立ってくれた。

「身も心も違う人間に成り済まして、日本に帰って来ました。東京に出てマンションを借り、夜の街で働き始めました」

これだけの器量なのだ。前に勤めていた経験もある。直ぐに売れっ子になったろうことだけは、簡単に想像できた。

「雑誌で僕の記事を見掛けたのは、その頃のことだね」

時期的にそうだろう、と見当をつけた。余寿々絵は（おっとその名は今はもう捨てたんだろうが）頷いた。

「何故、あんな手紙を」

「さぁ。そこも今となっては、自分の気持ちが上手く説明できません。ただ、あの時も運命なんだろうかと感じたのは確かです。記事を読んで直ぐに思い出しましたから。あぁ、焼け跡で会ったあの人だ、って。記事からは、私を追う気迫が滲み出てました。執念が感じられた。警察からは逃げ延びることができたとしても、この人からは無理かも知れないという気が湧きました。だから」

「もう追わないでくれ、と手紙で伝えた」

もう一度、頷いた。

「お願いしたところで聞くわけがない、とは思わなかったんですか」

「それは、思わなかったといえば嘘になります。でも」少し、考えてから続けた。「今となってはやっぱり上手く説明できませんね、自分の気持ちが。ただやっても無駄かも知れないけど、何かやりたかった。やらずにはいられなかった。運命に何とか抗いたかった、のかも知れません」

あの手紙を投函するために彼女は、わざわざ神戸に舞い戻った。消印を現地のものにするために。偽装のためにそれだけの手間を掛けたのだ。なまじの思いでできることではあるまい。

運命に抗いたかった、という言葉を彼女は使った。何かをやるて決めたら迷いのない子でした。母親の園美が娘について語っていた表現だ。きっとそうだったのだろう、と感じた。寿々絵は手紙を出すべきだと思い、そのためならあらゆる手間も惜しまなかった。そういう女性なのだ。彼女は彼女で、必死だったのだろう。

結果的にはあの手紙は、俺を事件に引き戻すことになった。手紙を警察に渡すため神戸に行って、三原夫妻と再会し娘さんが余園美の同級生だったことを知った。更なる追求の切っ掛けを作ってくれた。皮肉なものだな、と思わずにはいられなかった。

「そしたら」彼女の言葉にはっと我に返った。考えていたことを見抜かれたような心地だった。

「貴方がまた、現われたじゃないですか。母のところに。私もう、びっくりしてしまって」

頭をガツンと殴られたようだった。そうか、そうだったのか。余寿々絵は密かに、母親を監視していた。そこに、のこのこ顔を出してしまった男がいた。俺だった。マイクロソフト社の前で再会するずっと以前、彼女はとっくに俺の姿を見ていたのだ。こっちは全然、気づいてもいなかったけれど。

「そうか」納得した。「韓国に渡航までして顔を変えた。なのに何故、また日本に帰って来たのか不思議に思っていたんだ。そのまま、外国を渡り歩いてもよかった筈なのに。理由はそれだったんだね。母親を放ったまま、この国を離れてしまう気にはなれなかった。新しい人生を始める前に、全てに決着をつけておきたかったんだ」

大きく頷いた。「母のことはずっと気になってました。現実が嫌になって、宗教に走った。あの後、どうしているのか。確かめないまま次へ進むことはできませんでした」

母を恨む気持ちはなかった。寿々絵は語った。家を出る前、母は父から酷い暴力を受けていたのだ。いつも顔が腫れ上がっているような始末だった。逃げて当然、と感じた。悪いのは父なのだ。家を出て母が幸せになれたのなら、よかったくらいに思っていた。

「でもだんだん、オウム真理教の変な事件が報道されるようになってたじゃないですか。昨年の辺りから。弁護士一家の失踪に関与してる、とか。松本でサリンを撒いたのもオウムではないか、とか。それを聞いて私、母のことが心配になって」

ましてや整形を終え、別人に生まれ変わって帰国した時だ。日本では地下鉄サリン事件が発生した。未曾有の毒ガステロもオウムの仕業だと報道されていた。実は内部で密かに殺された信者も何人もいるらしい、とも。母が心配でならないのも、当然だった。

「あちこち、探して回りました。幸い、見つけることができました。教団の運営するラーメン店で働いていた。カルト教団らしく変な集団生活はしてたけど、取り敢えずは無事らしい。分かって、ほっとしたんです」

ただ、すっかり安心してしまうことはできない。何と言っても所属しているのは、無差別テロを起こすようなカルト教団だ。いつ何の切っ掛けで歯車が狂い、母も事件に巻き込まれないとも限らない。立ち去る気にはなれなかった。仕事をしながら暇を見つけては、母を陰から見守り続けた。直接、会うことはなかった。それは確かだ。母親は娘の存在に気づいてはいなかった。嘘を言えるような女性ではない。あの娘《こ》にはホンマ、悪いことしました。会いたいわぁ。会って、お詫びがしたいわぁ。電話でしみじみ、漏らしていた。実は見守られていたなんて、夢にも思ってはいない言葉だった。

「ついさっき、そのことを考えていたんだ」打ち明けた。「あの手紙が切っ掛けとなって、巡り巡って僕も貴女の母親がオウムにいることを知った」

経緯を説明するとさすがに、寿々絵も驚いていたようだった。どうやって古毛が母親の居所を突き止めたのか。遠因を作ったのが実は自分だった、とまではさすがに想像もしていなかったのだ。

成程、運命、か。またもその言葉が浮かんだ。彼女からすれば逃れられない、と感じるのも当然だったのかも知れない。

まずは事件現場となった、震災の焼け跡。旅立つ直前に佇んだ時、自分を見ている男がいた。整形を終えて帰国し、雑誌を見てあれは記者だったことを知った。事件をこれからも追い掛け続ける決意が、記事からは溢れていた。何とかしたい、との思いから手紙まで書いた。

ところが記者は母親のところにまで現われた。愕然としたことだろう。まさか自分が切っ掛けを作ったなんて夢にも思わない。やはりこの男は諦めない。とことんまで自分を追って来る。絶望に近い思いに囚われたことだろう。

そして最後は、マイクロソフト社だ。母親もオウムを離れ、境遇は落ち着いた。ほっと安心できた。これで自分の未来に向けて、全力で投資することができる。これからの時代はパソコンが重要になる、と見てスクールに通い始めた。

そうしたらまたも、あの記者が現われたのだ。しかも最初に会ったのと同じ、夕焼けの中に。もうしょうがない。これは運命なのだ。思い知った。この男は放っておいたらいつまでも、私につき纏う。ならば流れを変えるには、自ら賭けに出るしかない。

これまでも自分の手で、次の人生を切り開いて来た女性なのだ。決着をつけるしかない、と思い定めたのも彼女からすれば、自然の帰結だった。

「ラーメン店に勤務する前」寿々絵は言った。「母は、パソコン・ショップでも働いていたそうです。それを知って、面白いなと思ったんです。これからはこの技術が、世界を変えるかも知れない、って。だから母が教団を離れて、一安心したら自分も勉強がしたくなったんです。丁度ウィンドウズ95が話題になり、スクールも開設されたりし始めてましたから。でもそれがまさか、またも貴方に遭遇する切っ掛けになってしまうなんて」

「単なる取材ですよ。偶然に過ぎなかった。ただまぁこれだけ、世間が騒いでるウィンドウズ95ですからね。新しい世界を追い求める貴女と、世論の動向に合わせて動く僕とが近接してしまったのも、蓋然性が全くなくもない話だったのかも知れない」

暗い記事ばかり書いて来たからね、とつけ加えた。阪神大震災。オウム。沖縄米兵少女暴行事件……。今年は嫌な事件ばかり続いた。だから最後くらい、明るい取材がやりたかったんだ。悪いことが続いた後はいいことも起こる。これで貴女にも会えないかなと夢想したら、本当にそうなってしまった。最後の本音は、打ち明けるのは止《や》めにした。

「知ってる?」代わりに、話題を振った。「貴女のお母さんのことも、記事に書いたんだ。信者が自殺した事件があったでしょう。その話題の中で」

その記事は知らなかった、と彼女は言った。ただ、桐田の存在と彼が自殺したことは知っていたようだった。「何かと母の面倒を見てくれていたようでしたからね。見守っている内に、その人の姿も何度も見掛けました。自殺してしまったらしい、という話も聞きました」

「自分を追い込んでいたんだ」古毛は説明して、言った。「教団を信じろ、と周りを説得する一方、心の中では実は迷いが生じていた。ジレンマに耐えられなくなったんだろう。根っから真面目な男だったから、尚更に、ね」

桐田のことを話した。恵まれた家庭に育ち勉強にも励んで、東大に進んだこと。ところが精神世界に傾倒し、オウムに入信したこと。修行に打ち込み、周りの信者からも頼られるような立場になったこと。なのに教団は狂気に走り、彼の思いとは掛け離れて行ってしまったこと……

「もっと早く、見切りをつけることができればよかったんだろう。だが、教団を抜けるタイミングを誤った。内心で事件は全て教団の仕業では、と疑いを抱きつつ周りの信者には正反対のことを説いていた。そんな自分に、耐えられなくなったんだろう」

「そうですか」聴き終えて、余寿々絵は頷いた。「タイミング、というものはどんな時にも大切ですからね。後悔をしてもそれが遅過ぎたら、もう取り返しはつきませんものね」

「そういうことです」頷き返した。「結局そうして、彼は自らの命を絶った」

ただお陰で、他の信者が救われた面はあるんですよ。説明を続けた。教団を疑うな。これもいい修行の機会だと思え。迷って相談に来る信者を、彼は説得していた。脱会を考える者にとっては、障壁に他ならなかったのだ。だがその本人が、自殺した。それを切っ掛けに教団を離れる腹を固めた信者は、確実にいる。

「その一人が誰あろう、貴女のお母さんだったんですよ」古毛は言った。「桐田の最期を見て、決心したらしい。僕にもはっきり言ってくれた。教団とは縁を切る気になった、ということを。今は関西で、幸せに暮らしてますよ」

「そうだったんですか」

「今は関西にいる、ってことまでは、貴女も知らなかったの」

「あ、え、えぇ」視線をテーブルに彷徨わせた。彼女らしくない反応だった。「そこまでは、私」

妙だな。

訝った。

母が心配で日本を離れる気にもなれず、警察に見つかる危険を冒してまで国内に留まっていた彼女ではないか。ならば信仰を離れた今、どこで暮らしているかくらい把握していて当然だろう。そこまで見届けて漸く、胸が撫で下ろせる。今度は自分の将来に備えて、パソコンの勉強に打ち込む気にもなれようというものなのに。

何故、母親の落ち着き先まで確かめようとしなかったのか。それくらいの行動力なら常に発揮していた筈ではないか、彼女なら。

……だが、違った。

真の違和感はそこではない。さっきから脳裡に、刺のように引っ掛かっているのは。胸にざわついたものが残っているのは、今の反応の故ではない。もっと前だ。

後悔をしてもそれが遅過ぎたら、もう取り返しはつきませんものね。

彼女は言った。確かにその通りだ。古毛も頷き返した。が、違う。心から賛同したのではない。

その瞬間、何かが引っ掛かったのだ。苦いものが尾を引いたのだ。

聞いたことがある。その言葉、ずっと以前に耳にしたことがある。

いや、聞いただけではない。余園美から聞かされてはいたが、その後に読みもしたのだ。それも、何度も何度も。

桐田が自殺した際、部屋に残されていたという、遺書。自分は睡眠導入剤を大量に飲んだ上で、風呂場で手首を掻き切っていた。居間にはその、薬と酒を飲んだ痕が残り、同じテーブルに一枚の紙があった。現物を桐田の父親から見せてもらい、写真に撮った。記事のトビラに大きく使った。だから忘れられるわけがない。今でも書かれた文字が目に浮かぶ。

後悔が遅過ぎれば、もう取り返しはつかない。

「何故だ」

「え」

「何故、知っている。それは、桐田の遺書の言葉じゃないか。なのに何故、貴女がそれを口にすることができる。記事は知らなかった、と言っていたのに」

答えなかった。

ただ、小さく首を振った。

薄い笑みが、口元に浮かんでいた。

悟った。裏が読めた。真相は、そういうことだったのだ。

「母親を密かに見守っていただけじゃない」古毛は言った。「貴女は、行動にも出ていたんだ。桐田のことも知っていた、どころじゃない。直接、会っていた。母親を返してくれ。脱会させて普通の暮らしに戻させてくれ。会って、交渉していたんだ」

「ミス、でしたね」彼女は言った。悪びれたところは、微塵もなかった。アクセントに微かに関西訛りが戻っていた。笑みはまだ、口元に浮かんだままだった。「つい口、滑らせてまいましたわ」

「行動的な貴女だ。それくらい、しないわけがなかった」言いながら、頭が急速に回転していた。「母親が教団から抜けたがっているのに、妨害している男がいる。監視していて気づいたなら貴女は、直ちに行動に移した筈だ。そこに思い至らなかったのは、迂闊《うかつ》だった」

今となっては思い出す。桐田は余園美の身の上をよく知っていた。神戸の出身だ、というだけではない。震災で家が壊れ、夫が亡くなったことも知っていた。

家が壊れた、くらいなら分からないでもない。あの辺りは、一面の焼け野原となったのだ。私のうちもあの辺だったんです、と園美から打ち明けられる局面なら、あってもおかしくはなかろう。だが夫も亡くなった、なんて。どうやって知り得たというのか。近所の住民から教えられることはあり得ない。彼らだって園美が、オウムに走ったことを失念していたのだから。元の暮らしとは完全に縁を切っていた彼女に、夫が死んだなんて知る由もなかった。一般生活から隔絶して生きていた彼らは、新聞の死亡者欄を確認することもできなかったろう。

更に思い出す。初めて古毛が園美に会った時のこと。娘さんは助かったが行方不明だと告げると、大いに動揺していた。戸惑いつつ、古毛と桐田とを交互に見遣っていた。あの仕種の意味が、今となってはよく分かる。つまりは家が潰れたこと、夫も犠牲になったことを彼女は、桐田から聞かされていたのだ。では桐田は、どうやって知ったのか。伝えた者がいる。余寿々絵。つまり両者はあの時点で、とうに会っていたことになる。

しかも続けて古毛は、余廉将は震災死ではなく殺されたこと、更に最重要容疑者が娘であることも告げた。園美のショックは大きかったがそれはそうだろう。素直に納得できる。

ただし驚いていたのは、桐田も、だった。彼も知るわけがなかった。そもそもの情報源が、寿々絵だったのだから。そこまで、打ち明ける筈もなかった。母親を社会復帰させてくれ、と何度も交渉に来るあの女が実は、父親殺しもしていたのか。知って、驚愕していた。彼の反応の裏には、そんな背景があったのではないか。

だが知っても、桐田が警察に話すことはない。事件の重要参考人が自分のところに来ている、なんて。警察を敵と見なすオウムの熱烈な信者が、通報するなんてあり得ない。それくらい見抜いていたからこそ寿々絵は、桐田と相対することができたのだ。そして——

「桐田が自殺したあの日も」言い続けた。最早、確信に近かった。「直前まで貴女は、彼に会っていたんじゃないのか。何度、説得しても母親を解放してくれない。痺れを切らして、最後の手段に打って出ることにした。頭から詰って、自殺するように仕向けた。彼が自ら命を絶ったのは、実は貴女が原因を作ったから。そうじゃないのか」

父を殺してまで新しい運命へ突き進もうとした、彼女だ。最後の心残り、母親を解放するためなら何でもやったことだろう。重石になっている存在があるのなら、どんな手を使ってでも排除する。それが彼女の行動原理ではないか。

現場となった部屋に他人のいた気配はなかった。だからこそ警察も自殺と断定した。だがそれは、彼が命を落とした時点では、の話だ。もっと前の時間、共にいた人間はいてもおかしくはなかった。

散々、罵倒の言葉を浴びせて寿々絵は帰って行った。死を決意した桐田は自ら、酒と睡眠導入剤を買い求めた。立つ鳥跡を濁さず。室内を綺麗に整理して、自殺に取り掛かった。その段階で、他人のいた痕跡は拭い去られてしまったのだ。

「さぁ、そこはどうでしょう」小さく肩を竦めた。悪びれる風は未だ、微塵たりとなかった。「あの夜、私が桐田さんと会っていたことは認めます。かなり、強い言葉を投げつけてしまったことも。でもそれで、本当にあの人が自殺してしまうなんて。そこまで、私が意識していたか、どうか」

「いや」遮った。「意識していた筈だ。貴女なら。新しい人生のために邪魔なものは取り除く。きっと貴女は彼の一番、痛いところを突いたんだろう。自殺に仕向けるために、故意に。今更、後悔しても遅い。もう取り返しはつかないと言い放ったんだろう。最後通牒だった。彼の胸に突き刺さった。もう死ぬしかないことを自覚した。だから遺書の言葉は、あぁなったんだ。元々は貴女の言葉だったんだ」

「さぁ。貴方がそう思うなら、そういうことにしても構いませんけども」

「何て女性だ」ふっ、と息を抜いた。「貴女は二人の命を奪った。一人は直接。一人は間接的に、という違いはあるにせよ。やれやれ。僕はこれまで、罪悪感を抱いていたんですよ。僕だって桐田を批判した。彼が自殺してしまったのは、そのせいだったんじゃなかったのか、って。でも、自分を責める必要なんてなかった。真犯人は別にいたんだ」

「さぁ」彼女は繰り返した。「貴方がそう思うなら、そういうことにしても構いませんけども」

「そうか」更に、思い至った。彼女が何故、自分に会いに来たのか。何故こうして二人で話をしているのか、今この場がある真の意味に、漸く気づいたのだ。「貴女はこれから、飛翔する。将来へ羽ばたいて出る。母親の心配も解消され、心残りはどこにもない。ただ一つ、残ったのが僕の存在だ。勿論、放っておいても構わない。今後、何らかの問題になることもまずあり得ない。でもやはり、気に掛かる。放って行ってしまったら何か、しこりとして残ってしまう感が拭えない。言わば貴女にとって、胸に刺さった最後の刺が僕なんだ」

邪魔者はあらゆる手段を駆使して、排除する。刺になるものは抜いて捨てる。これまでも彼女はそうして来た。ならば三人目も、同じことをしない理由がどこにある。

我が家に誘うと、彼女は迷いも見せずさっさとついて来た。こんな時刻に男と女。こちらの方が気後れしてしまったくらいだった。だがそれは、彼女にとって好都合だったからに他ならない。周りの目を全く気にすることなく、やるべしとなれば即座に実行に移せる環境。そこに俺自身が、能天気にも招き入れてしまった格好だった。自分の死地を、自ら整えてしまった。

コーポに入る彼女の姿は、誰にも見られてはいない。玄関のノブは古毛が握った。部屋に入って彼女が手に触れたものと言えば、出された湯飲みだけだ。ことが終われば綺麗に洗って立ち去ればいい。何の証拠も残りはしない。

自分の湯飲みに視線を落とした。これに毒を入れるタイミングは今まで、彼女にはなかった筈だ。そしてこれからはもう、その隙はない。俺は既に気づいてしまったのだから。それどころかこの女の前で、何らかの物を口にする気も最早ない。

だが彼女が何を用意して来ているかは、分かったものではない。椅子の脇に置かれたバッグ。例えばあの中に、毒ガスを噴霧するスプレーでも収められているとしたら、どうか。いずれにせよ彼女がその気になったならば、逃れられる自信は古毛には全くなかった。

「さっき、口を滑らせたのもミスではなかった」古毛は言った。確信に満ちていた。「僕が気づくかどうかを、試すためだった。そして真相を知った時、何をするか。見極めるためにわざと、桐田の遺書の言葉を口にしてみせたんだ」

「そうですね」余寿々絵は言った。「そういうことにしときましょうか」

彼女はずっとこれまで、俺を操って来た。情動的に、動かして来た。そして今、最後のテストが仕掛けられようとしている。俺がこの後、どう出るか。それが彼女の意に沿わないものであれば、俺の命運は尽きる。

　何やってんだろうな、俺達。以前、加納が酒の席で自嘲ぎみに呟いていた言葉が蘇った。世間の耳目を引く話題に引っ張り回されて、取材取材に駆け回る。それで終わってみりゃぁ、前に何やってたかも記憶が薄れてる始末だ。目の前のことに振り回されてるだけ。後にゃぁ何にも残っちゃいねぇ。世間、てぇお釈迦様の掌で踊らされてる、孫悟空かよ。

　そう、その通りだ。そしてこと俺に関する限り、お釈迦様は世間ではない。踊らされるのは始終、彼女の掌の上で、だった。

「さぁ、今度は決めるのは、貴方ですよ」眼から、あの光が放たれていた。硬い決意に満ち満ちた、あの光。吸い込まれてしまいそうだった。「突き出しますか、警察に。私のこと」滝川警部の顔が強く、脳裡に浮かんだ。「どないされます、古毛さん」

二〇二〇年十一月

変わらないものは変わらない。

どれだけ批判の集中砲火を浴び、制度の枠組みを違《たが》えようと結局は似た構造の不祥事を繰り返す。もっとも日本の官僚システムは見方によっては、律令国家の時代から本質は変わっていない、との言すらある。それどころか非効率を皮肉る際、「お上」を例に挙げるのは古今東西、世界のどこにおいても同じなのだ、とか。世の不変の代表こそが官僚制度なのかもな。古毛冴樹はしみじみ、思った。

「いやぁ、堪んねぇよ」曾川が苦笑しながら、言った。最近ではすっかり、頭に白いものが目立つようになっていた。「掘れば掘るだけ、出て来やがる。ちょっと目ぇ離してたら直ぐにこれだ。あいつらの監視を怠っちゃならねぇ、てぇ教訓だぁな。こりゃぁ長引くぜぇ」

新型コロナ・ウィルス感染拡大の第三波が現実味を帯びつつある現在、政権の動向の裏側も垣間《かいま》見《み》えるようになっていた。緊急事態に対する補正予算、の名目で特定官庁が、自省と業界団体に都合のいい項目をちゃっかり忍び込ませていた実態が暴かれたのだ。作成開始から成立までほぼ一年を要す通常予算と違い、補正予算は即応性が身上。議論に掛ける時間が短い分、妙なものを滑り込ませる余地も生じ易い道理である。

特に現在、問題になっているのは首相官邸に近い一部の官僚達だった。九鬼や曾川らが追及し続けた大蔵省スキャンダルは世論を大きく動かし、省庁再編にまで結びついた。例えば大蔵省は分割され、財務省と名を換えた。その後も霞が関支配に対する政治主導が声高に謳われ、各省の幹部人事は内閣官房に新設された人事局が一手に握ることとなった。役人は人事が命。そこを押さえられれば手も足も出ない。これで中央官僚による専横は影を潜める、と期待されたのだった。

ところが蓋を開けてみると、官邸官僚と呼ばれる一部役人が首相周辺と結託し、政策を私する事態が生じた。関連業界と利害を一致させ、自分らの出身官庁の言い分をゴリ押しする傾向が生じたのだ。今回の補正予算問題も、それが端的に現われたものと言えた。曾川は今、その追及に当たっているのである。

「やってらんねぇよなぁ」零した。「せっかくあれだけ、大蔵スキャンダルを暴いてやった、ってのによ。これで少しは改善されるかと期待したのにまたぞろ、奴らぁ妙なことをやってる。俺らのスクープは独り相撲だった、ってのかよ」

「まぁ、仕方がないですよ」古毛は言った。「それに、独り相撲じゃぁない。筋を違《たが》えたことをすれば叩かれる、と権力側に思い知らせるのは、意味のないことでは決してない筈です。ただ確かに、あいつらはちょっと目を離すと直ぐまた似たようなことを始める。だから監視は常に続けてなきゃならん、ということなんでしょう」

「まぁまぁ、難しい話はそれくらいにして」玉原女史がワイングラスを掲げた。「今夜はせっかくなんだから、うんと楽しみましょうよ」

『Sight』編集部の〝同窓会〟だった。一九九七年、月刊ヴィジュアル情報誌『Sight』は休刊となった。創刊以来、一度も黒字を計上できなかったのだから出版社としての判断には、やむを得ないところはあったろう。ただあれだけ、編集者や記者が自分らのやりたいことを詰め込んだ媒体がなくなるのには、誰もが寂しさを禁じ得なかった。

かくして今も、機会を見つけては声を掛け合い、当時の関係者が集まっている。ちなみに編集部が閉鎖となってから既に四半世紀近くが経過しているのに未だに「休刊」扱いのままなのはどうなのか。「もう素直に廃刊と言っちまえよ」と古毛らは笑っている。

本来なら何年かに一度、というように定期的に開催したいところなのだがあいにく皆、忙しい。編集部はなくなってもそれぞれ活躍の場を他所に移し、仕事がある。一定人数が揃わなければ意味がないため、開きたいけどなかなかそうもいかない、というのが実情だった。

今年も本当は春に開く予定だったのだが、矢先にコロナ騒動が巻き起こってしまった。呑んで騒ぐのは自粛となったため、今日まで延期を余儀なくされた。ただし自粛が長引くと嫌気も差す。もういいんじゃないの、と緩みを見せ出した空気を幸い、店を借り切って窓を全開にするなど換気対策も万全、ということで何とか開催に漕ぎ着けたのだ。それでも再三の日程調整にも拘わらず予定が合わず、出席できなかった面々も何人かいる。

「まぁ、仕方がないさ」最初に乾杯の音頭をとった、笠部が言った。「それだけ皆、第一線で活躍してる、ってことさ。欠席者が多いってことは逆にめでたい、と思わにゃぁ」

「それに人数が少なければそれだけ、密になることもなくなりますからね」

「欠席者のお陰で俺達はより安全、ってか。そいつぁ、古毛ぉ。来れなかった奴らにゃぁ聞かせられねぇぞ」

「まぁ、あれみたいに」真ん中のテーブルに置かれたワイングラスを指差した。中身はなみなみと満たされていた。「気持ち的には全員参加、と思えばいいんじゃないですか」

津又編集長の陰膳だった。乾杯の前には彼の冥福を祈り、黙禱を捧げるのはこの会の恒例となっている。六十歳の若さで津又は癌を患い、世を去った。あんな破天荒な編集長、今時あり得ねぇよなぁ。一頻り、思い出話に花が咲くのも常だった。

「GOちゃんも頑張ってるみたいじゃない」

欠席者の一人、沢井について古毛が話題を振ると、木瀬が頷いた。「主戦力で動いてもらってるよ。今夜も張り込みだ。だから、可哀想に」

木瀬は今、『All Day』芸能班のデスクを務めていた。その主戦力として張り込んでる、ということは人気タレントどうしの恋愛ネタでも摑んだのだろう。

「どうかな」揶揄って、突っ込んだ。「未だに彼、苛められっ子キャラなんじゃないの。今夜が同窓会と分かった上で、張り込みに行かされたんじゃ」

「違う、って」多少、毒が含まれる遣り取りでもさらりと交わされる。この感じの呼吸、相変わらずだった。「今夜は決定的な絵が撮れそうだ、ってんであいつの方から飛んで行ったんだよ。またGOの奴、本当に張り込みが上手いんだ。自然と周りに溶け込んで気配を消す。これまで何度も、スクープを抜いて来てるんだよ」

「『Sight』で鍛えられてますからねぇ」〝ガハハの氷沼〟が言った。「何でもあり、の取材をこなしてたんで、底力がある。あそこの出身者は使える、って評判が社内では定着してますよ」

「こないだ、新入社員の面接やったんだけどさ」木瀬が言った。「入ってどんなことやりたいの、って訊いたら『Sight』みたいな雑誌を作りたい、って言うじゃないの。嬉しかったねえ、ホント」

「そりゃ見込みのある新入社員だな」曾川が笑った。「将来の出世、間違いなしだな」

「そうですよ」古毛は大きく頷いた。「そんな逸材に早く出世してもらって、『Sight』を復刊してもらわなきゃ」

そうだそうだと笑い合った。だってまだ、「休刊」なんだから、よぉ。早く休み明けにしてもらわなきゃ。改めて乾杯を交わした。

「他に来てないのは、ベーダーか。あいつ、連絡先も分からないんだって」

「そうそう。きっとあいつはもう、この業界にゃいねぇんだろうなぁ。いたら絶対、消息は漏れ聞こえて来る筈なんだし」

「他には加納さん、と」

「そりゃ、しょうがないよ。北海道からは飛んで来れないさ、なかなか」

加納は故郷、北海道に戻って地元紙に籍を得ていた。東京に出て来ることは最早、あまりないらしい。

「こないだ、電話で話したんだよ」曾川が言った。「今、何やってんの、って。そしたら、さぁ」

一九九五年を振り返る社内企画が持ち上がり、当時と現在とを比較する連載を担当している、とのことだった。最終的には、単行本に纏められる予定だという。

思い出した。戦後の日本が築いて来た神話が崩壊している年。かつて新宿二丁目の店で共に呑みながら、加納は漏らしていたのだ。雑誌屋という立場からあの時代を見詰めていた彼なら、回顧して現在と比較する企画に打ってつけなのは間違いない。

「とんでもない一年だったものねぇ」玉原女史が言った。「何年かに一度、起こっても大変なくらいの事件が立て続けに発生した。最中にいる時には私達、訳も分からずに振り回されてるだけだったけど。後になってみたら物凄い年だったな、ってしみじみ思う」

「全くだなぁ」笠部が頷いた。「今になってみたら、あんな最中に自分もいたんだってことが信じられなくなっちまう」

　確かに突出した一年だった。

　ただ激震は、あの年だけで終わったわけでは決してない。

　何と言っても二〇一一年、東日本大震災が我が国を襲った。地震の規模としては阪神・淡路を遥かに上回る。ただ阪神は都市型震災。東日本は被害が広範囲に亘った、というところが大きな違い、か。激甚な津波の襲来は、今も国民の記憶に生々しい。

　おまけに東京電力福島第一原発の事故、という別次元の災害まで引き起こした。原子炉のメルトダウン。建屋の屋根が爆発で吹き飛び、被災地には放射性物質が降り注いだ。寸断されていたＪＲ常磐《じょうばん》線は今年、全線が開通し被災者の地元への帰還も進められてはいる。が、震災前に戻るには程遠いのが現状だ。汚染された地下水は溜まる一方だし、原子炉の廃炉作業も遅々として進まない。被害はまだ、現在進行中である。

　八王子の『スーパーナンペイ』事件も未解決のままだし、沖縄の米軍基地問題も引き続いている。あの時、外交評論家が予言していた通り米兵による少女暴行事件は、普天間飛行場問題に直結した。名護《なご》市辺野古《へのこ》沖を埋め立てて、飛行場を移設する計画が発表されたがこれも遅々として進んではいない。激しい反対運動が巻き起こり、埋め立て予定地の地盤が脆弱で大規模な改良工事が必要なことも判明した。本当に国の言う通り、あんなところに飛行場を移すことなんてできるのか。現状を見る限り不可能としか思えない。この問題もまた、四半世紀を経て未だ現在進行中のままである。日米地位協定も成立から六十年を経て、一文たりとも改正されてはいない。

海外に目を向けると二〇〇一年、アメリカで同時多発テロ事件が発生した。冷戦は終わったものの今度は世界各地で紛争が勃発しており、不安定な国際情勢を象徴する事件だった、と言ってよい。アメリカは「テロとの闘い」を表明し、中東地域などに軍隊を派遣したがこの問題もまた未解決である。出口はどこにも窺えない。

アメリカでは二〇〇八年、住宅バブル崩壊を切っ掛けとした金融危機で大手投資銀行リーマン・ブラザーズ・ホールディングスが破綻する、所謂「リーマン・ショック」も発生した。衝撃は瞬く間に世界の経済界を駆け巡り、我が国も大きな被害を受けた。

この隙を突いて台頭して来たのが中国である。既に「世界の工場」として独自の地位を築いていたのが、連鎖する金融危機で先進国が打撃を食らう中、特定の地歩を固めた。今や世界第二位の経済大国に伸し上がり、アメリカと先進分野で覇を競っている。今後、暫くはこの二大国に良かれ悪しかれ、世界が翻弄されることだけは間違いない。

そして昨年末から今年に掛けて、その中国発の新型コロナ感染症が世界を席巻した。我が国においても緊急事態宣言が発出され、経済活動は停滞を余儀なくされた。感染拡大はその後、第二波を経て今は第三波の入口ではないかと目される。これから冬が本格化すれば季節性インフルエンザの同時流行も予想され、楽観できる材料はどこにもない。また、国内だけ封じ込めに成功できたとしても海外はそうはいかない。東京五輪・パラリンピックは一年延期になったが、こんな状況で本当に来年開催ができるのか。少なくとも世界全体がこの災禍を乗り越えるには、まだまだ何年も掛かるのは確実だろう。

一九九五年は確かに波乱の一年だった。だがそれに引き続く四半世紀、世界はずっと激動に見舞われて来たのだ。

我々はあの一年で何を失い、そして何を学んだのだろうか。あそこから得たものでその後の激震を乗り切るのに、役に立った何があるのだろう。

確かに阪神大震災により我が国ではボランティア活動が定着した。一九九五年が「ボランティア元年」とされる所以である。経験があったからこそ東日本大震災や、その後も列島各地で頻発する豪雨などの自然災害にボランティアは大きな役割を果たした。

だが他にもきっと、あるだろう。あの年から得たもので、以降の対策に資した、何かが。それと逆に、学ぶべきだったのに果たせず、あたら災厄を繰り返したものも多々あるに違いない。

検証が必要だった。あの一年を冷静に振り返り、続く四半世紀を総括しておかなければならない。多数の被害者を生んだのだ。後に活かされなければ、あの世で合わせられる顔がない。

「でも、ですよ」氷沼が言ったので、はっと我に返った。「事件ばかりの一年だったけど、あれもあったじゃないですか。ウィンドウズ95」

そうなのだった。当時の取材で関係者が口々に言っていた通り、インターネットは本当に世界を一変させた。今やネットを含むＩＴテクノロジー抜きでは、何物も動かぬ世の中である。故に一九九五年は「ボランティア元年」であると同時に、我が国では「インターネット元年」とも称される。

「お前、最初は馬鹿にしてたじゃないか」笠部が曾川を笑った。「インターネットなんて分からないし、分かる気もねぇ、って」

「そうそう」木瀬も同調した。「それだけじゃない。携帯電話も下品だ、って見下してましたよね。ポケベルがあれば充分だ。外を歩きながら電話するなんて、日本人なら恥を知れ、って」

今や一昔前の携帯電話では済まず、スマートフォンがなければ仕事にもならないようなご時世だ。一方でポケットベルは最早、風前の灯。既に一般向けのサービスは昨年で終了し、自治体向けのシステムが僅かに残っている程度である。

「それを言うなよぉ」曾川が口を尖らせた。「それに笠部さんだって、言ってたじゃないっスか。俺だってピンと来ない、って」

「まぁなぁ。確かに画期的な技術らしい、ってことくらいは承知していたけれども。でもまさかここまで、ネットに依存する社会が到来するたぁ夢にも思っちゃいなかったよ」

「ロートルにゃ世相を見抜く目ぁねぇ、ってこってすよ」

「まぁ、そういうこった」

「ネット依存。まさにその通りですよね」古毛が言った。「コロナで自宅待機が要請された時、あの技術があってよかったとつくづく思いましたよ。面と向かわなくてもネットで遣り取りができる。今や自宅でのテレワークが推奨される時代です。俺も随分、電話とメールで取材したものですよ。ＩＴ技術がなかったら、とても仕事にならなかった」

「仕事だけじゃないわよ」玉原女史が言った。「私生活でも、とても助かった。家に閉じ籠っていても友達と連絡が取り合えるし、ネットで動画を見たり音楽を聴いたり、と楽しむことができた。宅配の買い物も簡単だった。この技術がなかったら、もっとストレスが溜まって大変だった筈よ。精神的に参っちゃう人がもっと大勢、出てもおかしくはなかったと思う」

「これからは人間、動かない時代になって行くんでしょうねぇ」デザイナーの笹岩が言った。「身体は動かさないで、情報だけは遣り取りされる。産業構造も大きく変わって行きますよ、これから」

ただＩＴ技術が齎したのは夢の未来ばかりではない。犯罪もまた、インターネットの普及と共に大きく様変わりした。麻薬は今や、ネットで取引するのが当たり前。売り手も買い手も一切、会うことはない。暗号資産（仮想通貨）はマネーロンダリングに重宝されているし、テロ組織が若者を勧誘する際、ネット上で彼らの不満を大いに煽って効果を高める。誹謗中傷が飛び交い、垂れ流される情報の真偽を摑む術はなかなかない。誰も信じられない世の中が到来したのだ。確実に言えるのはインターネットが、良くも悪くも世界を変えた、というだけである。

「あぁやっぱり、よく分かんねぇや」曾川が両手を挙げた。「まぁそりゃ俺だって、Webマガジンの仕事を請け負うこともあるよ。原稿をメールで送ったりもするけどやっぱり、雑誌は紙の方がいいや」

「だから俺達、ロートルは時代について行けない、ってんだよ」笠部が笑った。「俺だって雑誌は紙で読みたい。その方がずっと落ち着く。でもWebの方が主流の傾向は、これからますます進むと思うよ。その内、若い連中にゃぁ紙だと読み難い、なんてのも出て来るのかも知れねぇぞ。いやひょっとするともう、出て来ちまってるのかな」

「あぁ、やだやだ。そうなる前に俺、くたばっちまっときまさぁ。そんな時代にゃぁ生きていたかねぇや」

「おっと」氷沼がテレビを指差した。「その、ＩＴ時代を象徴する人が出てますよ」

テレビ画面に映し出されているのは中国系アメリカ人、通称〝マダム・リー〟だった。ＳＮＳから動画やゲームなど娯楽のネット配信、電子商取引からネットバンクにWebニュース発信まで、あらゆるＩＴサービスを網羅する巨大プラットフォーム「.GAIA（ドット・ガイア）」を率いる女性ＣＥＯだ。トラブルも多いインターネットだが、ここを介せば大丈夫、とユーザーの信頼も厚い。フェイクの跋扈《ばっこ》するネット情報の中にあって、ここのニュースはきっちり取材がなされている、との信用も勝ち得ている。質の高いサービスが受け、今や他の同業者を圧倒する勢いにあった。

本名は李娜《リーナ》。私生活は謎に包まれており、結婚しているのかすら定かではないが、あまりの存在感ゆえ「マダム」の愛称がついている。本人もそう呼ばれて特段、肯定も否定もしない。彼女の来歴についてネット上ではあれこれの憶測が無数に飛び交っているが、それについても何の反応もなし。お陰で情報は曖昧にボカされ、謎が謎のままに残されていた。恐らくその効果を狙っての、彼女の無反応なのであろう。

所有する資産も膨大なものとされ、米ビジネス誌『フォーブス』の選ぶ「世界で最も影響力のある人物」でいつもベスト5にランキングされる常連である。彼女がアメリカで開いている記者会見の模様が、衛星中継でこちらでも流されているのだった。

「コロナ対策はこれからが正念場です」マダム・リーはテレビカメラに向けて訴えていた。「先進国ではワクチンの治験も始まるなど、ある程度の目処も立ちつつありますが、発展途上国がこの災禍に本格的に見舞われるのは、これから。世界はまだまだ長い年月、このウィルスと向き合って行かねばならない。従って我が『.GAIA』では、コロナ対策に特化した事業を立ち上げることにしました。医療器具や薬品、食糧など緊急事態に必要となる物資をここに集積させる。必要とする地域に即座にお届けする。重要なのは正確な情報と物資、そして機動力です。幸い我が社にはその全てがある。アクセスしてもらえれば最良の対処が受けられるシステムを構築する、とここに宣言します」

「凄い人よねぇ」玉原女史が溜息をついた。「同じ女性として純粋に、憧れちゃう。これからはこういう人が、世界を引っ張って行くんでしょうねぇ」

「非常事態に国は当てにならない、ってことが今回の騒動で国民も骨身に沁《し》みたろうからな」笠部が言った。「世界的な災厄を前にして、国は効率的に動けない。逆に自国第一主義に走って、グローバル社会を混乱させるばかりだ。これから求められるのは民間の、こうした卓越したリーダーなんだろうなぁ。国境の壁なんか簡単に飛び越えて、真に救いを求める人に手を差し伸べる。世界のニーズに応じて現われるべくして現われた人物、と俺は思うぜ」

「あぁ、やっぱりよく分かんねぇや」曾川が再び、両手を挙げた。「俺にゃ新しい世界なんてものぁ、よく分からねぇ。ただこのマダム、美人だよなぁ。こんな美人に引っ張られるんだったら、もうちょっと長生きしてもいいかな、って気にもなるなぁ」

「ちょっと、曾川さん」玉原女史が突っ込んだ。「そんな発言、女性の前でしちゃ今の世ではセクハラよ。訴えられてもしょうがないわよ」

「まぁ、許してやってくれよ」笠部が言った。「やっぱりこいつは、時代について行けてない、ってことさ」

　どっ、と笑い声が弾けた。

　あぁ、楽しい。

　古い仲間とこうして集まれるのは、最高だ。命の洗濯にもなる。会って話すことも許されないコロナ下の生活なんて、もう真っ平だった。酒は人と会って呑み交わしてこそ、至上の美味さを発揮する。

　野球も今年は期間を短縮してペナント・レースが開幕し、セ・リーグは早くも巨人が独走態勢に入りつつある。パ・リーグはまだ上位が激戦中だが、上位二チームによるクライマックス・シリーズの出場権を得そうな球団はそろそろ見えて来た、か。球場に入れる観客数も最初はゼロだったが、徐々に緩和されつつある。Jリーグや他のスポーツもそうだが、やっぱり生で観るのが一番。そういう原則に、変わりはない。

以前、普通と思っていた生活こそが幸せなんだ、としみじみ感じた。

〝同窓会〟がお開きになり、皆と別れた。若い頃は朝まで延々と呑めたが、最近はさすがにキツい。終電のある内に家路に就きたい。老けたものだ、と自嘲するしかなかった。

コロナ騒動は山と谷を繰り返しているが、今は繁華街の人出は以前に近づきつつある。駅へ向けて歩く人の波を眺めながら、思った。街の喧騒もまた、時代を経ても変わらないものの一つ、ということか。

と、スマホが電話の着信を報せた。発信者の表示を見て、思わず口元が綻《ほころ》んだ。

「見てましたよ、記者会見」通話アイコンをタップし、耳に当てると先に切り出した。「いつもながら堂々としてましたね。一緒に見ていた仲間も感心してましたよ。いや、さすがだ」

「あら、そう。そちらでも中継されていたのね」

「そりゃぁ、ビッグ・ニュースですモン。『.GAIA』がコロナ対策に本腰を入れて取り組む。これで明日《あす》の世界が大きく動きますよ。日本にとっても影響力が大きい」

「まぁ、重要な事業だと思ったから全力を入れてやるべきだ、ってスタッフのお尻も叩いたのよ。でもまぁ、そっちの話はもういいわ。それより古毛さん、読んだわよ」

「あ」

〝JKビジネス〟の記事についての話だった。元々は週刊『大衆実話』向けの積もりだったが、「.GAIA」のWebマガジンで「ウィズ・コロナの日本」特集をやるというので、そちらに原稿を書いたのだ。自粛騒動の渦中でも我が国では開いている風俗店はいくらでもあったし、緩和されれば何事もなかったかのように女子高生も店に戻る。この逞しさが案外、ウィルスに打ち勝つ原動力となってくれるのかも知れない、と半ば皮肉を込めて記事を締め括った。あれを早速、ＣＥＯ自身が読んでくれたということらしい。

「恐縮しちゃうよ。忙しいだろうに、あんな風俗がらみの記事なんか」それに貴女にとっては嫌な記憶を呼び覚ます中身でもあるでしょうに。思ったが勿論、口に出しはしなかった。

「何を仰います。懐かしい日本のレポートですもの。興味がありますよ。それに古毛さんの記事は、読み逃すことは絶対にしない。今の私がある、大恩人なんですからね」

「そんなことはない。今の地位は貴女が自分自身の力で築き上げたものだ。僕は何もしていない」

「でも、見逃してくれたじゃない。貴方があの時、私を警察に突き出していたら今の私はない。それだけは確実よ」

「まぁ、その方がいいと思ったんだ。そして今となっては、確信している。あの時の判断は間違ってなかった、ってね」

そう。今や世界を動かす巨人〝マダム・リー〟の正体は、余寿々絵だった。

パソコンの基礎と英語を習得した彼女は日本を離れ、アメリカに渡った。どうやったのか細かいことは知らないが、中国系アメリカ人の富豪に上手いこと取り入り、米国籍を取得した。その資産をフルに活用して優秀なＩＴ技術者を集め、「.GAIA」を立ち上げた。時流に乗ってあれよあれよという間に事業を拡大させ、現在の帝国を築き上げた。君臨して、今に至る。

ちなみに彼女に米国籍を与え、資産運用を委ねた当の富豪は今、どうなっているのか。亡くなったらしいという噂も耳にしたが、詳しいことは古毛も知らない。ことによると彼女に密かに殺害されたのかも、という気もしないではないが、そこのところはもうあまり考えないようにしている。それを言うなら自分だって、殺されたかも知れないところを自らの判断で切り抜けたのではないか。

彼女にも言った通り、その方がいい、との思いは確かにあった。ただし命が惜しかった、という面も正直、否定はしない。できやしない。生と死とは紙一重。自分は今、生きている。それでいい。

「古毛さんの記事はいつも楽しみにしているのよ」彼女は言った。「さすが、読ませどころをしっかり押さえてる。だから飽きさせない。Webマガジンの編集長も腕がいい、って認めてましたよ。いいライターを紹介してもらえて助かりました、って。感謝されちゃった」

「それは、どうも。こちらこそいい働き場所を紹介してもらって、感謝してますよ。ギャラの払いも、申し分ない」

アメリカに来て一緒に仕事を手伝ってもらえないか。かつて彼女から誘われたこともあるが、丁寧に断った。自分は日本を離れる積もりは、毛頭ない。おまけに一生、一ライター稼業を貫く決意だ。告げると、それではせめて、とWebマガジンの編集長を引き合わせてくれた。日系アメリカ人で、日本語もカタコトなら喋れる。意思疎通もスムーズにできるため、都合がよかった。

「貴方と私は一蓮托生、の運命ですものね。これからもよろしくね。じゃぁ、また、古毛さん。次の記事も楽しみにしてます」

「あぁ、また」

通話を切って、古毛は再び駅に向かった。

終電の時刻が迫っている。酔っ払って足元の覚束ないサラリーマンが、それでも何とか駅へと急ぐ。人混みの中に、自分もいた。

だがやはり、混雑も前程にはまだ戻らない、か。酔客が終電に流れ込む様は、昔ながらだが。コロナ禍を受けて出勤者の数は確実に減っているようだ。会社に出て仕事をするのが当たり前、の時代は終わり。感染のリスクと通勤ラッシュの消耗を減らし、可能な限りリモートワークで働く時代がもう、そこまで来ているのだろう。

新しい「当たり前」がやって来る。

そう、変わらないものは変わらない。

だが、変わるものは変わるのだ。

大きな時代の流れを泳ぎ抜いて、我々は次の世界を生きる。

本書は書き下ろしです。

西村 健（にしむら・けん）

1965年福岡県福岡市生まれ。6歳より同県大牟田市で育つ。東京大学工学部卒業。労働省（現・厚生労働省）に入省後、フリーライターになる。1996年に『ビンゴ』で作家デビュー。その後、ノンフィクションやエンタテインメント小説を次々と発表する。

2005年『劫火』、2010年『残火』で日本冒険小説協会大賞を受賞。2011年『地の底のヤマ』で第30回日本冒険小説協会大賞、翌年、同作で第33回吉川英治文学新人賞、2014年『ヤマの疾風』で第16回大藪春彦賞を受賞する。他の著書に「博多探偵ゆげ福」シリーズ、『光陰の刃』『目撃』『バスへ誘う男』などがある。

激《げき》震《しん》

第1刷発行　2021年2月25日

著者　西村《にしむら》　健《けん》

発行者　渡瀬昌彦

発行所　株式会社　講談社

東京都文京区音羽2-12-21

郵便番号　112-8001

電話　出版　03-5395-3505

販売　03-5395-5817

業務　03-5395-3615

本文データ制作　講談社デジタル製作

印刷所　豊国印刷株式会社

製本所　株式会社若林製本工場

N.D.C. 913 414p 20cm　ISBN978-4-06-518349-6